Die Zeit der Rosen
@}---@}---
und die Kunst,
ein Motorrad zu bremsen
Teil II

JOHANNA GÖRGL-STACHL

Die Zeit der Rosen @}---@}---

und die Kunst, ein Motorrad zu bremsen

Teil II

Bibliographische Information der Deutschen Nationalbibliothek:
Die Deutsche Nationalbibliothek verzeichnet diese Publikation in der Deutschen
Nationalbibliografie; detaillierte bibliografische Daten sind im Internet über http://dnb.
dnb.de abrufbar

Illustration: Xenia Maria Görgl

Umschlaggestaltung, Satz, Herstellung und Verlag:
BoD – Books on Demand, Norderstedt
ISBN: 978-3-7534-3717-0

Die Zeit der Rosen

Teil II

Für meine Großmutter Cäcilia Moser

und meinen Enkel Vinyu

Inhalt

1. Kapitel – Spaziergang   7

2. Kapitel – Advent   28

3. Kapitel – Raunächte   59

4. Kapitel – Fragen   79

5. Kapitel – aus und vorbei   111

6. Kapitel – Kabinenerkenntnis   140

7. Kapitel – die Hochzeit   163

8. Kapitel – Dinge werden reif   181

9. Kapitel – only the good   205

10. Kapitel – Suche nach 100%   237

11. Kapitel – 22 Jahre danach   261

12. Kapitel – Rückblende Tag X   288

Nachwort   298

Anhang   300

Mein ganz besonderer Dank gilt   302

1. Kapitel – Spaziergang

Das Bienenvolk Rosenmüller schwärmt am Allerseelentag 2003 fast geschlossen zum gemeinsamen Verdauungsspaziergang aus. Ein Mann fehlt (aber der wird wohl noch kommen) und Jadéite (sie möchte unbedingt abräumen, damit Arbeitsbiene Elisabetta auch einmal im Gefolge von Bienenkönigin Helene mitspazieren kann). Die Französin verspürt das Bedürfnis, sich für die freundliche Aufnahme hier zu revanchieren. Es ist kälter heute und ein kühles Lüfterl kommt auf. Sanft fängt es an, der Wind niest in die Blätter und lässt sie im Reigen kreisen. Bald stärker, mit fast 50 Takten pro Minute, wehen die Brisen dann polkaartig [1] und bald werden die raschelnden Tänzer von groben Böen aufgemischt und hochgehoben. Aufs Dach hinauf dirigiert sie der Wind, jagt sie in knatternden Wirbeln über die Schindel. Draußen am Talschluss treibt sein Bruder eine dichte nimbostratisch zerfranste Wolkenherde unter stahlgrauem Himmel am Horizont dahin. Bergseitig beginnen Nebel aus Klüften zu wallen und beim Huberbauern stehen die Kühe auf der Weide und recken die Hälse, als würden sie etwas erschnuppern. »Die riechen schon den Schnee.« erklärt Bruno dieses Rindviehverhalten.

Es treibt der Wind im Winterwalde die Flockenherde wie ein Hirt …
  ~~~ Rainer Maria Rilke ~~~

»Aber Kili, du hast ja nur den Pulli an! Geh deine Jacke holen … sofort bitte!« ruft Elisabetta. Mißmutig stapft er zurück zum Heimatmuseum. Im Haus steht die Kellertüre offen. Kili möchte sie soeben schließen, da dringt von unten ein komisches Geräusch zu ihm herauf – eine Art Seufzen. Langsam, mit klopfendem Herzen schleicht er die Stufen hinunter und folgt dem Geräusch. Vorbei an der kaputten Wäscheschleuder, auf deren Deckel bereits die Ersatzkohlen (6mm x 6mm x 20mm, mit Kabel, Feder und Teller) liegen, vorbei an der Waschmaschine, den Regalen mit Zwetschgen- und Pfirsichkompott und den beiden Snowboards geht er. Bis nach hinten zur halb geöffneten Weinkellertüre geht er – und da liegt sie! Arbeitsbiene Jadéite liegt im Halbdunkel hinter der Türausnehmung und halb über ein altes Weinfass gebogen – sie hat einem ganz sonderbaren Gesichtsausdruck. Wie die schmale gebogene Armlehne eines Thonetsessels sieht sie aus, oder wie eine erlegte Gazelle. Vorsichtig schleicht Kilian näher – drinnen flackert Kerzenlicht und in dessen Schein erkennt er den Umriss eines Mannes; ein Drohn offenbar – viel größer als das Bienchen und gedrungen. Was macht der Typ hier noch so spät im Jahr? Er hält sie fest und drückt sie gleichzeitig gegen das Fass, dabei küsst er wie wild geworden den schmalen Gazellenhals.

Kilian ist geschockt. Weniger *das,* denn sie sind noch brav textil und außer der Absicht ist auch nichts Eindeutiges zu erkennen, vielmehr *der* hat ihn total entsetzt. Der!? Kili hastet lautlos schnell seinen Weg zurück und die feuchten hohen Kellerstufen empor. Oben angekommen lässt er die schwere Tür krachend ins Schloss fallen Grimmig stellt er sich dabei vor, wie die beiden da unten jetzt erschrocken auseinander fahren. Er schnappt seine Jacke und düst mit einer Art schalbitterem Verlustgefühl im Mund durchs Vorhaus hinaus. Der geheimnisvolle Mr. Tambourine Man – *F***!* Er hatte sich diesen als eine Art Macchiato aus Pearl Jam-Black und dem Snowboarder Shaun White vorgestellt und dabei war es dieser *Elefant!* Da sollte ihm noch einmal jemand etwas vom großen Wert erzählen, den das französische Volk angeblich auf Ästhetik und Eleganz in der Erscheinung legt – ha, sehr witzig!

Kilians Herz klopft wild und sein Gesicht ist hochrot, denn im Gegensatz zu Literatur und Film ist derartiges Überrascht-werden für alle Beteiligten ausschließlich peinlich. Lustig ist es nur, wenn man nicht so direkt betroffen ist. Patrick, Pirmin, Kevin und er wären einmal bei ähnlicher Gelegenheit vor lauter pubertärem Gelächter fast von ihren Sesseln gekippt. *In flagranti erwischt!* Allein diese Bezeichnung sorgte bei den Buben für größte Heiterkeit. Da hört man lautmalerisch im Deutschen irgendwie Wäsche flattern. Aus den Ehebrecher-Witzen Onkel Hermanns, wo sich Männer zwischen Kleiderbügeln in Kästen verstecken, war das Wort ja bereits bekannt, doch nun kannte man tatsächlich einmal real handelnde Personen: Desiree Filzmeier und der zweite Tenor vom Kirchenchor Edelsbrunn (aka *Serienladykiller*) – in der Tiefgarage beim Bahnhof & von der Überwachungskamera dokumentiert – wie delikat! Nahe genug war man allen Beteiligten, um sich die Szene detailreich ausmalen zu können, gefühlsmäßig aber doch fern genug, um nicht peinlich oder mitleidig berührt sein zu müssen – ein Idealzustand! Deshalb ist Reality TV so beliebt.

Wenn man unten in der Talsohle von N. steht und hinauf blickt auf Hügel, Kirche und Friedhof, kann man auf einer Kuppe gleich daneben eine Hausfamilie entdecken: Fünf Einfamilienhäuser, die sich in Grundriss, Baustil und umgebender Grünfläche ähneln. Die ersten beiden sind gar eineiige Zwillinge – soll heißen, sie gleichen einander derart in allen baulichen Details, dass sie fast nur noch anhand der Hausnummer zu unterscheiden sind. Zwei weitere Häuser sind verbrüdert, weisen also trotz vieler Gemeinsamkeiten schon deutliche Unterschiede in Farb- und Gartengestaltung, sowie bei der Auswahl der Dachziegel auf. Rechts außen steht dann ein Hausgroßcousin, der statt des Normbalkons eine geschlossene Veranda errichtete und diese auch noch unbedingt auf der anderen Seite haben wollte – ein Separatist sozusagen! Bergmann und seine Frau bewohnen es. Der First eines sechsten Gebäudes lugt hinter diesem Hausgroßcousin auch noch hervor – er gehört zum Dach des Rosenmüller Stammhauses – aka *das Heimatmuseum*. Es ist ein alter zweigeschossiger Bau mit geschwungenem Walmdach, dickem massivem Mauerwerk und außenbündigen Kastenfenstern, seine Fassade ist durch Putzfaschen und Eckquaderung gegliedert. Hohe Decken gibt es im Haus und große Fenster mit tiefen Fensterbänken, auf denen sich wunderbar sitzen und träumen lässt. Zwei der Erdgeschoßfenster neben dem steingerahmten Portal sind mit spätbarocken Wellrautengittern versehen, weshalb der Bau unter Denkmalschutz steht (mit Bescheid seit 1963, ein Ersatz der Scheiben durch Isolierglas ist daher leider nicht möglich). Die dazugehörige Tischlerei und das Sägewerk befinden sich in der weiten Talsohle unten. Da die Gemeinde N. nicht groß genug ist, um eine eigene Tischlerwerkstatt betreiben zu können, die das Mobiliar der Volksschule, des Kindergartens und des einzigen Zinshauses hier instand hält, ist Drago seit einigen Jahren beim Wirtschaftshof angestellt und kümmert sich darum.

Die Ansammlung von Gebäuden rings um die von einer dicken Ringmauer umgebene Kirche oben am Hang wird von der Bevölkerung in N. *Akropolis* genannt. Die besagten fünf neueren Häuser unmittelbar nebeneinander auf der Akropolis stammen alle aus derselben Zeit – nach der Glasbausteinära und noch vor den Pultdächern und Lärchenwänden. Ihre BauherrInnen begannen seinerzeit fast zeitgleich damit, einen Rohbau aufwachsen zu lassen. Die fünf Häuser wurden mehr oder weniger gemeinsam errichtet und vollendet: die damals angesagten dunklen sprossenlosen Fenster einbauen, das Kaltdach fertigstellen, Haus und Garage in Pastelltönen färbeln, Zaun, Hecke und Grünfläche hübsch adaptiert, großzügig ringsum Blaukorn, Schneckenkorn und Methylnonylketonkugerl streuen – fertig! Diese Kugerln dienen als Hunde- und Katzenvertreiber. Dass Weinraute auch vor Geistern, dem Bösen Blick und dem Teufel schützte, ist nicht der Grund. Herr Kärcher®, Frau Tupper® und Meister Proper® garantieren bleibende keimarme Sauberkeit – gesicherte Sesshaftigkeit in Reinkultur. Die zartbunten Gebäude blicken momentan mit leichtem Neid auf das Garagenhaus oben in der Sonne und voll mitleidiger Häme auf ein entfernt liegendes kleines Häuschen hinten im Tal. Dort, am Ende der Felder, am Fuß einer Hügelkuppe, ist der Zinnober eines schiefen scheckigen Daches zu sehen. Der Bau (eine ehemalige Mühle) ist von N. aus über die Straße nicht zu erreichen, es ist vielmehr das erste/ letzte Gebäude, das aus dem benachbarten kleinen Seitental H. nach N. herüber blinzelt. Auf einem Feldweg könnte man bis dorthin gelangen, wenn man Zeit hat und es kein Schlechtwetter gibt. Sonst ist es matschig da, wie zwischen indischen Reisfeldern, wo die Parias gehen müssen, weil sie die Pflasterwege der oberen Kasten nicht mitbenutzen dürfen.

Des Menschen Tage sind wie Gras, er blüht wie die Blume des Feldes. Fährt der Wind darüber, ist sie dahin; der Ort, wo sie stand, weiß von ihr nichts mehr.
Ps 103,15-16

Dieses windschiefe Dach der alten Mühle blinzelt vorsätzlich und in böser Absicht von H. herüber ins Gemeindegebiet von N. – so empfindet das jedenfalls der Hipflinger, Bewohner eines der beiden Zwillingshäuser/Häuserzwillinge. Stolz ist er auf den frisch gepflanzten Kiwistrauch an seiner Hauswand (dort wo beim Zwillingshaus ein Marillenbaum steht), schämen hingegen muss er sich für dieses Dach. Dort unten lebt nämlich eine Cousine vierten Grades von ihm. Während er nämlich hier oben dank seiner tüchtigen Frau, seinen Freunden vom Kegelclub, einem Kredit, drei Bausparverträgen, Fleiß und eisernem Sparen bleibende Werte errichtet hat, lässt diese Person ihre Bleibe langsam verfallen. Kontakt hat man zwar längst keinen mehr (was soll man auch mit Leuten, die weder etwas zu geben haben, noch bereit sind, beim sonntäglichen Arbeiten auf privaten Baustellen jahraus, jahrein ordentlich anzupacken?), aber muss das Gfrasst ausgerechnet in seinem Sehkreis hausen? Das fragt sich der Viertelcousin jeden Morgen beim Frühstück, wenn er über seine soldatisch strammen Thujen

11

blickt. Besonders viel sieht zwar nicht – bloß einen dachziegelfarbenen Fleck hinten in der Landschaft – aber es genügt! Er weiß ja, wie es dort ausschaut ... Er weiß, wie unrepassierlich das Gesamtambiente dort ist, dass man am liebsten mit fünfzig Baumax®-Regalmetern bewaffnet einreiten möchte! Insgeheim, wenn ihm beim Gedanken daran wieder der Appetit aufs Marmeladebrot vergeht, sehnt sich der Hipflinger nach einem § Paragraphen, der es ermöglichen sollte, Leute wie die Moserin von hier (damit ist sein unmittelbares Gesichts- und Umfeld gemeint) nach irgendwo dort (damit ist ein Bereich außerhalb dessen gemeint) abzuschieben. Dieser von ihm ersehnte § Paragraph sollte so definiert sein, dass alle Leute, mit denen er nichts rechtes anfangen kann und will, gefälligst darunter fallen. Unordentliche, armutsge-fährdete, uncoole, eigenartige, unberechenbare Leute wie seine Vier-telcousine oder so diverse Künstler eben. Alles, was laut ist und/oder (ihm) stinkt eben. Wirtshäuser und Gerbereien hatten früher ja auch außerhalb der Stadtmauern zu bleiben, eben! Kurzum, eine Handhabe ersehnt der Hipflinger, die ihn von der drückenden Last befreit, sich andauernd für eine Anverwandtschaft, die nicht aussieht und tickt wie alle anderen hier, schämen zu müssen. Eine faire gesetzliche Basis, denn man ist ja kein Unmensch nicht. Wurde doch auch im dritten Reich bei der Delogierung jüdischer Mieter keinesfalls das deutsche Mietrecht außer Kraft gesetzt. Man hat es lediglich um die Zusatz-bestimmung erweitert, dass unter *unzumutbare Belastungen* nun auch die simple Tatsache, Jude zu sein, fiel. Hätte man ein Kastensystem in N., so wäre des Hipflingers Viertelcousine wohl eine Dalit – eine Paria.

Jude ist nicht, wer es nach außen hin ist, und Beschneidung ist nicht, was sichtbar am Fleisch geschieht, sondern Jude ist, wer es im Verborgenen ist, und Beschneidung ist, was am Herzen durch den Geist, nicht durch den Buchstaben geschieht. Der Ruhm eines solchen Juden kommt nicht von Menschen, sondern von Gott.
    Röm 2,28-29

Den Hipflinger samt Frau hat Kilian dann tatsächlich auch noch in seinem illustrierten Lexikon der Kunstgeschichte entdeckt. Im Kapitel *Modernismus* waren da einige sehr realistische Fiberglasskulpturen ab- gebildet, unter anderem das Ehepaar Hipflinger! Der Künstler Duane Hanson muss die beiden tatsächlich gut gekannt haben (vielleicht ist er ja einmal Sommergast bei ihnen gewesen …). Jedenfalls hat er die beiden auf ihrer Bank sitzend verewigt, anders kann es gar nicht sein – dieser leicht grantige Gesichtsausdruck, den der Hipflinger schon immer hatte (lange bevor sein Kiwistrauch plötzlich nach Katzendreck zu stinken begann …) und dazu seine Frau, deren Bluse sogar bis ins kleinste Detail entsprach. John de Andrea wiederum hatte offenbar Kilis lesende Wolkenfrau einmal nackt gesehen, sie aus Polyvinyl ge- formt, geölt, Amber getauft und ihr Regines Kopf verpasst.

Im botanischen Kastensystem da oben auf der Akropolis bewundern Thujenhecken, Essigbäume, Magnolien und Japanische Zwergspieren die Leistung der Gartenbauarchitekten rund ums Garagenhaus, ob- wohl sie ja, festgewachsen wie sie sind, das weiter oben Gepflanzte nur erahnen können. Jaaa … *seufz* – da oben müsste man gepflanzt sein, das wärs! Dann wären Standort und Erde noch um einiges idealer ausgewählt, denken sich die grünen Herrschaften und sie belächeln die Hainbuchen und Feuerbohnen, die Wicken und Ribiselsträu- cher unten im Tal – wie banal! Was die grüne Freundesrunde beim Brennnesseljauchenkränzchen nie vermuten würde: Weiter oben hat man solcherlei tatsächlich auch gepflanzt und Kronprinz Rudolf, Ma- schanzker und Winterrambur, Herz- und Lederäpfelbäume gibt es dort auch. Eine Pöllauer Hirschbirne und eine Schweizerhose gedeihen neben Apfelquitten, Renekloden und Dirndln. Flieder (ein türkischer Migrant) und Lavendel duften neben alten Rosensorten (persische Einwanderer). Echter Ziest und Ringelblumen, Lupinen, Stockrosen und gelbe Skabiosen sind hier beheimatet – Defis und Irenes Garten hat nämlich der naturnahe Peter geplant und angelegt. Er hat die Pflanzenauswahl nicht nach modischen Kriterien getätigt, nur weil alte

Obst- und Gemüsesorten als Bio- und Bauerngartenretro quasi wieder im Kommen sind. Peter hat einfach darauf verzichtet, das Gespür für die Jahreszeiten und für die Kreisläufe und Gesetzmäßigkeiten in der Natur erst einmal zu verlieren, um es dann Jahre danach wieder neu entdecken zu müssen. Sich selbst, seinen Werten, der ihn umgebenden Natur und seinen Mitmenschen ist er immer gleich treu geblieben. Ein beständiger Mensch ist der Peter. Zwar gefällt ihm der kontrastierende Farbwechsel im Pflanzenreich – am rostroten Scharlachwein etwa, an den Fruchtknötchen des Bergfenchels oder an der süßen Piroschkatraube – doch nicht im Herzen. Unter Berücksichtigung der Flächenkollektoren für Erdwärme in einem Meter Tiefe hat er auch einen von Buchsbaum eingefassten Kräutergarten angelegt und daneben einen mit Weide umflochtenen Küchengarten. Dazu noch einen Wintergemüsegarten in Hausnähe, wo Sellerie, Kohl, Möhren, Rohnen, Steckrüben und Pastinaken (die frostresistenten Klassiker der Nachkriegszeit) den ganzen Winter über geerntet werden können. Nicht zu vergessen: Topinambur – eine sehr aromatische Knolle, die man hier all die Jahrzehnte zuvor nur mehr an Meerschweinchen und Kaninchen verfütterte. Den Gartenpavillon – der in geschlossenem Zustand wie eine mongolische Jurte anmutet – hat Peter ebenfalls geplant. Aus Fichtenholz gezimmert liegt er etwas versteckt hinter großen Haschberg-Hollerstauden. In der Laubenmitte befindet sich ein kleiner Grill samt Kamin auf sternförmig geschaltem imprägniertem Fußboden. Darum gruppieren sich ein paar Sitzmöbel (gefertigt aus Europaletten und Babymatratzen), zwei Feldbetten (ein neueres klassisches mit Alu Vierkant-Gestell und eines, dass nach dem Aussehen – Schaumstoffbezug orange, psychedelisches Op Art Muster – aus den 70ern, dem Geruch nach allerdings schon aus der Zeit der Franzosenkriege stammt ...) sowie eine Gästeluftmatratze. Eine Pfeifenwinde mit dachziegelartig übereinander liegenden Blättern rankt sich außen am Pavillon empor und Mars hält sich gerne drinnen auf.

»Man kann Tierliebe auch übertreiben«, sagt Irene zu Elisabetta, als Kili wieder auf die spazierende Teilmenge seiner Familie trifft. In seiner Verwirrung hat Kilian die Jacke ganz verdreht zugeknöpft. »Aber Kili, du siehst ja aus wie der Schrumpel!« lacht Elisabetta und knöpft helfend an ihm herum. *Schrumpel* ist ein Spitzname, den Elisabetta, Klaus und Wolfgang in gemeinsamen Schulbuszeiten erfunden haben und den sie manchmal auch jetzt noch für einen etwas nachlässig gekleideten Menschen verwenden. *Der* war eigentlich eine *die* Schrumpel gewesen, eine äußerst nerdige Schülerin, die denselben Bus benutzte und sich stets in die unbequem enge Bank direkt hinter dem Chauffeur zwängte, um dort mit angezogenen Beinen stumm in einem ihrer Schulbücher zu versinken, bevorzugt Mathe! Ihre genaue Identität ist Elisabetta bis heute unbekannt geblieben, da der Schrumpel stets im Nirgendwo zuzusteigen pflegte, an der Gymi-Haltestelle im Schülergewimmel abtauchte und im Schulgebäude dann geheimagentengleich in einer Klasse versickerte. Während Klaus und sie noch lachen, blickt Elisabetta in die Augen von Nom Son und diese klappt reflexartig ihre Sonnenbrille herunter. Sie hat ihre Gründe dafür …

Wintersemester 1982, Donnerstag. Fanny Moser hat heute eher widerwillig den Bardienst übernommen – in der Heimbar eines österr. Studentenheims und für ihre grippekranke Freundin Birgit Dorn. Es ist nicht viel los, sie kann sogar ein paar Beispiele durchrechnen, während sie Bierdosen an Bedürftige verteilt und Campari mit Orangensaft oder Soda auffüllt. Ab und zu will auch jemand Coffeinsaft, weil der Automat draußen am Gang kaputt ist und sie verkauft nach und nach eine ganze Thermoskanne davon. Fanny ist zu später Stunde eben damit beschäftigt, frischen Kaffee zuzubereiten, als zwei schwer äthanolbediente Gestalten herein wanken und einer davon ist *er*! Wolferl Rosenmüller aus N., in den sie in seinerzeitigen Schultagen hoffnungslos verknallt war – der Grund für ihre Keegan-Poster! Als naturwissenschaftlich geprägter Mensch war sich Franziska immer darüber im Klaren, dass der menschliche Körper in erster Näherung mit einem Hohlzylinder vergleichbar ist. Dieser umschließt den Verdauungsapparat, der sich wiederum als Schlauch denken lässt, mit einem Mundloch am einen und Eh-schon-wissen am anderen Ende. Küssen ist lediglich das saugende Aufeinanderpressen der beiden (richtigen!) Schlauchenden. Basierend auf emotionaler Interferenz hätte Fanny sich diesen Vorgang allerdings mit dem da, mit dem oberen Wolferlschlauchende, trotzdem richtig schön vorstellen können. Sie sucht verzweifelt nach einem Mausloch, um darin zu verschwinden und überlegt schon, ob sie vielleicht unter die Budel kriechen soll, als sie endlich erleichtert bemerkt, dass das gar nicht nötig ist. Die beiden dürften heute schon eine Doppelliesl intus haben – Wolferl würde in seinem Zustand wohl nicht einmal mehr die eigene Mutter erkennen! Fanny entspannt sich wieder und serviert den beiden Kaffee und noch einen Kaffee und noch einen. Dabei hat sie erstmals richtig Zeit, ihren langjährigen Traummann, der sie freundlich doof mit glasigem Alkblick anstarrt, aus nächster Nähe zu studieren. Sehr attraktiv sieht er so ja nicht gerade aus, aber die Schönheit liegt bekanntlich im Auge des Betrachters.

Eine Stunde und einige pechschwarze Getränke später – im Radio ertönt soeben *Barroom Girl* – meint dann der Wolferl zu seinem Freund: »Weißt, worauf i so richtig steh, Lobisser? Auf … auf … auftoupierte Haar, auf enge Röck …« »Die Inge Röck? Du, die heißt doch Marika! In echt? Da bist du dann also vui geranto … geronto … nekro!« »Gerontophil!« Hilft ihnen die gähnende Fanny weiter und blättert ihr Skriptum um. Sie ist inzwischen allein mit den beiden schlingernden Herren. »Danke Gnädigste, gnädigsten Dank … also dann bist du geranophob, Eisenfresser.« »Wer ist *germanophob*?« »Na, die Marika Röck!« »Niemals!« Fanny seufzt, na hoffentlich gehen die dann bald einmal! Nach weiteren zwanzig Minuten Sprachverwirrung sind sie wieder zum Ursprungsthema zurückgekehrt, nämlich Frauen und welchen Bekleidungsstil sie an diesen bevorzugen. Fred Lobisser fährt total auf Tracht ab. Auf Mädchen, die in Dirndlkleidern ins Wasser springen [2] und *die drei L* eben: »Leinen, Loden und Leder, da werd ich schwach Eisi, da werd ich schwach …« »Na danke, so edel bin ich nicht gestrickt. Leinen und Loden assoziier' i mittm Großvater, aber Leder … hm, schwarze Spitzen und Glanzleder …« »Was soll des sein a Kranzleder? Ein Kranz ganz aus Leder?« »Na, geh! Leder am G'wand und Bondidsch Bondädsch-Drapier-irgendwos, oder wie des heißt …« »Vielleicht Bond Age? Die Ära des James Bond? Ein Toast auf den James Bond, ein gerührter Schinken-Käse-Toast!« »Trottel! *Bon-da-ge* schreibt ma des, *Bon-dage*!« »Bon tago? Kannst jetzt etwa gar Esperanto, Eisenfresser?«

Man spannte seine Füße in Fesseln und zwängte seinen Hals ins Eisen.
  Ps 105,18

Nach einem zehnminütigen Esperanto-Ausflug finden sie erneut zur Bekleidung heim. Der Wolferl in weinseliger Halbbeleidigung soeben: »Was sagst, du Bauer, ein Prolet bin i? Jawohl und stolz darauf … also um es kurz zu fassen … jedenfalls steh' i …« »… offensichtlich auf Nuttenoutfits, Eisi, so leid es mir tut!«

♪ ♫ *… I pick all my skirts to be a little too sexy …*

»Sperrstunde ist jetzt, meine Herrn! Adios und gemma, ab in die Heia, weil i sperr da jetzt zu!« Ein kleiner Brizzler geht plötzlich durch den Wolferl, so als hätte er an ein schlecht isoliertes Kabel gefasst und er starrt Fanny ins Gesicht, als wäre sie ein Gespenst. »He, du! Du erinnerst mich an wen …« Fanny wird rot, »Gute Nacht, gemma gemma!« doch er fasst sie an der Hand und wirkt ganz nüchtern für einen Moment. »Du schaust ein bisserl aus wie der Schrumpel aus H.!« Franziska Moser schluckt. »Mei, war die hübsch, war diiie hüüübsch! Aber

an'zogen war die, boooaaah! Grad' als wär' der Röntgen ihr Stilbera-
ter gewesen – einfach unmöglich!« »Komm jetzt, komm Wolferl ...
gemma!« Der Lobisser und sein Freund weisen sich gegenseitig den
Weg in großer und weit ausholender Koalition. Draußen vor der Tür
hört Fanny den Eisenfresser dann noch ausrufen: »Mei war die liiiab!
Man kreuze die Schrumpel mit der Pia Zadora und meine Traumfrau
ist geboren! Meine Venus entsteigt dann dem Schaum ...« »Naa Wolferl, naa jetzt gibt es kein Bier mehr ...« »B52 vielleicht?« »Njet!« Der
Schrumpel liegt später wach in seinem Bett und weiß nun genau, was
zu tun ist: Tunen! Männliche Säugetiere sind seit über 60 Millionen
Jahren geprägt auf pralle Pobacken (L.H.O.O.Q.), ergo: Betonung
dieser und der sekundären stellvertretenden Geschlechtsmerkmale in
Augenhöhe durch passende Schnittführung der Kleidung (= Barock).
Wolferlspeziell eine Farb- und Materialauswahl passend zu dem, was
Durchschnittsamerikanern so zu Gotik einfällt. Unglaublich, wie
simpel die männliche Wahrnehmung abläuft! Das war übrigens jetzt
auch schon die Erklärung für Fannys *Bardamenvergangenheit*, von der
man interfamiliär munkelt. Sollten sie männlich sein und an einem
Schwieger-Konflikt laborieren, empfehle ich wärmstens detailgenaue
Kommunikation. Die Frage danach, wo ihnen Frau/Freundin erstmals
über den Weg gelaufen ist, bitte nicht wie Wolferl: »In der Bar war's,
sie hat dort gearbeitet.« beantworten.

Damals, bei der Garagenhausbesichtigung, hat Kili sich gewundert,
dass Defi, der doch immer so großen Wert auf Benehmen legt, Jadéites
Aperitifwünsche gar nicht erfragte. Mit allergrößter Selbstverständlichkeit hatte er gelben steirischen Muskateller in ihr Glas geschenkt.
    Kili empfand das als ähnlich unhöflich, wie Irenes seinerzeitige Ant-
wort auf Mamas Bitte nach einem Campari-Soda. »Geh Schatzerle, das
trinkt doch heutzutage wirklich niemand mehr ...«, meinte das Rentier
tadelnd »... nimm lieber einen Pisco Sour oder ich mach dir gleich
eine Caipirinha!« Irenes Tonfall behagte Klaus nicht, der sich sofort

stellvertretend gekränkt für Betty fühlte. Umgehend forderte er einen Polar-Mojito bzw. Ron Collins Plus von der Dame des Hauses. Irene (die samt Eis geshakten Zutaten eines XYZ soeben in drei gekühlte Cocktailgläser abseihend) starrte ihn nur ausdruckslos an. Seine Behauptung, dass gestoßenes Polareis, Bio-Limettensaft, Grander- statt Sodawasser mit Wodka statt Rum plus pulverisiertes argentinisches Rindermark statt Rohrzucker ihr doch bekannt sein müsse, änderte nichts an diesem Blick, währed sie die Limettenscheiben arrangierte.

Was Toni für Verena ist, das ist Klaus für Irene – ein Allergen eben! Umgekehrt und überkreuz verhält es sich ähnlich, denn Verenas viertelstündige Vorträge über die romanischen Fresken in Pürgg und ihre Erklärungen, warum diese auch byzantinische Elemente enthalten, öden Irene direkt proportional zum Widerwillen an, der durch ihr auffälliges Drapieren der Pkw-Schlüssel (®BMW 7er), ständiges Namedropping, Weinverkosten, Bussi-Bussi-Gehabe und Golfen mit der Prosecco-Fraktion bei Verena ausgelöst wird. Man kann nicht miteinander, findet den jeweils anderen lächerlich bis unmöglich und reibt sich sozusagen auf. Betty war damals übrigens überhaupt nicht beleidigt und hätte gerne eine Caipirinha gehabt.

(…) wenn auch unser äußerer Mensch aufgerieben wird, der innere wird Tag für Tag erneuert.
2 Kor 4,16

Es gibt Leute, die sich dadurch Gewicht zu geben suchen, dass sie sich ihrer Verbindung, ihrer Verwandtschaft, Freundschaft oder ihres Briefwechsels mit Gelehrten rühmen. Das ist eine Torheit, der man sich enthalten soll.
~~~ Knigge ~~~

Momentan tut Kilian Irene trotz ihres Getues aber einfach nur furchtbar leid. Strengt sie sich doch ununterbrochen an, das Leben der Garagenhäusler perfekt zu planen; von der Ernährung bis zur sorgfältigen Auswahl von Zimmerpflanzen, Freundeskreis, passenden Schulen und dem Fernsehprogramm. Daneben macht sie sich viel Mühe damit, modisch am Puls der Zeit, topfit und schön zu sein und ihr stabiles Untergewicht zu bewahren – soviel hat auch Kilian mit seinen vierzehn Jahren vom Leben des Rentieres mitbekommen. Alle Mühen haben aber nicht einmal dafür ausgereicht, dass Pius sie zumindest nicht gezielt betrügt. Im Gegenteil – ständig, ungeniert und mit System! Das Bündel von Konferenzschildchen aus Jadéites Zimmer fällt Kilian ein. Diese Freundin nimmt er sogar noch mit nach Hause und lässt die ahnungslose Irene im Glauben, das alles es sei ihre Idee gewesen! Wie lange das wohl schon läuft zwischen beiden? Jedenfalls hat Defi offenbar damals bei der Hausbesichtigung längst über Jadéites Getränkevorlieben Bescheid gewusst, danach sieht es rückblickend aus. Kilian sieht die Szene vor sich – alle stehen sie um den Tisch, der leicht an einen Altar erinnert und dessen Platte vom verkieselten Stammquerschnitt eines Nadelbaumes aus dem versteinerten Wald von Arizona gebildet wird. Sie begutachten die vom geschwenkten Wein auf der Glasinnenseite hinterlassenen Schlieren, reden irgendetwas von »Kirchenfenstern« und »Extrakten« daher. Sie entdecken diverse Gewürze, Früchte und gar noch eine Note von »Katzenpipi« im Glas, sowie eine »dropsige Steinobstnase« (womit nicht die von Onkel Hansi gemeint ist), stoßen auf das Haus an und nehmen schließlich auf den Lärche-Grigio-Hockern Platz. An Odysseus' Bett muss Kilian nun denken – ebenfalls aus einem Baumstamm gefertigt – denn der hatte ja auch eine Geliebte. Ob das cool ist, fragt er sich und Treue nur die Weltanschauung der Gehemmten, wie Toni es formuliert? Mehrere Reginen … ?

Tugend besteht nicht aus der Abwesenheit der Leidenschaften, sondern in deren Kontrolle
~~~ Josh Billings ~~~

♪ ♫ *… in der Liab, da muaß an Abwechslung sein …*

»Man kann Tierliebe auch übertreiben …« Irenes Stimme (sie befinden sich alle nach wie vor auf dem Allerheiligenspaziergang) dringt nun an Kilians Ohr. »Nicht genug, dass Pius für Mars plötzlich Bettwäsche benötigt hat – die Militärdecke kratzt das empfindliche Hunderl plötzlich – nein, er kocht jetzt sogar noch für das Vieh!« Elisabetta ist leicht erstaunt: »Er kocht für den Hund?« »Ja, stell dir das einmal vor! Eine Pfanne hat er mitgenommen ins Gartenhaus um Eier darin zu braten. Die bekommt der Hund nämlich, damit sein Fell schön glänzt. Wegen der Salmonellengefahr, hat Pius gemeint, dürfen sie nicht mehr roh sein! Dabei sind es doch Bio-Eier von den Filzmeiern oben – aber so ticken Männer eben, tja!« »Ach so?« Verena mischt sich ein. »Ich dachte, Männer ticken logisch, oder? Eipulver im Hundefutter – das wäre ja noch nachvollziehbar, aber Bratpfanne ins Gartenhaus? – entschuldige schon …« schon ewig geht das so hin und her zwischen Verena und Irene …

Es ist später Mittag 1993 im Kindergarten von N. – die Kleinen werden abgeholt. »Patrick, sag Danke zur Tante. Sag jetzt schön Danke!« drängt eine jüngere Irene soeben ihr damals vierjähriges Kind. »Gib ihr ein Bussi, Patrick. Sei lieb und gib der Tante ein Bussi!« Verena steht daneben und erklärt dem ebenfalls vierjährigen Kilian: »Kilian, du brauchst Tante Mimi kein Bussi zu geben. Kinder haben ein Recht darauf, über ihre Intimsphäre selbst zu bestimmen. Im Gegensatz zum armen Patrick darfst du selbst entscheiden, an wen du deine Bussis verteilen magst.« Irene wiederum animiert ihr Kind mit bebender Stimme: »Die Tante ist ganz traurig, Patrick, wenn du ihr kein Bussi geben magst.« Verena klärt den kleinen Kilian nun reflexartig darüber auf, dass Tante Mimi ein vernünftiger Mensch sei und seine Non-Bussi-Entscheidung sicher respektieren wird, ohne gleich gekränkt zu sein. Da erklingt Elisabettas Stimme von der Eingangstüre her:

»Kilian! Patrick! Wollt ihr mit mir mitgehen und Kastanien sammeln?«
Und zu Verena und Irene gewandt meint sie ärgerlich: »Ihr zwei werdet ja heute sicher noch im Kindergarten nachsitzen müssen, gell?«
Patrick wollte Tante Mimi übrigens tatsächlich kein Bussi geben, Kili
hingegen sehr wohl!

Der Frondienst und der Selchroller sind nun gar schon in die gedruckte
Version von gegenseitigem Sich-Aufreiben eingetreten. Nicht, dass die
beiden nun Streitschriften gegeneinander verfassten, das Gedruckte ist
vielmehr von ganz geringem Ausmaß – nämlich Visitenkarten. Elisabetta ist trotzdem peinlich berührt vom spätpubertären Verhalten
der beiden. Nachdem Ex-Pädagoge Toni, nunmehriger Handlungsrei-
sender im Auftrag der Firma seiner Frau, kürzlich dazu übergegangen
ist, *Mag. Anton Bauer-Pointner, Philosoph* (ein ungeschützter Begriff!)
auf seine Visitenkarten drucken zu lassen (da er das für verkaufsför-
dernd hält) sah sich der Frondienst in Zugzwang. Er ließ ebenfalls
Visitenkarten drucken, auf denen nun *Mag. Klaus Lichtwald, Abt des
noch zu gründenden Klosters Bad Edelsbrunn* zu lesen ist. »Ist das etwa
dein erklärtes Lebensziel, Herr Cousin, ein Torkar zu sein, der ständig
aufgeblasene Zeitgenossen ansticht? Das linguistische Gebirgsjäger-
Ersatzbataillon 136 oder so? Du bist absolut lächerlich, Frondienst.«
kommentiert seine Cousine das. »Wieso lächerlich? Ich bin von der
Berufung zum Priester genauso weit entfernt, wie der Toni es von
einem Philosophen ist!« »Du bist auch von der Berufung zu etwas
mehr Gelassenheit angesichts deines vollendeten Vierzigers genauso
weit entfernt wie Verena. Ihr zwei müsst euch immer noch zwanghaft
dort festbeißen, wo euch irgendjemand eines eurer Reizwörter hin-
streut. Vielleicht solltest du dir an Christus ein Beispiel nehmen, als
ihn Pilatus nach der Wahrheit gefragt hat.« »Ich bin ♪ ♫ aus-ge-tre-
ten!« »Wurscht! Getauft bist du jedenfalls und von wem ich spreche,
das weißt du ja auch!« »Und? Was hat er gesagt?«»Eben nichts! «

♪ ♫ … *you say it best, when you say nothing at all …*

Da sagte Pilatus zu ihm: Du sprichst nicht mit mir? Weißt du nicht, dass ich Macht habe, dich freizulassen, und Macht, dich zu kreuzigen? Jesus antwortete: Du hättest keine Macht über mich, wenn es dir nicht von oben gegeben wäre;
Joh 19,10-11

Als vom gemeinsamen großfamiliären Allerheiligenspaziergang alle wieder zurückkommen, sitzt Jadéite mit einem Buch und einem Glas Wein in der aufgeräumten Küche, richtet Grüße von Defi aus und erklärt Irene mit allergrößter Scheinheiligkeit, dass dieser dringend ins Spital zu einem Notfall musste. Als sie später Kilian freundlich ein Reststück vom Allerheiligenstriezel anbietet, wendet der sich angewidert ab. Bald danach erwischt ihn die Mademoiselle dann alleine oben am Gang: »Ich weiß genau, dass du es warst Kilian.« Er schaut sie an, als hätte er keine Ahnung, wovon sie spricht. »Vorhin im Keller, das warst doch du!« Kili dreht den Kopf weg. »Ach Kilian! Ich habe doch dein Erschrecken direkt gespürt! Kevin hätte sicher nur gekichert.« »Schämst du dich nicht?« richtig zornig ist er auf einmal. »Ich bin kein Engel, Kilian, « klärt sie ihn auf, »aber mit vierzehn bist du doch schon erwachsen genug, um zu wissen, dass so etwas nun einmal passiert im Leben, oder?«

Denn er befiehlt seinen Engeln, dich zu behüten auf all deinen Wegen.
Ps 91,11

Diese Definitionen von Erwachsenwerden liebt Kili in etwa so, wie der Frondienst die Ideen des Herrn Bernstein liebt. »C'est la vie, ma chérie – so ist das Leben; in der Liebe gibt es kein Gesetz …« flüstert Jadéite, weil Kilian so gar nichts sagen mag. »Na, wenn ihr euch gar so liebt und es sowieso kein Gesetz gibt, das euch noch behindert, warum müsst ihr euch dann erst wieder im Keller verstecken mit eurer großen tollen und freien Liebe?« murrt er grantig und wendet sich ab, was Jadéite nun doch sehr überrascht von dem erst Vierzehnjährigen.

Im alten Tischherd flackert schon das Feuer und die Buchenscheite prasseln, damit die Küche behaglich warm wird für den alliierten Frühstücksaufmarsch. Es duftet nach Kaffee und frischem Topfenstrudel, während draußen vorm Fenster leise die Flocken fallen. Sie schweben sacht herab, legen sich auf den Weg, auf die blauvioletten Astern im Garten, auf Großvaters frisches Grab drüben am Friedhof – der erste Schnee im Jahr, heuer schon so früh!

Klaus hat dieses Mal auch hier im Haus übernachtet. Er muss auf dem Weg zum Frühstück nun durch Tündes Zimmer. Vor einem Jahr hat er bei ihr ein Taschenbuch mit dem Untertitel *Frauenprotest gegen die Männerkirche* gefunden, auf dessen Coverkarikatur der momentane Papst von einem durch die Luft segelnden Pumps gleich getroffen wird. »Kluges, kritisches Mädchen!« hatte er sie damals im Geist gelobt – das war ganz nach seinem Geschmack gewesen. Und was musste er jetzt da auf ihrem Nachttisch finden? *Die Theologie des Leibes* von eben diesem Johannes Paul II., die sich mit dem Stellenwert der menschlichen Liebe im göttlichen Heilsplan befasst! »Gehirnwäsche …« murmelt er verärgert und knallt damit das Buch wieder auf seinen Platz zurück. Diese Sekte musste ihr eine Gehirnwäsche verpasst haben, kein Mensch kann sich derart wandeln, denkt er sich. »Nein, nicht Gehirnwäsche, sondern Herzwäsche!« antwortet jemand unvermutet hinter ihm. Hat er Tünde doch glatt übersehen, die am Boden kauernd ihren Rucksack unterm Bett hervorholte. Das Erlebte bewirkt, dass Klaus nun bei sich eine Beinamenwäsche und Neutaufe Tündes vornimmt und die Bezeichnung *Bitch of Aquarius* den Gulli hinunterspült. Fortan heißt sie für ihn die *neuevangelisierte Spinnerin am Kreuz*. Das ist aber keinesfalls der längste Rosenmüller- Beiname.

Irene etwa wurde, bevor man sie aufgrund ihrer Teilnahme an einem finnischen Marathon in *Rentier* umtaufte, drei Jahre lang die *Grapefruitkernextraktkapselschluckerin* genannt.

Drago, Kili und der Frondienst sind mit Weihnachtsdeko für den Shop nach Wien unterwegs. Im Jahr davor hatte Verena eine zurückhaltende adventliche Dekoration mit Nüssen und violetten Bändern ausprobiert – einmal ganz ohne Glitzerkram. Das ist bei den Kunden gar nicht gut angekommen – ob sie in Konkurs gehe, ob jemand gestorben sei, ob sie depressiv sei etc. wurde sie gefragt. Man will nicht hin warten auf den Glanz, die so genannte Vorweihnachtszeit hat gefälligst schon vollweihnachtlich daherzukommen! Gewartet wird nicht und auf nichts – ein Heiliger Abend, der dann gar kein Highlight mehr ist, sondern nur der erschöpft rülpsende Abschluss rastloser Umtriebigkeit, ist dafür offenbar kein zu hoher Preis. Klaus hat es sich am Beifahrersitz bequem gemacht und als sie das Ende des Liesing-Palten-Tales erreichen, holt er tief Luft um mit seinen historischen Ausführungen zu beginnen: »König Ottokar II. hat die Siedlung dort unten …« Kilian und sein Vater ergänzen sofort: »… einst aus strategischen Gründen in eine Murschleife verlegt!« Klaus tut ganz erstaunt. »Ich bitte dich, mein ansonsten geschätzter Frondienst, das alles hast du Kili und mir doch schon hundertmal erzählt!« meint Drago. Kilian bekräftigt noch: »Wenn es dir vielleicht möglich ist, möchte ich heute einmal an Bruck/Mur vorbeifahren, ohne mir die Geschichte vom als Pilger verkleideten Richard Löwenherz anhören zu müssen.« »Null problemo, kein Problem!« kommt es ein leicht gekränkt zurück. »Danke!« Klaus grummelt. Fast unhörbar murmelt er ein Asterix Zitat (*Sie sind alle so dumm, und ich bin ihr Chef!*) und seufzt dabei. Dann schweigt er. Als sie aber im Niederösterreichischen drüben dann die Semmeringschnellstraße wieder verlassen und die Landschaft sich weitet, streckt er die Arme aus um laut seine spezielle Wienhymne von *One Family* zu singen: *Schmoiz rinnt auf da Donau – Da Strauß fiedelt sein Sohn au.* Natürlich muss jetzt auch erwähnt werden, dass Wiener Neustadt mit einem Teil des Lösegeldes für Richard Löwenherz … etc. etc. Klaus kann nicht anders – er ist Zwangshistoriker!

♪ ♫ … *the history book on the shelf* …

Verschwunden ist die leuchtendblaue Wegwarte vom Straßenrand, nur schneebemehlte Gräser recken sich, weißen Haarbüscheln gleich, empor. Keine Kristallbildung – als hätte man sie mit Stickstoff schockgefrostet. Um einem Stau auf der A2 auszuweichen, fahren die drei Herren irgendwo in der Gegend um Vöslau zwischen winterlichen Feldern und Äckern dahin, deren Schneedecke dünn und dem Wind ausgesetzt daliegt. Gigantische sechsarmige weibliche Strommasten reichen sich gegenseitig surrende die Kabel zum elektrischen Stromwolle Abwickeln weiter. Nachts träumen diese stahlverstrebten Riesinnen wahrscheinlich vom Eiffelturm und untertags würden sie gerne die große Markthalle in Budapest sein – eine ganz besondere Konstruktion eben und nicht nur eine wie alle anderen. Die Stoppeln am Feld haben sich vielerorts borstig durch den harschen Schnee gebohrt, als läge ein ganzes Volk von großen strohgelben Flachigeln unter einer weißen Decke versteckt. Am Ried drüben hängen unterschiedlichst dimensionierte Misteln in den Baumkronen. Verteilte grüne Schaumbälle, aufgefangen von Keschern aus Geäst. Zwei winzige japsende Hündchen in bunt-melierten Hundepullis umhüpfen ihr auf einem Feldweg joggendes Frauerl. Die Laufende trägt elastischen gefütterten Funktionspolyester, ihr brünetter Pferdeschweif über dem Fleece-Stirnband wippt hin und her. Hinter den dreien erstrecken sich weiter im Westen die Felder hinauf bis zum Horizont, wo im stonewashed sky ein paar Krähen segeln. »Das könnte ebenso gut Irene sein, diese Frau da, « meint Kili und folgt der Joggerin mit den Augen, »sie hat dieselben Klamotten, dieselben Haare, dieselbe Haltung beim Laufen …« »… denselben verbissenen Gesichtsausdruck.« ergänzt Klaus und Drago seufzt. »Doch, doch … « bekräftigt der Frondienst, »… auch wir Menschen sind gemodelt – einer wie der andere. Zwar gibt es eine unbegrenzte Anzahl von möglichen Genkombinationen, aber nur eine begrenzte Anzahl von Modeln in die wir alle gegossen werden. Manche von uns gleichen einander wie eine Tankstelle der anderen: Dasselbe Ambiente, dieselben Produkte, derselbe Geruch.«

Die Heiligen werden in Maria geformt. Es ist nämlich ein großer Unterschied, ob man eine Statue mit Hammer und Meißel aus dem Stein haut, oder sie einfach in einer Form abgießt. Die Bildhauer haben viel Arbeit und brauchen lange, um eine Statue auf erstere Arbeit herzustellen; beim zweiten Verfahren aber haben sie nicht viel Arbeit damit und brauchen wenig Zeit. In einem kühnen Bild nennt der heilige Augustinus Maria die Gussform Gottes: »Würdig bist du, Gottes Form genannt zu werden.« *Wer in diese göttliche Gussform geworfen wird, ist bald in Jesus Christus gebildet und geformt und Jesus Christus in ihm.*
   ~~~ *Hl. Ludwig Maria Grignion de Montfort* ~~~

Irgendwann beim Großvater unten …

… in seiner Werkstatt

»Zwar bist du schon immer der, der du bist, aber die Musik des eigenen Herzens musst du erst finden, dein unverwechselbares Lied, deinen Weg – nur du kannst wissen, wohin er geht. Kein anderer kann dir sagen, wer du wirklich bist!« Opa klopft mit seinen Handknöcheln gegen ein Brett ♪ ♫ *clong clong. »Das ist eine Wildkirsche,« meint er »und egal wo sie gewachsen ist und ob von anderen Kirschbäumen umgeben, oder allein mitten im Buchenwald – ihr Holz wird immer einen deutlich dunkleren Klang haben, als das der Birke.«*

Be who God meant you to be and you will set the world on fire.
   ~~~ *Katharina von Siena* ~~~

2. Kapitel – Advent

Dritter Adventsonntag 2003 – der angehende Firmling Pirmin Rosenmüller erlebt die !JÜberraschungJ! seines Lebens ... Die Rorate vorgestern um 6:30, zu der sie die Firmhelferin, Frau Haider-Hurdle, motiviert hat, war ja zugegebenermaßen tatsächlich noch cool. Wie sie da warm eingemummt und halb verschlafen in der Hl. Messe saßen unter der reich verzierten Kanzel, deren Goldschmuck in der morgendunklen Kirche geheimnisvoll schimmerte. Bei gelegentlichen Mariazellbesuchen hatte er die Basilika ja auch immer schön gefunden.

Sie erwarteten dort das Licht des Morgens, während draußen der Schneewind wehte. Dass wir ja alle zeitlebens auf ein Morgenlicht warten, erwähnte die Haider-Hurdle. Unser ganzes Leben warten wir darauf, dass es heller wird. Unser ganzes Leben hindurch bereiten wir uns auf das Kommen und Sichtbarwerden von Jesus Christus vor. Wie im Advent auf das Weihnachtsfest, so warten wir darauf, dass unser Leben endlich erleuchtet wird von seiner Liebe. Das hatte ihnen die Firmtante zu vermitteln versucht. »Wir harren auf das ewige Licht!« sagte sie, aber Pirmin, der sowieso schon seit fünfzehn Minuten geistig abgedriftet war, konnte dafür keinerlei Ohrwaschel mehr aufbringen. »Wozu *harren* ...«, murmelt er ungehalten »... soll sie sich halt umdrehen, die blinde Haider – brennt schließlich eh da vorne beim Tabernakel, das *Ewige Licht* ...« und damit lag ja gar nicht so falsch. Als sie dann anschließend bei duftendem Tee, Honigstriezel und Waldviertler Mohnzelten im Pfarrhof saßen, das hatte schon was! Etwas Heimeliges, ein Gefühl von Zugehörigkeit und auch etwas Spirituelles. Gebetet hatte Pirmin an diesem Freitagmorgen nämlich auch –wegen der versemmelten Schularbeit und der Gefährdung in Englisch. Nicht etwa, weil er jemals so werden wollte wie Mama Fanny, die abends, wenn alle schon im Bett waren und sie sich abgeschminkt hatte, vor

ihrem Hausaltar immer den Rosenkranz betet. Der Hausaltar überhaupt! Dieses blumengeschmückte Unding, dieser qualvoll kitschige
Style Crash im ansonsten homogenen Schwarz und Chrom des Tech-
nikerhaushalts. Dazu links und rechts ein Engerlmandala und ein
ausgedrucktes rundes Häkelmuster – also echt! [3] Und dann auch
noch dieses Herz-Jesu-Bild, ganz blutrot – also geht's noch!?

♪ ♫ *… and I'm covered with His blood …*

Kann man das nicht versteckter und dezenter machen? Wie west-
europäische Brustvergrößerungen etwa? Statt Porzellanmadonna ein
winziges Poster, das bei flüchtigem Hinschauen als Nina Hagen CD
durchgehen könnte? Wird echt peinlich, wenn sein Freund Snowball
das sieht. Dessen Eltern sind nudistische Nihilisten – das kann doch
einfach mehr! Vielleicht spinnt Mama irgendwann dann auch, so wie
jetzt Tünde. Sogar Kevin, der sie meist verteidigt, hat das neulich
bemerken müssen. »Wollt ihr mich nicht einmal zur Anbetung begleiten?« hatte sie ihre Großneffen nämlich gefragt, ohne vorher ins
Fernsehprogramm zu schauen, also echt! »Geh bitte! Um diese Zeit
spielt's doch gerade Stargate!« »Ich verrate euch einmal etwas, ihr zwei:
der Anbetungsnachmittag ist ein reales Stargate, nicht nur Fiktion!
Eines Tages werdet ihr das hoffentlich auch merken dürfen.« Hoffentlich steckt sie Mama nicht an damit – auffällige Hausaltäre und
Rosenkränze waren ja schon peinlich genug!

Da war doch Rosa-Oma entschieden die Coolere und Vernünftigere.
»Ein bisschen Religion braucht der Mensch schon«, pflegte sie stets
zu sagen, »ganz so wie den Staubzucker am Kuchen!« Ab und zu ein
seelenwärmender Gottesdienst mit einer schönen Predigt – vor allem
zu Weihnachten – das könne nicht schaden, das täte richtig gut. Aber
Anbetung sei für alte Weiblein und das höchste Gut sei die Gesundheit und am nächsten wäre man Gott doch draußen in der Natur!

Pirmin war ganz ihrer Ansicht. Bei der Erhöhung des Kirchenbeitrags schimpft Rosa-Oma immer, aber Hermann-Opa erklärt dann stets, dass das Christentum ein wesentlicher Teil unserer Kultur sei und alle schönen Kirchen und natürlich das Diözesanmuseum erhalten bleiben sollten, was wiederum Geld koste. Ein weiterer Punkt ist dann das kirchliche Begräbnis: »Ich möchte doch schließlich nicht am Ende meiner Tage wie ein Hund verscharrt werden!« pflegt er mit einer weit ausholender Handbewegung (so als würde er soeben schon etwas von der zum Verscharren benötigten Erde aufstreuen) stets zu sagen. Auch dieses Argument findet Pirmin vernünftig. Nur nicht die gesunde Mitte verlassen! Zuwenig und Zuviel ist bekanntlich des Narren Ziel und das hier ist eindeutig *zu viel!* Dass nämlich Snowball und Schleimi und er von der Firmhelferin ein zweites Mal innerhalb einer Woche (!) motiviert wurden, an einer Heiligen Messe teilzunehmen. Am Sonntag, wo er doch vorgehabt hatte, sich genüsslich auszuschlafen. Noch dazu zelebriert heute der langsame alte Pfarrer Riesling mit seiner brüchigen Stimme und dem schlurfenden Gang – im schilcherfarbenen Messgewand – na bravo! Es ist der dritte Adventsonntag: »Freut euch im Herrn allezeit« sagt er jetzt gerade.

Freut euch im Herrn zu jeder Zeit! Noch einmal sage ich: Freut euch! Eure Güte werde allen Menschen bekannt. Der Herr ist nahe. Sorgt euch um nichts, sondern bringt in jeder Lage betend und flehend eure Bitten mit Dank vor Gott!
Phil 4,4-6

Weiter vorne sitzt Pirmins Mama, mit ihrer Sonnenbrille oben am Scheitel. Sie kann nicht sehen, wie sie gähnen und kichern. Wenn heute schon *Gaudete* ist, warum nicht seinen Spaß haben? Da vernehmen die drei Buben direkt hinter sich ein metallisches Klackern am Steinboden, ganz wie das Klirren der Sporen an staubbedeckten Lederstiefeln (etwa in Italo-Western, bei denen Oma vorm Fernseher

Giuliano Gemma anhimmelt). Ein etwas zu spät kommender Kirchengeher hat in der Bank hinter ihnen Platz genommen. Er muss riesengroß sein, soviel hat Pirmin aus dem Schatten geschlossen, den er eben auf den alten Muschelkalkboden warf, als er seine Kniebeuge machte und sich bekreuzigte. *Licht kann auch stecken bleiben und dabei einen Schatten erzeugen* weiß Pirmin von seiner Mama – Nom Son ist Lasertechnikerin und Licht daher ihr Werkzeug. Schleimi, Snowball und er halten jetzt einmal still. Sie wundern sich zwar, dass der Kirchenbankhintermann die deutschen Texte des Priesters mit englischen Antworten ergänzt, vergessen ihn aber irgendwann wieder. Als sie weitertuschelten, räuspert er sich allerdings hörbar. Was will der blöde Sack, schließlich sind wir ein freies Land? Schleimi dreht sich kurz um, um ihm den vernichtenden Phaserkanonen-Blick zuzuwerfen und erstarrt in ungläubigem Erstaunen, Snowball und Pirmin drehen sich daher reflexartig ebenfalls um, doch sogleich schnellen ihre Köpfe wieder nach vorne: Absoluter Wahnsinn! In der Bank hinter ihnen sitzt tatsächlich eines ihrer erklärten Idole: Q-*Flash Fireweed*, der hünenhafte Drummer von GEIERWALL-Y11, ehemaliger Frontman von *Master Disks* und Begründer der Musikrichtung Techno-Waltz-Slunge! Erst vorige Woche hatten sie im Musikunterricht dessen Soud-Morphing bei Frédéric Chopins Walzer As-Dur analysiert. Fireweed sieht von den Stiefeln bis zum Hals herauf wie ein Klingone aus, oben wird er allerdings durch den Kopf eines bekannten englischen Fußballers in der Langhaarversion ergänzt – Q-Flash Fireweed hier und heute in N., leibhaftig in der Bank hinter ihnen – absoluter Wahnsinn, unfassbar …

Keiner weiß etwas von einer Österreichtournee oder so. Es klingelt hell vorne beim Altar und tausend flüssige Silberglöckchen rieseln über die Rücken der Gläubigen. Der hühnenhafte Mann – der mit Taufnamen John Christopher heißt, wie unlängst im Rock-Report zu lesen war – geht in die Knie, Pirmin und co nicht. Da flüstert eine dunkle und starke Stimme, die sich anhört, als käme sie aus den Tiefen der Erde, ihnen von hinten zu: »Bend your knees – for this is the King of Kings.« um dann auf Deutsch fortzufahren: »Wenn du dich vor Jesus Christus beugst, brauchst du nie mehr vor irgend jemand anderen auf Erden in die Knie zu gehen.«

♪ ♫ ... *it may be the devil or it may be the Lord, but you're gonna have to serve somebody ...*

Auf seinem Gewand und auf seiner Hüfte trägt er den Namen: «König der Könige und Herr der Herren».
Offb 19,16

Kilian blickt Zähne putzend aus dem Dachfenster, er findet den englischen Ausdruck *skylight* (letzter Vokabeltest!) sehr passend. Verena blickt ebenfalls Zähne putzend aus ihrem Küchenfenster hinunter in den Hof. *Skywalkerin* ist einer der Beiname, den Klaus ihr einmal gegeben hat. Weil sie da oben wohnt, weil sie – so denkt der Frondienst – Schwierigkeiten damit hat, ihre Träume und Vorstellungen in die Realität herunter zu brechen und wegen Herrn Grünbaum. Diesen nennt Klaus nämlich *Meister Yoda*. Der Reif mit seiner bitterkalten Frostzunge hat in der Nacht übers Land geschleckt und nun überzieht sein kristallweißer Soor die Dachflächen. Unten in Hof schlurft Herr Grünbaum vorsichtig über die alten Steinplatten. Den gesamten Papierkorb mit Zeitungen, Briefen und vielen halbzerknüllten Schnipseln hat er heute in den Container geworfen. Zweimal bleibt er stehen und sieht sich nachdenklich um. Dann hebt er langsam den Kopf und blickt suchend nach oben, seine wunderschönen dunklen Augen liegen tief in den Höhlen und sein Kopf ist schon kleiner als der Durchmesser des Papierkorbs es war. Heute erscheint Verena der frondienstliche Beiname einmal gar nicht so unverschämt, sondern irgendwie passend. Meister Yoda trägt rot-grau karierte Hausschlarpfen und es ist das letzte Mal, dass die Skywalkerin ihn hier in diesem Leben sieht.

Von der Lichtenfelsgasse kommend nähert sich im Advent 2003 ein Personengrüppchen dem Rathausplatz. Der Frondienst macht seine Begleiter hier an der Südseite des Rathauses auf das *milde Gitter* aufmerksam. Das prächtige dreiteilige Gittertor am Haupteingang ist zwar zackenbewährt und trägt eiserne Spitzen, aber weil es einst vom Schlossermeister Albert Milde gefertigt wurde, nennt Klaus es immer so. »Ausnahmsweise einmal nicht von Richard Löwenherz …«, denkt Verena und nun treten sie auf den Platz hinaus. Hier stehen viele Holzhütten im leichten Nieselregen; es sind keine Notunterkünfte, sondern der alljährliche Christkindlmarkt. Ein Duft nach Glühwein, Punsch, Ofenerdäpfeln und Maroni hängt in der Luft. Klaus erklärt Kilian, nach welchen Gesetzen das hier alles abläuft. »Die Formel für Veranstaltungen im Freien besteht aus zwei Konstanten kombiniert mit beliebigen Variablen. Man nehme einfach einen oder mehrere Glühwein-, Grillhendl-, Bier-, Bratwurst- oder Punschstände als Basis und arrangiere darum herum beliebig und nach Geschmack den Buchstaben K: Keramik und Kunsthandwerk, Kerzenzieher, Krippenfiguren, Krampusse, Kirtag, Kinderaugen (leuchtende!), Kuchen und Kekse, Kräuter, Krempel, Karusselle, Kleinvieh, Kasperln, Käsemacher, Kurzstreckenläufer, Krachlederne, Krachmandeln, Kirchenchöre, Kapellen und Kapellmeister, Kellermeister, Kaiser aller Art, Kesselflicker, Kupferschmiede, Kartenleser, Kurpfuscher, Korbflechter, Körperbemaler, Komiker, Kraftmenschen und Kraftwagen, Kosmetik, Kleidung, Klöppelspitzen, Kitsch, Kampagnen für oder gegen was und schließlich das Kotzen. Wichtig ist nur, dass die Basis stimmt: das Essen und Trinken – das sind die ewigen Konstanten, alles andere ist optional.«

Duftlampen in Form von kleinen Kirchlein oder Kachelöfen gibt es, bemalte Räuchermandln und –weibln und dazu Laden voll mit bunten

Franziskerln. Nussknacker in allen Größen stehen zwischen plüschige Weihnachtsmännern mit bimmelnden Glocken und natürlich gibt es Rauschgoldengel und Christbaumkugeln – viele Christbaumkugeln! Einige Hersteller nahmen offenbar Anleihe bei der Ikonenmalerei. »Ikonen werden geschrieben und nicht gemalt, Kachelöfen werden gesetzt und nicht gemauert, Orgeln werden gebaut (wie Häuser und Joints) und danach gefasst, statt gestrichen und Heißluftballons ...« denkt er nun sehnsüchtig, während er die vielen bunten Kugeln bestaunt. »... Heißluftballons fahren, sie fliegen nicht!« Aus Glas ist der runde Baumschmuck gefertigt, aus Porzellan, mit Bauernmalerei bepinselt, mit schimmerndem Garn umhäkelt, mit Perlen verziert, mit Gewürzen beklebt. »Ich glaub' ich hab' grad ein Deja Vu! So ein Ding da ist über Jahrzehnte in der Kredenz meiner Mama verstaubt.« meint Klaus und weist dabei auf die vor 30 Jahren schon einmal trendy gewesenen Kugeln aus Gewürznelken- und Sternanis.

Ein riesiger, aus den ihm vertrauten Wäldern entführter Baum erhebt sich stolz und allein vor dem Rathaus. Gehüllt in ein dichtes Netz aus Lämpchenkabeln sieht er wie ein gefangener Wassermann aus. Neben ihm steht die Tafel mit den Grüßen seines Heimatbundeslandes an Wien. Die in mehrere bunte Tücher gewickelte Tünde winkt sie nun alle zu sich an einen etwas breiteren Stehtisch (bedeckt mit weihnachtsroter Plastikfolie). Für Tünde ist jetzt wieder die Zeit der riesigen verschweißten Guinnesspacks gekommen (ebenfalls in Plastikfolie). Nicht vom Bier ist dabei die Rede, sondern vom *Guinness-Buch der Rekorde*. Dieses ist nämlich für viele Kunden ihrer Buchhandlung jedes Jahr das ultimative Weihnachtsgeschenk. Tünde trägt schwarze Handschuhe, die nur bis zum zweiten Fingerglied reichen und hat Punsch, Tee, Buchteln und Brezeln organisiert.

Der Nieselregen geht zur Freude aller in leichten Schneefall über. »Weiße Weihnachten!« »Heuer gibt's weiße Weihnachten!« rufen einige der Punschisten von den anderen Tischen herüber und die Charity-

Glöckchen klingeln ♪ ♫ ♫. Schon sind irgendwo Krawattltenöre mit Takten von *I'm dreaming of a white Christmas* zu vernehmen. Gerade noch rechtzeitig kommt die musikalische Krisenfeuerwehr, die Taskforce Glawischnig/Mittergradnegger in Gestalt von drei gebürtigen Kärntnern mit *Werst mei Liacht ume sein* zum Einsatz. Diese ist ein Teil der *Battle* Group »Kärntnerlied« und gewährleistet stets ein sicheres musikalisches Umfeld für die Zivilbevölkerung. Gekrächzte *glistening treetops* und *sleigh bells* zerbröseln im Ansturm von derartigem Wohlklang. Die schönen großen Laternen vor dem Rathaus mit ihren je fünf Lampentrauben verströmen mildes vanillecremefarbenes Licht zwischen ersten Flöckchen. Kilian, Verena, Tünde und Klaus sind nun auf dem Weg Richtung Jonasreindl, wo über den U-Bahn-Ausgängen leuchtende Drahtengel samt Posaunen hängen, ihre goldenen Flügel schaukeln im leichten Abendwind, der sacht durch den dichter werdenden Schneefall durchweht. Am Zielort, einer Kirche in den Außenbezirken, wollen die vier sich mit Oma, Mama, Charlie und Drago treffen. Jadéite ist leider verhindert, Alex heuer erstmals seit Jahrzehnten nicht mit dabei. Die ausgeleuchteten durchbrochenen Zwischenräume der gotischen Votivkirchen-Cornettos schimmern in der Dämmerung zur kleinen Schar herüber, während sie die Rolltreppe abwärts nehmen.

♪ ♫ ... *Kindle fein Kindle klan, werst mi tröstn, werst mi trågn, werst mei Liacht ume sein, dei Liab werd ka Schnee nit vawahn ...*

Feines Kind, kleines Kind – du wirst mich trösten und mich tragenund du wirst mir das Licht sein nach drüben, denn deine Liebe wird der Schnee nichtverwehen

Ein bisschen komisch fühlt sich Klaus heuer. Die seltsame Einsamkeit nach einer jahrzehntelangen Beziehung schmeckt bitter um die Weihnachtszeit herum, auch wenn die letzten paar Jahre keine süßen mehr waren. Geheiratet hatten sie ja nie, das war einfach kein Thema und rückblickend wohl auch ganz gut so – viele Geschiedene im Freundes- und Bekanntenkreis des Frondienstes waren nämlich am Beziehungs- exit plötzlich mit USIA-gleich agierenden Ex-Partnern konfrontiert. Dieses blöde Keltendorf aber auch! Es hatte das schon lange gefüllte Frustfässchen damals zum Überlaufen gebracht – fassungslos hatte Alex ihn angestarrt, nur weil er ehrlich war und dabei so getan hatte, als wäre es ein Witz – sie kannten sich aber nach zwanzig Jahren einfach zu gut … »Na wie wär's damit, du alter Hühnergeier?« hatte sie ihn schnippisch gefragt und mit dem Prospekt für eine keltische Erlebnishochzeit herumgewachelt. Man konnte in diesem Keltendorf eine *keltische Ehe* für ein Jahr und einen Tag schließen. Wie es mit der rechtlichen Stellung etwaiger innerhalb einer keltischen Ehe gebore- nen/gezeugten Kinder aussieht, war nirgendwo vermerkt, aber egal. Im Package inkludiert war jedenfalls ein prunkvolles Hochzeitsgelage mit mehrgängiger Wildkräuterküche im iro-schottischen Rundhaus auf Fellen und Bänken. Außerdem ein Bräutigam hoch zu Ross, DruidIn- nen, Feuerkreise, Trommeln, Musik, Rituale und natürlich jede Menge Spaß! »Für ein ganzes Jahr? Aber geh, woher soll ich denn wissen, ob ich dich morgen überhaupt noch will, meine alte Waldschnepfe, hä?« ja, das war's dann eben …

♪ ♫ … *will you still love me tomorrow* …

♪ ♫ … *have you ever really (…) loved a woman?*

Pater Lenz, der heute hier sein wollte, ist auch nicht gekommen. Auch wegen einer Hochzeit, seiner eigenen und theoretischen nämlich. Der Hipflinger hatte jovial gemeint, dass er persönlich nichts dagegen hätte, wenn Geistliche auch heiraten dürften bzw. der Zölibat end- lich … Weiter ist er aber nicht gekommen, denn Pater Lenz hat ihn unwirsch gefragt, was es ihn überhaupt angehe, ob er, der Priester, heiratet. Das könne ihm, dem Hipflinger, doch so was von egal sein. Falls es nicht bekannt sei, dürfe er sowieso alles, wolle allerdings nicht, da schon anderweitig vergeben. Es war dem Hipflinger aber nicht egal – er hat sich beleidigt und sein familiäres Umfeld sich gleich mit ihm. Da dieses sich mit dem Pfarrgemeinderatsfeld mehrmals überschneidet, ist heute Krisensitzung. Auch die Bankheizung wird ein Thema sein und die Frage, warum der Jaschke kein kirchliches Begräbnis bekommen hat – dessen Angehörige sind nämlich gekränkt über die kirchliche Sturheit. Dass man den Willen des Verstorbenen, der bei völliger geistiger Klarheit nie und nimmer so bestattet werden wollte, nicht einfach übergehen könne, wird wahrscheinlich wieder niemand hören wollen. Seit wann geht es denn bei einem Begräbnis um den Willen des Verstorbenen? Eben!

PS dem Jaschke grollen die Hinterbliebenen sowieso. Waren dessen teure Zahnimplantate vor einem halben Jahr wirklich so wichtig? Eine Summe, die durch den Krematoriumskamin himmelwärts geblasen wurde und nun der Erbmasse fehlt!

Für niemand anderen als für Cilly hätte Klaus sich je zur Aufführung dieses Stückes hier begeben. Cilly wirkt nämlich bei einem »Mysterienspiels« rund um das Geheimnis von Weihnachten mit. Ein Hauptallergen von Klaus hat es verfasst: Frau Rosemary Haider-Hurdle. Mrs. Haider-Hurdle ist Liturgiekreis-Vorsitzende hier in der kleinen Wiener Pfarrgemeinde, welche den Wiener Exil-Rosenmüllern geistliche Heimat ist. In Pfarrgemeinderat und Kirchenchor ist sie ebenso vertreten, bäckt Kuchen, organisiert Pfarrflohmärkte und redet auch bei der Frauenrunde ein Wörtchen mit. Als Mutter mehrerer bravgesichtiger Ringelpullover tragender, begeistert Flöte und Gitarre spielender junger Leute organisiert sie zudem Radausflüge in die Toskana. Alle Haider-Hurdles sind Nichtraucher und freundlich, die Mädchen auffallend hübsch, die Burschen ... nett! Warum Klaus auf die ganze

Schar allergisch reagiert, kann er sich selbst nicht erklären. Warum er ständig den Drang verspürt Dinge über sie zu sagen wie, dass sie wohl ununterbrochen den Sonnengesang rezitieren beim Radfahren in Italien. Warum er sie *The Ottakringer Kelly-Family* oder *The Holy Rosmarin* nennen muss – er weiß es ja selbst nicht wirklich. Keine andere kirchennahe Gruppe, nicht einmal die Vertreter von *Messbesuch statt Körperpflege,* bedenkt er mit ähnlicher Häme. Mrs. Haider-Hurdle hat schon öfter Gedichte und Kurzgeschichten religiösen Inhalts verfasst und nun dieses Theaterstück. Der Pfarrer hat einer Aufführung in der Kirche zugestimmt, allerdings müssten Altar und Tabernakel ausgespart bleiben.

In zwei Teile ist ihr Werk gegliedert, hat viel Musik und ist auf Englisch verfasst. Für Klaus steht von vornherein fest, dass es sich um dilettantisches Gestümpere Marke Weihnachtsgaga handeln wird: Hirten, Schafe, Engerl und Volksschulkinder, die entweder zu laut oder zu leise, sowie falsch singen werden und den halben Text vergessen. Das ganze umringt von Eltern, denen beinahe ihr Smartphone oder Camcorder aus den vor Rührung zitternden Händen rutscht. Im ersten Teil geht es dann allerdings eher um die Heiligen Drei Könige, angelegt als persische Priester und Astronomen und von stimmlich ganz passablen jungen Baritonen verkörpert. Sie besingen ihre Sehnsucht nach einem gegenwärtigen und mitfühlenden Gott, der dem Menschen nahe ist und sich seiner annimmt. Sie finden in ihren Büchern Hinweise auf den Stern und machen sich singend auf die Reise. *Every day I dream to see this mystery* lautet der Refrain.

O Menschenkind! halte treulich Schritt! Die Kön'ge wandern, o wand're mit! Der Stern des Friedens, der Gnade Stern erhelle dein Ziel, wenn du suchest den Herrn: und fehlen Weihrauch, Myrrhen und Gold, schenke dein Herz dem Knäblein hold!
   ~~ Peter Cornelius~~

Schließlich finden sie das Kind in der Krippe – umgeben von vielen Kerzen. In (relativer) Tabernakelnähe stehen ebenfalls Kerzen um den Zusammenhang zu verdeutlichen. Als sie allerdings am Ende des ersten Teiles dann auf ihre Knie fallen und der Kelly-Rosmarin in Ministranten Gewändern und mit Kränzen am Kopf als Engelschar herbeigerutscht kommt, ist Klaus an seiner Religionsbelastungsobergrenze angelangt und beginnt in der Kirchbank zu stöhnen bis Verena ihn schließlich fest anrempelt.

Eine kurze Pause für minimale Umbauten und Kostümwechsel folgt. Tünde, Kili und alle anderen bleiben in der Bank, nur Klaus braucht jetzt ganz dringend eine Zigarette und Verena folgt ihm vor die Tür. »Du bist einfach unmöglich, Frondienst!« zischt sie ihm dort zu. »Ich habe nur eine Gewürzallergie«, meint er entschuldigend, »nämlich auf den Holy Rosmarin.« »Ein Lehrer sollte sich in der Hand haben und schon aus Höflichkeit mitwirkenden Jugendlichen gegenüber seine Animositäten gegen Religion hinter sich lassen können.« »Ich bin keineswegs gegen Religion allergisch, nur gegen Augenschließen und Auf-die-Knie-fallen!« »Gegen jede Art von Anbetung, gell? Deshalb ärgerst dich ja jetzt so über Tünde, stimmt's? Weil sie vom Lesen, Argumentieren, Suchen und Meditieren zum Beten und Anbeten übergewechselt hat, gell? Du bist durchschaut Frondienst!« Klaus sagt darauf nichts mehr. Bevor es wieder losgeht flüstert Verena ihm dann noch etwas zu: »Hast du vielleicht irgendwann im Leben einmal das Falsche angebetet, ohne es gleich zu bemerken? Ist es das?« Der Frondienst dreht genervt die Augen über, braucht einen Lungenzug und kontert grantig: »Hast du vielleicht irgendwann in letzter Zeit zur *Neigungsgruppe Vulgärpsychologie* übergewechselt, ohne dass ich es gleich bemerkt hätte? Ist es das?«

Thema des zweiten Aufzugs ist ein vergebliches Suchen am falschen Ort. Auf den Stufen zum Hochaltar steht die Königin von Morphia inmitten ihres Hofstaates. Im prächtigen Kostüm aus smaragdgrünem Zuckerlpapier erinnert sie an eine Gottesanbeterin und auch ihr Gefolge in Silber, Anthrazit und kühlen Beerentönen gleicht glitzernden Insekten. Sie gefallen Klaus optisch schon wesentlich besser, als der Ministrantengewändertrupp von vorhin. Die kleine Sängerin Cilly ist blass und hohlwangig geschminkt, mit dunklen Ringen unter den Augen. Sie steckt in einem altrosa Raupenkostüm. Das sackartige Gebilde ist an den Schultern mit breiten Trägern fixiert und sein Stoff spannt sich sowohl vorne, als auch rückseitig über jeweils drei große hohle Styroporhalbkugeln, die ihren schmalen Körper als Paare in die Mitte nehmen und umschließen. Viele kleinere Raupenglieder aus wattierten Kugeln (deren Durchmesser sich verjüngt) werden ebenfalls noch von diesem Stoff umhüllt – sie bilden einen langen Schwanz, den Cilly nun singend hinter sich herzieht. Auf Höhe ihrer Schulterblätter sind schrumpelige Flügel aus rauchgrauem Strumpfgewebe befestigt, ihr Haar ist unter einer Art rosa Badehaube – ebenfalls schrumpelig – verborgen. Schmetterlingslarve Cilly versucht soeben, aus dem Bannkreis des narkotischen Hofes zu entrinnen und singt mit klarer trauriger Kinderstimme:

♪ ♫ *every night I hope to ban this misery ...*

Man gewährt ihr einige Strophen, dann schwirrt ein überdimensionales geflügeltes Wesen zu ihr nach vorne, dessen imposanter Körper ist vorne von einem Harnisch aus silbriger Folie bedeckt ist – diese Platte erzeugt sirrende Geräusche bei jeder Bewegung.

(...) I arise today, through
God's strength to pilot me, God's might to uphold me,
God's wisdom to guide me, God's eye to look before me,
God's ear to hear me, God's word to speak for me,
God's hand to guard me, God's shield to protect me,

God's host to save me
from snares of devils, from temptation of vices,
from everyone who shall wish me ill,
afar and near (...)
~~~ Saint Patrick's Breastplate ~~~

Das riesige Fluginsekt packt Cilly elegant mit wuchtigen Glitzerarmen und trägt sie gemessenen Schrittes wieder zurück. Der kleinen Künstlerin Mikrofühler ist bei dieser Aktion versehentlich geknickt worden und baumelt nun neben dem blassen Gesichtchen. Sie singt zwar weiter über den großen wuchtigen Rücken hinweg ihr Lied und blickt ins Publikum, doch ihre Stimme wird leiser und leiser. Einem Samtwürmchen gleich ist ihr rechter Arm um den Hals des königstreuen Glanzfolierten geschlungen, den linken streckt sie den Zuhörern flehentlich und mit gespreizter Handfläche entgegen – einer weit geöffneten rosaroten Steinkoralle gleich. Sie zappelt nicht und leistet keinen Widerstand, nur ein stummes »Help me!« formuliert ihr Mund und dabei blickt sie nun Klaus in die Augen.

Wie lange, Herr, soll ich noch rufen und du hörst nicht? Ich schreie zu dir: Hilfe, Gewalt! Aber du hilfst nicht. Warum lässt du mich die Macht des Bösen erleben und siehst der Unterdrückung zu? Wohin ich blicke, sehe ich Gewalt und Misshandlung ...
Hab 1,2-3

Anschließend treffen sich alle im *La Paloma*. Am Eingang des Lokals, der direkt in die Ecke eines alten Zinshauses gebaut ist, steht links und rechts je ein juteumwickelter Pflanzkübel mit einem Nadelbäumchen. Poliertes Besteck hängt an roten Schleifen von den Zweigen. Über ausgetretene Steinstufen gelangt man in die geräumige Gaststube mit altem Dielenboden (Lärche aus dem Zillertal – 130 Jahre). Vor Backsteinwänden stehen bequeme Bistro-Stühlen rings um klobige

Holztische. Kristallbehängte Deckenlüster kontrastieren die Einrichtung und lassen die Gläser funkeln. Auf breiten Fensterbänken zur Straße hin liegen Silberkiesel und Kieferzapfen – dazwischen stehen Teelichtblüten mit flackernden Kerzen. Sobald es dämmert, leuchtet ihr heimelig warmer Glanz den Gästen bis zur nächsten Straßenbahnhaltestelle einladend entgegen. Das *La Paloma* ist einfach ein absoluter Place to be. Jeder gratuliert nun Cilly zu ihrer grandiosen Darbietung. Drago platzt fast vor Stolz und Elisabetta meint: »Schatzerl, ich hab' heute erst bemerkt, wie sehr du doch unserer Agnes ähnlich schaust! Das ist ein Kompliment, weißt, denn sie war die Allerhübscheste von uns Kindern damals, gell Klaus?« »Ja …«, kommt es leicht traurig und nachdenklich vom Frondienst zurück, »genau das ist mir auch aufgefallen heute, Betty …« Und eine ganze Menge mehr ist ihm heute aufgefallen und schlagartig klar geworden. Wie Schuppen ist es ihm von den Augen gefallen, ein ganzer Haufen von Zusammenhängen, die er nie zuvor gesehen hatte! Ein derartig großer Wust ist es, dass er wohl professionelle Sortierungshilfe in Anspruch nehmen muss. Dem Frondienst ist heute quasi ein links räumender Schneepflug in der Kirche entgegen gerast.

Sofort fiel es wie Schuppen von seinen Augen und er sah wieder; er stand auf und ließ sich taufen.
Apg 9,18

Mit seinem Sieb voll Rieselflaumschnee und seinem Streuer gefüllt mit Firnfederchen ist der Winter übers nächtliche Land geritten. Jetzt bei Sonnenaufgang erstrahlt die funkelnde Pracht in so hellem Zauber, dass man sie gewissermaßen sirren hören kann. Ein leuchtender klingender Eisglockenton verkündet die nahe Weihnacht und singt sich durch die dicksten Daunendecken hindurch. Sogar den fest eingebackenen Zimt in Keksen, die ganz unten in verschlossenen Blechdosen liegen, erreicht der helle Klang und lässt ihn duftend aufjubilieren.

Cillys weiße Bettdecke findet ihre überraschende Fortsetzung draußen vorm Fenster, denn niemand hat das Schneien bemerkt heute Nacht zwischen eins und drei. Frau Holles Kontingent für Schnee wurde aufgestockt und alles ringsum ist in tiefes Weiß gepackt. Weder eine Katzenspur, noch ein Rabe sind zu sehen, milchschaumgebremst sind alle Geräusche. »Pssst!« hat der Schnee klopfenden Wassertropfen im Dachrinnenblech zugeflüstert, seufzenden Stadeltüren ihr Knarren gestohlen. Selbst die Mülltonnendeckel scheppern nicht, nur dumpfes »Mumpff« ist beim Schließen zu hören. Rings um die Tonnen herum und am Weg hat jemand Asche gestreut.

(…) Er spendet Schnee wie Wolle, streut den Reif aus wie Asche. Eis wirft er herab in Brocken, vor seiner Kälte erstarren die Wasser.
Ps 147,15-17

Kaum zu glauben, dass alles Weiß nur aufgeblasenes Wasser sein soll – jeder einzelne Tropfen vom Eisfee-Atem berührt. Der Schulpark ist gefüllt mit kaltem Flaum – eine verlockende Gebärmutter für alle Arten von Schneefrauen/männern, die in den Gedanken vorbeimarschierender gut verpackter Volksschüler bereits Gestalt annehmen. Kilian und Verena, ebenfalls warm eingepackt an diesem eiskalten schulautonomen Wintervormittag, schieben ihre Fahrräder mit je einem Ölkanister im Radkorb auf leicht beschneiten Wegen durch Wiens Innenstadt (plastikgraue Behälter mit großen schwarzen Schraubverschlüssen). Von der Tankstelle bis zur Godi-Wohnung brauchen sie hin und zurück eine gute Dreiviertelstunde. Kältepiranhas haben sich durch ihre Handschuhe bis zu den Fingerspitzen durch geraspelt, weiße Atemwölkchen stehen sogar im Stiegenhaus noch vorm Mund. »Frau Verena Rosenmüller?« fragt ein soeben kaugummikauend stiegenab hirschender Mann vom Zustelldienst hoffnungsvoll. Sie nickt, er seufzt erleichtert: »Einmal Schachterl bitte und da unterschreiben, ja ge-nau, dankäää, tschü-üss baba und schönen Tag noch!« Weg ist er. Ein Paket von Anat Zamir, Soskin Street, Nahariya! Verena kennt diese Frau, sie war kurz in Wien um Hinterlassenschaftsmodalitäten für ihren verstorbenen Onkel, Herrn Grünbaum, zu regeln. Sie haben damals im Flur miteinander gesprochen, allerdings nur kurz, denn als Verena erwähnte, wie sehr sie Herrn Grünbaum gemocht habe und dass sie die Gespräche mit ihm vermisse, zog Frau Zamir zweifelnd eine Augenbraue hoch. »Ach ja tatsächlich?« meinte sie ungläubig, »Wie mir bekannt ist, hat Onkel Lewis kaum mit jemandem gesprochen in den letzten dreißig Jahren.« Und nun also ein Brief mit herzlichen Grüßen und ein kleines Kuvert, außen auf einen Schuhkarton geklebt. Auf diesem steht, in Herrn Grünbaum zittriger Handschrift, Verenas Name. Gott sei Dank nicht in Kurrent, wie Frau Szabo immer schreibt, sondern schon in schöner Schreibschrift. Sie öffnet das Packerl neugierig. Ohne einleitende Worte steht da eine Formel, um den eigenen Psalm zu berechnen. Herr Grünbaum hatte ihr einmal etwas vom persönlichen Lebenspsalm erzählt und wollte ihr bei Gelegenheit erklären, wie man ihn findet.

Zählt man die Zahlen des Geburtstages, des Monats und Jahres zusammen so findet man die Nummer seines persönlichen Psalms, der als Stoßgebet dient. Es gibt keinen Zufall und daher sind auch die Zahlen im Geburtsdatum nicht zufällig zustande gekommen. Ich bin etwa am 10. 8. 1923 geboren und mein persönliches Stoßgebet ist daher Psalm 60: »Du hast uns verworfen, o Gott, und zerschlagen. Du hast uns gezürnt. Richte uns wieder auf!«
Alles Gute, kleine Frau Nachbarin, leben Sie lange und in Wohlstand! Herzliche Grüße an den jungen Herrn Patensohn, Ihr Lewis Grünbaum

Rot-grau karierte Hausschlarpfen (!) befinden sich im Karton und Charlie wurde von Herrn Grünbaum gar nicht erwähnt …

Frau Szabo ist zum Adventsbesuch heraufgekommen und hat ein riesiges Packet mitgebracht! »Das ist mein Weihnachtsgeschenk – weil es ihnen so gefallen hat, neulich bei mir und weil ich es nicht mehr brauche. Aber ausgepackt wird erst später!« So sitzt sie jetzt mit Verena auf der kleinen Couch, freut sich und betont beim Anblick von selbstgebackenen Keksen und Malzkaffee zum wiederholten Mal, dass dieser Aufwand nicht notwendig gewesen wäre. Dass das ja schon wie bei den Herrschaften sei, »Nein, das schöne Geschirr für mich aufdecken, was fällt ihnen denn ein Fräun (Fräulein) Verena?« Frau Szabo bringt es einfach nicht fertig, Verena nur beim Vornamen zu nennen. Sie fluktuiert daher zwischen *Fräun Verena, Fräun Rosenmüller* und *Kinderl* ständig hin und her. Verena hat ihren eingebauten feministischen Geigerzähler heute gut eingebreiet (nach dem Vorbild von Cilly bzw. DJ Krähe), und den sozialistischen gleich dazu. Späteres sprachliches Umprogrammieren ist offenbar schwer, wenn man in der Jugend jahrzehntelang Dialoge geführt hat wie: »Geruhen Euer Durchlaucht wohl?« »Dank der Nachfrag', Mizzilein, im Sacher haben wir wieder einmal ganz formidabel gespeist.«

Elisabetta hat ihrer Schwester zu Allerheiligen einen guten Rat (von den Beatles) gegeben. Diesen gedenkt Verena heute zu beherzigen. Der gute Rat war zwar für emotional gelungeneren Umgang mit Mutter Helene gedacht, er lässt sich aber auch in anderen Situationen anwenden: *Love is the answer* lautet er. Elisabetta hat ihr erklärt, dass eine zugrunde liegende Liebe, bzw. die Annahme einer zugrunde liegenden und möglicherweise völlig irrationalen, unverständlichen Liebe, vieles vom Verhalten und Denken eines Gegenübers verständlich machen kann …

So geht es in der Kommunikation letztlich um die Liebe: dass wir lernen, einander in Liebe anzunehmen, wie Christus uns angenommen hat. Diese Liebe ist der geheime Schlüssel zum Leben des anderen.
~~~ Michiaki und Hildegard Horie ~~~

So gerüstet konnte Verena heute einmal davon Abstand nehmen, Frau Szabo erneut zu erklären, dass am 3. April 1919 mit Gründung der Republik Österreich alle Titel und Adelsprivilegien per Gesetz abgeschafft wurden. Sie konnte auch darauf verzichten, unweigerlich an Ausbeutung zu denken, wenn ihr angegilbtes Fotomaterial vom ausgezehrten und leistenbruchgeplagten Herrn Gustl neben seiner vergleichsweise kräftig gebauten und jüngeren Durchlaucht gezeigt wurde, der das Tragen des eigenen Gepäcks kaum geschadet hätte. Offenbar, wenn auch für Verena zutiefst unverständlich, hatten die Szabos ihre Dienstgeber geliebt, wie Eltern ihre Kinder manchmal – bar jeder Vernunft! Wie Traudl, Inhaberin des Frisiersalons Napetschnik, die fast keine Nahrung mehr braucht und bis in die Nacht arbeitet, um ihrem unmöglichen Sohn Andy Urlaube und Autos zu finanzieren. Einen Glanz im Auge und einen leicht gerührten Tonfall (Verena könnte sie schütteln dafür!) bekommt sie immer, wenn sie von diesem Untam von Sohn redet, als wäre er ein Halbgott.

Dabei wäre Andy eher als halbkriminell zu bezeichnen, findet jedenfalls Verena. Seit sich nämlich Frau Szabo, die ihn seit seiner Kindheit kennt, Geburtstage nicht mehr merken kann, klopft Andy jedes Monat bei ihr an und holt sich *sein Geschenk* in Form von 30 € ab. Fritz, ehemaliger Napetschnik-Lehrling, weiß einiges zu berichten. Da hat doch neulich der Traudlsohn *von selbst* (!) eine Portion TK-Spinat aufgetaut, bevor Muttern müde nach Hause kam und ihr sogar noch fürsorglich ein Joghurt daneben auf den Kuchltisch gestellt. Fürwahr eine beeindruckende kulinarische Initiative und Leistung von einem Zweiundzwanzigjährigen!

Frau Szabo begutachtet erneut die Renovierungsmaßnahmen hier in der Dachwohnung. Im Bad hat Verena jetzt eine Schwalldusche und einen restaurierten alten Waschtisch. »Der Waschtisch vom Herzog, also der war ja noch viel viel größer als der da herinnen.« meint die alte Dame. Ihr Blick fällt nun auf die Küchenarbeitsplatte »Ja, so groß in etwa! Mit einem riesigen Spiegel dahinter.« Man begibt sich wieder zum Koffeinfreien und Frau Szabo erzählt ihre liebsten Geschichten, natürlich von den Herrschaften, wie sie ihre ehemaligen Arbeitgeber nennt. »Ausschließlich Leinenhandtücher hat er verwendet und Papierservietten als Häuslpapier, nicht Zeitungen wie unsereins. Monatsbinden hat es ja damals auch noch keine gegeben, ich habe überhaupt nur Fetzen gekannt. Aber seine Frau, die Herzogin, die hat schon Schritttücher besessen aus weichem Leinen 50 x 50 Zentimeter mit zwei sorgsam ausgenähten Knopflöchern. An einem elastischer Gürtel mit zwei weichen Perlmuttknöpfen waren die befestigt – ein Luxus war das damals für mich, sag ich ihnen!«

Du weißt, dass ich das Zeichen meiner Würde verabscheue und es an den Tagen meines öffentlichen Auftretens nur unter Zwang auf dem Kopf trage. Ich verabscheue es wie die blutigen Stofffetzen zur Zeit meiner Unreinheit und trage es nicht an den Tagen, an denen ich meine Ruhe habe.
Est 4,17

@Riding the cotton pony …

… das Baumwollpferdchen in Kapitel 8, Teil I war nur eine von ca. 70 lächerlichen Bezeichnungen, mit denen die Rosenmüllerfamilie *Menstruation* umschreibt. Hier nun einige der bewährten Mittel, mit denen die Frauen aus diesem Buch ihre dahingehenden Beschwerden lindern:

Verena: bis zu 30 Globuli Magnesiumphosphat C12 oder C6, manchmal auch Nux vomica. Frauenmanteltee trinken (sie argumentiert mit Helene darüber, dass Frauenmantel besser als Gänsefingerkraut für einen »Rote-Wochen-Tee« geeignet ist)
Elisabetta: roter Himbeerblättertee (bis zu 3 Tassen täglich), Spazieren

Tünde: zweimal am Tag einige Tropfen Majoranöl im Uhrzeigersinn und ohne Druck um den Bauchnabel einmassieren. Beten

Die Gräfin: Yoga, Schüssler Salze – Die Heiße 7

Alex: reduziert Kaffee und Salz

Irene: Nordic Walking und Gymnastik gezielt für den unteren Rückenbereich

Desi Filzmeier: Geschlechtsverkehr

Frau Rogner-Moser: sich mit Johanniskrautöl direkt über dem Steißbein sanft massieren

Frau Szabo: kann sich daran nicht mehr so gut erinnern, jedenfalls helfe Kamillentee immer

Frau Sabbi: war bei diesem Thema einmal erstaunlich gesprächig und rät zu Folgendem: vor dem Essen 2 TL frischen Selleriesaft gegen die Krämpfe, sowie schmerzempfindliche und gespannte Brüste unter kühles (nicht kaltes!) Wasser halten und zur Achselhöhle hin massieren

Jadéite: Stimulation eines krampfmindernden Akupressurpunktes – täglich mehrmals und ca. fünf Minuten Daumen oder Zeigefinger an eine Stellen der Unterschenkel-Innenseite (etwa eine Handbreit unterhalb vom Knie) pressen und falls das nichts nützt: halblaut ein Mantra bestehend aus allen bekannten französischen Schimpfwörtern aufsagen

Tante Emmi: 25 Tropfen Mönchspfeffer-Tinktur

Tante Rosa: den BH mit weichen, sorgfältig gebügelten Taschentüchern auspolstern

Helene: Arbeiten und das gefälligst körperlich! Gänsefingerkrauttee trinken – sie hat ihre Tage zwar nicht mehr, streitet sich aber trotzdem noch regelmäßig mit Verena, ob denn nun Frauenmantel- oder Gänsefingerkrauttee idealer bei dahingehenden Beschwerden sei

Regine: eine Wärmeflasche auf den Bauch legen und Radfahren (nicht gleichzeitig!)

Cilly: viele Bananen (Vitamin B) essen und sich mit Dinkelkissen und Buch ins Bett begeben

Cosima: ein Bad nehmen oder sich neben bzw. auch auf einen Hund legen

Agnes: *hat bereits alles außer Nordic Walking und Desis Tipp ausprobiert*
Alle gemeinsam: *Schafgarbentee*

»Mein späterer Mann, der Gustl, ist ja sein Kammerdiener gewesen …«
Fährt Frau Szabo nun fort, »… und sein ganzes Leben hat er das Ge-
päck der Herrschaft getragen. Von 1955 an haben ihm die Leistenbrü-
che schwer zu schaffen gemacht und '57 oder '58 war es, ich kann mich
nimmer so genau erinnern, da hat man dem Gustl dann ein Kunststoff-
netz implantiert, befestigt an beiden Oberschenkelknochen. An kalten
Tagen neigte es zum Schrumpfen, da hat er gelitten und ich hab' ihm
immer einen Kamillentee gemacht.« Während Verena die Teekanne
bringt und sich auch zu Frau Szabo setzen möchte, steht diese allerdings
schon wieder hurtig auf und positioniert sich vor der Arbeitsplatte um
ihre Erinnerungen an den herzöglichen Waschtisch besser abrufen zu
können: »Also rechts von der Lawua (Lavoir) hat immer der Krug mit
dem kaltem Wasser stehen müssen und daneben die emailierte De-
ckelkaun'l (Kanne mit Klappdeckel) für das warme Wasser. Da links
hat dann die eckige Glasflasche – schön war die, sag' ich ihnen – mit
frischem Wasser stehen müssen, ein schweres Glasl gleich daneben und
das heiße Wasser für die Rasur …« Verena hat sich vorgenommen, alles
geduldig anzuhören, ohne sich darüber aufzuregen, wie die Verhältnisse
für Dienstboten damals waren. »Einen verzierter Potschampel (pot de
chambre) aus Porzellan hat er im Nachtkastl stehen gehabt, nicht etwa
unterm Bett wie unsereins. *Mizzi, ich brauche mein Töpfchen* hat er alle-
weil gesagt.« Nun setzt sich die alte Lady wieder hin. Verena ist Nicht-
raucherin, sonst wäre jetzt wohl der Punkt für eine Zigarette erreicht
gewesen. So meint sie nur: »Apropos Töpfchen, Frau Szabo, ich bin
gleich wieder da!« und verschwindet kurz im Bad, um einmal durchzu-
atmen. Inzwischen bemerkt Frau Szabo, dass sie halb auf einem Zettel
sitzt, der wiederum halb in der Couchpolsterung steckt und sie zupft
das Blatt hervor. Charlie wurde vom beginnenden Weihnachtsrummel
offenbar zu einem Gedicht inspiriert:

nichts auf der welt ist mir
unheimlicher als meine eigene gier $\_$
dachte eben, ich sei für immer frei von ihr
da spür ich das monster wieder
es fährt mir in alle glieder wie süßer wein
lass es sein! lass es sein! NEIN!

Frau Szabo seufzt und schüttelt den Kopf an dieser Stelle. Die Klein-
schreibung bereitet ihr Probleme, der Inhalt noch mehr ...

und mehr immer mehr muss hinein oder heraus
sie frisst mein und dein haus – brennt uns aus!
puls pocht im hals, die augen funkeln
sie wird uns am ende die seele verdunkeln
macht es einen unterschied, ob ich heute und hier
nach prozenten gier $\_$
oder schon nach meines nächsten blut? – sie tut nicht gut!

»Na serwas Kaiser, jetzt schlägt's 4712!« murmelt Frau Szabo und
braucht schnell ein Schluckerl Malzkaffee. Verena kehrt zurück und
sieht den Wisch in ihren Händen. »Es stimmt schon, was Charlie
sagt, gell? Sozialkritisch ist mein Freund eben unterwegs und unsere
Konsumgesellschaft hat er gegeißelt!« Frau Szabo schaut Verena mit
einem unbeschreiblichen Blick, höchstens vergleichbar mit dem von
Berenice Abbott, an. »So, so ... tja freilich, da hat er schon Recht,
gierig sind wir alle! Aber wer will das hören zu Weihnachten? Mir
stellt es jedenfalls die Haar auf, Kinderl – haben'S ihnen denn gar
keinen Gescheiteren gefunden?« »Ich habe etwas übrig für feinfühlige
Menschen, für Künstler ...« Frau Szabo schüttelt unwillig den Kopf.
»Einen Sportler könnte ich ihnen aufgrund meiner Lebenserfahrung
wärmstens empfehlen. Das sind die nettesten und unkomplizier-
testen Männer und – wenn man sie richtig handhabt – keineswegs

unsensibel! Noch mehr Gefühl haben die Köche und der absolute Glücksfall wäre ein Braumeister. Ein Restaurator geht auch noch, aber ein Künstler? Wie kommens denn darauf, dass deren Partner etwas von ihrer Sensibilität abbekommen? Da fließt doch alles nur ins Werk! Lesens Künstlerbiographien, Kinderl – Egoisten sind das, alles Egoisten!« Bevor die verblüffte Verena noch etwas antworten kann, überreicht ihr Frau Szabo das mitgebrachte Geschenk. »Weil es ihnen doch immer so kalt ist!« Die ganze Zeit hat Verena sich schon gefragt, was ihr denn um Himmels Willen so gefallen haben solle neulich in Frau Szabos Wohnung. Die fragilen rosa-goldenen Haas & Czjzek® Häferln, das kleine Teplitzer® Schäferpaar in Rokokotracht oder der elegante piezoelektrische Gasanzünder konnten es bei diesem enormen Paketumfang nicht gewesen sein. Ansonsten war besagter Nachmittag mit dem Durchblättern alter Fotoalben vergangen. Der elektrische Fußwärmer? »Na, machens schon auf, Kinderl – ich möchte ja sehen, wie sie sich freuen!« ermuntert sie Frau Szabo. Vorsichtig löst Verena das Geschenkspapier ab und der Mund bleibt ihr offen stehen – um Himmels Willen!

Jadéite sitzt im Flugzeug. Es steht bereits am Ende der Piste wie ein Rennpferd und vibriert nun vor dem Start. Die PilotInnen haben den Sicherheitscheck der Triebflächen, Bordcomputer, Instrumente, Start- und Landeklappen etc. beendet, das hydraulisch-mechanische Summgequietsche ist vorbei und man/frau ist ans Ende der Startbahn gezuckelt. Die Triebwerke (Rolls-Royce®) heulen auf und … TSCHOououoummm … verstummen sogleich wieder! Plane Fail? Verwirrung macht sich breit, als man im Riesenvogel mit rumpelnden Rädern und knarrender Verkleidung über die Rollbahn zurückholpert. Dann wird gewartet. Ein Mitreisender, der sein Handytelefonat mit einem Geschäftspartner trotz mehrmaliger Aufforderung der Stewardess nicht beenden wollte, wird nun von zwei Polizeibeamten aus dem Flugzeug eskortiert – es wird das teuerste Gespräch seines Lebens gewesen sein! Für alle anderen Passagiere heißt es nun, auf eine neuerliche Starterlaubnis in Ala Nova warten.

Frau Szabo wird ganz vergnügt, als sie Verenas völlig überraschten Gesichtsausdruck sieht. »Ja, da schauens, Fräun Rosenmüller, gell?! Das ist schon eine Pracht …« Verena weiß nicht, was sie sagen soll. »Aber Frau Szabo, *das* kann ich unmöglich annehmen!« »Natürlich können sie, das – ist erstklassige Qualität – aus Russland!« Frau Szabo hat es sich nie angewöhnen können, *Sowjetunion* statt *Russland* zu sagen und die Geschichte, bzw. die Russische Föderation ist ihr nun wieder entgegengekommen mit der Staatsbezeichnung. »Ich kann unmöglich …« »Natürlich könnens, sie müssen sogar – sonst bin ich beleidigt!«

Die wartende Jadéite kommt mit einer alten Dame (70plus) ins Gespräch. Seit vier Jahren jettet diese begeistert herum, vorher litt sie an Flugangst, Klaustrophobie und Panikattacken. Schon der längere Aufenthalt in einem Mansardenzimmer oder der Besuch eines vollen Kinosaales waren ihr, trotz türnahem Randsitz, jahrelang unmöglich. Eingesperrt, beengt hatte sie sich da stets gefühlt und Atemnot bekommen.

Einige Jahre konnte sie ihr Haus nicht mehr verlassen. »Was ist dann passiert? Warum fliegen sie jetzt, in einem Alter, wo andere zögerlich werden?« Jadéite ist neugierig geworden, aus persönlichen Gründen – sie fühlt nämlich auch immer öfter eine seltsame Beklemmung in der Brust. »Das da ist passiert!« meint die Frau lachend und streckt ihr die Hände entgegen, wobei sie mit den Fingern der rechten Hand den kleinen Finger der linken umfasst und schüttelt. »Der kleine Finger hier – den spüre ich nicht mehr!« »Ja und?« wundert sich Jadéite, »Ich bin von einem Arzt zum anderen, alles es war alles umsonst; ich bekomme das Gespür in meinem linken kleinen Finger nie mehr zurück, er könnte genauso gut amputiert sein. So ist mir aber plötzlich klar geworden, wie sinnlos meine Angst vor dem Eingesperrtsein ist, denn ich bin doch schon mein ganzes Leben lang eingesperrt! In diesen Körper, diese Welt, in meine Kindheitserinnerung, in die Zeitspanne zwischen Anfang und Ende meiner Existenz bin ich seit Geburt eingesperrt. Eingenäht in einen dunklen Sack aus Raum und Zeit mit begrenzter Wahrnehmung. In Geiselhaft von Genen und körperlichen Gegebenheiten befinde ich mich: eingesperrt unter einer Körpergröße von 1,70 cm – größer werde ich nicht, eingesperrt ins Leptosome – athletisch werde ich nicht, in das Spektrum sichtbaren Lichts – den Ultraviolettbereich sehe ich nicht! Ich bin endlich und begrenzt definiert und kann mit diesen Flügeln aus trägem Fleisch ja doch nicht in den Himmel fliegen. Den Kopf kann ich auch nirgends hindurch stecken, wie auf diesem Holzstich von Flammarion, denn der Punkt, an dem Himmel und Erde sich berühren, ist nicht per Anstrengung zu finden.

Halt an, wo laufst du hin, der Himmel ist in dir …
~~~ Angelus Silesius ~~~

Entweder ich werde wahnsinnig, oder ich nehme das hin – eine andere Wahl hatte ich nicht.« »Und sie haben ihre Endlichkeit dann angenommen?« »Voll und ganz, ja – mit 67 Jahren. Jetzt schöpfe ich alle Möglichkeiten aus, die ich hier noch habe – etwa meine Position im Raum zu verändern, indem ich mich dieser riesigen fliegenden Druckkabine bediene. Inzwischen bin ich schon ein richtiger Profi!« meint sie vergnügt. »Haben sie etwa gewusst, dass es auch beim Fliegen Aquaplaning gibt?« »Ach tatsächlich?« Jadéite ist erstaunt.

Verena hatte ein Foto der jüngeren Frau Szabo bewundert, der jüngeren Frau Szabo gehüllt in einen Pelz! »Geschenk des Herzogs, er hat sie alle selbst erlegt bei einer *Zobeljagd* im Winter.« erklärt die alte Nachbarin. Nun liegt das Ding vor ihr – igitt! Fotos von gehäuteten Kadavern stiegen vor ihrem inneren Auge auf. Charlie und sie hatten sogar einmal an einem Protestmarsch gemeinsam mit befreundeten

Tierschützern teilgenommen. Offenbar wirkt sie derart verfroren, dass sie bei allen ihren älteren Nachbarn Brutpflegeinstinkte wärmender Art auslöst. Was sollte sie jetzt nur damit?

Von dem, der auf hohem Thron sitzt, bis zu dem, der in Staub und Asche sitzt, von dem, der Krone und Stirnreif trägt, bis zu dem, der ein Kleid aus Fellen trägt.
   Sir 40,3-4

»Wenn die Landebahn nass ist, muss der Pilot das Flugzeug hart aufsetzten, um nicht wegzurutschen. Eine weiche Landung ist nicht immer ideal!« Jadéite seufzt: »Ich persönlich bevorzuge nicht nur beim Fliegen den sanften Touch-down und wünsche das auch jedem Kind auf Erden. Ich wünsche ihm, dass es von Liebe umfangen wird, wenn es hier ankommt und ich möchte auch von Liebe umfangen werden, wenn ich bei anderen ankomme ...« sie runzelt die Stirn »... bis jetzt bin ich allerdings auf defekten Luftmatratzen gelandet und früher oder später auf der harten Erde gesessen.« »Hier unten ist es eben hart ...« meint die alte Dame. »Hier unten in dieser Welt sind wir immer ausgesetzt, wie Vögelchen auf einem Drahtseil.

♪ ♫ ... *like a bird on the wire* ...

Selbst der König der Welt ist keineswegs weich gelandet als Mensch in seinem Eigentum. Hier weht ein rauer Wind, aber Gott sei Dank sind wir ja nur zu Besuch.« »Zu Besuch? Will nicht jeder lange leben?« »Möchten sie tatsächlich für immer hier bleiben, vielleicht tausend Jahre auf dieser Sammelstelle für Verrückte verleben? Können sie sich nichts Besseres vorstellen? Etwas Ewiges, das die Zeit sprengt und den Mumienschlafsack zerreißt? Jadéite sieht das anders: »Es gibt auch Hoffnung und Schönheit und Liebe hier!« »Ja, aber die sind stets begrenzt und nur dadurch, dass wir sterben und dieses Leben eben nicht unendlich währt, kann sich uns die Schönheit und Unwiederholbarkeit des einzelnen Augenblicks erschließen. Sonst wäre alles gleich banal.« Jadéite findet das keineswegs schlüssig: »Auch wenn es kein Jenseits gibt, kann ich mir der Unverwechselbarkeit und Einmaligkeit jedes Augenblicks bewusst sein. Wozu überhaupt ein Himmel und wozu eine Ewigkeit? «

♪ ♫ *... who wants to live forever ...*

»Das Paradies ist einfach gerecht und das allein spricht für seine Existenz.« »Gerecht?« »Ja, genau. Wie sonst könnten Opfer überhaupt an einen Gott glauben, wenn es die Hölle für die Täter nicht gäbe? Oder ein Fegefeuer?« Sie umfliegen soeben einen gigantischen Flaumturm. Jadéite schaut fasziniert hinaus auf die Wolkenbank unter ihnen – wie ein weiches Schaffell sieht die aus. Verena (zur gleichen Zeit weit unter ihr aus dem Küchenfenster blickend) streichelt gedankenverloren ein cappuccinofarbenes pelziges Etwas – so herrlich weich! Sie zuckt zurück, als ihr bewusst wird, was sie da tut. Es ist allerdings von unwiderstehlich freundlich milder Weichheit und anschmiegsam wie ein Kind.

»Also echt jetzt, wie urinfantil is der drauf bitte? Was hab' ich schon getan? Ich hab' doch nur *das da* vorgelesen, so schlecht les' ich dann auch wieder nicht!« fassungslos starrt 7b Schüler Lederer (vulgo *Viking*) seine punkige Banknachbarin Schröding (aka *Alien*) an, die kopfschüttelnd »voll Banane ...« murmelt. Lehrer Lichtwald (vulgo *Frondienst*) hat soeben mit zornrotem Kopf das Klassenzimmer verlassen und die Tür zugeknallt. »Er wird alt ...« vermutet Klassensprecher Karim (aka *Ali*). »Jo dann Bros n Sis's, dann gemma Mäci, oder? Ur Hunger ...« *Das da* betrifft eine Stelle aus Anzengrubers Roman *Der Schandfleck*, den sie in der heutigen Deutschstunde analysieren wollten.

»Everl! Komm heraus zu mir! Ich rat' es dir im Guten.« »O Großmutter!«
jammerte drin eine Mädchenstimme. »Morgen gehen wir zur Gendarme-
rie! Es muss doch noch Recht und Schutz geben gegen diesen Unmenschen!«
schrie die Alte. »Geh nur!« höhnte der Leutenberger Urban. »Sie werden
mich eine Weile einsperren, aber ich komm' wieder, und dann gnad' euch
Gott allen miteinander!« Drinnen begannen sie zu weinen vor Angst und
Furcht. Und dann erschien ein Mädchen am Fenster, ein Kind noch. Er
griff danach und hob es heraus zu sich. Da saß es nun neben dem Unhold
und zitterte. »Oh du Leuteschinder, du Kinderverderber!« schrie drin
das alte Mütterchen verzweifelt. »Wenn dich nur Gott endlich strafen
möchte!« Aber der Leutenberger Urban lachte nur grob dazu. »Komm her,
mein kleiner Schatz!« sagte er und drückte das arme Kind an sich. »Laß
mich gehen!« jammerte es weinerlich von dem Mädchen. »Ich bet' jeden
Tag zum lieben Gott, er mög' einen starken Engel schicken, der dich töten
mög'!« Der Riese lachte dröhnend auf, hob dann das Mädchen auf seinen
Arm und trug es weg. Da half kein Schreien, kein Weinen, kein Betteln.
Und die Alte am Fenster beschwor den Himmel.
Ludwig Anzengruber Der Schandfleck

»Nächstes Jahr fliege ich mit meinem Enkel in einer Tiger Moth in
Fischamend mit – bin schon angemeldet, der Himmel kann warten!«
lacht sie. Die Reiseflughöhe ist inzwischen erreicht, die Maschine fliegt
waagerecht. Die alte Dame öffnet ihren Gürtel, zieht die Schuhe aus,
nippt vom Mineralwasser vor sich und versinkt in einem Buch, das
wohl spannend ist, denn ihre Bäckchen röten sich.

»Bedeutet das, dass diese Steinplatte in genau diesem Augenblick unter
ihm weggebrochen ist? Ich habe ihn also gar nicht getötet?« fragt Agnes
ganz erstaunt Pater Lenz oben über der sommerlichen Donau. »Nein,
Frau Lichtwald, sie haben ihren Stiefvater nicht getötet!« sagt der noch
am Abgrundrand Kniende und holt das Seil wieder ein. »Aber wo ist
er dann bitte hin? Vielleicht taucht er eines Tages wieder auf …« Der

Pater fasst Agnes fest an den Schultern: »Hören sie auf, Frau Lichtwald, ich bitte sie, hören sie auf damit! Dreißig Jahre Angst sollten genug sein, lassen sie los – sie trifft keine Schuld und wer immer da hinunterfällt ist definitiv tot, das können sie mir glauben!« sie lässt sich auf die Bank fallen. »Er kommt nie mehr? Aber warum hat niemand seine Leiche gefunden?« »Weil niemand nach ihr gesucht hat, damals … und inzwischen ist es wohl sinnlos. Diese Schlucht beherbergt einen der letzten und steilsten Urwälder Österreichs – sie können Herrn Skalli wirklich getrost vergessen! Gott hat ihm ein Ende gesetzt, vielleicht hätte er sonst sie getötet …« Agnes muss nun befreit weinen. »Ja, das wär' gut möglich … aber Gott wollte, dass ich lebe, ich und der Simon auch. Der Kopf der Schlange wurde zertreten, bevor sie ihr Zerstörungswerk vollenden konnte.« Pater Lenz wickelt das Seil auf.

(…) Du hast meine Fesseln gelöst. Ich will dir ein Opfer des Dankes bringen und anrufen den Namen des Herrn
 Ps 116,16-17

Wenige Wochen später allerdings wird Agnes bei einem Blick aus dem Küchenfenster beinahe ohnmächtig. Denn da draußen am Waldrand steht *er*! Er, von dessen Tod sie seit ihrer Wanderung mit Pater Lenz doch so überzeugt gewesen war, der doch unmöglich noch am Leben sein konnte! In einem dunkelblauen Mantel – ganz wie damals, als sie ihn das letzte Mal sah und mit derselben Körperhaltung. Er kommt langsam – *sein typischer Gang!* – den Waldweg entlang zum Haus herüber. Ihr Herz beginnt wild zu pochen. Die alte Zaunerin hatte also Recht behalten und der Totgeglaubte war nun nach all den Jahren zurückgekehrt um sie erneut heimzusuchen – vermutlich um späte Rache zu nehmen! Agnes wird es schwindlig und ihre Knie beginnen derart zu zittern, dass sie sich auf die betonierten Kellerstufen sinken lassen muss. Lederschwarz und schwer wie ein Bleischurz senkt sich der tote Himmel wieder auf ihre Brust, die Dunkelheit wallt und der Geruch von Schweiß und Spucke ist wieder da. Keine Luft! Da aber tritt unvermutet der kräftig gebaute und absolut nüchterne Engel der Ratio zu ihr hin und legt behutsam seine kühlende Hand auf ihre heiße Stirn und ihr ängstlich pochendes Herz. Agnes kann plötzlich tief und bis weit in den Bauchraum hinab durchatmen, als hätten die Fachschaftsvertreter von Eukalyptik, Peppermintik und Kampferologie sich dort versammelt. Sie springt auf und läuft zur Tür. Wer auch immer das da draußen sein mochte, für ihren Peiniger war er definitiv um Jahrzehnte zu jung! Niemand ist zu sehen im Nebel am Waldrand drüben, denn der fremde Mann steht inzwischen nur mehr zwanzig Meter von ihr entfernt unten am Gartentor. Er hat die Hand aufs Gatter gelegt, sieht tatsächlich so aus, wie der Kapitän einmal ausgesehen hat und blickt fragend mit ihren Agnesaugen zur Tür herauf. »Simon? Bist du das, Simon?« ruft sie ihm jetzt zu. Er erschrickt sichtlich. Langsam setzten sich beide in Bewegung, nach einigen Schritten dann gehen sie immer schneller und schneller. Nur einmal noch blieben sie kurz stehen, um einander staunend zu betrachten, dann schließt Agnes ihr Kind in die Arme. ♪ ♫ *Rolling, rolling, rolling on the river* – Simon das Phantom IST keines mehr!

(…) Er lief dem Sohn entgegen, fiel ihm um den Hals und küsste ihn.
Lk 15,20

3. Kapitel – Raunächte

In der Nacht hat sich über die ganze Länge der Bergkette oberhalb von N. ein weißes Seidentuch aus Schnee gelegt und die schroffen grauen Kanten darunter haben dieses Tuch an vielen Stellen zerrissen – man könnte es also auch mit einer engmaschigen Häkeldecke vergleichen. Rings um das Gebirgsmassiv wabert unten herum dichter weißer Dunst, als wäre der Berg für heute noch in isolierende Watte gepackt, um nicht gleich so viel an Kälte und eisiger Schneeluft ins Tal strömen zu lassen.

Wieder mit Flügeln, aus Sternen gewoben, senkst du herab dich, o heilige Nacht ...
~~~ Ferdinand von Saar ~~~

Die Konturen der frisch beschneiten Felsen erinnern Kilian an mehrere m² steingrauen Filzstoff, den er und der Mesner seinerzeit einmal über Kartons unterschiedlicher Größe gebreitet und festgetackert haben. Das ganze Gebilde stellt nun einen »Kripperlberg« dar, auf dem die Gebäude Jerusalems – in Form von Laubsägearbeiten mit Sockeln aus Papiermaché – direkt oberhalb vom Stall zu Bethlehem thronen (obwohl da in Wirklichkeit 10 km dazwischen liegen ...). Diese Weihnachtskrippe mit handgroßen Schnitzfiguren wird jährlich in einer Seitenkapelle der Pfarrkirche von N. aufgebaut. Man kann sie dort bis zum 9. Jänner bewundern – mit der Taufe des Herrn endet dann die Weihnachtszeit und die Krippe wird wieder geschlossen.

(...) diese Fleischwerdung hat die größte Überzeugungskraft, auch in der Kunst. Deswegen war mein Lieblingsmärchen auch immer das Rumpelstilzchen: »Etwas Lebendiges ist mir lieber als alle Schätze der Welt.
DIE ZEIT, 21.02.2008 Nr. 09 Alfred Hrdlicka zum 80.

Drinnen in der Kapelle versammelt sich, wind- und schneegeschützt, seit Jahren der Rosenmüllerclan vor Beginn der Mette. Ein kleiner robuster Schemel findet sich dort auch, auf diesem kniet der Mesner immer, um die Figuren neu zu arrangieren, umgefallene wieder aufzurichten oder und zu fortgeschrittener Weihnachtszeit die Hirten durch Könige zu ersetzen. Auf diesem Schemel sitzt jetzt Tante Emmi und zittert. Rosa reicht ihr soeben die Herztropfen und Defi fühlt ihren Puls und schaut dabei auf seine Navitimer von Breitling®. Eine eigenartige Stimmung herrscht momentan hier drinnen. Alle Anwesenden blicken abwechselnd auf Emmi und auf Agnes, die am Arm eines Mannes um die Dreißig dasteht. Der Fremde hat einen blauen Tuchmantel an, der gut zu seinen hellen blonden Haaren passt und er hat Augen wie Agnes. Sonst sieht er allerdings vollkommen wie Kapitän Skalli auf dem alten Hochzeitsfoto aus. »Mutter, ich möchte dir Simon vorstellen, deinen Enkel.« hat Agnes vor zehn Minuten gesagt und das hat in weiterer Folge dazu geführt, dass Tante Emmi nun zitternd da sitzt und vor sich hinstarrt. Die ganze Tante bebt, sogar ihre Füße schlackern aneinander und die graue Haube oben am Kopf wackelt auch noch hin und her. Eine Haube mit schmalem Rippstrick-Bündchen und leichtem Rillenmuster, deren Form Kilian an ein Seeigelskelett erinnert. Oder war es doch die Riffkoralle aus dem Roten Meer, neulich im Naturhistorischen?

Aufgrund des Glaubens zogen sie durch das Rote Meer wie über trockenes Land; als die Ägypter das Gleiche versuchten, wurden sie vom Meer verschlungen.
Hebr 11,29

Alle sehen sie betreten und verlegen aus, Simon hat ein ganz schuldbewusstes Gesicht. Nun aber geht Elisabetta auf ihn zu, streckt ihm die Hand entgegen und sagt: »Hello Simon, nice to meet you after all these years! Welcome to N., welcome to the family, Frohe Weihnachten!«

und sie umarmt ihn und sie umarmt Agnes und die beiden Frauen bleiben wie zwei wollene Kletten aneinander picken und weinen, während ringsum erlöstes Umarmen und Weihnachtswünschen beginnt. Nom Son streichelt beruhigend ihre Frau Professor und macht sich erbötig, sie nach Hause zu bringen. Der Defi gibt sein medizinisches OK und verspricht, später noch einmal nach der Tante sehen zu wollen und ihr bei Bedarf ein Jaukerl zu verabreichen. Beim Hinausgehen reißt sich die pensionierte Pädagogin – wissend, dass Kinder nichts für ihre Eltern und auch nichts für ihre Entstehung oder Herkunft können – dann zusammen. Sie wünscht Simon ebenfalls frohe Weihnachten und lächelt ihn sogar an und haucht ein *Sorry* für ihren Gefühlsausbruch. Am Heimweg allerdings, als sie vom erleuchteten Platz in die stille Kirchgasse einbiegen, schluchzt sie laut auf und sagt weinend zu Fanny: »Ich möchte am liebsten sterben, Moserin, am liebsten möcht' ich jetzt tot sein.« Alle anderen sitzen inzwischen, vier Kirchenbänke beanspruchend, in der Mette und Simon mitten unter ihnen. Er ist ganz angetan von der barocken Pracht und Üppigkeit. Weihnachtssterne in Rot und Weiß, Mäusedorn und Stechpalmen zieren den Altar. Die Kapellknaben Edelsbrunn singen heute einmal die eher unbekannte Originalfassung von *Stille Nacht*.

♪ ♫ *Stille Nacht! Heilige Nacht! Die der Welt Heil gebracht. Aus des Himmels goldenen Höhn uns der Gnade Fülle lässt sehn – Jesum in Menschengestalt! Jesum in Menschengestalt!*

Irgendwann beim Großvater unten …

… in seiner Werkstatt

Es hat Kili stets sehr imponiert, dass Großvater nie so tat, als wisse er alles. Von dieser Sorte Leute, den Allwissenden, gibt es ohnehin genug – die machen z.B. auch keine Fehler. »Die Alchemie, die Alchemie …« hat Großvater geseufzt, »… da bin ich nicht wirklich kundig darüber, da muss ich passen – tut mir leid.« Gerade noch die Information, dass es sich *dabei um einen Vorläufer der Chemie handle, der auch mit der Herstellung von Gold etwas zu tun habe, fiel Opa ein. Auch, dass das wahre Ziel der Alchemisten eine innere Wandlung sei.* »*Am besten wird es aber sein, wenn du Onkel Hermann dazu befragst*«*, empfahl er ihm seinerzeit. Kili wollte natürlich sofort noch mehr über die Goldherstellung wissen, aber Opa schmunzelte nur – nein, zur Alchemie könne er nicht mehr sagen. Goldherstellung sei allerdings nichts Außergewöhnliches, das täten wir ja ständig. Kilian ist erstaunt.* »*Ja, ja, so wie die schöne Müllerstochter im Rumpelstilzchen sind auch wir damit beschäftigt, aus dem Stroh des Alltags Gold zu spinnen.*« »*Und wie soll das gehen? Ich merke zwar, dass einige um mich spinnen (Großvater und Enkel zwinkern sich vergnügt zu), aber Gold habe ich noch keines bemerkt.*« »*Das stellt sich erst ein, wenn du zwar vieles von dir selbst erwartest, aber nichts mehr von den anderen. Mit dieser Einstellung wird nämlich alles, was dir zuteil wird, zum Bonus, zum Zugewinn – zu Gold eben!*« »*Soll ich denn von Gott nicht mehr erwarten, dass er meine Gebete erhört?*« »*Alle Gebete werden erhört, aber nicht immer nach deinen Regieanweisungen. Gott erfüllt zwar nicht alle unsere Wünsche, aber er erfüllt alle seine Verheißungen.*« Davon ist Opa überzeugt.*

♪ ♫ … been a miner for a heart of gold …

Nehmt es nur auf euch, das Leben in diesem grauen, eintönigen Alltag, dieses Wirken, für das euch niemand lobt, dessen Heldentum niemand bemerkt, das in niemandem Interesse für euch erweckt; wer diesen grauen Alltag erträgt und dennoch dabei Mensch bleibt, der ist wahrhaft ein Held.

~~~ Fjodor Michailowitsch Dostojewski ~~~

Das Gold befindet sich im Alltag ja an den unglaublichsten Orten; im Weihwasser, im Elektronikmüll, im Sperma oder auch im menschlichen Herzen. Bei allem Gold hier in der weihnachtlich erstrahlenden Kirche fällt Kilian das damalige Opagespräch erneut ein und so wird dann später an diesem Weihnachtsabend Onkel Hermann zum Thema befragt. Dieser ist natürlich rundum informiert und legt auch gleich los in seinem typischen freundlichen Tonfall, der irgendwo zwischen Sepp Forcher und dem Hofrat Geiger angesiedelt ist: Die Alchemie, als Vorläufer der modernen Chemie und Pharmakologie, beschäftige sich ja nur teilweise mit der Idee der künstlichen Herstellung von Gold, erklärt er Kilian. »Das war quasi eine Begleiterscheinung auf der Suche nach dem Stein der Weisen – die Alchemisten waren der Meinung, dass alle Stoffe – also die chemischen Elemente – ineinander umgewandelt werden können …« Kilian hat bereits hier Mühe ihm zu folgen, »… wenn man dem unedlen Stoff – indem man ihn durch den roten Stein führt – also alle unedlen Prinzipien abgenommen hat – bla bla – bla bla …« Der Großonkel ist und schwelgt in seinem Element! Durch das immer dichter werdende Schneetreiben stapft Kilian an der Onkelseite nun die Kirchgasse hinunter zum Heimatmuseum. Ein großer Mistelzweig hängt dort über dem Torbogen und beschneite Tröge mit Ilex Stämmchen mit glänzenden roten Beeren schmücken den Eingang. Der Rauschgoldengel Regine in blauem Loden und mit Schnee in den Haaren verschwindet soeben durch die Tür. Onkel Hermann meint es ja gut mit ihm – sehr gut sogar, nach dem Wortschwall zu schließen – aber ein Großvater kann eben durch nichts ersetzt werden. Ganz schmerzlich bewusst wird das Kili in diesem Moment wieder einmal.

♪ ♫ *… kannst Du net obakumman auf an schnö'n Kaffee?*

Die Worte des Herrn sind lautere Worte, Silber, geschmolzen im Ofen, von Schlacken geschieden, geläutert siebenfach.
 Ps 12,7

Helene legt großen Wert darauf, dass der 24. Dezember ein Abbruch-Fasttag ist, an dem erst am Abend nach dem Kirchgang Fleisch ge-

gessen wird. Hier bei den Rosenmüllern gab es in den Kindertagen von Elisabetta und den Zwillingen immer *Schnittlsuppe* – eine Brotsuppe mit gekochtem Schweinefleisch. Sie wurde inzwischen von einer Erdäpfelsuppe mit Frankfurtern abgelöst und dazu sind alle Rosenmüllern nach der Mette geladen – das wird immer eng, aber gemütlich. Jeder sitzt oder steht irgendwo, meist noch halb im Mantel, manchmal noch mit ein paar Schneeflöckchen bedeckt. Man hält sein Suppenschüsserl fest und löffelt die dampfende Köstlichkeit, so auch heute. Der suppenlöffelnde Onkel redet parallel zum Schlucken weiterhin auf Kilian ein: »Daher verdanken wir den Experimenten der Alchemisten die Neuerfindung des Schwarzpulvers und des Porzellans. Das Porzellan ist ein klassisches Abfallprodukt der Suche nach Gold ... bla bla ... Phosphoreszenz ... bla bla ... Chemilumineszenz ...« »Aha!« sagt Kili ab und zu, »Tatsächlich?« und »In echt?« aber er nimmt nichts richtig auf, starrt nur geistesabwesend abwechselnd einmal Regine und dann wieder Simon an »... die möglichen Bedeutungen sind unterschiedlich. Alchemie lässt sich sowohl mit *Lehre des Gießens* übersetzen ...«

Er goss über die Edlen Verachtung aus, ließ sie umherirren in wegloser Wüste.
Ps 107,40

Bei diesen Worten muss Kili plötzlich an Cillys *Gießbude* denken und kann es nicht verhindern, zu lachen – *bruhaha!* Der Onkel bricht seine Ausführungen ab, fasst sich an den Brillenrand, als wäre es ein Zwicker und meint streng: »Wie ich sehe, bist du noch nicht reif genug für diese Informationen, junger Mann – wie bedauerlich!«

Später, als sich die Non-Stammhaus-Group verzogen hat, wird mit dem Rauchfass und mit Weihwasser durch Haus und Hof gegangen. Tünde hat Weihrauch und Speik, die hier üblichen Holy Smokes, vor einigen Jahren durch weißen Salbei ergänzt. Hinterher gibt es Bratäpfel als Nachtmahl für die verbliebenen Hausleute. Das ganze Haus duftet himmlisch nach den leicht sauren Schönen aus Boskoop samt Butter, Rosinen, Zimt, und Vanille. Wobei Bratapfel laut Cilly den Weihrauch *meilenweit* hinter sich lässt. Als Kilian noch klein war, hat sich dieser Duft regelmäßig in seine Träume vom Kind in der Krippe eingeschlichen – die Hirten brachten Maria und Josef darin neben anderen Gaben auch regelmäßig einen Teller aus Gmundner Keramik® mit duftenden Bratäpfeln darauf und er selbst tanzte Lieserl-Polka mit Regine dem Erlöser zu Ehren.

Sie gingen in das Haus und sahen das Kind und Maria, seine Mutter; da fielen sie nieder und huldigten ihm. Dann holten sie ihre Schätze hervor und brachten ihm Gold, Weihrauch und Myrrhe als Gaben dar. Weil ihnen aber im Traum geboten wurde, nicht zu Herodes zurückzukehren, zogen sie auf einem anderen Weg heim in ihr Land.
Mt 2,11-12

Inzwischen hat sich Kilis Weihnachtstraum verändert: Die Hirten haben Rösser und sind Könige. Mitten unter ihnen – Regine! Mit wallendem Haar wie beim alljährlichen Leonhardiritt. So nach und nach fallen die anderen zurück, Regine reitet allein und in Zeitlupe weiter. Schnee stiebt von den Hufen des Pferdes auf und ihr Haar wallt und wallt und wird eins mit der Mähne des Tieres – nur mehr irisierendes goldenes Licht und ... ein kleiner Hauch Bratapfeduft von irgendwo her ...

Überall hier im festlich geschmückten Haus finden sich weihnachtliche Arrangements aus korallenroten Hagebutten, Nüssen und Wintergrün. Hinter den Bildern an der Wand stecken frische duftende Tannenzweiglein und der geschmückte Christbaum funkelt geheimnisvoll in der schon dunklen Stube drüben. Süßer Kerzenwachsduft liegt noch in der Luft. In rot-weißes Papier verpackt schimmern Salonzuckerln neben Gablonzer® Weihnachtsschmuck zwischen den grünen Zweigen am Baum. Dieses typische ungarische Weihnachtskonfekt bringt Tünde jedes Jahr mit, bevorzugt Szamos Marcipán® (seit Herbst 2014 auch in Wien, Landstrasser Hauptstrasse 72 erhältlich). Schon die Verpackung, geziert von Carlo Crivellis Schwalbenmadonna ist eine Augenweide! Verena kommt herein. »Ist Mama schon oben?« fragt sie, während sie sich aus ihrem Mäntelchen schält. Elisabetta hilft ihr dabei und erklärt: »Sie liegt schon im Bett, bei Cilly. Emmi ist auch oben – sie schläft in meinem Zimmer, es geht ihr sehr schlecht, sie wollte nicht alleine bleiben. Drago kommt beim Kili unter und ich schlafe im Wohnzimmer.« Verena sieht die Schwester an. »Du kannst bei mir schlafen, Tünde braucht die Couch!« Emilie Skalli-Lichtwald liegt oben im Bett, hält die Enden ihrer Bettdecke umklammert, starrt in die Dunkelheit und weint. Die besorgte Helene hat ihre Schwägerin mit beruhigendem Tee versorgt und sie dann sorgsam gebettet. Unter eine Decke aus handverlesener großflockiger sibirischer Gänsedaune – ein absolutes Prachtstück, durchgehend abgesteppt! Doch das alles ist Emmi heute völlig egal. Der Cameo-Auftritt ihres Enkels Simon hatte tiefgreifende Auswirkungen auf ihr Nervenkostüm, auch ein fürsorglich bereitetes Lavendel-Baldrian-Melissen-Bad konnte daran nichts mehr ändern.

(…) die Griechen nennen es nämlich Balaneion, weil es die Angst aus dem Herzen entfernt. (…) ich badete, ich blieb aber nach dem Bade derselbe wie zuvor. Es ward aber aus meinem Herzen die Bitterkeit der Trauer nicht entfernt
Augustinus, Bekenntnisse, 9. Buch, 12. Kapitel

»Geh doch endlich schlafen Kilian, es ist schon spät«, rät Elisabetta ihrem Sohn, der dort in der Küchenbankecke, sanft vom Licht der dicken Heiligen-Nacht-Kerze beschienen, noch an seiner Gitarre herumstimmt. »Tja, das Bad ist noch nicht frei, Frau Mutter – weil du dich ja nur wohlfühlst, wenn das Haus an Feiertagen bis unters Dach mit Gästen vollgestopft ist wie die Grünbaumwohnung mit Büchern.« Sie lächeln sich gegenseitig an und den manchmal leicht nasalen Tonfall von Onkel Hansi imitierend fügt er noch hinzu: »Gnädige Frau wünschen vielleicht noch ein paar Klampfentöne?« »Ja, du kennst mich doch eh …«, sie setzt sich neben ihn. Natürlich kennt er sie und auch ihr Lieblingsstück von Francisco Tárrega, aber ihm ist jetzt nicht danach. »*Guten Abend, gut Nacht* vielleicht?« schlägt er alternativ vor, »Oder dein französisch-englisches Lieblingsweihnachtslied? Was gefällt dir denn gar so daran?« »Was mir so gefällt daran? Bei *O Holy Night* ist es nicht so der Text, sondern mehr die Melodie. Ich liebe es aufgrund dieser einen Stelle, wenn nach *Fall on your knees! O, hear the angels' voices!* der Refrain beim zweiten *O night divine* ankommt und emporwächst und dann wie eine kleine Welle über einen kleinen Berg schwappt. Für mich ist das einer dieser Momente, wo der arme Sisyphos seinen Stein endlich über den Felsen wälzen darf, wo es plötzlich doch noch geht, wo alles hell und möglich wird. Als ich meinen letzten Befund in den Händen hielt, ist mir dieses Lied spontan eingefallen: Ich bin wieder gesund, unglaublich!« Fest geknüllte Geschenkspapierreste in der Holzkiste hinten entspannen sich gerade und knistern dabei leise, als wären Mäuse da drinnen. Kilian räuspert sich, denn offenbar kennt sich seine Mama in der griechischen Unterwelt nicht wirklich aus. »Tja, der Sisyphos rollt aber seinen Stein aber gar nie wo drüber, in Ewigkeit nicht, das ist ja der Witz an der ganzen Sache – wenn auch nicht für ihn!« Elisabetta schüttelt den Kopf. »Du irrst dich, Herr Sohn! Gott ist Mensch geworden, geboren, gestorben und auferstanden. Was auch immer ein Herr Sisyphos symbolisiert – seit der Stein vom Grab gewälzt wurde, ist der Himmel offen, der Weg frei und dieser Stein dort unten ist drüber, wie alle anderen Steine auch – definitiv!« Kili schraubt ergeben den Kapotaster fest und beginnt leise zu summen,

♪ ♫ *Fall on your knees! O, hear the angels' voices! O night divine, O night when Christ was born; O night divine, O night, O night Divine*

Nach einem feierlichen Christtag – kulinarisch garniert mit Weihnachtsgans, Rotkraut und Erdäpfelknödeln – steht am heutigen Stephanitag Raclette am Speiseplan, damit alle gemeinsam um den festlich gedeckten Tisch sitzen und sich ausgiebig unterhalten können. Helene hat die turbulente Diskussion damals zu Allerheiligen nicht behagt und so war es ein Weihnachtswunsch bzw. –befehl von ihr, dass die Themen Politik, Geld, persönliche Probleme, Krankheiten, Sexualverhalten, Nachbarn und Religion erst mit dem Kletzenbrot zur Kaffeestund' angeschnitten werden dürfen. Man hat sich gefügt, weil sie eine unumstrittene mater familias ist. Weihnachtskekse gibt es jetzt natürlich auch, wobei die Zimtsterne dominieren. Platz zwei belegen die Anisbögen und Bronze teilen sich die Husarenkrapferln – aka Engelsaugen – mit den Linzer Augen. Weit abgeschlagen in diesem Jahr die Nusskipferl aufgrund von zunehmenden interfamiliären Nussallergikern. Der jahrelange Favorit bei den Rosenmüllern, die gemeine Rumkugel, wurde 1998 disqualifiziert und darf seither bei den Keksmeisterschaften im Heimatmuseum nicht mehr antreten. Grund dafür war eine eskalierende Auseinandersetzung zwischen dem Geschwisterpaar Onkel Hansi und Tante Rosa, die sich gegenseitig des egoistischen Rumkugelgrabschens bezichtigten. Der heftige Wortwechsel damals war ausgesprochen peinlich für die Erwachsenen und ausgesprochen lustig für die Kinder.

Der zu-viel-fernsehende Pirmin, genannt *Teletubby* (mit Disposition zur Nervensäge) hat zu Weihnachten einen Metalldetektor bekommen und diesen natürlich am Stephanitag gleich mitgebracht. Wo er allerdings hier in N., bei fünfzehn Zentimetern Neuschnee, etwas zu suchen beginnen will, bleibt ein Rätsel. Vergrabene und versteckte Gold- und Silbermünzen könne man damit aufspüren, meint er voll

Stolz. »Wo ist die nächste Römersiedlung, Onkel?« möchte er deshalb vom geschichtskundigen Frondienst wissen. »Na hier, bei Tante Helene im Haus – bekanntlich war der Bertl-Opa ein Italiener!« »Geh, nein, im Ernst jetzt!« Pirmin zerrt am Pullover von Klaus und sein Opa Hermann tadelt ihn: »Lass das, junger Mann, du bist schon Firmling und nicht mehr im Kindergarten!« Die Rüge wird vom Enkel mit Grimassen auf der opaabgewandten Seite kommentiert. »Renitente Junioren dürfen nicht mit nach Italien …« murmelt der Senior »Wer will denn schon mit ins Seniorenkaff …« murmelt der Junior zurück. Kevin hat inzwischen den am Detektor festgetackerten Zettel entfaltet und liest vor: »Bla bla … die Fundchancen sind sehr hoch: auf markanten Bergen, an alten Straßen, an Wegkreuzungen und Bildstöcken, in der Nähe von Burgen und Ruinen, an Klöstern und Kirchen, an großen Steinen oder Felsen im Wald, an Römersiedlungen …«. Klaus lacht bitter auf, als er das hört: »Ja, ja viel Vergnügen mit dem Ding, Pirmin! Sehr zu empfehlen ist auch die Suche nach versteckten Dingen aus dem Zweiten Weltkrieg im Pfarrwald – zwei meiner Volksschulkameraden sind von dort nicht mehr so zurückgekehrt, wie sie aufgebrochen sind …« »Pfui Klausi!« ruft Rosa empört aus »Darüber auch noch zu spotten, die armen Buben damals – ich kann mich noch erinnern. Furchtbar!« Pirmin hört aber gar nicht zu, weder dem Klaus, noch seinem Bruder Kevin, der weiter leise murmelnd den beigepackten Zettel durchliest. Völlig eingenommen und begeistert ist er von seinem funkelnden Gerät, alle seine Sinne beansprucht es. »Der hat sogar einen Diskriminator, da schaut's! Mit dem kann man unerwünschte Metallobjekte einfach ausblenden. (Der Hipflinger und viele andere wären sicher begeistert über die längst fällige Erfindung eines Diskriminators zur Ausblendung unerwünschter Zeitgenossen – einfach klicken und weg, ganz ohne §§!)

… erst voriges Jahr haben Schatztaucher im Chiemsee einen großen Kessel aus purem Gold entdeckt!« Pirmins Augen glänzen vor Begeisterung. »Sehr wahrscheinlich war es der vergoldete Nachttopf vom König Ludwig.« ätzt der Frondienst. Kevin ist inzwischen am Ende des Textes angelangt und erhebt nun seine Stimme wieder, um laut den letzten Satz vorzulesen: »*Der richtige Umgang mit seinem Metalldetektor ist für jeden Schatzsucher das A und O*. Hast du das verstanden Bruderherz?«

Ich bin das Alpha und das Omega 'A & Ω, der Erste und der Letzte, der Anfang und das Ende. Offb 22,13

♪ ♫ … *you're my end and my beginning* …

»Na klar«, meint Pirmin. Er sei doch nun quasi Mitglied der Sucher-Szene und vollkommen im Bilde. Tünde, die von Cilly am Boden soeben aufs innigste als Sitzsack instrumentalisiert wird, lacht bei diesem Begriff nun laut auf *lol!* Sie sei auch einmal in der Sucher-Szene gewesen, meint sie zu Verena. »Du? Echt?« wundert diese sich. »Ja, echt. Das war eine Gruppe von Leuten, die überall nach der Wahrheit suchen, nur nicht in der Kirche!

♪ ♫ … *I asked the Fahrdienstleiter, the man with the beer, I even asked the Putzfrau with the Bürstel* …

Gott kam gar nicht vor, allerdings sagte ja schon Chesterton …« Elisabetta gibt Tünde sofort Handzeichen, dass sie sich soeben gefährlich an Helenes Gesprächsthementabugrenze bewegt. Dann beginnt sie sogleich über Bruno Karl Schuberts berühmtes *Bachlkoch* zu reden. Helene nimmt sogleich den Faden auf und referiert (inspiriert vom in Seidenpapier gewickelten Szaloncukor) über die Weihnachtsfeste nach dem Krieg. Über selbstgemachte Christbaumzuckerln aus Milchpulver und Margarine. Über mit Kleie eingedickte Erbsensuppe und Pastinakengulasch. Über alle möglichen Varianten von Kaffeeersatz – von

gerösteten Runkel- und Steckrüben, Bucheckern, Zichorie und Eichel-
mehl ist da die Rede. Sogar mit Hagebutten und Baumrinde hat man
experimentiert, alle diese Materialien wurden unten in der Wasch-
küche verarbeitet ... tja, und hier folgt natürlich wieder zwangsweise
die Abwaschschaffelgeschichte! Da die Kulinarik sich so hervorragend
eignet, um unverfänglichen Smalltalk zu betreiben, schließen sich die
anderen auch sogleich an. Bis weit über den Nachmittagskaffee hinaus
wird brav darüber philosophiert, ob etwa am Heiligen Abend vermehrt
verspeiste simple Würstel statt eines üppigen Mahles den ursprüng-
lichen Fastengedanken wieder aufleben lassen, oder ob der Grund
dafür eher in der Hektik der Weihnachtsvorbreitungen zu suchen sei.

Das Thema Religion ruht bis zur gemeinsamen Schneeschuhwande-
rung von Tünde und Verena am nächsten Morgen. »Wie war das denn
jetzt mit deiner Suche, Tünci? Hast du deine Wahrheit gefunden und
Gott mit ihr, indem du aus der Sucher-Szene in die Katholiken-Szene
gewechselt hast?« »So kann man das nicht sagen, denn nicht ich fand
Gott, sondern er hat mich gefunden – obwohl ich dachte, unauffind-
bar zu sein, wie ein falsch einsortiertes Buch in einer Bibliothek. Eines
Tages ist mir klar geworden, dass ich leer bin und mich inmitten meiner Aktivitäten immer mit Ängsten und Einsamkeit herumschlage.
Dass ich Defizite habe und zwar – *Gott sei Dank!* – nicht auf Adrena-
linschübe oder Suchtmittel, dafür aber auf Anerkennung angewiesen
bin. Dass mein jeweiliger Freund diese Leere unmöglich ausfüllen
kann und dass ich immer so hungrig bin nach etwas, das nur schwer zu
beschreiben ist. Mit Christentum assoziierte ich in den Jahren damals
ja nur Vorschriften und verstaubte Gebote, während mir die Esoterik
die Freiheit bot, dass niemand mir verbindlich sagte, was ich darf,
was ich tun oder unterlassen sollte. Ich war nicht verpflichtet, meinen
Relativismus vorher an der Garderobe abzugeben – es wurde mir auch
so Eintritt gewährt. Tief in mir wusste ich aber immer, dass mir etwas
fehlt. Ich hatte einen solchen Hunger nach Wahrheit in mir und nach

einem Gott, der mehr ist als bloß eine Idee oder Aurakribbeln – nach einem realen Gott, der mit mir zu tun haben will, der mich kennt und mich trotzdem liebt.

Wer die Wahrheit sucht findet Gott.
  ~~~ Edith Stein ~~~

Ich liebe alle, die mich lieben, und wer mich sucht, der wird mich finden.
  Spr 8,7

Durch den verschneiten Wald und die Schlucht fahren Kili und Verena in die Dämmerung hinaus. Die einheitlich milden samtenen blau-weiß Farbtöne der Schneelandschaft neben der Straße werden nur ab und zu von den leuchtenden Scheinwerferkrügen entgegenkommender Fahrzeuge erhellt. Auf den Banketten haben Räumfahrzeuge Halden von Schnee, geformt wie Styroporplatten und –kugeln, aufgetürmt, von denen kleine weiße Globulis ständig wieder zurück hinunter kullern. Oft bilden diese kleinen Bälle dann Häufchen auf der Fahrbahn, die sonst glatt und glänzend im Scheinwerferlicht liegt – nur hauchzart von einem Schneehäutchen bedeckt. Weiter vorne flackert es rhythmisch und intensiv in Bonbongelb und hinter der nächsten Kurve kann man dann drei grelle Lampen auf einem hohen orangen Gefährt zuckend um die Wette blinken sehen. Jede Menge Bremslichtrot, jede Menge in Wolken wegstiebender Schnee, der von einer riesigen Fräse hangabwärts geblasen wird – Schneepflugparty! Überholen? Yes, we can! Schrumm schrumm schrumm – grobes Kettengerassel dröhnt von den Reifen des signalfarbigen Rotations-Krampusses beim Vorbeifahren mitten durchs Auto.

In den Raunächten um den Jahreswechsel stehen die Tore zwischen den verschiedenen Dimensionen offen, sagt man. Trotzdem verriegelt B., vom Schneeschaufeln kommend, seine Haustür am Altjahrstag wie immer dreimal. Dann räumt er Gertis vorbereitete Kerzen und Papierservietten grummelnd wieder weg. »Blödsinn …« sei das, ebenso wie teurer Wein oder ein freundliches Lächeln, »… reine Geld- und Energieverschwendung!«

Your own soul is nourished when you are kind; it is destroyed when you are cruel.
Proverbs 11:17

Ein Feuerwerk etwa verursacht ihm fast körperliche Qualen; so sehr trauert er dem Geld nach, das dabei verpulvert wird. Ein absolutes No-Go für B. sind allerdings Luftballons und besonders die heliumgefüllten. Für etwas zu bezahlen, um es dann in den Himmel steigen zu lassen ist wohl der Gipfel aller Unvernunft! Kilian, im Haus gegenüber, blickt gerade aus dem Küchenfenster. Reflektiertes Sonnenlicht oben auf der beschneiten Dachfläche bei B. lässt dort kleine Lichtquadrate entstehen. An den Rändern dieser Minibühnen tanzen die flirrenden Sonnenstrahlen mit den Schneekristallen wie winzige goldumrahmte Mikroseifenblasen. Es muss kalt sein draußen, denn B.s Rauchsäule tanzt ebenfalls und zwar Flamenco. Bergmann wiederum blickt zum Heimatmuseum herüber, wo soeben ein Auto einparkt.

Der Beobachter beeinflusst die von ihm beobachtete Wirklichkeit.
~~~ Werner Heisenberg ~~~

Drei Damen stöckeln nun mit Mehlspeis- und Brötchentabletts beladen den frischgeräumten Gehweg entlang durch nachbarschaftliche Gesichtsfeld. Rosa, Irene und Jadéite treffen zur Happy New Year Party! ein. B. weiß nicht, dass das drei menschliche Antimatsch-Tomaten sind. Könnte er auch nur ahnen, welche Geldsummen die soeben im Haustor verschwindenden Ladies bis dato ins Vortäuschen eines jüngeren Hautbefundes investiert haben – sämtliche Haare würden sich ihm sträuben! Irene etwa verwendet Gesichtscreme mit Inhaltsstoffen aus Algen, die nur bei Vollmond aus dem Atlantik gefischt werden. Sogar einen eigenen Mini-Kühlschrank hat sie dafür im Schlafzimmer hängen, der ihre angebrochenen Kosmetika vor dem Verderben schützt. Ziel der Selbstkonservierer ist es, sich bereits zu Lebzeiten einzubalsamieren, um mit glatter Haut als Senior-Barbie im Sarg zu liegen – menschliche Zierkerzen sozusagen. Das alles weiß B. natürlich nicht, dafür aber anderes ... Mit: »Aha, der Harem vom Doktor!« kommentiert er deshalb das Geschaute. »Red' doch nicht so einen Blödsinn!« meint Wilma und blickt mit nassem Teller und Hangerl in der Hand jetzt ebenfalls interessiert hinüber. »Ich weiß alles ...« meint B. und grinst dabei, »... der Doktor hat drei Weiber, ganz wie es beim archetypischen Proto-Macho so der Brauch ist: eine dicke Köchin fürs leibliche Wohl, eine korrekte streng-fade Blondine, die ihm alles regelt, repräsentiert und die Kinderlein bekommt, sowie ein mehr oder weniger heimliches Gspusi.« »Du spinnst vielleicht!« B. behält sein Grinsen bei. »Was glaubst du, wer da regelmäßig um fünf Uhr früh verfroren dort oben im Haltestellenhäuschen bei der Techtelgassen kauert und auf den Schichtarbeiterbus wartet? Ich habe die Kleine sofort erkannt, trotz wollenem Kopftüchl und Umhang. An ihren Armketterln habe ich sie erkannt!«

Dreikönigstag. Die Christbaumkerzen werden ein letztes Mal angezündet, die vom 1. Dezember bis 6. Jänner dauernde Weihnachtszeit ist zu Ende. Cilly, Cosima und Pirmin sind mit anderen Kindern aus N. wieder einmal als Sternsinger unterwegs. Selbst das mit Schneetreiben einhergehende Tief *Daisy* kann ihre Begeisterung nicht bremsen, feiert die Sternsingeraktion doch heuer, 2004, (gemeinsam mit Selchroller Toni) den fünfzigsten Geburtstag! 50 Jahre *Hilfe unter gutem Stern* Die Nächstenliebe konkretisiert sich in diesem Jahr auf mehr Rechte für Indios in Brasilien, den Kampf gegen die Kinderarbeit in Indien und die Förderung einer ganzheitlichen Entwicklung für Menschen in Uganda. Pirmin geht lieber hier am Land mit, als bei ihm zuhause in Wien, wo nur jeder Zehnte die Türe öffnet. Pater Lenz ist als Begleitperson mit dabei. Einerseits, um zu verhindern, dass den Kindern und Jugendlichen in H. drüben Schnapstee oder Eierlikör zur Stärkung angeboten wird, andererseits um für geregelte Abläufe zu sorgen. So darf etwa nicht losgeprustet werden, wenn Desis ihre Dessous über die Küchensessellehne hängen hat oder wenn die alte Frau Sommer links und rechts von ihrer Krippe statt kniender Hirten und anbetender Könige zwei riesige Osterhasen in Goldfolie positioniert hat. Der höfliche Sternsinger kichert da nicht! Der Pater weist die Kinder später darauf hin, dass Frau Sommer auf ihre eigene Weise den Zusammenhang der beiden Feste deutlicher erkennt, als manch anderer. An noch etwas musste er bei diesem sonderbaren Anblick denken: an die vergoldeten Cheruben zu beiden Seiten der Bundeslade und daran, dass Maria die wahre Bundeslade ist.

Darauf stellten die Priester die Bundeslade des Herrn an ihren Platz, in die Gotteswohnung des Hauses, in das Allerheiligste, unter die Flügel der Kerubim. Denn die Kerubim breiteten ihre Flügel über den Ort, wo die Lade stand (…)
1 Kön 8,6-7

Der Tempel Gottes im Himmel wurde geöffnet und in seinem Tempel wurde die Lade seines Bundes sichtbar.
Offb 11,19

Es nieselt und die feinen dünnen Tropfenfäden der Regenwetterspinnen fallen in den Schnee und beginnen seine Ränder aufzufressen. Einzelne Bäume sind schon freigespült; durchfeuchtet und rötlichbraun ragen die winterkahlen Gerippe in einen hellen Himmel. Langsam verschwindet das Weiß von nassen Straßen und Gehsteigen, Stiegen, Radwegen und Garagenausfahrten. In den Dachziegelmitten kauern immer kleiner werdende matschige Biskotten aus Schnee; ein schnell vergängliches Pepitamuster in Rostbraun-Weiß überzieht für kurze Zeit die Stadtdächer. Auch am Land hier in N. treten oben am Dach die feuchten Eternitplatten unter den abrutschenden krossen Schneekissen wieder zutage. Schnell geht das und am Abend ist oft nur mehr ein nasser Eisrand von monatelanger kompakter Pracht geblieben – den hat die Sonne übrig gelassen wie ein zahnspangentragendes Kind eine harte Brotrinde. Rasch trocknen die Dächer in der nun täglich stärker werdenden Wintersonne auf, es gluckert in allen Abflussrinnen. Einige Hühnerfedern hat es auch ausgeapert, statt schmutzigweiß sind sie jetzt kaffeebraun und erinnern Kili an die Kiemenrechen eines Riesenhais.

Zusätzlich zu den bekannten vier Jahreszeiten, die immer so poetisch beschrieben und besungen werden – angefangen beim ersten zarten Grün, diesem *maledetta primavera* über üppige Blumenwiesen, duftende Heuernten samt *Bett im Kornfeld* bis hin zu gefüllten Obstkörben, auf der Heide blühenden *letzten Rosen* und weißem *Jingle Bells*-Glitzerschnee – hat Kili kürzlich die verheimlichten Jahreszeiten entdeckt. Sie werden verschwiegen wie peinliche Verwandtschaft, sie tragen keine offiziellen Namen, sind ungeliebt und unattraktiv. Da wäre zum Beispiel zwischen strahlendem Winterweiß und frischem Frühlingsgrün die *Zeit des braunen Sabbers* (auch die *klamm-kalte Gummistiefelzeit* genannt). Diese Periode geht einher mit ungustiösem städtischem Schneematsch von kastanienreisartiger Gatschkonsistenz, der so nach und nach die halbaufgetauten Hundstrümmerln wieder freigibt. Grundlawinen im Gebirge, Überschwemmungen dort, wo es wieder flacher wird, sowie ein ständiger Diesel- und Güllegeruch in der Luft sind auch typisch für sie. *Adeln* nennt man es hier in der Gegend, wenn der Dung ausgebracht wird. Allerdings ist das Ergebnis davon keineswegs ein geadeltes Ambiente und daher ist es auch kein Wunder, dass weder der braune Sabber noch seine trübe Schwester, die novembrige Nebelkrähenzeit, jemals allegorisch dargestellt werden.

»So ein rohes Hendl ist irgendwie urgrauslich …« meint Kilian zu Max, der gerade ein prächtiges Wildhuhn vom Bauer am Kutschkermarkt kräftig einsalzt, »… aber fertig gebraten ist es dann trotzdem absolut köstlich. Das Geheimnis liegt dazwischen!« »Genau, « stimmt Max ihm zu »dazwischen passiert es. Willst du wissen, was das tiefere Geheimnis des Kochens, Bratens und Backens ist?« Kilian, der ja nun schon einige Zeit als Assistent hier in der Küche werkt, tippt zuerst einmal auf *einwandfreie, frische, erstklassige Zutaten* und dann auf die *genaue Beachtung des Rezeptes falls es um Mehlspeisen geht*. Max wiegt den Kopf hin und her: »Jein, ich meine noch etwas anderes – es ist zugleich die wichtigste Zutat aller Speisen …« »Salz?« »Fast!« »Ach so, die Liebe schon wieder einmal … stöhn!« »Nein!« »?« »Die wichtigste Zutat ist der Koch. « Kilian lacht. »Na Mahlzeit auch! Hautschüppchen und Zwiebeltränen, hm?« Aber Max winkt ab: »Der wahre Koch lässt sein ganzes Wesen mit einfließen in die Zeremonie der Speisenzubereitung. Er kocht mit seinem Leben – er gibt sich hin.«

Irgendwann beim Großvater unten …

… in seiner Werkstatt

Es hat Kili, wie schon einmal erwähnt, ja immer imponiert, dass Großvater nie so tat, als wisse er alles. »Es gibt einfach Geheimnisse. Nicht in dem Sinn, dass man die nicht weitersagen oder ausplaudern darf, sondern, dass sie sich dem Verstand nicht erschließen. Letztlich kann man sie weder verstehen, noch ergründen, weder erklären, noch therapieren …« Kili lacht. »Ja, was macht man denn dann damit?« »Versuchen, sie trotzdem irgendwie anzufassen, wenn man z.B. Künstler ist. Versuchen, damit zu leben …« Kili kichert (er hat seinen lustigen Tag): »Ich habe keinerlei Schwierigkeiten, mit dem Schweizer Bankgeheimnis zu leben!« »Ja, ja, Herr Enkelsohn, ist schon recht aber mit dem Bösen oder mit der Liebe dann vielleicht einmal.«

Wir bezeichnen das Böse als Mysterium – damit meinen wir Theologen:
Je mehr man in das Böse hinein gräbt, desto tiefer wird es.
Maximilian Fürnsinn, Abt des Stiftes Herzogenburg

♪ ♫ … the *miracle of love* …

4. Kapitel – Fragen

Einen Toast auf seine Frau, die da im schwarz-weißen Satin Bias Cut mit frisch gelifteten Angelwings glücklich strahlt bringt Onkel Hermann soeben mit erhobenem Glas aus: »Mögen meiner Rosi noch viele Jahre in Glück und Gesundheit beschert sein!« Alle applaudieren und Pater Lenz wird um das Tischgebet ersucht. Aufgrund ihrer Gesangsausbildung ist Tünde heute von den Verwandten schon mehrmals zum Singen aufgefordert worden. *Plaisir d'amour* für Rosi (as always …) schlägt Onkel Hermann vor, aber auch er erntet ein *Njet*. »Von mir gibt es eine Stadtführung fürs Geburtstagskind und zwar von einer kompetenten Kunstvermittlerin. Singen werde ich aber sicher nicht, ich bin doch kein Zirkusäffchen!« meint sie bestimmt und fügt hinzu, dass Pius auch nicht spontan einen Blinddarm zur Feier des Tages herausoperiere. Onkel Hermann ist ob der Abfuhr leicht irritiert, einige hüstelten verlegen, nur Klaus hätte sie am liebsten umarmt für diese Bemerkung – so liebt er Pocahontas! Tünde, wenn sie herb und trocken ist, wie späte Marillen und man ihr die Gegenreformation nicht so anmerkt. *The Bitch of Aquarius* hatte schon immer etwas Kühles und Schroffes an sich gehabt und das hatte es ihm angetan. Dieser Karateblick aus meergrünen Augen, der neugierige Nachbarn und die Zeugen Jehovas von der Tür, sowie den Rosenverkäufer vom Restauranttisch verscheuchen konnte ohne ein Wort – ihr Freund war zu beneiden!

♪ ♫ … *so much power takes my breath away …*

My mistress' eyes are nothing like the sun (…) my mistress when she walks treads on the ground …
~~~ *William Shakespeare, Sonnet 130* ~~~

Klaus gehört zu der zahlenmäßig nicht kleinen Gruppe von Männern, die herbe, zuweilen finster dreinschauende Frauen begehrenswert finden. »Wenn ihr mich hören wollt, dann kommt doch bitte nächste Woche in den Kultursaal der Bezirkshauptstadt und bleibt nicht schon wieder mit der lahmen Ausrede vom Schneefall bei *Wetten Dass* sitzen!« fügt sie soeben noch hinzu.

Viel Schnee ist aber wohl nicht mehr zu erwarten. Der Frühling läuft im wärmeren Flachland bereits zu seiner Höchstform auf und auch in N. knospen die verpackten Blätter aus ihren prallen grünfesten Kapseln. Drüben im Wald stehen Lärchen im milchsmaragdenen Babyflaum und ein frühreifer Wildkirschbaum dazwischen blüht schon üppig. Hermann hat sich zur Feier des Tages hier am Balkon eine von Tonis Zigarren angezündet. Natürlich mit einem Gas- und keinem Benzinfeuerzeug, um störendes Fremdaroma zu vermeiden. Er denkt zurück. An diese kleine blonde und äußerst frühreife Wiener Sommerfrischlerin von damals, die es derart auf ihn abgesehen hatte – nun, es soll einem im Leben nichts Schlimmeres zustoßen! Wie dann ihr Vater, der alte Zeiler, mit grantigem Gesicht 1959 die Einwilligung zur Hochzeit geben musste, weil Pius »unterwegs« war. Die Tochter im Wochenendhaus einzusperren hatte ihm nichts genützt – derartiges nützt nie! Pius, Hermanns erster Sohn, geboren 1960, gezeugt durch ein Fenstergitter hindurch.

I want to do with you what spring does with the cherry trees.
 ~~~ Pablo Neruda ~~~

Alle Mädchen erwarten wen, wenn die Bäume in Blüten stehn.
 ~~~ Rainer Maria Rilke ~~~

♪ ♬ *... als geblüht der Kirschenbaum ...*

Was war sein pfostengleicher Sohn doch einmal für ein hübsches Kind gewesen, erinnert sich Hermann mit leisem Bedauern, während er ihn so betrachtet. Hübsch und ein bisserl gefühlskalt halt, wenn er etwa nur an die »Katzenexperimente« des kleinen Defi dachte. Dem Vater graust es heute noch! Dabei wollte der Bub das arme Vieh gar nicht quälen, sondern nur »schauen was passiert« – rein wissenschaftlich interessiert war Pius eben von Kindesbeinen an. Diese spezielle Gefühlsarmut hat er aber später erfolgreich abgelegt, sonst wäre er schließlich nicht Arzt geworden! Ganz abgesehen davon, hält Hermann ein gewisses Maß an krimineller für Energie durchaus notwendig, was Karriere und wirtschaftlichen Erfolg betrifft.

Nur Schurken sind vom Erfolg überzeugt. Deswegen haben sie Erfolg.
  ~~~ Charles Baudelaire ~~~

»Wir FOPs sind in früheren Zeiten oft Priester oder Berater gewesen, während die anderen sich als Herrscher und Krieger hervortaten.« erklärt Herb. »Heute aber verdrängt man uns. Früher sind medizinische Berufe, Richter oder Lehrer vorwiegend von unsereins besetzt gewesen, aber jetzt werden wir da überall an den Rand gedrängt.« »Von den Non-FOPs?« vermutet Max, »Von den Kriegern!« seufzt Herb: »Aber eine Gesellschaft, die ihre FOPs wegrationalisiert und –mobbt ist sehr schlecht beraten, denn wir sind wie Zeigerpflanzen – wir zeigen dem jeweiligen System an, ob es als Ganzes noch gesund ist …«

Hermann pafft seine Zigarre und denkt dabei an seine Söhne. Peter, sein zweiter, hatte ja von Anfang an ein mitfühlendes Wesen und war in Anteilnahme mit Welt und Leben um sich verbunden – ein richtiger Naturmensch eben! Damals, vor gut vierzig Jahren (Peter war gerade »unterwegs«) ist auch diese dumme Geschichte passiert. So sehr er dem Trachtenpärchen sein Leben lang verbunden war, damals allerdings wären die beiden fast zu weit gegangen mit ihrer stets latenten Spielsucht. Mandis Lebensmenschen, seine Frau Rosa und seinen Freund Bruno, verband nämlich ihr Hang zu riskantem Glücksspiel.

Sie spielten regelmäßig um Geld und Rosa musste oft gewaltsam an einladend geöffneten Türen und verlockend blinkenden Lämpchen diverser Automaten vorbei manövrieret werden. Feuchte Augen und verdächtig gerötete Ohren bekamen die beiden zuweilen schon beim familiären Kartenspiel. Nie konnten sie sich ganz davon befreien, doch seit dem heilsamen Schock damals, waren sie dahingehend – wenn schon nicht kuriert – so doch völlig entschärft. Sie ignorierten das gefährliche Prickeln, spielten nur mehr privat und nur mehr um Zehngroschenstücke. Trachtenpärchen nennt Hermann die beiden deshalb, weil selbiges die Flaschen der Kräuterlimonade Almdudler® ziert und weil es hinter den beiden aufgemalten Figuren in Form von Kohlensäureperlen auch stets prickelt.

1962 war also das Unerfreuliche dann passiert und Hermann hatte es vorausgeahnt! Bereits zu Beginn dieses verhängnisvollen Jahres, am 3.Jänner, hatte Papst Johannes XXIII den kubanischen Staatschef Fidel Castro exkommuniziert und genau ein halbes Jahr darauf, am 3. Juni, war eine französische Boeing abgestürzt. Was würde nach dem Gesetz der Serie am 3. Dezember passieren? Das fragt sich damals, obwohl Techniker, der darüber zu Recht beunruhigte Attila und tatsächlich passiert in dieser Dezemberwoche dann einiges:

1. *Aus dem (unbeschädigten!) Tresor des Sägewerkes verschwanden 40000 Schilling – ein Vermögen damals! Die Zahlenkombination ist außer den Familienmitgliedern nur noch einem absolut vertrauenswürdigen Holz- und Sägetechniker, der seit vielen Jahren quasi zur Familie gehört, bekannt.*
2. *Man trägt Hermann vertraulich zu, dass Bruno und Rosa in der Lipizzaner Bar des Badener Schlosscasinos gemeinsam gesehen wurden und dass es den beiden ganz offenbar peinlich war, dort gesehen zu werden.*
3. *Bei Kaspar Lichtwald, dem Ehemann von Hermanns damals hoch-*

schwangeren Schwester Emmi, wird nach einer Routineuntersuchung eine tödliche Krankheit diagnostiziert, an der er später (1965) auch stirbt. Im Todesjahr ist das inzwischen geborene Baby Klaus dann zwei und die gemeinsame Tochter Agnes fünf Jahre alt.

Angesichts von Punkt drei und seinem tragischen Ausmaß kann Hermann der verschwundenen und offenbar vom Trachtenpärchen vezockten Geldsumme nicht mehr die Bedeutung beimessen, die sie ohne diesen Vorfall vielleicht schon gehabt hätte. Man lebt doch, man ist gesund und man hat einander! Das Verlorene ist *nur* Geld, alle sind sie jung, fleißig und im Aufbauen – es kann also wiedererlangt werden! Hermann kann die damalige Szene noch immer vor sich sehen: wie Bruno und Rosa Hand in Hand und mit gesenktem Blick bei ihm im Sägewerksbüro auftauchen. Wie zwei Kinder, die eine kostbare Vase zerbrochen haben, wie zwei nervöse kleine Schokodiebe bei der Erstbeichte. Hermann muss in den folgenden Jahren jedes Mal schmunzeln, wenn er an dieses Bild denkt …

Bruno (holt tief Luft): »Mandi, Rosi und ich, wir müssen mit dir reden, denn es ist jetzt etwas passiert, das nicht passieren hätte dürfen. Es war allein meine Schuld …«
Rosa: »Nein Bruno, sag das nicht, ich war doch diejenige, welche …«
Beide: »Es hat uns überkommen, wir wissen selbst nicht wie …«
Hermann (leicht amüsiert): »Aber ich weiß doch längst alles und habe es sowieso schon länger geahnt!«
Bruno (ungläubig): »Du weißt, dass …«
Hermann (locker): »Ja natürlich! Glaubt ihr zwei denn, ich wäre blind und hätte keine Augen im Kopf? Wie ihr in letzter Zeit immer dreingeschaut habt's, diese eigenartig flackernden Blicke – da hat sie euch schon fest in der Hand gehabt, eure geheime Leidenschaft, gell?«
Rosa: »Aber wieso hast du … ?«
Hermann: »In der Tat wollte ich demnächst jeden von euch einmal

zur Seite nehmen und ihm ins Gewissen reden. Ich konnte ja nicht annehmen, dass ihr gleich so weit gehen würdet!«

Rosa und Bruno blicken sich einigermaßen überrascht und erstaunt an.

Bruno: »Jedenfalls ist es nun zu spät, wir haben die Notbremse nicht rechtzeitig gezogen und es ist passiert. Ich stehe zu allem und heirate Rosi sofort, falls du dich jetzt von ihr trennst.«

Hermann: »Ja seid ihr denn völlig übergeschnappt, ihr zwei? Wegen *dem* soll ich mich jetzt von Rosi trennen? Niemals, denn »in guten wie in schlechten Tagen« haben wir uns versprochen. Sie ist meine Frau und du bist mein Freund und damit basta! Wir drei werden das alles jetzt gemeinsam durchstehen. Wir machen uns das schon untereinander aus und alle anderen brauchen gar nichts davon erfahren.«

Längere Pause. Rosa weint nun bitterlich, weil sie von Hermanns Güte und Großzügigkeit so beschämt ist – damit hatten sie und Bruno nicht gerechnet.

Denn sein Zorn dauert nur einen Augenblick, doch seine Güte ein Leben lang. Wenn man am Abend auch weint, am Morgen herrscht wieder Jubel. Ps 30,6

Rosa: »Ja aber … das Kind!«

Hermann: »Eben, eben, du sagst es, meine Liebe. Schwangere sind nicht normal – du warst wahrscheinlich gar nicht zurechnungsfähig in deinem hormonellen Zustand …«

Bruno und Rosa: »?«

Rosa: »Wie soll das mit dem Kind denn jetzt gehen?«

Bruno: »Alle finanziellen Verpflichtungen …«

Hermann: »Da hast du allerdings recht, Bruno – so ein Kind kostet Geld. Den Part meiner Frau übernehme ja sowieso ich – sie ist für mich schuldlos – und du zahlst eben alles ab, so gut es geht. Wir drei werden uns das schön ordentlich ausrechnen und gut einteilen. Jetzt aber Schwamm drüber; die Sache ist erledigt!«

Hermann geht zur Tür und weil die beiden gar so theatralisch getan haben wegen der ganzen Sache (fast schon, als hätten sie jemanden umgebracht …) macht er am Absatz noch einmal kehrt um Schiller zu zitieren und ihnen damit Mut für die gemeinsame Zukunft zu machen:

Hermann: »Es ist euch gelungen, Ihr habt das Herz mir bezwungen; und die Treue, sie ist doch kein leerer Wahn, so nehmet auch mich zum Genossen an: Ich sei, gewährt mir die Bitte, in eurem Bunde der Dritte!«

Damit ist er dann seinerzeit einfach gegangen und insgeheim heute noch stolz auf sich selbst, dass er das damals mit so viel Stil und Eleganz gemacht hat. Trotzdem begleitet ihn nun schon längere Zeit ein eigenartiges Gefühl – ganz so, als wäre irgendetwas nicht stimmig gewesen im damaligen Szenario – ein Detail nur, bloß welches?

Den guten Schiller zitiert Onkel Hermann ja besonders gerne, wenig später erhebt er sein Sektglas erneut und stimmt *Freude schöner Götterfunken* an: »Wem der große Wurf gelungen, eines Freundes Freund zu sein; wer ein holdes Weib errungen, mische seinen Jubel ein!« Als kleines Dankeschön für die guten Jahre mit Rosa hat der für heute TTD engagiert; *Traudi und das Trio Drive* – ein bei Bedarf aufspielender modernisierter Ableger des gemischten Chores Bad Edelsbrunn mit bereits ergrauten Schläfen und in etwas zu enge weiße Jacketts gezwängt. Rosa – heute im schwarzen Satin Bias Cut und mit frisch gelifteten Angelwings – ist gerührt und begeistert! TTD singen und spielen die Lieblingslieder des Geburtstagskindes bzw. der ganzen Generation, angefangen bei Rocco Granatas *Marina* über Adriano Celentanos *Azzurro* bis hin zu *Ich muss ein Fremder für dich sein* von Lino Moreno, das soeben geboten wird. Bei *Marina* singt Onkel Hansi statt der Textzeile *Marina, Marina, Marina. Ti voglio al piu' presto sposar* stets nur *Marina, Marina, Marina. I wosch ma mit Presto die Füß'* was Kevin, Patrick und Co stets erheitert und schon Tradition hat. Rosa wiederum tanzt ebenfalls traditionellerweise *Ich muss ein Fremder für dich sein* sowie *Always On My Mind* vom King nur mit Bruno, beide Arme um seinen Hals geschlungen. Der Almwirt umfasst dann rechts ihre Hüfte, es wird intensiv geschwoft und laut mitgesungen. Das mit dem Mitsingen dürfte bei alten Hadern sowieso Usus sein, denn sogar Jadéite trällert mit dem Defibrillator etwas später zu *Schöner Fremder Mann*. Dass eine junge Ausländerin alte Connie Francis-Texte kennt, verwundert Kili, dass sie sich nicht geniert vor ihm, dem Mitwisser, noch mehr. Verena und Max – sie sind heute plus Kuchen und minus Charlie da – könnte man übrigens auch für ein heimliches Pärchen halten, wenn man sie so beim Merengue beobachtet. Zu noch späterer Stunde, nachdem der Up-Tempo-Beat der Crystals mit *Da Doo Ron Ron* alle erschöpft hat, folgen die schon obligaten *l'amour*-Hatscher: *Nur ein Bild von dir* von den Bambis, *Love me tender* vom King und natürlich die *Unchained Melody* (in der hochstimmig arrangierten Righteous Brothers-Version).

Plötzlich trat ein Engel des Herrn ein und ein helles Licht strahlte in den Raum. Er stieß Petrus in die Seite, weckte ihn und sagte: Schnell, steh auf! Da fielen die Ketten von seinen Händen.
Apg 12,7

Max hat statt des gewünschten Streuselkuchens einen weißen Angel-Cake mitgebracht. Die spezielle Backform dafür – mitgebracht aus den USA – konnte Kili einmal im *La Paloma* bestaunen …

»Dass der glatte Boden nicht fest mit der Form verbunden ist, hat seinen Grund …« erklärt ihm Max gerade anschaulich, »… ebenso die drei kleinen Füßchen außen.« Kilian dreht und wendet die Angel-

Cake Backform. »Schaut ja fast wie ein Gugelhupf aus, gell? So mit dem Loch in der Mitte.« Merkt er an und bringt Max damit zum Lachen. »Junger Mann, nicht alles was ein Loch hat, ist deshalb schon ein Gugelhupf! Sonst wäre ja ein Emmentaler auch eine Lotuswurzel und zerdrückte Brombeeren schon Deutscher Kaviar.« Sie lachen beide. »Ein Angel-Cake jedenfalls ist dem Gugelhupf vielleicht ähnlich, im Grunde aber doch etwas wesentlich anderes. Eine Unterscheidung zu treffen ist wichtig, Kili. Eine Unterscheidung ist noch keine Wertung, nur die Feststellung, dass etwas anders ist.«

WIEN IST ANDERS

Nimm dich in Acht! Verbrenn deine Brandopfertiere nicht an irgendeiner Stätte, die dir gerade vor die Augen kommt, sondern nur an der Stätte, die der Herr im Gebiet eines deiner Stämme auswählt. Dort sollst du deine Brandopfertiere verbrennen und dort sollst du alles ausführen, wozu ich dich verpflichte.
Dtn 12,13-14

Onkel Hermann hat seine Zigarre beendet. Er atmet durch und tritt ans Balkongeländer – ein laues Lüfterl weht und rundum tröpfelt es, der Frühling naht! Doch nicht nur der, denn mit dem Satz: »Deine Hose hast du aber schön gebügelt heute, Großonkerl, sogar mit Falte!« reißt die sich von hinten angepirscht habende Cilly ihn nun aus seinen Betrachtungen. Er schmunzelt: »Aber Kind, ich bügle doch nicht selbst, ich bin doch ein Mann!« »Wieso nicht? Ist dir dein Glied dabei im Weg?« »Cäcilia!« ruft Betty genervt von drinnen. Seufzend bietet Attila der kleinen Dame (?) seinen Arm an und geleitet sie zurück hinein.

Sehr spät an diesem Abend dann, im Bett mit der Jubilarin, unmittelbar bevor er das Nachtkastllamperl ausknipst, flüstert Hermann zum blonden Schopf hinüber: »Das war wohl unser wildestes Jahr, 1962, gell Rosi?« Sie überlegt kurz, schaut zur Zimmerdecke hinauf und meint: »1972 … 1972 war ärger!« Danach haucht sie ihm ein Bussi in den Weihnachtsbart dreht sich in der Bettwäsche mit Zebrafellmuster zur Seite und schläft sofort ein. Sie schnarcht kein bisschen mehr – denn ein Tiegelchen Raumduft mit natürlichem Majoranöl und die Nasenflügelspreizer aus Silikon verhindern das wirkungsvoll. Damals, 1972, verschwand der zweite Mann von Mandis Schwester Emmi spurlos, deren Tochter Agnes brannte mit dem Nachbarssohn durch und alle drei wurden polizeilich gesucht. Agnes blieb ein ganzes Jahr verschwunden, der Kapitän – inzwischen für tot erklärt und mit einem leeren Grab ausgestattet – bis heute.

Apropos »tot« und apropos »dem zur Feier des Tages eben nicht herausoperierten Blinddarm« – das Geschenk des gern fernreisenden Defis für seine Mutter war dafür ein mit Bergzebrafell bezogenes Beauty Case. Der Frondienst findet das Fell einfach nur krank (behält seine Gedanken zur Feier des Tages aber heute einmal bei sich) und apropos »Kosmetikkoffer« – diese Dinger bezeichnet Klaus als »Präparationssets«.

Der Frondienst ist zwar nicht krank, aber es geht ihm überhaupt nicht gut. Noch in den Weihnachtsferien des vorigen Jahres hat er sich in Therapie begeben und seine Therapeutin ist soeben am Ende ihrer Weisheit angelangt. Was macht man mit jemand, der sich selbst nicht vergeben kann und will? »Herr Mag. Lichtwald, ich sehe mich außerstande, ihnen zu helfen, wenn sie nicht einmal ansatzweise bereit sind, sich selbst zu verzeihen.« Frau Dr. Kirsch ist am Ende ihres psychologischen Repertoires und (auch wenn es ihrer gleichbleibend sanften Stimme nicht anzumerken ist) nach zwanzig unergiebigen Sitzungen auch am Ende ihres Geduldsfadens angekommen. »Wie könnte ich das denn jemals? Es lag allein an mir! Alles hätte ich verhindern können, wenn ich nicht so unglaublich blöd gewesen wäre, sondern eins und eins zusammengezählt hätte …«»Wir haben das doch schon mehrfach gemeinsam erarbeitet: Sie waren ein Kind und außerdem, ebenso wie ihre Mutter, offenbar völlig im Bann dieses faszinierenden Mannes. Wie ein Abgott war der ja für sie …«»Er war der Teufel!«»… und auch das hatten wir schon – ein gefühlskalter bösartiger Narzisst.« Sie seufzt.

Lasst euch durch den Zorn nicht zur Sünde hinreißen! Die Sonne soll über eurem Zorn nicht untergehen. Gebt dem Teufel keinen Raum!
Eph 4,26-27

Der Teufel ist das Gegenteil von Liebe. Er kann in jedem Menschen drinnen sein – wie Verlogenheit.
～～～ Nina Hagen ～～～

»Dieser Mensch war ihr familiengeschichtlicher Teufel, ein Diabolus, der alle verwirrt und so beherrscht. Schon allein deshalb trifft sie keine Schuld. Der Mann wusste genau, was er tat – er hätte auch einen anderen Weg gefunden. Glauben sie mir, sie waren chancenlos diesem aalglatten, leider auf seine Art sehr charmanten Soziopathen und seiner skrupellosen Getriebenheit gegenüber. Sie und ihre Familie waren ziemlich sicher nicht seine ersten Opfer.« Klaus schüttelt nur den Kopf und vergräbt ihn anschließend in den Händen. Frau Kirsch tut so, als mache sie sich Notizen. Welche Art von Therapie sollte sie denn noch andenken, sie hatten schon alles durch! Dieser intelligente Mensch da ihr gegenüber hatte innerhalb von zwei Sekunden während eines Weihnachtsspieles plötzlich erkannt, dass der von ihm vergötterte Stiefvater offenbar regelmäßig die Schwester missbraucht hatte. Die Mutter wurde zum Friseur geschickt, der Bruder hingegen mit Karte und Kompass ausgerüstet in die umliegenden Wälder entsandt. Er war damit beauftragt, als *persönlicher historischer Assistent* seines Kapitäns keltische Hügelgräber aufzufinden und zu *kartographieren*. Beim Verlassen des Hauses konnte der kleine Adjutant dann oft beobachten, wie der Stiefvater die Schwester zwecks Hausübung schulterte und über eine Stiege nach oben trug. Sie streckte ihrem Bruder dabei manchmal geradezu flehentlich die geöffnete Hand entgegen und formte mit dem Mund stumme Hilfesätze. Der diensteifrige Assistent winkte dann stets freundlich zurück und entschwand emsig und völlig ahnungslos in Richtung Hügelgrab. Einem Menschen, der mit einer wichtigen Sache beschäftigt ist, fallen nämlich anderwärtige Ungereimtheiten nicht sofort ins Auge. Hier hatte es nun dreißig Jahre gedauert, bis Herr Lichtwald alle Informationen zu einem in sich (un!)stimmigen Ganzen kombinieren konnte: Die Friseurtermine der Mutter in der Bezirkshauptstadt und die gar nicht existenten Hügelgräber einerseits mit der Tatsache, dass sich im ersten Stock des Heimathauses nie ein Schreibtisch für etwaige Hausübungen befunden hatte. Etwas eher Unorthodoxes fällt Dr. Kirsch nun doch noch ein: »Sie sind doch getauft, oder?« »Ja, aber falls sie auf die Kirche anspielen sollten – ich habe ihr längst den Rücken gekehrt.« »Nun, da bin ich jetzt kein Experte, aber vor kurzem hatte ich eine Klientin, die ganz so wie sie voller Reue wegen ihrer, sagen wir mal *angeblichen Sünden* war und unfähig, sich selbst mit ihrer ganzen Fehlbarkeit anzunehmen. Sie war dann einfach beichten und es hat ihr unglaublich gut getan. Ich sage das nur einmal so in den Raum hinein …« Dr. Kirsch hält ihr Gegenüber für ausgesprochen beratungsresistent. Die Beichtinformation schwebt nun allerdings mittig in der Praxis knapp über dem Boden herum. Rund ist sie, wie Herr Kürbi (Klaus war ziemlich dick damals) und bekleidet mit einem dunkelblauen Erstkommunionsanzug incl. Samtschlips incl. Kerze. Sie wendet sich ihm nun zu. Mit erwartungsvollem Gesicht.

Der schönste und glücklichste Tag meines Lebens war der Tag meiner ersten heiligen Kommunion
  ~~~ Napoleon Bonaparte ~~~

»Nicht nur ihre Schwester ist missbraucht worden«, haucht Frau Kirsch sanft in die Praxisstille, »sondern auch ihre Mutter und sie. In ganz perfider Weise – er gab ihnen das Gefühl, wichtig zu sein und wertvolle Arbeit für die Archäologie zu leisten. Er machte sie, den dicken schüchternen Halbwaisen, derart stolz und froh, dass sie unmöglich erkennen konnten, was da wirklich ablief – dass er sie nur aus dem Haus haben wollte, um sich an der Schwester zu vergehen. Der von ihm finanzierte teure Friseurbesuch diente auch stets diesem Zweck.« Missbraucht, betrogen, benutzt – die ganze Familie, die Witwe und ihre Waisen!

»Kinder können ruhig wissen, dass es hier auf dieser Welt derart Schreckliches gibt, dass es zum Weinen ist und einem die Sprache verschlägt. Wir leben nun einmal hier,« hatte Helene damals Defi ihre Entscheidung bezüglich Frau Sabhi erklärt, »und am anderen Ende unserer Skala, da gibt es dann anderes, das wiederum so schön ist, dass es uns ebenso die Sprache verschlägt und wir weinen müssen. So ist das eben einmal und zwischen den beiden Extremen leben wir halt.«

Dieselbe Macht, die sowohl unvorstellbare Pracht wie auch unvorstellbares Grauen hervorgebracht hat, wohnt in unserem Innern und wird alle unsere Befehle befolgen.
~~~ Katharina von Siena ~~~

Es ist noch kalt. Prächtig rot wie ein Gimpelbauch leuchtet gleich überm Horizont der untere Rand einer Wolkenbank, an der sich gerade die Glut des Morgenlichtes hinauf fächert. Davor strecken sich die nassen Gitteradern kahler Äste (plastikkabelschwarz) nach einem Stückchen Himmel aus. Nach einem Himmel, der heute viel weiter zu sein scheint als gestern noch. Das Tauwetter ermöglicht erstmals seit langem einen freien Blick in die nun ganz apere Landschaft hinaus. Anstelle von verbergendem Weiß nur noch harter Frühreif und scharfe Kanten, hervortretende Ecken und genaue Details – ganz so, als hätte jemand am Foto Editor dreimal bei *effects* auf *sharpen* geklickt. Cilly, Cosima und Pirmin sind mit anderen Kindern karfreitags und karsamstags wie jedes Jahr mit Flügelratschen unterwegs, da die Kirchenglocken ja am Gründonnerstag nach Rom geflogen sind. Jeweils zu Mittag, sowie um 7:00 in der Früh und am Abend wird geratscht. Jetzt, zur Osterzeit, wird Verena wieder ganz intensiv an Herrn Grünbaum erinnert, an ihr letztes gemeinsames Gespräch – es ist das einzige, das in seiner bis obenhin mit Büchern und Schachteln vollgestopften kleinen Wohnung stattfindet.

Tee gibt es und Nusskuchen von einer Nichte. Er lässt sich lange Zeit damit, auf Verenas Frage nach dem Messias zu antworten. Vorher erzählt er ihr etwa noch, dass er zeitlebens nicht so viel Zeit zum Lesen gehabt habe, wie er es sich gewünscht hätte. Angesichts seiner überquellenden Bücherregale ist das für Verena eine seltsame Feststellung. Das simple Überleben hätte ihn Tag für Tag sehr in Anspruch genommen, erklärt er. Dieses sei nicht ein einmaliges Geschehen, sondern eine lebenslange tägliche und anstrengende Übung. Den Versuch, mit seinen christlichen Bekannten über Jesus zu sprechen, hätte er wieder abgebrochen, vor Jahren schon. »Aber warum?« »Aufgrund von Unwissenheit, anders kann ich es leider nicht nennen. Sie wissen nicht genug, um fruchtbar reden zu können.« »Unwissenheit über die jüdischen Traditionen?« Da lacht Herr Grünbaum. »Unwissenheit über die Wurzeln ihrer eigenen Religion!« gibt er zur Antwort. Dass sie vom Gründonnerstagsgeschehen reden würden, ohne zu wissen, was der Afikoman sei. Dass sie vom Becher mit Wein sprechen, ohne zu wissen, dass es der dritte von vier Bechern, der Segensbecher sei, der nach dem Brechen des Afikomans getrunken wird. Dieser bezeichne das Blut des geopferten Paschalammes und von eben diesem Becher sagt Jesus: »Mein Blut, das für euch vergossen wird.«

Und er nahm Brot, sprach das Dankgebet, brach das Brot und reichte es ihnen mit den Worten: Das ist mein Leib, der für euch hingegeben wird.

Tut dies zu meinem Gedächtnis! Ebenso nahm er nach dem Mahl den Kelch und sagte: Dieser Kelch ist der Neue Bund in meinem Blut, das für euch vergossen wird.
Lk 22,19-20

Vom vierten Becher, den Kalah-Becher, habe Jesus beim Mahl dann nicht mehr getrunken, erklärt ihr Herr Grünbaum nun. Alles das hört Verena zum ersten Mal, es ist ihr in keiner Religionsstunde erzählt worden. Dass etwa nach dem Schlachten des letzten Paschalammes die jüdischen Priester damals das hebräische Wort «Kalah» sprachen, was «es ist vollbracht» heißt. Dass gläubige Juden die heiligen Schriften teilweise auswendig rezitierten, zumindest aber die Psalmen auswendig kannten. Dass man diesen Umstand unbedingt berücksichtigen müsse, wenn man etwa über die letzten Worte von Jesus nachdenkt. »Auch meine Mutter konnte die Psalmen auswendig und betete täglich.« erzählte Herr Grünbaum. »*Mein Gott, mein Gott, warum hast Du mich verlassen?* wird als Ausdruck äußerster Verzweiflung gelesen – es ist der Beginn des 22. Psalms. Der 22. Psalm hat aber auch ein Ende ...«

Mein Gott, mein Gott, warum hast du mich verlassen, bist fern meinem Schreien, den Worten meiner Klage?
Ps 22,2

Vor ihm allein sollen niederfallen die Mächtigen der Erde, (...) Vom Herrn wird man dem künftigen Geschlecht erzählen, seine Heilstat verkündet man dem kommenden Volk; denn er hat das Werk getan.
Ps 22,29-32

Herr Grünbaum sieht sie nachdenklich an. »Wissen sie, ich kann ganz gut Jude sein, ohne auch nur einen Satz aus dem Neuen Testament zu kennen. Ich frage mich jedoch, wie man Christ sein will, ohne über das Alte Testament und die Schriften etwas zu wissen.« Verena schämt sich nun – sie wird knallrot im Gesicht. Herr Grünbaum, ein höflicher Mensch durch und durch, ist sogleich bemüht dieses Gesprächsboot wieder stranden zu lassen. Er lächelt freundlich und Verena lächelt zurück. »Ich frage mich ja schon seit einiger Zeit, warum sie mir wohl zugelaufen sind.« meint er nun und wechselt damit das Thema. Verena blickt ihn erstaunt mit großen Augen an. »Also bitte, ich bin ihnen doch nicht zugelaufen …« protestiert sie lahm. »Doch doch, seit ich hier eingezogen bin, vor ein paar Jahren, umschleichen sie mich wie eine kleine Katze. Sie tauchen ninjagleich unten im Hof auf, sobald ich meinen Mist hinunter trage. Dann wieder verlasse ich ganz leise meine Wohnung und wer steht plötzlich am Gang vor mir? Sie!« Verena weiß nicht, was sie sagen soll. »Vor fünfzig Jahren hätte ich das vielleicht noch verstanden, denn da war ich durchaus ein stattlicher Mann, doch nun? Was wollen sie denn bloß von mir, was suchen sie?« Verena atmet tief durch: »Sie haben ja recht …«, gibt sie dann zu. »… da ist etwas! So ein eigenartiges gemeinsames Grundgefühl ist da, welches mich in ihre Nähe treibt, Herr Grünbaum.«

Irgendwann beim Großvater unten …

… in seiner Werkstatt

»Schon die Bezeichnung »Unbefleckte Empfängnis« lässt den Schluss zu, dass Sex eine Befleckung sein soll und man kann daran gleich erkennen, wie sexualfeindlich die katholische Kirche ist, hat unsere Bio-Lehrerin gesagt!« weiß Kili heute zu berichten. Der Opa stöhnt. »So ein Schmarren! Wie kann ein gebildeter Mensch wie die Weinzierl nur derart uninformiert daherreden? Erstens einmal bezieht sich diese Bezeichnung auf Maria, als sie selbst in ihrer Mutter Anna empfangen worden ist und nicht auf die Jungfrauengeburt. Zweitens hat das gar nichts mit Sex zu tun, sondern drückt aus, dass sie aus diesen ganzen Verstrickungen der Erbsünde herausgenommen worden ist. Was die Sexualfeindlichkeit betrifft: Nenne mir bitte irgendeine andere Religion auf Erden, wo der Geschlechtsverkehr

zum Vollzug eines Sakraments gehört, wie es beim Sakrament der Ehe der Fall ist. Wieso kann deine Lehrerin nicht einfach den Mund halten, wenn sie nichts Relevantes zu sagen hat? Momentan ist es halt sehr schick, über katholische Glaubensinhalte zu lästern, gell? Wenn sie aber stattdessen gesagt hätte: »Raumkrümmung, Tunneleffekt – ha ha! Da sieht man, wie verrückt die ganzen Physiker sind, denn schließlich kann ich mir nichts darunter vorstellen!« hätte sie wohl kaum zustimmendes Gemurmel geerntet, oder?« »Aber der Papst kann doch nicht einfach ein Dogma verkünden, das so nicht in der Bibel steht.« »Ein Dogma ist nichts, was der Papst so einfach verkündet. Vielmehr hat die Kirche das bereits immer so geglaubt.« »Und wie soll das gehen, dass ein Mensch frei bleibt von der Sünde? Du selbst hast gesagt, dass wir automatisch verstrickt werden?« »Na entschuldige schon, Herr Enkel, der allmächtige Gott hat den Lotus-Effekt erschaffen, er wird ihn wohl auch anwenden dürfen, oder? Glaubst du denn, die nanotechnischen Geheimnisse sind fürs Badezimmer reserviert?«

»Was kann ich für sie tun, Herr Lichtwald?« fragt Pfarrer Riesling den Frondienst, mit dem er das letzte Mal über Religion gesprochen hat, als dieser noch sein Schüler bzw. ein Volksschulkind war. »Gehören die Hölle und die Prewash-Funktion, also das Fegefeuer, nach wie vor zum Glaubensgut der katholischen Kirche?« Der Priester räuspert sich ob dieses etwas eigenartigen und raschen Gesprächseinstieges, »Tja, also *Fegefeuer* sagt man ja nicht mehr ... das Purgatorium ist eine Art Reinigungsgeschehen ...« Klaus hat es offenbar eilig, er unterbricht ihn: »Wenn es keine Hölle gibt, ist es völlig egal, ob ich Gutes oder Böses tue, denn der barmherzige Gott nimmt mich letztlich so oder so auf – das ist uninteressant für mich! Wenn aber alles aus ist, so gibt es auch keinen Platz und keinen Zustand, in dem die Schweine sich nicht mehr herausreden können, sondern Rechenschaft ablegen müssen und mit dem Leid, das sie verursacht haben, einmal konfrontiert werden – das ist ebenfalls uninteressant! Also noch mal: Gibt es Himmel und Hölle? Ist das Inhalt der katholischen Religion?«

GOD is good and merciful, but GOD is also just – and the justice of
GOD is perfect justice
  ~~~Marino Restrepo ~~~

»Ähm, ja, das ist es in der Tat.« »Wie schaut es mit dem Teufel aus?
Ist hier bei euch das Böse inzwischen auch zu einer Art Prinzip oder
Schwefelparfüm geworden, eine Idee vielleicht? Glaubt ihr nach wie
vor an einen Teufel oder spielt man nur mehr Ultimate Frisbee hier?«
»?«»Na, ohne Schiedsrichter eben ...« Pater Riesling räuspert sich er-
neut und stellt einmal grundsätzlich klar, dass in der katholischen
Kirche nicht an den Teufel geglaubt wird, sondern vielmehr an Jesus
Christus. Das Böse sei aber keine Substanz oder so, sondern tatsächlich
eine personale Herausforderung. Der Frondienst ist zufrieden mit dem
Gehörten. »Also dann, Herr Pfarrer, verraten sie mir jetzt bitte, was
nötig ist, um wieder Teil einer Gemeinschaft zu sein, die derartiges
noch glaubt.«

Die schönste List des Teufels ist es, uns zu überzeugen, dass es ihn nicht
gibt.
  ~~~ Charles Baudelaire ~~~

Dort (auf der anderen Seite) gibt es Kräfte, die sehr daran interessiert sind,
dass man sie für harmlos hält (...) sie bieten sich sozusagen als freundliche
Kräfte an.
  ~~~ Susanne Reddig ~~~

Gar Schreckliches gibt es laut Helene, so schrecklich, dass es einem die
Sprache verschlägt. Anderes, etwa Musik, kann wiederum so schön
sein, dass wir ebenso verstummen, staunend verstummen. Der Kultursaal der Bezirkshauptstadt ist gut besucht heute – soeben hat Tünde
Mozarts Laudate Dominum (*Vesperae solennes de Confessore* KV 339)
angestimmt.

Lobet den Herrn, alle Völker, preist ihn, alle Nationen!
Ps 117,1

Cilly sitzt absolut reglos und aufrecht im Publikum, die Ohren weit aufgesperrt meint sie fast schon eine Art Ziehen im Gehörgang zu spüren. Sie möchte unter gar keinen Umständen auch nur einen einzigen Halbton dieser wunderbaren Musik verpassen! DJ Krähe hält in fassungslosem Staunen ebenfalls seine Klappe, obwohl es schon später Nachmittag ist. An ihre Lehrerin muss Cilly nun denken, die ständig *Ich bin ganz Ohr, mein Kind* sagt. Sehr komisch hatte sie das stets gefunden und unter der Bank Karikaturen der Lehrerin als riesiges wandelndes Ohr mit Stöckelschuhen angefertigt. Doch nun weiß sie plötzlich, wie sich das anfühlt, so ganz und ausschließlich Ohr zu sein. Einfach unbeschreiblich! Doch Cilly ist nicht nur Ohr, sondern auch aufgesperrter Mund, der Musik trinkt, auch aufgesperrtes Herz, das im Takt mit pocht und williges Zwerchfell, das ganz nach Mozarts Vorstellung ein- und ausatmet. »Hör nicht auf zu singen, Tünde ...« betet die ganze bebende Cilly, während diese wundervollen Noten durch sämtliche ihrer Poren wabern, »... denn wenn ich das nicht mehr weiter hören darf, kippe ich sicher gleich tot vom Konzertsaalsessel!«

Die Engel sind immer da bei einer Musik wie dieser
--- Wolfgang Amadeus Mozart ---

»Schau, der helle Fleck, das ist Ostern! Das Licht gewinnt die Oberhand und besiegt die Dunkelheit. Ab Aschermittwoch bereiten wir uns mit vierzigtägigem Fasten aufs wichtigste Fest überhaupt vor: Den Sieg unseres Herrn Jesus Christus über Sünde und Tod!« Noch vor zwei Jahren hatte Tünde das ganz anders formuliert – ein Frühlingsfest sei Ostern, und Jesus Christus, einer der aufgestiegenen Meister, symbolisiere den Sieg der ewigen Schöpfungskraft über den Tod und die Dunkelheit. Als sie dann im Vorjahr einmal Georg gegenüber sagte:

»Jesus Christus symbolisiert nichts – er ist! Er ist Leben, Weg und Wahrheit. Kein weiterer Meister, Prophet oder Bodhisattva, sondern wahrer Mensch und wahrer Gott!« da hatte sich dieser nur kopfschüttelnd abgewandt. »Du weißt doch, Tünde, dass *ich* da vorne nichts sehe – ich habe es ausprobiert, aber ich sehe und erkenne nichts bei der Wandlung …« hatte er gemeint. »Ein Hund hat einen viel feineren Geruchssinn als du und sieht trotzdem nur Schwarz-Weiß, vielleicht ist es eben nicht deine Frequenz?« gab Tünde zu bedenken.

♪ ♫ … *I really want to see you, really want to be with you …*

Georg repariert hauptberuflich Autos und ist außerdem ein Medium. Er hatte es keineswegs darauf angelegt mit pubertärem Gläserrücken etwa und er veranstaltet auch keine Seancen. Man kann ihn wohl nicht als Totenbeschwörer im biblischen Sinn bezeichnen – er kann einfach nichts dafür. Seine Großmutter (diese Gabe ist offenbar erblich) hat dem Kind Schurli Gott sei Dank beizeiten erklärt, dass andere Menschen all diese Dinge nicht sehen können. Sie hat ihm beigebracht, gut mit diesem Erbe umzugehen; wie man etwa einem plötzlich Verstorbenen, den sonst keiner sieht, ganz behutsam vermittelt, dass er tot ist. Auch wenn Georg bei der Wandlung nichts erkennt, ist er trotzdem mit dafür verantwortlich, dass Tünde wieder katholisch ist. So wie ihr Religionsprofessor im Gymnasium, für den vom Gang Jesu übers Wasser bis zur Jungfrauengeburt und zur Auferstehung alles nur Symbole waren, dafür verantwortlich war, dass Tünde aus einer austauschbar gewordenen Kirche immer weiter hinaus driftete, so war es Georg, der sie nach all den Sucherjahren aufhorchen ließ und eine Umkehr einleitete.

»Tolles Bild!« meint Verena beeindruckt, als sie ein zwei Quadratmeter Packpapier beanspruchendes, buntes, kreisförmiges Gemälde ausgebreitet auf Tündes Fußboden erblickt. Es ist diesmal aber kein

Mandala, sondern sie hat das Kirchenjahr aufgemalt. Die Teile der Heiligen Messe hängen bereits ähnlich bunt und groß an einer Wand. Dort ist das Gloria im selben intensiven Sonnengelb gehalten, wie hier am Blatt Weihnachten und Ostern. »Zu Mariä Geburt fliegen alle Schwalben fort … « meint Tünde soeben »… um dann zu Mariä Verkündigung am 25. März wieder zu kommen. Da schau einmal her, Verena: Mariä Geburt, der so genannte *Kleine Frauentag*, wird am 8. September gefeiert und der Termin für Mariä Empfängnis logischerweise genau neun Monate zuvor, am 8. Dezember. Die Verkündigung des Herrn wird am 25. März, genau neun Monate vor Weihnachten gefeiert! Fanny war mir da sehr hilfreich – sie hat dieses Diagramm erstellt und mich auf die logischen Zusammenhänge in der Komposition katholischer Feste aufmerksam gemacht. Die Zahl 40 etwa – schon im Alten Testament steht sie für Wandel und Veränderung – sie kommt hier auch immer wieder vor.«

Da sagte der Engel zu ihr: Fürchte dich nicht, Maria; denn du hast bei Gott Gnade gefunden. Du wirst ein Kind empfangen, einen Sohn wirst du gebären: dem sollst du den Namen Jesus geben.
Lk 1,30-31

»Der Gang Jesu auf dem Wasser symbolisiert, dass er über den Wellen der Sünde steht, dass wir uns an ihn halten können, wenn uns die Probleme zu überwältigen drohen.« »Ist er real auch auf dem See spaziert?« will ein Mitschüler wissen. Das sei nicht der Punkt – der Theologe lächelt nachsichtig, auch Engel seien schließlich keine *unsichtbaren Maxerln* sondern Symbole dafür, dass Gottes Liebe uns immer begleite. Der damalige Religionsprofessor war auch Priester, hielt sich aber stets mit einer Kollar-Burka (Rollkragenpulli) als Architekt getarnt. Die siebzehnjährige Tünde zeigt auf. Dass sie soeben im Deutschunterricht erfahren hätten, dass die Germanen auch schon an Fylgien, unsichtbare Folgewesen, die bereits bei der Geburt jedes Menschen anwesend seien, geglaubt hätten. Ob Engel – als Wesen, nicht als Symbole – denn nicht zum Glaubensgut der Kirche gehörten? Ganz milde hatte der Herr Professor sie da angeblickt und ihr die Sache vom kindlichen Glauben und vom mündigen Christen erklärt. Und vom notwendigen kritischen Hinterfragen allzu naiver Vorstellungen. Viele Jahre später erzählt ihr Georg dann einmal so nebenbei, dass ihm die vielen Engel beim Heilig schon als kleines Kind so gefallen hätten und er auch heute noch die *Normalos* vor allem dafür bedauere, dass sie diese nicht sehen können. »Beim Heilig? Wer ist denn das bitte – ein Heuriger?« »Geh Tünde, immer machst du dich lustig!« »Nein gar nicht, ich weiß nicht was du meinst.« »Na *das* Heilig, *Sanctus* heißt das doch in der Messe, oder? Da kommen sie alle.« »?« »Da wimmelt es geradezu von Engeln – einfach wunderschön, sag ich dir!« »Du siehst Engel, es sind keine Kraftfelder oder so?« »Natürlich nicht – es sind ganz definitiv Wesen, sehr unterschiedlich sehen sie aus, absolut herrlich! Was schaust du denn so, du nix kennen Mächte und Gewalten du guter Katholik? Einmal abgesehen davon, jeder von uns hat doch einen Schutzengel – sag bloß, du hast den deinen noch nie gespürt?«

Jeder Mensch hat solche Begleiter – ob sie daran glauben, oder nicht.
  ~~~ Elisabeth Kübler-Ross ~~~

Heilig, heilig, heilig – Gott, Herr aller Mächte und Gewalten. Erfüllt sind Himmel und Erde von deiner Herrlichkeit. Hosanna in der Höhe

Der Engel des Herrn umschirmt alle, die ihn fürchten und ehren, und er befreit sie.
  Ps 34,8

»Sieh es dir nur an, Verena! Wie schön und sinnvoll alles geordnet ist! Es greift ineinander wie eine Symphonie, wie ein gelungener Tanz: 40 Tage nach Ostern kommt *Christi Himmelfahrt* und 10 Tage später

Pfingsten. Warum habe ich diese Harmonie nicht längst erkannt?« Sie hat sich weit übers Packpapier gebeugt und unter ihrem Pulloverrand erscheint nun wieder der tätowierte Drache. Von ihrer auch jetzt nach den Wintermonaten noch immer leicht gebräunten Karamellhaut hebt er sich schimmernd ab. »Ist das eine chinesische Glücksmünze auf deinem Rücken oder vielleicht ein texanisches Brandzeichen?« fragt Verena. »Was meinst du?« »Na, das da – dein allerneuestes Tattoo!« »Ach so das …« Tünde schmunzelt »Das ist die Medaille des Heiligen Benedikt. Es war mir nämlich viel zu aufwändig, dieses riesige Vieh mit dem Laser wieder entfernen zu lassen, deshalb habe ich es einfach entschärft. So wie man eine Briefmarke mit dem Stempel entwertet, habe ich mir quasi einen Stempel darauf tätowieren lassen. Die Benediktus Medaille eben.« »Und wozu das Ganze?« »Der Drache und die Schlange haben nun einmal im christlichen Kontext eine ganz andere Bedeutung, als im chinesischen, wo Drachen für den Kaiser stehen oder göttlichen Schutz symbolisieren. Das wollte ich einfach klarstellen.« »Und dieses riesige Medaillending stellt das klar?«

Tünde verbiegt sich akrobatisch und weist auf eine Buchstabenkombination hin: »Da schau – die waagrechte der beiden Formeln im mittleren Kreuz drückt es aus: NDSMD – Non Draco Sit Mihi Dux! Der Drache soll nicht mein Führer sein. Damit ist Klarheit hergestellt.« »Und die senkrechte Formel CSSML, was heißt die?« »Crux Sacra Sit

Mihi Lux – das Heilige Kreuz † sei mir Licht. Ist übrigens ein Plus-Blacklight-Tattoo, sieht ganz toll unter UV-Licht aus!«»Apropos UV-Licht …«.« Verena wechselt wieder einmal das Thema, »… die Servicetechnikerin mit ihrer UV-Lampe hat nichts in meinem Küchenabfluss entdecken können, jedenfalls kein Leck!«

Das Fest *Christi Himmelfahrt* war auf Tündes Gemälde von leuchtenden Farben umgeben. Es wird seit Mitte des 4. Jahrhunderts gefeiert und immer an einem Donnerstag, wie auch Fronleichnam oder der Gösser Kirtag. *Stairway to heaven* tönt an diesem donnerstäglichen Winternachmittag so gegen 16:00 MEZ aus dem Autoradio. Bergauf führt die breite Passstraße in einer langen Kurve mit Blickrichtung Westen scheint die dunkelnasse Bahn soeben direkt im wasserkastaniengelben Abendhimmel zu münden. So schön symbolisch dieser Anblick ist, Verena ist sich durchaus dessen bewusst, dass Himmel immer zweierlei Bedeutungen hat – eine irdische und eine überirdische. »Durch die Himmelfahrt wird die innige Verbindung von Gott Vater und Gott Sohn deutlich. Jenseits aller gegenständlichen Vorstellungen, die oft aus einer Verwechslung von *sky* und *heaven* herrühren, ist mit Himmelfahrt der endgültigen Eintritt Jesu in seine göttliche Herrlichkeit gemeint.« Hat Pater Lenz heute am Christi Himmelfahrtstag daher auch gepredigt.

Glaubt mir doch, dass ich im Vater bin und dass der Vater in mir ist; wenn nicht, glaubt wenigstens aufgrund der Werke! Amen, amen, ich sage euch: Wer an mich glaubt, wird die Werke, die ich vollbringe, auch vollbringen und er wird noch größere vollbringen, denn ich gehe zum Vater.
Joh 14,11-12

Unabhängig davon, was Robert Plant sich beim Texten gedacht haben mag, erscheint vor Verenas geistigem Auge nun das Bild der Himmelsstiege, auf der Jakob die Engel auf- und niedersteigen sieht. Nach einem Blick in den offenen Himmel durch jemanden hindurch, der zwar nicht selber Himmel, aber ein Fenster sein kann – danach sehnt sich Verena! Nach einem, der sie so zu lieben vermag, wie sie ist. Zwar sagt der Heilige Franziskus, dass es einzig darauf ankomme, selbst zu lieben, aber gegenseitig – das wär' halt schon fein! Dass Charlie sie so liebt, wie sie ist, den Eindruck hat sie schon lange nicht mehr …

Frühlingsanfang 20./21. März. Tag- und Nachtgleiche, Wiesenkräuter statt Winterkost, leicht statt schwer. Schnittlauch, Kressenschärfe, Bärlauch, Radieschen. Gundelrebe in der Suppe, Erdäpfelpuffer und Röhrlsalat, Lamm und Fisch. Irene lädt zu grüner Brennnesselsuppe unter den Sonnensegeln im Garagenhausgarten. Blühbeginn des Schwarzen Holunders = der Sommers naht heran und Mamas Hollerblüten in Bierteig …

Frühling lässt sein blaues Band wieder flattern durch die Lüfte, süße, wohlbekannte Düfte streifen ahnungsvoll das Land …
~~~ Eduard Mörike ~~~

»Eine leere Hölle reizt mich nicht …« der Frondienst hat tatsächlich mit der flachen Hand auf den Pfarrkanzleitisch geschlagen – Benimm Fail! Langsam und tief atmet der alte Pfarrer aus, betrachtet Klaus nachdenklich und meint: »Sie möchten also jemanden brennen sehen, gell?« »Auge um Auge, Zahn um Zahn …« murmelt Klaus fast tonlos.

Inzwischen ist etwas Zeit verstrichen und der Frondienst sitzt jetzt gelassen in einem voralpinen Gastgarten, denkt an dieses Gespräch und betrachtet dabei geistesabwesend die um diese Jahreszeit ihrem Zweck entfremdeten Flutlichtanlagen entlang eines braunen Schipistenstreifens. Wie überdimensionierte Leselampen aufragend, muten sie seltsam an, ebenso wie die gähnenden Metallmünder der Schneekanonen, die da gelangweilt vor den großen Garagen der übersommernden Pistenraupen parken. Zwei kleine bunte Pünktchen wandern langsam die

Skilifttrasse hinauf: Pirmin und Cilly sind mit Rucksack, Broten und Metalldetektor dort oben unterwegs, um nach verlorenem Geld und Schmuck der Wintertouristen zu suchen. Den ganzen Sommer über waren sie damit bereits im Schwimmbad an den Abenden sehr erfolgreich. »Beim Frühjahrsputz nehmen wir den Detektor nächstes Jahr auch mit, falls man es uns erlaubt!« hat Pirmin schon angekündigt. In N. findet nämlich jedes Jahr im März eine Frühjahrsreinigungsaktion der Gemeinde statt, wo mit Müllsäcken und Schutzhandschuhen ausgerüstete Freiwillige das Ortsgebiet und die umliegenden Wald- und Wiesenwege auf der Suche nach Verunreinigungen und Abfall durchkämmen. Die Rosenmüllerjugend ist alljährlich mit ähnlicher Begeisterung wie beim Sternsingen oder den familiären Wanderungen mit dabei. Die sie heute begleitende Erwachsenenrunde hat bereits genug vom Wandern und daher einen Beobachtungsposten beim Enzianwirt bezogen. Laternen aus breiten Milchglastrapezoiden mit wappentragender Bierwebung in kräftigen Grundfarben umsäumen das Gartl. Der Frondienst bezeichnet diese Dinger stets als *Zeigerpflanzen für ein kühles Bier.* Eine erschöpfte Kübelpflanze hat ihre verholzten Ellbogen auf die gartlumgebenden Zaunlatten gestützt und betrachtet seufzend den verchromten Radständer davor. Im Gegensatz zu den Gästen darf sie erst am Abend wieder etwas zu trinken erwarten, außer irgendwer verschüttet wer was.

Café Café Café steht gleich dreimal in *kunstler script* auf den riesigen Fenstern des Zubaus. Auf den Butzenscheiben vom Altbau steht natürlich nichts – tabu, verboten, sakral! Nur die Speisekarte hängt neben an der Wand. In seltener Toleranz regt sich Klaus heute nicht über das falsch geschriebene *Cordon bleu* auf der Speisekarte auf, obwohl diesmal das als »blue« bezeichnete gefüllte Schnitzel gleich noch einen englischen Vornamen erhalten hat.

Irgendwann beim Großvater unten ...

*... in seiner **Werkstatt***

»*Ist das nicht intolerant, wenn die katholische Kirche behauptet, Recht zu haben mit dem, was sie verkündet?*« *Der alte Holzbohrer knarrt und Kilian atmet den unvergleichlichen Duft von frisch gesägtem Holz ein, während Opa bedächtig den Kopf schüttelt:* »*Viele Mitglieder der katholischen Kirche haben sich wiederholt der Intoleranz schuldig gemacht, daran besteht überhaupt kein Zweifel! Die Behauptung, recht zu haben, gehört aber nicht dazu; auch wenn diese Sichtweise der katholischen Kirche für andere oft schwer zu ertragen ist. (Schweigeminute) Du kennst doch den Quasi, Herr Enkel?*« »*Ja sicher!*« *Jeder hier kennt den Quasi, der mit richtigem Namen Sebastian heißt. Er ist mittleren Alters, von geradezu krankhaftem Harmoniebedürfnis und versteht sich offenbar als Beauftragter vorauseilenden Appeasements in N. Wenn etwa D. Filzmeier beim Einkauf laut andenkt, dass es regnen wird oder die Grünen unwählbar seien, kommentiert Sebastian es garantiert mit:* »*Desi, du hast quasi vollkommen recht!*« *Falls allerdings fünf Minuten später H. Riegler Schönwetter prognostiziert und die Grünen zur einzig wählbaren Partei erklärt, gibt ihm Sebastian ebenfalls quasi vollkommen Recht. Wann immer der Stoff für die alljährliche Faschingssitzung etwas dünn wird, kommt quasi wie das Amen im Gebet der Quasi dran.* »*Und findest du, dass Sebastian ein wahres Vorbild an Toleranz ist?*« *fragt Opa nun Kilian.* »*Geh Opa! Der Quasi ist eine Witzfigur!*« *lautet die spontane Antwort und Großvater lacht.* »*Siehst du*«, *meint er,* »*Toleranz heißt eben nicht, alle Ansichten und Aussagen gleichermaßen für wahr zu halten, auch wenn sie sich offensichtlich widersprechen. Toleranz heißt auch nicht, überhaupt keinen Standpunkt zu haben, sondern: Einen gegensätzlichen zu ertragen. Dazu muss man aber erst einmal selber einen haben.*«

Frau Professor Weinzirl, die neben Biologie auch Geographie unterrichtet, fragt Alkan, ob das jetzt ernst gemeint war. Seine Antwort auf ihre Frage nach Nachbarn und Grenzen der Türkei nämlich. Hat er doch allen Ernstes gemeint, dass Griechenland keineswegs ein Nachbar, sondern ein Feind sei und die Türkei überall dort, wo Türken leben. »Soll das jetzt etwa ein Witz sein?« herrscht sie ihn an. »Ja!« ruft Alkan und lacht dabei. Beate Weinzirl atmet erleichtert auf. »Was sollte das denn bitte vorhin?« fragt Kili seinen Freund Alkan leicht irritiert in der Pause. »Wenn ich dir jetzt sage, dass es im meiner Schule in Istanbul genau so unterrichtet wurde, glaubst du es mir dann?« fragt er leise und bietet Kili höflich wie immer Baklava an. »Du schwindelst schon wieder, Ali, gell?« hofft der verunsicherte Kilian. Alkan lacht erneut – was soll er auch machen, wenn die unverdünnte Wahrheit keinem zuzumuten ist?

Scherz ist die drittbeste Tarnung. Die zweitbeste: Sentimentalität. Aber die beste und sicherste Tarnung ist immer noch die blanke und nackte Wahrheit. Komischerweise. Die glaubt niemand.
~~~ Max Frisch/Biedermann und die Brandstifter ~~~

»Bist du etwa krank, Frondienst?« fragt Verena ihn ganz mitfühlend aufgrund seiner heute ausbleibenden Gordon-Blue-Ächtung. »Wieso? Die Hauptsache ist doch, dass das Schnitzel da verantwortungsvoll zubereitet ist und mir schmeckt. Was habe ich von einer orthografisch einwandfreien und kunstvoll verzierten Speisekarte, wenn ich hinterher speien gehen muss?« »Bitte, schön sprechen!« zitiert Verena spontan und zu ihrer eigenen Verwunderung nun die eigene Mutter. »Bitte sehr …« Klaus als Lehrer kann natürlich auch schön sprechen, »… was habe ich von einer orthografisch einwandfreien Speisekarte, wenn mich hinterher ein eigenartiges Gefühl in Toilettenschüsselnähe treibt?«

»Kann man dieses eigenartige Gefühl, das sie, wie sie sagen, in meine Nähe treibt, irgendwie beschreiben?« diese Frage richtet Herr Grünbaum im Herbst 2003 oben in seiner mit Büchern vollgestopften

Wohnung an Verena. Sie denkt angestrengt nach. »Wir haben etwas gemeinsam ...«, sagt sie dann. »... es gibt eine Art von bitterer Traurigkeit in mir. Ein Schock, den ich mir einmal eingehandelt habe und ich spüre an ihnen, dass sie genau dieses Gefühl mit mir teilen. Über meine Spiegelneurone merke ich es wahrscheinlich, genauso wie ich merke, dass kein anderer aus meiner Umgebung mich dahingehend versteht. Die schütteln nur den Kopf, wenn ich dieses Thema berühre. Aber erzählen kann ich es ihnen wohl nicht, vor dem Hintergrund ihres Schicksal wäre es geradezu lächerlich banal!« Herr Grünbaum schaut ernst. »Kein tiefes Gefühl eines Menschen ist jemals lächerlich banal. Also los: Erzählen sie!«

Verena erzählt also Herrn Grünbaum, wie es ihr damals ergangen ist mit der Mutter ihres Ex-Verlobten Korbinian. Von der Ablehnung, die sie vom ersten Augenblick an gespürt hat, so als ob man von der Kälte eines geöffneten Gefrierschrank berührt wird. Über Verenas Staub- und Tierhaarallergie und ihre Empfindlichkeiten habe diese Frau sich sogleich lustig gemacht, bis Korbinian seine Freundin dann endlich in Schutz nahm. Trotzdem und trotz Schützenhilfe aus dem Schwiegermutter Forum, erzählt Verena, sei sie vom allerersten Tag an *aus der Defensive gar nicht mehr herausgekommen.* Jeder Smalltalk wurde unversehens zur peinlichen Befragung (and Verena didn't expect a kind of Spanish Inquisition ...). Dann das Auslandssemester der beiden und die fatale Entscheidung, einen der Wohnungsschlüssel von Verenas kleiner Garconniere bei Korbinians Mutter zu lassen. Gedacht als Vertrauensbeweis und *damit sie endlich sieht, dass ich nichts gegen sie habe.* Schon bald kam ein Anruf von Tünde, dass Frau Kocher nun alles – die Wohnungsreinigung, die Post und die Beseitigung der Werbung – übernommen habe. Tündes Nachschau sei nicht länger erwünscht und vonnöten. »Damals«, meint Verena resigniert, »hätten bei mir schon sämtliche Alarmglocken schrillen müssen.« Herr Grünbaum nickt und meint bitter: »Haben sie aber nicht, gell? Ich habe mir 1933 auch gedacht, dass es das schon war.« Verena kommt spät nachts reisemüde in eine stickige Wohnung zurück, in der sich die Werbeprospekte eines halben Jahres stapeln und die verstaubt ist, wie das Haus der Munsters. Außerdem riecht es überall nach nassem Hund und auf allen Pölstern befinden sich feine (Tier?)Haare. Verena bekommt kaum Luft und richtig Todesangst. Krächzend und japsend rettet sie sich durch dunkle Gassen zu Tünde, die ihr Kalziumbrause verabreicht. Nach einer halben Stunde unter der Dusche fühlt sie sich etwas besser. Der Jetlag macht ihr zu schaffen, sie schläft dann erschöpft bis zum Nachmittag durch und geht schließlich verletzt und zornig über das Erlebte zur Polizei. Sie findet den nettesten Beamten der Welt! Er glaubt ihr alles, fährt sogar mit ihr in die Wohnung und ist viel weniger erstaunt als sie selbst, diese nun plötzlich blitzblank vorzufinden. Im Laufe seiner Dienstjahre hat er schon in so manche Abgründe der Seele geschaut. Allerdings rät er ihr, aufgrund der dürftigen Beweislage, dringend von einer Anzeige ab! Als sie später dann beim heimgekehrten Korbinian, der prüfungsbedingt noch ein Monat ohne Verena angehängt hatte, diesen hauchzarten Zweifel an ihren Schilderungen heraushört, löst sie umgehend die Verlobung.

Vor den Horrorszenarien der letzten Kriege oder auch nur der letzten Lokalnachrichten kommt sie sich nun mit ihrer versuchten Hausstaubmoritat mehr als lächerlich vor, aber Herr Grünbaum meint: »Wir sollten keine Konkurrenz der Leidensgeschichten pflegen, oder? Auch das größte Grauen beginnt mit einem einzigen bösen Gedanken und Völkermorde sind dann die hochgerechneten Einzelnen ohne Liebe und Mitgefühl, die ungerührt danach trachten, den von ihnen Verachteten das Lebenslicht auszulöschen oder ...«, fügt er hinzu »... es zumindest achselzuckend akzeptieren, dass dieses stattfindet. Man kann Leid nicht vergleichen, nicht messen, nicht hochrechnen, das Leid ist unermesslich, so wie die Liebe. Ein unauslotbarer Abgrund sind sie beide.

Der Abgrund meines Geists ruft immer mit Geschrei den Abgrund Gottes
an: sag, welcher tiefer sei?
  ˜˜˜ Angelus Silesius ˜˜˜

Die traumatische Erfahrung eines *Du-sollst-nicht-sein* hinterlässt ein
Brandzeichen in der Biographie und es wird schwer, sich danach auf
der Erde beheimatet zu fühlen – ich verstehe sie gut, wirklich! Wer
einmal im Lager war, bleibt ein Leben lang dort, sagen meine Freunde
und wer nie dort war, gelangt auch nicht hinein. Erwarten sie in Zukunft besser keinerlei Verständnis von denen, die nicht wissen können,
wie erschreckend sich Auslöschung, wenn auch nur mit zartem Staub
versucht, anfühlt.« Verena denkt an Dragan. Er hat erst unlängst gesagt, dass es keinen Sinn mache, sich Leuten, die Worte wie *herzzer-
reißend, verheerend* oder *schreckensbleich* für reine Metaphern halten,
zu erklären. Leuten, die *Gott sei Dank* noch nie gesehen haben, wie die
Schreckensbleiche das Lippenrot frisst und noch die Röte des ganzen
Mundraumes mit. Die Schreckensbleiche betrifft die Person als Ganzes
und nicht nur Teile von ihr. Viele solcher bildhaften Begriffe, viele ver-
meintliche Worthülsen füllen sich ob wundervoll oder auch grauenhaft
im Laufe eines Lebens mit Inhalt, wie Weinschläuche.

Blut schwitzen ist zwar ein seltenes, aber reales Phänomen. Auslöser sind
extreme psychologische Belastungen wie Stress und Todesangst – genau die
Symptome, die Jesus am Abend vor seiner Hinrichtung hatte. Dadurch
dehnen sich die Blutgefäße in der Haut aus und werden durchlässiger.
Folge: Kleine Mengen von Blut dringen in das Gewebe ein und gelangen
in die Schweißdrüsen
  ˜˜˜ http://forum.ueber55.at ˜˜˜

»Wenn man diese Dinge doch nur im Voraus wüsste! Dabei habe ich
immer ein mulmiges Bauchgefühl in Gegenwart besagter Dame verspürt – ich hätte meiner Wahrnehmung einfach trauen sollen!« »Im

Voraus kann man es nicht wissen, aber es gibt da tatsächlich eine offene Stelle in der gut gepanzerten Drachenhaut und da schimmert der wahre Charakter hindurch. Daran kann man solche Menschen sehr wohl erkennen – es ist ihr Blick!«

Nach einer Weile fügt er noch hinzu: »Außerdem sind sie absolut humorlos: die können nur über andere und deren Schwächen lachen, niemals jedoch über sich selbst.« Schweigend trinken sie ihren Tee. »Einmal abgesehen von privaten Unabwägbarkeiten, Herr Grünbaum, wenigstens in dieser Gesellschaft, hier und heute, erleben sie nun ihr Alter doch in Freiheit und relativer Sicherheit. Wir alle ...« Da lacht Herr Grünbaum plötzlich schallend auf: »Bosche moi, bosche moi, mein Gott, meine kleine Frau Nachbarin! Das hätten sie wohl gerne in ihrer liebenswerten Güte, dass jeder im weiten Scheinwerferkegel ihres Herzens sich gefälligst in Sicherheit befindet. Ein sicheres Kämmerlein, ein sicherer netter Staat mit einem haltbaren Grundgesetz für alle Zeiten und keinerlei Machloikes mehr, gell? Ein Leben in Freiheit samt Garantie, einbruchssicher, deppensicher, todsicher. Diese Welt ist allerdings immer ein Kriegsschauplatz und es findet ein harter Kampf statt, auch in äußeren Friedenszeiten und in relativer Freiheit. Wie frei ist denn eine Gesellschaft, sie entschuldigen schon, wo man Krankheit und Leiden nicht herzeigen kann und noch nicht einmal einen unperfekten Körper haben darf? Wie im Ballett ist Widerstand gegen die Schwerkraft täglich nötig – wer ihn aufgibt hat verloren!«

Es gibt keine Sicherheit. Nur verschiedene Grade der Unsicherheit.
~~~ Anton Tschechow ~~~

5. Kapitel – aus und vorbei

♪ ♫ … *till your memory stops hunting me* …

Ans sanft ansteigende Donauufer grenzt ein Maisfeld in seiner ersten Blüte, dahinter erstreckt sich ein kleiner Wiesenhang bis nach oben, wo der alte Walnussbaum wurzelt. Alex und Elisabetta besprühten soeben ihre Unterschenkel mit verdünntem Nelkenöl, um Zecken fern zu halten. Nun sitzen sie auf der umlaufenden Baumbank, entspannt an die knorrige Nussbaumrinde gelehnt und warten, bis das Öl etwas einzieht. Im großen grünen Segelleinen-Rucksack duften Butterbrote mit Kresse und Bärlauch. Donauwellen säuseln, im Maisfeld raschelt ein Tier und der Wind spielt mit den Blättern über ihnen. »So gut ist das Leben zu mir und ich habe es in Fülle, wenn ich es nur spüren kann! Trotzdem ist es nicht so, dass eine Kindheit ohne Hunger und Entbehrungen dich schon automatisch glücklich macht, wie die Kriegsgeneration es uns ja fast befohlen hat, gell? Das Fehlen von Leid ist nicht mit Glück zu verwechseln.« »Ja …« stimmt Alex ihr gähnend zu, »… Glück ist etwas ganz anderes.« »Wie oft bin ich auf diesem Platz hier gesessen ohne Frieden in mir – noch bis weit hinein in meine Dreißiger! Einmal hat der Pulli gekratzt und einmal waren meine Jeans zu eng und einmal hat der Mist zu streng vom Feld herüber gerochen und einmal war ein Kind ein bisserl krank und dann wieder mein Konto überzogen, so viele Probleme hatte ich! Meine Sorgen und dazu die Sorgen anderer Leute, das hat mich beschäftigt, während ich hier gesessen bin an perfekten Tagen. Während die Blätter über mir immer nur *Lass los* geflüstert haben, wie ein hilfreiches Orakel. Vor dem Krebs habe ich nur so gedacht.« »Das hört sich ja fast so an, als wäre etwas Gutes dran.« sagt Alex mit Vorsicht. »Du hast Recht, so ist es. Sich von unterirdisch wucherndem Groll zu befreien und vor allem, sich heute am Leben zu erfreuen voll Dankbarkeit für das, was mir heute geschenkt wird, das muss man erst lernen. Mein Krebs hat dabei als Katalysator fungiert.« »Du hast ihn besiegt, dein Lebenswille war stärker ...« Elisabetta schüttelt entschieden den Kopf. »Ja ja, das sagen sie jetzt alle – sogar meine Mitpatienten. Mir stellt es sich aber ganz anders dar. Viele aus unserem Grüppchen sind gestorben, deren Lebenswille viel größer als der meine war. Tini etwa, mit ihren noch so kleinen Kindern. Ich hingegen habe nicht gesiegt, sondern ich durfte eine Kraft erfahren, die größer ist als mein kleines Ich, nur dadurch habe ich überlebt. Diese Quelle in mir, näher als ich selbst es mir bin, kannte ich vorher nicht. Es gibt ein unglaubliches Glühen innen, das uns durchdringt und erhält, aber es kommt nicht aus uns.« Elisabetta lächelt, lehnt den Kopf zurück an die Baumrinde, schweigt. Alex beginnt nun von ihrer Trennung zu erzählen und dass sie den Bertl Onkel vermisst. Auch er hatte sie ins Herz geschlossen.

Irgendwann beim Großvater unten ...

... in seiner Werkstatt

»Aus und vorbei, Klaus? Ich verstehe es nicht, die Alex kann man doch ganz leicht gerne haben, Bub.« Der Frondienst seufzt und lässt mit kritischem Blick ein begonnenes Werkstück zwischen seinen Händen kreisen. »Weißt, Bertl Onkel, ich beneide dich und deine Generation wirklich um diese Gabe der Zufriedenheit. Dieses OK ohne Murren und Hadern zum Status Quo, wie auch immer der sein mag. Die Kriegsgeneration kann sich offenbar mit widrigsten Umständen und Partnern viel leichter arrangieren als wir ...« Bertl Opa bekommt plötzlich einen grimmigen Gesichtsausdruck und meint ungewohnt spitz: »Dieser widrigste Partner soll dann jetzt also die Alex gewesen sein, oder wie muss ich das verstehen, Bub?« Klaus seufzt und legt das Holzstück beiseite: »Ich weiß ja, wie sehr du sie magst, aber machen wir uns doch nichts vor, wir Männer ...« erstaunt blickt der Onkel auf, als ihm der Neffe jetzt so kumpelhaft auf seine alten Schultern klopft, dass die Hobelscharten von ihm abfallen, »... machen wir uns nichts vor, Bertl Onkel! Die Weiberleut' sind genetisch nun einmal so gestrickt, dass sie gar nicht zufrieden sein können! Die

wollen alle immer nur mehr und noch mehr oder noch etwas anderes –
ganz wie beim Fischer und seiner Frau ist das. Eigentlich wissen die gar
nicht recht, was sie überhaupt wollen!« Onkel Adalbert blickt den Neffen
Frondienst über den Brillenrand hinweg sehr seltsam an. »Wie schön für
dich, Klaus«, meint er dann bedächtig und wendet sich erneut seiner Ar-
beit zu, »wie schön, dass du deine weiblichen ♀ Anteile jetzt auch einmal
erkennen kannst.«

Kühl ist der Vormittag noch, daher marschieren die beiden Wanderin-
nen inzwischen flott dahin. Alex erzählt Betty aus ihrem Leben: »Ich
habe meine Kindheit in einer nicht besonders aufregenden Kleinstadt
in nicht besonders aufregender Umgebung verbracht. Meine Familie
war grundstimmungsmäßig passend zur Gegend gehalten – Lange-
weile daher ein wohlbekanntes Gefühl. Es war mein ständiger Traum,
einmal auszubrechen und ganz weit fort zu gehen, davor aber noch –
ich war ja vernünftig – die Schule abzuschließen. Richtig passend zu
meinem Lebesentwurf war auch die Strecke, die der Schulbus be-
fuhr. Jahraus, jahrein 2x täglich am Bahnübergang endlose Minuten
lang warten müssen, bis der lange Erzzug aus dem Steirischen unten
daherkommt und *tpm tpm tpm tpm* am Busfenster vorbeifährt. Alle
Schuljahre hindurch war da Waggon für Waggon dieselbe Aufschrift
zu lesen: *Zielbahnhof: VÖEST-Alpine. Linz. R: 75m.* Dazu noch ein
rot umrandetes gelbes Viereck: *Sicherheit zuerst* – und ich habe das
jeden Tag erneut gelesen! Ab und zu tauchte auf einem der langen
braunen Waggons ein fröhlich bis blöd grinsendes *Strichmanderl* J
oder auch ein resigniertes *F***!* auf, das da irgendjemand am Heimat-
bahnhof des Zuges mit Kreide aufgemalt haben musste. Bei einem J
habe ich schmunzeln müssen – es hat meinen Alltag belebt. Strichmanderl = gutes Omen, für allfällige Schularbeiten, LZKs oder so.
Mein Leben nach dem Schulabschluss als aufregend zu bezeichnen,
wage ich kaum. Ausbrechen mit Rückendeckung, Springen mit Netz
darunter, Abenteuer und Grenzerfahrungen bei gleichzeitiger Voll-

kaskoversicherung – es konnte gar nicht flashen! Na ja, wie das eben so ist …« Elisabetta bleibt stehen und umarmt Alex – diese seufzt und schnäuzt sich. Eine Weile gehen sie schweigend nebeneinander durch die schöne Landschaft. »Lange Zeit habe ich geglaubt, dass Klaus in meinem Alltag die Funktion dieses Strichmanderls hat, aber so nach und nach habe ich mich ernstlich zu fragen begonnen, wodurch wir zwei uns von Friends with Benefits – außer einer gemeinsamen Wohnung – noch unterscheiden. Gegen Ende unserer Beziehung dann …«
»… hat er sich als das *F***!* erwiesen, gell?«

♪ ♫ … *thorn in my side …*

Dann droht dem Haus Israel kein stechender Dorn und kein verletzender Stachel mehr (…) Daran werden sie erkennen, dass ich Gott, der Herr, bin.
   Ez 28,24

Alex nickt traurig. »Ich hab' gehofft, dass er den Dauerzynismus irgendwann hinter sich lässt mit den Jahren unseres Zusammenseins. Dass er es verarbeitet, gleich zweimal die Vaterfigur verloren zu haben, eine überängstliche Mutter und eine gestörte Schwester zu haben. Dass er die verletzende Bissigkeit wenigstens aus unserem Privatbereich herauslassen kann, aber nein …« Jetzt weint Alex und Elisabetta reicht ihr Tempo® Taschentücher. »Klaus hat meine negativen Gefühlsmomente immer noch verstärkt – und ich Idiotin vermisse dieses Ungeheuer und mache mir sogar Sorgen um ihn; ob er sich wohl ordentlich ernährt etc. – eine Schande ist das!« »Nein, meine Liebe, das ist keinesfalls eine Schande!« widerspricht Elisabetta streng. »Es ist keine Schande, zu sehr geliebt zu haben – so, dass es einem bei der Trennung fast das Herz zerreißt. Meiner Meinung nach ist es eher bedenklich, wenn es einem nach so langer gemeinsamer Zeit nicht das Herz zerreißt!« Alex seufzt, »Beschönigen wir nichts, Betty – ich bin schlicht und ergreifend co-abhängig.« »Ja mei, das bin ich doch auch!« Jetzt lachen sie und Elisabetta denkt an Drago und an vieles, das der Allgemeinheit zum Thema Alkoholismus unbekannt ist. Diese Krankheit wird ja durch Nüchternheit nicht geheilt, sondern nur zum Stillstand gebracht. Charakteristische Verhaltensmuster aus der Trinkerzeit verschwinden aber nicht, nur weil der Körper keinen Alkohol mehr bekommt. So muss sie etwa immer damit rechnen, dass Drago sie (auch bei harmlosen Kleinigkeiten) zwanghaft anlügt …

Der unmögliche Mann von Desi Filzmeier lügt ja ebenfalls zwanghaft – ganz ohne Alkoholeinfluss. Desiree wiederum braucht, ohne Alkoholikerin zu sein, regelmäßige etwas Hochprozentiges wegen eben diesem Ehemann. »Wohl zum Antörnen, gell? Du Arme …« hatte Betty in mitleidiger Peinlichkeit einmal vermutet. »Aber geh, zur Desinfektion! «

Alex schnäuzt sich ausgiebig. »Da ist allerdings noch was, das ihr Rosenmüllern gar nicht wisst …«, meint sie nun leise, »… nämlich, dass Klaus hoffnungslos anderwärtig verliebt ist und das schon länger.« Elisabettas Mine hellt sich auf: »Ach so, die Wilma!« »Nein, seine Gertiwehmut ist nur eine pubertäre Restbeleidigung. Etwas Tiefes, Ernstes ist es –er kämpft dagegen an.« Die beiden haben noch viel zu bereden heute und gehen daher nebeneinander, wo immer die Wegbeschaffenheit es erlaubt. Lediglich einen tiefen Hohlweg und soeben den schmalen Bacherlsteg passieren die beiden Frauen hintereinander.
   Der Steg über das glitzernde Bächlein besteht nur aus zwei dünnen Baumstämmen mit aufgenagelten Querlatten, vorsichtig wird er überquert. »Träumst du davon, noch einmal so faltenfrei zu sein, wie mit siebzehn?« fragt Elisabetta soeben Alex. »Faltenfrei? Das nicht gerade, aber meine guten Nerven von damals – die hätte ich gerne wieder zurück. Da! Schau!« ruft Alex und weist dabei auf den Bach. Ein alter Schuh steht mittig und aufrecht auf einem großen flachen Stein. Ein

brauner lederner Schnürstiefel. Später sollten sie dann erfahren, dass es sich bei dem verwitterten Exemplar um einen speziellen Schuh aus vollnarbigem Rindleder handelt, in Mineralöl gegerbt, wasserabstoßend und mit rutschfester Sohle aus Weichgummi. Elisabetta balanciert bereits vorsichtig auf den Steinen zu ihm hinüber. Sie hat ihre Hand bereits nach dem Stiefel ausgestreckt, zuckt dann aber entsetzt zurück – ein skelettierter Fußknochen ragt heraus! Alex und Elisabetta setzen ihre Bergtour natürlich nicht weiter fort. Sie warten in einigem Abstand auf das Eintreffen der Polizei und in späterer Folge der Bergrettung und in noch späterer Folge der Zeitungsleute, die nun hinter rot-weißen Bändchen ebenfalls warten. Die Bergrettung kann dann den mumifizierten Fußbesitzer oben in der engen Schlucht finden und bergen. Alles wird fotografiert und protokolliert, bevor die Leiche abtransportiert werden kann. Sie ähnelt der Gletschermumie Ötzi, einige blaue Stofffetzen hängen an ihr und zwei der diensthabenden Polizeibeamten werfen sich lange und vielsagende Blicke zu. Man findet also eine Leiche und wer bitte findet sie? Natürlich wieder jemand von den komischen Rosenmüllern aus N.! Die müssen ja ständig die Polizei bemühen, ohne allerdings je wirklich straffällig zu werden. Da durchsucht man etwa aus begründetem Verdacht eine Wohnung und erwartet Diebsgut zu finden. In der eigenen Mutter war, nachdem ihr der Herr Sohn ohne mit der Wimper zu zucken zwei marode Elektrogeräte durch sündteure neue ersetzt hatte, dieser Verdacht gekeimt. Die gute Frau hatte allen Grund dazu, kriminelle Machenschaften zu vermuten, war der Mann doch bei seinem Arbeitgeber schon seit einem Jahr nicht mehr aufgetaucht, wie sie kurz davor herausgefunden hatte. Aber dann entpuppte sich das Sorgenkind plötzlich als Popstar oder so, na als dieser Weinreb eben. Nun hatte man also heute eine Leiche entdeckt – man durfte gespannt sein, als wer diese sich entpuppen würde.

Die Gerichtsmedizinerin stellt fest, dass es sich bei der Leiche um einen etwa vierzig- bis fünfzigjährigen blonden Mann handelt, der vor ungefähr dreißig Jahren in die Schlucht gestürzt sein dürfte. Die Stofffetzen stammen von einem – nach der langen Zeit dort unten in der Botanik noch relativ gut erhaltenen – ehemals dunkelblauen Kaban und von einer Wollstrickmütze mit Doppelumschlag in derselben Farbe. Offenbar hatte sich ein Marineangehöriger seinerzeit ins Gebirge begeben und war dabei abgestürzt. »Schuster, bleib bei deinen Leisten …« murmelt die Pathologin und betrachtet den mit der Zange emporgehobenen Stoffrest. Aufschluss über die Identität des Mannes erhofft man sich u.a. von einer Stowa®-Marine-Taschenuhr von 1938/40, die am skelettierten Armgelenk baumelte. Sie hat ein altweißes Zifferblatt, gebläute Zeiger und eine gewölbte Saphirglasabdeckung. Mit dem Hinweis, dass sich Reste von alten Hunderter-Banknoten im Wert von mehreren tausend Schillingen in Resten eines Kuverts bei den Resten des Toten fanden, gehen Bilder der Schuhe, der Uhr und des Kabans an die Medien. Man bittet um zweckdienliche Hinweise.

Johannes trug ein Gewand aus Kamelhaaren und einen ledernen Gürtel (…) und er lebte von Heuschrecken und wildem Honig. Er verkündete: Nach mir kommt einer, der ist stärker als ich; ich bin es nicht wert, mich zu bücken, um ihm die Schuhe aufzuschnüren.
Mk 1,6-7

Am Kuvert lässt sich später die Adresse einer Amsterdamer Privatklinik entziffern. Dorthin hätte sich Agnes – mit einem gefälschten Pass, in dem sie schon achtzehn war – unverzüglich begeben sollen. Der Kapitän wollte dann später – offiziell auf der Suche nach der Ausreißerin – nachkommen, sie *finden* und mit ihr nach Österreich zurückkehren. Das Kuvert mit dem Fahrtgeld hat er ihr bereits aufgenötigt, als sie ihn entsetzt von sich stößt, dieser Felsen plötzlich unter ihm bricht und sie daher glaubt, ihn getötet zu haben. Völlig geschockt steigt sie tatsächlich in einen Zug, fährt weiter weiter wie benommen immer weiter bis nach Ostende und mit der Fähre nach Dover und weiter. Sie schläft in den Waggons, sie ißt Bahnhofssandwiches und trinkt Cola® und steigt schließlich irgendwo in Wales mitten in der Landschaft aus. Agnes hat Glück, trifft dort in den Wiesen rund um die Bahnstation von Roman Bridge ein Hippiepärchen und wird von ihnen gastlich aufgenommen. Darf schlafen, weinen, reden, essen und die beiden singen ihr Lieder vor, auf ihrem Hausboot in der Bucht vor Conwy. Ihr Bauch wächst und die beiden hätten so gerne ein Kind und können keines bekommen. »Wir sagen es dem Baby, sobald es danach fragt!« so war das alles ausgemacht, so war es versprochen worden. Inzwischen gab es nur Briefe – sie hatten keinerlei Technik an Bord. Simon Sherwood hatte allerdings viele Jahre keinerlei Veranlassung seine Eltern zu fragen, od er wohl auch tatsächlich ihr Kind sei ...

Emmi, die mit der Urne ihres seit 1973 vermissten und 1983 für tot erklärten zweiten Ehemannes nun zwanzig Jahre später aus dem Krematorium spaziert, fühlt eine große Versuchung in sich aufsteigen, den Inhalt des kupferfarbenen Behälters hier gleich ums Eck' in die Biotonne hier zu kippen, doch sie widersteht. Stattdessen marschiert sie hinunter auf die Donaubrücke und schleudert das vasenartige Ding ins Wasser. »Glaub' ja nicht, dass ich abergläubisch bin und glaub' ja nicht, dass ich dich hiermit ehre!« ruft sie ihrem Wurfgeschoß noch nach. »Dir war nichts heilig hier auf Erden und nichts hast du geehrt. *Dich* verachte ich aus tiefster Seele, du mieser Bastard, aber den Bruder Tod, den ehre ich. Nur seinentwegen habe ich dich nicht in die Maden gekippt, wo du hingehörst! Denn es ist gut, sehr gut sogar, dass es den Tod gibt, weil er nämlich die Existenz von Dreckskerlen wie dir beendet!«

Gelobt seist du, mein Herr, durch unseren Bruder, den leiblichen Tod; ihm kann kein Mensch lebend entrinnen. Wehe jenen, die in schwerer Sünde sterben. Selig jene, die sich in deinem heiligsten Willen finden, denn der zweite Tod wird ihnen kein Leid antun.

»Was bitte wollen sie? Eine Abrissbirne? Unmöglich!« Herr Fuchs von der Baufirma Schottler tippt sich heftig an die Stirn und betätigt den Lautsprecherknopf, damit seine beiden Mitarbeiter auch etwas hören. »Was verlangen sie dafür?« will die sachliche Frauenstime am anderen Ende der Leitung wissen und fügt hinzu: »Geld spielt keine Rolle!« Die Männer grinsen, »Gnädigste ich bitt' sie …« stöhnt der Fuchs theatralisch, »… ich habe ihnen doch bereits erklärt, dass es nicht an den Kosten liegt, sondern an der Erlaubnis! Wir sind nicht befugt mit unserem Seilbagger und der Birn' auf den Friedhof zu fahren. Was glauben sie denn, das Ding hat eine Masse von 2000kg!« »Ich zahle jeden Preis!« »Bittegarschön so haben'S doch ein Einsehen, ich geh doch nicht ihrentwegen ins Gefängnis. Sie sollten einen Steinmetz-betrieb oder so mit der Demontage des Grabmals vom werten Gatten beauftragen …« »Ich will es aber krachen hören!« einer der beiden Mit-arbeiter pfeift durch die Zähne, der andere schließt die Tür des Büros und gibt dem Chef Handzeichen. »Also bitte, wenn es denn unbedingt krachen soll – täten ihnen zwei starke Männer mit Maurerfäusteln, die alles kurz und klein dreschen denn auch genügen?« »Es bleibt kein Stein mehr auf dem anderen?« »Es bleibt garantiert kein Stein mehr auf dem anderen, aber meine Männer stehen dabei mit einem Fuß im Kriminal, ich hoffe das ist ihnen klar!« »Ausgezeichnet, Herr Fuchs, es wird ihr Schaden nicht sein – nennen sie mir einen Betrag und eine Kontonummer!«

Als einige darüber sprachen, dass der Tempel mit schönen Steinen und Weihegeschenken geschmückt sei, sagte Jesus: Es wird eine Zeit kommen, da wird von allem, was ihr hier seht, kein Stein auf dem andern bleiben; alles wird niedergerissen werden.
Lk 21,5-6

Nun, da das leere Grab nach dreißig Jahren hätte befüllt werden können, überlegt es sich die Nutzungsberechtigte anders und lässt die Gedenkstätte stattdessen entfernen – im Pfusch! »Der Rosenstock kann ja nichts dafür,« denkt sich Emmi, während sie mit tiefer Befriedigung der brachialen Demontage des Kapitäns-Memorials beiwohnt. Damnatio memoriae – strike, yeah!

Ausgelöscht sein aus der Menschen Angedenken hier auf Erden, ist die Blume der Verwünschung – nicht gedacht soll seiner werden!
~~~ Heinrich Heine ~~~

Da die Pflanze aufgrund der Nichtanwesenheit des Verstorbenen in seiner Grabstätte auch nicht mit etwaigem Material desselben kontaminiert sein kann, wird sie von der Nutzungsberechtigten mitgenommen und kurzerhand an Frau Sabhi verschenkt. Frau Sabhi lacht bekanntlich nie. Doch plötzlich an diesem Tag, als sie die wirklich himmlisch duftende Damaszener-Rose in ihren Händen hält, zieht sie die linke Oberlippe etwas in die Höhe und entblößt so einen Teil ihrer sehr langhälsigen und schiefen Zähne. Ganz eigenartig sieht das aus, beinahe gespenstisch – wie bei Herrn Maderthaner, der nach seinem Schlaganfall eine halbseitige Gesichtslähmung hat. Frau Sabhi schreitet bedächtig zum Diwan und setzt sich.

So spricht der Herr: Wie ein Hirt aus dem Rachen des Löwen (von einem Schaf) nur zwei Wadenknochen rettet oder den Zipfel eines Ohres, so werden Israels Söhne gerettet, die in Samaria auf ihrem Diwan sitzen und auf ihren Polstern aus Damaskus.
Am 3,12

Den sonderbaren Gesichtsausruck beibehaltend schaukelt sie die Rose auf ihrem schwarzen Schoß sanft hin und her. Sie hat die Blume an diesem Abend dann mit in ihr Zimmer genommen und tatsächlich einmal eine ganze Nacht dort geschlafen.

Charlie hat sein zukünftiges Leben mit Verena perfekt durchdacht, bis ins letzte Detail stimmt alles, so wie er auch den Lurchulator bis ins Detail geplant hat. *Sorgsames Sparen für ein perfekt isoliertes Haus, dessen Dach mit einer Photovoltaikanlage und über die Fassade dezentral Strom produziert* steht an zweiter Stelle. *Schon in den Jahren davor möglichst autark leben mit einem kleinen Permakulturgarten in N. rund ums Heimatmuseum und zur Arbeit nur mehr mit dem Radl* steht ebenfalls da. *Wenn schon kaufen, dann regionale Produkte und möglichst Frischkost, um bei der Energie für Kühltruhen und Verarbeitung zu sparen und lange Transportwege zu vermeiden* ist bereits fix. Er denkt auch schon über die Namen gemeinsamer Kinder nach, die er dann mit dem Kindertransporter am Fahrrad vom Montessori-Kindergarten bzw. später und ohne (der Transporter kann dank eines innovativen Schnellfaltverfahrens dann schnell auf ein platzsparendes Maß zusammengefaltet werden) von der Waldorfschule abzuholen gedenkt. Charlies fertige Lurchulatorpläne liegen aber, statt am Patentamt, immer noch zuhause herum und in seine Pläne fürs gemeinsame Leben hat er Verena auch noch nicht eingeweiht. Insbesondere über den ersten Planungspunkt ist sie nicht informiert, obwohl sie der noch unmittelbarer und direkter betrifft, als etwa die ebenfalls fix geplante Erweiterung von Elisabettas Kräuterpyramide. Die elfte und zwölfte Stufe der Pyramide der Zärtlichkeit möchte er erklimmen. Bis dato waren sie nur bei neun und einmal versehentlich bei zehn, was aber sofort unterbrochen wurde. Heute ist wieder ein Versuch angesagt, die Festung Verena mit Kriegskunst zu erobern. Er hatte es klassisch anlegen wollen, doch offenbar war das nicht gewünscht. Dieses Mal würde der durch ewiges Vorglühen quasi ausgetrocknete Charlie allerdings gar nicht erst lange herum fackeln …

Das Vorbereiten unterschiedlicher Kriegswerkzeuge kann bis zu drei Monaten dauern.
~~~ Sun Tzu ~~~

… mit Duftkerzen, Lämpchen, Krustentieren und Kupferglobulis – nein! Diesmal würde van Helsing aufs Ganze gehen, wie der Typ aus dem Film neulich. Da reichte der Held rau-charmant in graphitgrauen Jeans (Levi's®) mit feucht glänzendem nacktem Oberkörper der eben schusselig eintrudelnden Businessfrau ein Glas Rotwein (mit einer Feige drinnen) und sagte mit erotisierend gebieterischem Tonfall nur: »Zieh dich aus!« Wahrscheinlich sollte er es auch so machen. Wahrscheinlich erwartete Verena ja genau *das* insgeheim von ihm …

Den Sieg erringt man durch Überrumpelung
~~~ Sun Tzu ~~~

Schluss mit Pregaming und endlich zur Quelle! Als Christ soll man sich ja auch an seinem heiligen Namenspatron orientieren – wie sollten sich denn bei Verenas Zögern die neunzehn Kinder Karls des Großen (fünf Frauen, fünf Nebenfrauen) noch jemals annähernd in Charlies Biographie ausgehen? Verena hat Stress gehabt heute und daher nur ein kopfschüttelndes: »Bist deppert, Charlie!? Trockne dich lieber ordentlich ab!« für den halbnackten strengen Ausziehforderer, satt becremt mit Nivea® Bodylotion, übrig. Dessen romantische Schallmauer ist damit durchbrochen! Er stellt sein Ficus-Vinarium ab, düst ins Schlafzimmer und kehrt im Pullover und mit erhobenem Zobel zurück. Der muss nun den Sündenbock oder das Ersatz- oder Umschuldungsobjekt oder was auch immer abgeben; jedenfalls wird er vor Verenas Füße geschleudert. »*Du* bist deppert! Du mit deiner ambivalent frigiden Dauer-PMS bist der beziehungsmäßige DAU – neben dir mutiert man zum seelischen Raurackl [4]! Verena Rosenmüller – ein Mensch der nicht weiß, was er überhaupt will!«

♪ ♫ ... *you're hot then you're cold, you're yes then you're no* ...

Charly schnaubt walrossartig: »Ja und übrigens: was bitte macht dieses widerliche Zeug noch hier bei uns in der Wohnung du Lügnerin, hä? Das hat ja auch schon wieder Symbolcharakter – du wolltest es längst zur Caritas bringen!« Verena bekommt schmale Augenschlitze: »Bei uns? Wieso bei *uns*, das hier ist meine Wohnung – du bist hier nur zu Gast, schon vergessen?«

Das *La Paloma* wird renoviert und Max erhält nun bald seinen ersehnten Induktionsherd. Damit man die hohe Küchendecke bequem streichen kann, ist hier drinnen ein Gerüst mit einer Plattform aufgebaut. Max sitzt dort oben in weißer Latzhose, einen uralten Anglerhut am Kopf und den Farbroller in der Linken. Eine Plastikschüssel mit Resten von Nudelsalat steht auf Zeitungen am Küchentisch gebettet, daneben liegt ein halbverzehrtes Wurstbrot in einer Blechdose. Weintrauben, leere Coffee-to-go Becher sowie halbleere Wasser- und Bierflaschen ergänzen das Stillleben, das nun von einem plötzlich mit wehendem Oilskin-Mantel wütend hereintrabenden van Helsing jäh in seiner Stabilität gefährdet wird. »Da hast!« ruft er und schleudert seinen Wohnungsschlüssel samt Fell-Pommerl-Anhänger dem Freund auf die Plattform hinauf, »Kannst bei mir am Spitz (Wien Floridsdorf) übernachten, falls du magst – ein bisserl staubig ist es dort zwar, aber besser als die ganzen Farbdämpfe hier bei dir allemal.« Charlie schnappt sich das halbe Wurstbrot und schüttelt die leeren Kaffeebecher auf der Suche nach etwas Inhalt. »Wo willst denn auf einmal hin, Tscha?« fragt Max von oben herab und lässt den Farbroller sinken. »Nach Venedig, auf einen Kaffee!« Nun hat Charlie die Weintrauben entdeckt, stopft eine davon in den Mund und spricht kauend weiter: »Ich setz mich jetzt sofort ins Auto, dann kann ich morgen früh schon auf dem Markusplatz in der aufgehenden Sonne frühstücken und einen klaren Kopf bekommen. So wie es ausschaut ist es aus zwischen der Wahnsinnigen und mir …« »Aber hallo!« »Na echt Max, ich derpack diese Frau einfach nimmer! Sie ist völlig meschuggo – da fang!« er wirft ihm nun auch noch die Zweitschlüssel von Verenas Wohnung zu, »Du kannst sie behalten, falls du magst!« er seufzt dabei und denkt nicht im Traum daran, dass sein Angebot vom Mann auf der Plattform noch heute wörtlich genommen wird. Charlie hat mit diesem Satz natürlich die Wohnungsschlüssel gemeint, doch für Max ist der gewählte Wortlaut ein Zeichen – eines, um das er gebeten hat! Eines, das ihm einen magischen Kreuzungspunkt von Raum, Zeit und Gelegenheit signalisiert …

♪ ♫ … *this magic moment …*

Die große Doppeltüre mit schmiedeeisernen Blumen vor Glaseinsätzen schwingt auf und Max läuft über rautenförmige Schwarz-Weiß-Fliesen. Er will schon die Treppe hinauf, als ihm das Lesezeichen einfällt! Seine Mutter hat so ein Lesezeichen aus blauem Leder in Verwendung – mit Fransen und mit einem goldgeprägten Spruch von Zinzendorf drauf:

»*Alle menschlichen Geschäfte gehen überhaupt nicht gut, wenn man sie durch eigne Kräfte und nicht aus der Gnade tut.*«

Max ist sich absolut bewusst darüber, dass seine eigene Kraft unter Umständen nicht dafür ausreichen wird, diesen laufenden Prozess, in dem sie sich alle jetzt gerade befinden, nur durch ein plötzlich geöffnetes Zeitfenster von ein paar Stunden schon zu einem guten Ende zu bringen. Aber mit Hilfe der Gnade ist es sicher nicht unmöglich, inmitten dieser Wende, auf die nun sowieso alles zusteuert, einen ganz neuen Anfang möglich werden zu lassen. Davon ist er fest überzeugt und deshalb beschließt er, jetzt auch noch einmal um dieses Geschenk der Gnade zu beten. In der Aufregung vorhin ist Max dann noch zu allem Überfluss sein Anglerhut in den Farbtopf gefallen und so hat er sich reflexartig die vor Farbspritzern schützende Kopfbedeckung des abwesenden Antonios geschnappt. Dass ein Kopfschutz auf seiner momentanen Mission allerdings gar nicht nötig ist, hat er nicht mehr bedacht.

Als die alte Frau Szabo an diesem Tag mit ihrem Rollator vom Einkaufen zurückkommt, ist sie doch einigermaßen erstaunt, auf der etwas breiteren, untersten der dunkelgrauen Steinstufen, die hinauf in den Mezzanin führen, einen knienden Mann vorzufinden. Gleich neben dem Zählerkasten und inmitten von Rosen betet der Unbekannte da mit geschlossenen Augen ein überdimensionales Radio an – zumindest sieht es für sie danach aus. Es handelt sich zweifellos um einen Maler, seine bekleckste Latzhose sowie ein vierzipfeliges Taschentuch am Kopf weisen darauf hin. Mizzi Szabo bleibt in 2,4 Metern Entfernung stehen und mustert den Regungslosen wenig diskret von oben bis unten. Dann schüttelt sie den Kopf, murmelt: »Na serwas Kaiser! Jetzt schlagt 's bald 4712!« und trippelt zur Wohnungstür. Max ist so versunken, dass er davon gar nichts bemerkt. Wenig später steht er dann oben am Gang vor Verenas Wohnungstür. Direkt daneben befindet sich eine mit Sperrholz vertäfelte Nische (hier stand früher ein Telefon) und Max deponiert nun seine mitgebrachten Rosen darin. Er sperrt ganz leise die Wohnungstür auf und schleicht drinnen bis zur Couch. Er stellt einen mitgebrachten Achtziger-Jahre Riesen-Ghettoblaster vorsichtig hinter dem Sitzmöbel auf und hastet zurück zur Tür, die er von außen leise wieder schließt. Beinahe wäre er über ein Verlängerungskabel gestolpert! Das Kassettenlaufwerk des riesigen Trumms hat er seinerzeit aus- und einen Tablet PC eingebaut, um MP3-Dateien spielen zu können. Nun positioniert sich Max samt Rosen vor der Tür, atmet tief durch und betätigt eine mitgebrachte Fernbedienung. Verena, die drinnen in ihrer Küche hantiert, fährt wie elektrisiert herum, als hinter ihr plötzlich die ersten Takte von *By your side* erklingen. Ihr absolutes Lieblingslied von Sade – außer

Charlie wissen das nur wenige! Sie stutzt, nimmt ihre Schibrille ab (Zwiebelschneiden!), erblickt das Gerät, geht rasch zur Tür und reißt sie auf. Sie starrt, sehr ungehalten darüber, dass Max sich offenbar als Bote für Charlie mißbrauchen lässt, auf diesen. »Da!« meint der nur und hält ihr 13 Rosen vors Gesicht. »Für dich, weil du ja jetzt sicher traurig bist.« Sie runzelt ärgerlich die Stirn. »Sie sind … von mir …« fügt Max nun leise, heiser und hoffnungsvoll mutig hinzu. Als Verena verblüfft realisiert, was da jetzt abläuft, meldet ihr hochsensibles Nervensystem sofort, dass diese unerwartete Wendung nun ganz einfach zuviel ist und eine Art Schwindel befällt sie. Sie verspürt den Impuls, die Tür ganz schnell zuzuknallen, das Handy auszuschalten und sich für drei Tage im Bett zu verkriechen. Doch dann hat sie plötzlich eine sonderbare Eingebung, die sogar den Schwindel verschwinden lässt. Sie geht – in Zeitlupe – den einen Schritt auf Max zu und packt ihn dann sanft mit ihrer kleinen linken Hand am Kragen, so sanft, wie man eben jemanden am Kragen packen kann. Trotzdem ist es, als hätten die beiden nun einen Plasmaball berührt – Blitze!

♪ ♫ … *I have never felt thunder and lightning like this* …

Wir merken im Leben, dass wir etwas gefunden haben, wenn wir es nicht entschieden haben, sondern wenn wir dieses Gepacktwerden (…) dieses Passive, dieses Erfasstwerden haben
    Wolfram Eilenberger, Chefredakteur der Zeitschrift Philosophie Magazin

Sie blickt ihm nun prüfend in die Augen und muss dazu den Kopf leicht nach hinten neigen, denn Max ist deutlich größer. Während die Multitaskerin ihm mit ihrer rechten Hand nun so nebenbei das stimmungsstörende Schnäuztüchl vom Kopf streift, atmet sie den Max-Geruch mitsamt dem leicht metallischen Duft seines Duschgels ein und fragt ihn mit belegter Stimme: »Wie … heißt … du?«.

Dabei starrt sie ihn an (ohne zu blinzeln, als wäre er einer der Wilden Kerle).

Er hält dem Blick stand und beide scannen ihre darin enthaltenen QR-Codes. Verenas Ohren röten sich langsam vor Aufregung, als sie merkt, wie heftig sein Puls pocht. Sie schnaubt leise, packt ihn fester und flüstert: »Auf welchen Namen bist du getauft?« Durch die völlig unerwartete Frage gerät das emotionale Max-Gefüge ins Wanken – der Koch ist mehr als erstaunt über den Verlauf der Sache hier. Keiner seiner Freunde in Wien kennt ihn anders als unter dem Namen *Max*, auch seine Familie nennt ihn schon lange so. Irgendwann einmal hat jemand in sein Gitterbettchen geblickt und gemeint: »Wenn das also der kleine Bruder vom Moritz ist, hättet ihr ihn eigentlich Max taufen müssen.« »Na eben nicht!« haben seine Eltern lachend geantwortet und seitdem hieß er aber eben doch so. Max, bzw. Nicht-Max, spürt jetzt, wie seine Hände vor Aufregung zu schwitzen beginnen. Sein Herz klopft heftig und Verena kann es hören und den kurzen Atem spüren, weil er so nahe bei ihr steht. Er lässt ihre Augen mit den seinen nicht mehr los und flüstert: »Adam. Mein Taufname ist Adam.« Sie lockert den Griff und atmet erlöst seufzend auf – wie ein soeben geküsstes Dornröschen. Max betätigt instinktiv erneut die Fernbedienung, bevor er diese samt Rosen vorsichtig in die Ex-Telefonnische hinter sich schiebt, ohne dabei den Blickkontakt mit Verena zu unterbrechen. Schmale Füße Größe 36 in hyazinthenblauen Strümpfen aus reiner Biobaumwolle müssen nicht länger neben Bikerboots Größe 46 auf gesprenkeltem kalten Steinboden stehen und eine Verkühlung ihrer Inhaberin riskieren. In dem Moment nämlich, wo *Sades* Stimme sich erneut erhebt, wird auch die Fußbesitzerin emporgehoben und 2x Größe 36 schlenkert über Eisblumen-Magnesit.

♪ ♫ … *I will find you darling and I will bring you home* …

»Lass mich wieder los …« flüstert Verena einige Zeit später. Genauer gesagt geraume Zeit später, denn das Wort *geraum* ist ein Begriff, in dem Zeit und Raum sich mischen. Wir nehmen nur mehr die zeitliche Dimension des Wortes war, aber im Grimmschen Wörterbuch ist noch der Aspekt der Tätigkeit vorhanden. »Ich lasse dich nicht los,« flüstert Max-Adam zurück. »Erst musst du mir versprechen, dass du nicht abhaust und die Türe zuschlägst, denn … ich müsste eben einmal aufs WC, weil ich so furchtbar nervös bin und danach gehe ich auch gleich wieder.« Verena öffnet ihre Türe weit, hält sich den Bauch und kichert dabei so hemmungslos, dass sie am alten weißen Türblatt hinunter in die Hocke rutschen muss. In keinem der ihr bekannten Filme, weder aus japanischen noch aus finnischen Studios, sagt *er* unmittelbar nach einer Kußszene, dass er schnell auf die Toilette will! Max darf, er darf auch den Tee bereiten – für sie beide – und darf sogar in Verenas Wohnung übernachten, weil er eben ein guter und absolut vertrauenswürdiger Mensch ist. Im kleinen Schlafzimmer findet später auch noch ein kleiner Rollentausch statt: Der alte Ölofen im Eck darf – geraume Zeit – pausieren, dafür legt die Gitarre heute eine Nachtschicht ein. Max hat das Wort Krisis verstanden, er hat den Punkt erkannt, an dem die Dinge sich fügen. Er hat erkannt, dass es sich lohnt gelassen abzuwarten um im einzig entscheidenden Moment da zu sein und zu handeln.

Chancen sind wie Sonnenaufgänge: Wer zu lange wartet, verpasst sie.
 ~~~ Joan Lundern ~~~

Jadéite hasst es, mit dem Rentier zu fliegen! Dieses ließ sich jedoch nicht abwimmeln, wollte unbedingt ein paar Shoppingtage in Paris verbringen. Wie sagt man *Nein* zu einer Person, die überzeugt ist, dass es ihrer spontanen Idee und ihrer wunderbaren Vermittlungskunst zu verdanken sei, dass man ein Jahr in Wien verbringen durfte. Wie sagt man *Nein* zu einer Person, mit deren Mann man schon jahrelang schläft. Überhaupt nicht! Natürlich muss Irene auch heute geradezu zwanghaft an der Innenseite der langen Warteschlange, die sich da vor Gate C42 beim Security-Check aufgereiht hat, entlang stöckeln. Sie macht das nur, um dann ganz vorne mit einem lauten nasal-strengen »Par-don!« zwischen den ersten beiden Wartenden wieder durchzustoßen und ihren Weg, begleitet von erstaunten Blicken, fortzusetzen. Jadéite hasst es, mit dem Rentier zu fliegen!

‹Zwei Bergkittel hängen zum Lüften draußen am Balkonhaken einer Wiener Gemeindewohnung. Dieses Kleidungsstück hat insgesamt 29 Knöpfe, sie stehen für die 29 Lebensjahre der Heiligen Barbara. Links und rechts am Kragenrand befindet sich ein winziges goldfarbenes *Schlägel-und-Eisen*-Emblem. Es ist die Festtagskleidung der Absolvent/innen der Montanuniversitäten. Je eine Schachtmütze aus schwarzem Samt besitzen Eisenfresser und Nom Son auch. (Wolfgang hat für seine Frau übrigens einem anderen Beinamen). Kirschzweige – Barbarazweige genannt – stecken in einer Bodenvase; sie werden zu Weihnachten blühen. Wolferl und Fanny waren gestern wieder einmal bei Barbarafeierlichkeiten unten im Steirischen. »Wie schaut es aus mit deinen Weihnachtswünschen *Coal Miner's Daughter*? Möchtest ein Montandirndl haben für nächstes Jahr?« »Ja, ja, damit ich mir dann Mars, Siesta, Luna oder Yodl ausborgen kann und nach Aussee darf?« Sie lachen beide. »Was ist schon der wildeste und waghalsigste Stuntman gegen einen Bergknappen, der jeden Tag sein Leben da unten in tiefster Nacht riskiert?« philosophiert der Wolferl in seine aufgeschlagene Zeitung hinein. »Was ist schon eine Expedition zum Südpol gegen die Erfahrung der Elternschaft? Innerhalb von nur neun Monaten von frei und unbescholten auf allzeit dienstbereit lebenslänglich 24/7!« philosophiert Nom Son, während sie sich bereits erhebt um Nachschau zu halten. Pirmin, Schleimi und ein Chemiebaukasten sind nämlich vor einer Stunde im Kinderzimmer verschwunden und es ist jetzt verdächtig ruhig da drinnen …

Es ist verdächtig ruhig hier drinnen in der Küche des *La Paloma*, während Charlie mit offenem Mund dasteht.

Ich bin der Herr, dein Gott, der dich heraufgeführt hat aus Ägypten. Tu deinen Mund auf! Ich will ihn füllen
Ps 81,11

Er hat nach seiner Rückkehr aus Venedig den küchenwandstreichenden Antonio mit der Frage nach dem Aufenthaltsort von Max vorhin glatt überfordert. »Es kann sein, dass mir bekannt ist, wo Massimo gerade steckt, es kann aber auch nicht sein ...« stottert der spontan zum Asterix-Fan mutierte malende Koch nun herum. »Geht's dir auch gut, Antonio?« Charlie muss lachen, Antonio stöhnt und beginnt erneut: »Ich weiß, dass Massimo nicht hinten im Kühlraum ist, aber auch wenn ich vielleicht weiß, wo er sonst ist, werde ich es dir besser nicht sagen ...« (der Farbauftrag Antonios wird zusehends unregelmäßiger) »Bist etwa ein bisserl eingraucht, Signor Antipasto, oder was?« – das hätte der Charlie besser nicht gesagt, denn Antonio bekommt listige kleine Äugelein und meint nun eher beiläufig: »Ja bitte, wenn du es denn unbedingt wissen willst, Signor Bacterio, dann schau hinter dir aus dem Küchenfenster. Es könnte allerdings sein, dass dein bester Freund und deine Freundin sich dort in Hof gerade küssen, dann kann ich aber nichts dafür. Ich weiß es auch nicht mit Sicherheit, denn Signor Antipasto ist zu klein, um da hinauszusehen. Vielleicht sind sie ja schon wieder fertig damit – mir doch egal, mi fa un baffo!« Dabei lässt er die zu einer Art Knospe geformten Finger direkt vor Charlies Gesicht aufspringen, sowie den Farbroller aus der anderen Hand klatschend in den Kübel fallen und verlässt erhobenen Hauptes den Raum (natürlich nicht, ohne davor auch noch ein herumliegendes Geschirrtuch dramatisch auf eine Tischplatte geknallt zu haben). Charlies sich fibroblastenmäßig unbegrenzt vermehren wollende Liebe zu Verena und Max hat plötzlich Mitomycin-C abbekommen ...

»Sag' Jadéite, darf ich dich etwas Indiskretes fragen?« flüstert Verena an einem Nachmittag, obwohl das Geschäft leer ist. »Wenn du glaubst, dass es für dich gut ist, hinterher etwas Indiskretes über mich zu wissen – bitteschön!« »Seit du wieder aus Frankreich zurück bist, sind deine Klopausen um einen Faktor zwei häufiger und um einen Faktor drei länger geworden – hast du vielleicht irgendwelche Probleme mit deinem Magen/Darm oder so, ich meine, kann ich dir irgendwie helfen? Brauchst du noch einen Kurzurlaub um dich zu regenerieren?« Seufzend lässt sich die anmutige Schönheit, momentan (übrigens in weiten Harem Pants plus Batik Top und Shambhala-Fußkettchen momentan) auf den Sitzsack fallen. »Das hat keine organischen Ursachen …« erklärt sie und als Verena dabei zweifelnd dreinschaut, folgt ein erläuternder Redeschwall: »… ich habe eine vollkommen gesunde Verdauung und bin nicht schwanger von meinem Freund und auch von sonst keinem, damit das gleich einmal klargestellt ist! Ich habe lediglich beschlossen, mein Leben wieder ganz werden zu lassen, denn es eiert furchtbar –alles ist so unrund momentan. Ich gedenke es zu heiligen, wie Tünde das so schön beschrieben hat.« Verena blickt auf die beiden überquellenden Kartons dort hinten im ohnehin schon schmalen Gangbereich und möchte Genaueres wissen: »Indem du dich total auspofelst und alles wegschmeißt oder wie? Heilige Leere?« »Indem ich Überflüssiges weglasse – innen und außen. Ich brauche einfach Platz, um wieder klar sehen zu können. Der ganze Krempel und der ganze Dreck müssen weg, ich brauche Luft zum Atmen! Ein bisschen von meiner Seelenkraft verschwindet in jedem einzelnen polierten Türknauf – lauter unnütze Lebenszeitfresser sind das – lauter Dinge sind das, die mich aufspalten. Ich möchte mich ordnen und leeren und ich möchte meine Seele zurück. *Heilig* kommt von *heil* und bedeutet *ganz* hat Tünde gesagt. Ich möchte auch wieder ganz sein und ruhig in meiner Mitte wohnen und wieder alles beachten können.

♪ ♫ ... *you and your heart shouldn't feel so far apart* ...

Alles, was der Augenblick bereithält, möchte ich auch würdigen können, wie ein Kleinkind. Wie die Leute in den Cafés entlang vom Cours Mirabeau in Aix – sie haben ihre Stühle zum Boulevard hin ausgerichtet um die Sonne, die Bäume und die Flanierenden ausgiebig würdigen zu können. Ich möchte wach sein und nüchtern und klar erkennen, was ich in einer Situation gerade so tue – Schluss mit Herumdriften!«

♪ ♫ ... *du treibst so wie a Segel im Wind* ...

Verena will etwas einwenden, aber Jadéite fährt bereits fort: »Kennst du die Geschichte von Konan Meriadeg und dem Hermelin?« »Leider nein.« »Na ja, egal, nur so viel: Der Hermelin wollte eher sterben, als sein schneeweißes Fell zu beschmutzen und deshalb landete er auf der bretonischen Nationalflagge ...

Entsündige mich mit Ysop, dann werde ich rein; wasche mich, dann werde ich weißer als Schnee.
Ps 51,9

... und seit damals ist das Motto von uns Bretonen: *gwelloc'h marv eget saotret* – lieber tot als beschmutzt!« erklärt sie. »Aha? Ich denke deine Familie stammt aus Algier.« Verena wundert sich: »Entdramatisieren wir das, bitte! Wieso sollte sich jemand denn beschmutzen, wenn er mit jemandem schläft, den er liebt? Klingt ja richtig lebensfeindlich angesichts deiner sonst so beneidenswert unverkrampften Einstellung.« »So war das doch gar nicht gemeint, Verena!« Jadéite schüttelt entschieden den Kopf »Wer liebt, ist immer gerechtfertigt – wenn er es etwa nicht merkt, dass der andere ihn nur benutzt. Sobald man das allerdings bemerkt, besteht akuter Handlungsbedarf, sind wir doch neben unserem Tun auch verantwortlich für alles, was wir mit uns machen lassen. Gott hat uns sowohl mit einem Gehirn, als auch mit Eigenverantwortung beschenkt.«

Verantwortlich ist man nicht nur für das, was man tut, sondern auch für das, was man nicht tut.
~~~ *Laotse* ~~~

Ein Messing Art Déco Knauf mit Profilzylinder-Rosette wird soeben ans Tageslicht gekramt – Jadéites bestes und teuerstes Stück – und sie seufzt erneut: »Einfach so weiterzumachen – *das* wäre lebensfeindlich! Mehr noch als durch Türknäufe polieren geht mir in letzter Zeit durch die kleinen Tode Seelenenergie verloren – und das sollte doch genau umgekehrt sein! Wie mit Fannys Arbeitsgerät sollte es sein – alles passiert, aber ohne dass jemand dabei verheizt wird … (ein UltraKurz-pulslaser, er ermöglicht kalte Bearbeitung).« Nun seufzt Verena – sie wagt es nämlich überhaupt nicht, sich aufheizen zu lassen bzw. auf diese Weise ein bisschen zu sterben! Seit sie mit vierzehn im Wartezimmer ihres Hautarztes in einem psychologischen Fachjournal gelesen hat, dass das erste Mal eine Prägewirkung haben könne, die nicht zu unterschätzen sei. Vergleichbar mit Drogenexperimenten (manche spüren gar nichts, manche werden völlig high davon und andere landen gar für lange Zeit in einer Nervenklinik, weil sie einen Horrortrip hatten). Aber auch nur eine quasi funkenerosive Prägung auf den Typ, der dann vielleicht nicht der Richtige ist, stellt sie sich grausam vor …

♪ ♫ … *love wounds and marks* …

Jadéite kramt herum zwischen Türknäufen aus blauem Glas und schimmernden Quasten und stöhnt plötzlich: »Ich sollte diese Beziehung beenden …« Verena, eben den Mini-Ladentisch mit einem acetonfreien Reiniger polierend, folgt ihrer Eingebung und mutmaßt nun: »Er ist verheiratet, gell?« »Jaa … (erneutes Gestöhne) und er war nie bereit, sich zwischen ihr und mir aufzuspalten. Er ist sehr treu – vor allem sich selbst! Hat ein Herz wie Island, dieser Mann – es lässt sich nur an den Rändern besiedeln und meine Versuche mit emotionalem Fracking sind kläglich gescheitert … ich war verrückt, mich darauf einzulassen, ich bin doch gar nicht in der Lage, auf die Dauer dieses Doppelleben zu führen!« Verena schaut verständnisvoll drein. »Du denkst also nach und sortierst dein Leben in der Stille des Klokammerls?« Jadéite lächelt. »Ja, und ich bete, während ich mich sortiere.«

Herr, höre mein Gebet! (…) Wenn ich in Not bin, wende dein Ohr mir zu! Wenn ich dich anrufe, erhöre mich bald!
Ps 102,1-3

Tünde bestärkte Verena damals noch in ihrer Vorsicht mit folgender Warnung: »Pass du bloß auf! Wenn frau *danach* beginnt, dieses Oxytocinzeug auszuschütten, wird jeder Frosch sofort zum Prinzen. Warte lieber und wähle klug!« Deshalb beschließt Verena, obwohl durchaus altersgerecht hormongebeutelt, ständig verliebt und Helenes kategorisches *Denk-nicht-einmal-dran!* sehr wohl hinterfragend, sicherheitshalber abzuwarten. Gemäß dem Lied *Man kann sein Herz nur einmal verschenken* von Franz Grothe, dass Mizzi Szabo so gerne trällert.

Der Morgenhimmel hat die Farbe von ausgegossener Rosenmilch. Zurückgezogen hat sich der Schnee im Tal und grün-braun tritt der Untergrund wieder hervor. In der Farbzusammenstellung der Garderobe einer Försterfrau erstreckt sich der durchkühlte Boden ringsum. Aus dem vom plötzlichen Schneefall überraschten und flach gepressten Unterholz ragen die krautigen Stängel des Ampfers hervor – ein ungepflegter stoppeliger Geländebartwuchs. Ihre feuchten Samenkinder kleben in dichten Träubchen auf den abgestorbenen maronifarbenen Pflanzeneltern, der frühe Wintereinbruch hat beide Ampfergenerationen kalt erwischt! Auch hier in der Jurte ist es ziemlich frostig und ungemütlich – Jadéite friert innen und außen. »Magst du noch etwas von meinem Ei, Schatzi?« fragt sie nun den Mann neben sich, um etwas wärmende Gemeinsamkeit herzustellen.

♪ ♫ … *Schatzi, was will man mehr?*

»Bitte nenn mich *nie wieder* so!« herrscht der sie plötzlich an. Jadéite ist überrascht – so schroff auf einmal? Pius wirft ihr einen verärgerten und bösen Blick zu: »Ich lege mir doch nicht mit so viel Aufwand eine französische Geliebte zu, um dann eines Tages von ihr *Schatzi* genannt zu werden! Da hätte ich ja genauso gut gleich mit der Helga von der Rezeption ein Pantscherl anfangen können, was übrigens viel einfacher gewesen wäre …« *Come on baby light my fire* schlägt Mr. Jim Morrison im CD-Player an diesem Morgen ganz umsonst vor, denn der Tank des Feuerzeugs ist leer. Den momentanen Gesichtsausdruck von Jadéite hätte Kilian sofort auf einem Gemälde von William Holman Hunt (*The Awakening Conscience,* Tate Collection) in seinem Lexikon wiedererkannt, aber Kili ist hier natürlich nicht anwesend. Pius hat tatsächlich alles so gemeint, wie er es gesagt hat – er hatte sich Jadéite gezielt ausgesucht und sie sich »zugelegt« wie ein Auto, weil es eben schick ist! Keinen Moment war er verliebt gewesen, oder hatte gar eine gemeinsame Zukunft mit ihr im Sinn gehabt, höchstens angetörnt war er – von ihrer Schönheit und von diesem unvergleichlichen französischen Akzent! Dass ein Ex-Ohrwaschl-Kaktus diese kapriziöse Prinzessin da für sich begeistern konnte und erobert hatte, das hat ihm natürlich unglaublich imponiert – an sich selbst!

♪ ♫ … *Akropolis, adieu …*

»Warum gehst du weg, wa-rum? Du bist so gemein!« Cilly schleudert eine Schachtel mit Perlen zu Boden, sie ist sehr wütend auf Jadéite. Diese hat ihr schon mehrere Kubikdezimeter Perlen, Quasten und

Anhänger geschenkt und sie auch zu einer Ballonfahrt eingeladen (einer ihrer Onkeln ist Ballonfahrer) um den Trennungsschmerz zu lindern, aber Cilly weint und schreit herum und möchte sich nicht trösten lassen. Etwas später dann, bei einem Eis, hat sie sich wieder ein bisschen beruhigt. »Du bist immer so toll angezogen und du bist so schön – wenn ich groß bin, will ich so sein wie du!« »Nein Cilly, bitte sag das nicht! Das mit der Mode ist doch nur ein großes oberflächliches Spiel. Man verschweigt dir, dass du einiges an Geld brauchst, um es wirklich locker mitspielen zu können – ähnlich wie im Casino: Unter einem gewissen Betrag kann man gar nicht wirklich spielen. Und ein großer Irrtum über die Schönheit ist, dass du damit alles erreichen kannst. Schönsein kann ja vielleicht eine Art Sicherheit bringen, aber die ist nicht von Dauer – konzentriere dich besser auf dein Herz und deinen Geist, als darauf, dein Erscheinungsbild von außen zu perfektionieren. Der Geist beherrscht und prägt letztlich die Materie, das ist die Richtung in die der Fluss fließt und nicht umgekehrt.«

Denn alles Sterbliche ist wie Gras und all seine Schönheit ist wie die Blume im Gras. Das Gras verdorrt und die Blume verwelkt; doch das Wort des Herrn bleibt in Ewigkeit.
1 Petr 1,24-25

»Warum musst du fort, wo ich dich doch so lieb habe?« Jadéite lächelt nur und küsst Cilly. »Wa-rum?« »Weil mein Herz es satt hat, ständig am kalten Berghang zu biwakieren und zu warten – es mag nicht mehr. Es muss jetzt nach Hause – in jeder Beziehung. Vor allem muss ich einmal eine Zeit alleine sein …«

Sie schlürfen langsam und schweigend Eissaft. »Versprich mir, Cilly, dass du dir keinen Mann aussuchst, nur weil er gut aussieht oder wundervoll tanzt. Versprich mir, dass du nur den Besten für dich in Betracht ziehst!« »Hm …« Cilly, obwohl bedingt durch zunehmende

Erderwärmung, Stadtnähe und östrogenhaltige Umweltgifte körperlich frühreif, runzelt die Stirn. An Männer denkt sie noch nicht. »Wie merkt man das denn, dass man gerade den Besten vor sich hat? Es steht ja nicht drauf auf den Leuten.« »Na ja, also die Kopfnote, die Herznote und die Basisnote müssen unbedingt aufeinander abgestimmt sein, wie bei Parfüm. Das leuchtet bei Duftkompositionen offenbar jedem ein, nur in der Gestaltung des eigenen Lebens glaubt man dann plötzlich, völlig unmögliche Komponenten kombinieren zu können und wundert sich, wenn es zu stinken beginnt.« Cilly seufzt. »Das ist mir jetzt zu kompliziert, Frau Puderquastl.« »Hmm ...«, Jadéite denkt nach, »... in Grunde ist es aber ganz einfach!« fügt sie mit nachlässigem Tonfall, wie er so ernsten Sachverhalten keinesfalls angemessen ist, hinzu: »Er sollte das Leben über alles lieben und trotzdem im Fall des Falles dazu bereit sein, für dich zu sterben, das wär's.« »Alles klar!«

♪ ♫ *... I'm tougher than the rest ...*

Daran haben wir die Liebe erkannt, dass Er sein Leben für uns hingegeben hat. So müssen auch wir für die Brüder das Leben hingeben.
1 Joh 3,16

♪ ♫ *... with a love like that, you know you should be glad ...*

Bis zum Horizont erstreckt sich weißer Wolkenmilchreis unter den Tragflächen des Fliegers, vom Sonnenschein wie mit Honig golden übergegossen. Jadéite liebt diesen Anblick! Sie hört begleitend den Beginn der 2. Suite von Aram Chatschaturjans *Spartacus* & *Phrygia am iPod*. Weit vorne hat sich ein fransiges Loch im Wolkenbrei geöffnet, es gewährt Ausblick in blaue Tiefen und kommt kontinuierlich näher. Da, direkt unter den wolkigen Feldern, taucht jetzt einer 3D-Folie gleich eine Parallelwelt auf: Ausgedehnte gelb-grüne Rauten, auf denen Riesen Weizen-Schach und Raps-Mühle spielen könnten, breiten sich aus – eingeschoben wie die Ewigkeit ins Zeitliche. Manchmal öffnet sich uns ja auch plötzlich so ein Riss in der bekannten und vertrauten Welt und wir sehen kurz die ganz andere dahinter (auch ohne Schamane zu sein). Eine Weile noch dauert das Schweben über und zwischen den beiden Schichten, dann folgt das Abtauchen durch die Watte hindurch – der Flieger verliert an Höhe. Wie Metallzahnstocher ragen Windkonvertertürme in den Feldern auf, ihre zierlichen Silbersterne rotieren. Aus kompaktem Waldkarfiol beginnen sich Baumkronen heraus zu konkretisieren, auch Büsche – limettengrünen Hirsebällchen – lassen sich nun ausmachen. Zwischen Reihen aus Gartenquadraten funkeln verstreut und fensterscheibenblau kleine Freizeitseen.

Sie werden in Sicherheit wohnen und niemand wird sie erschrecken. Ich pflanze ihnen einen Garten des Heils.
Ez 34,28-29

Van Helsing hat sich gemeinsam mit der grünen Fee in die Kleingartenparzelle seiner Eltern am Wolfersberg begeben. Tagsüber hält er sich eingeschlossen und in den Nächten wankt er nackt und brüllend im Garten herum, Säulenobst mit dem Erschießungstod bedrohend. Halbherziger Anrainerprotest folgt. Charlies verzweifelte Eltern tauchen wiederholt auf, umkreisen mit besorgtem, beinahe rituellem Gewinsel ergebnislos das verrammelte Gartenhaus und ziehen unverrichteter Dinge wieder ab. Schließlich, als letztes Mittel, ruft man die Kärntner Großmutter an. Diese reist an und verschafft sich in kürzester Zeit Einlass. Ein paar vertraute Sätze von *His Grandma's Voice* und der Schrebergartensesam öffnet sich. Genaugenommen ist es nur ein Satz: *Bist du do drinnen, Karli?* – die Klangfarbe war einfach richtig. Die Oma verabreicht Charlie mitgebrachte Hühnersuppe, Kärntner Reindling und starken Kaffee bzw. B55 – bevor sie sämtliche Absinthflaschen entsorgt. Sie trägt ihm auf, sich *zusammenzureißen*. Großmutter kennt Charlies Eigenfrequenz und setzt diesen sanft und ohne die Gefahr einer Resonanzkatastrophe wieder in Schwung. Watschen, Zwangsbaden etc. stellen sich in diesem Kontext später als dumme und boshafte Gerüchte heraus, doch der Frondienst sieht sich trotzdem in seiner Theorie vom *versteckten Matriarchat* wieder einmal voll bestätigt. »Alles was Männer tun, ist immer irgendwie Reaktion auf eine Frau.« behauptet er gerne. »Aber sicher,« stimmt Elisabetta ihm zu »und Frauen dürfen nach Reaktionsende immer die Aufräumungsarbeiten machen, aufwischen, sich entschuldigen, Wunden versorgen, Trümmer einsammeln, den Staat Österreich wieder aufbauen – du hast vollkommen recht Frondienst!« Als *ganz ganz falsch* hat die *Neigungsgruppe Hobbypsychologie* das Vorgehen der alten Frau beurteilt. Man hätte warten müssen, bis der Impuls aus Charlie selbst kommt! Mit *van Helsing* geht es jedenfalls wieder bergauf. Er fasst neuen Lebensmut, spricht sich ein halbes Jahr später unter vielen Tränen beiderseits mit Verena aus und verzeiht sogar Max, der ihm *hinterrücks* die Freundin ausgespannt hat, wie er meint. Allerdings ist die Vergebung keine vollkommene, ein bitterer Bodensatz aus Groll bleibt übrig und die Freundschaft der beiden Männer lässt sich daher auch nicht mehr reanimieren. Vieles im Leben bleibt irreversibel, darüber wächst kein Gras und da lässt sich nichts harmoniebügeln – auch wenn die vorherrschende Videomentalität uns anderes suggerieren möchte. Abgeschabt und leer liegt so auch die ehemalige Männerfreundschaft da, sie bleibt kaputt, wie ein von Dredgen und Grundschleppnetzen zerstörtes Korallenriff. Mit Mitomycin behandelte Fibroblasten können einfach nicht mehr anwachsen, man könnte sie lediglich noch mit Gelatine am Kulturgefäßboden fixieren, allerdings wozu?

Etwas zu beginnen erfordert Mut, etwas zu beenden noch mehr.
~~~ Anke Maggauer-Kirsche ~~~

♪ ♫ ... *ruaf mi ned an* ...

6. Kapitel – Kabinenerkenntnis

Wie hast du das damals alles herausgefunden über mich, wie es mir geht und in welchem Zustand ich gerade war und so?« Max lächelt »Dein stiller Bruder Herb erzählt ganz gerne, wenn Mitternacht vorüber ist und der Wein ein guter.« »Dem werde ich auch einmal etwas erzählen!« Sie schaut ihn fest an, lächelt schelmisch, dreht den Schirm der Schreibtischlampe in sein Gesicht und murmelt: »Weiter. Ich will alle deine Informanten, alle!« Verena möchte dem Geheimnis auf die Spur kommen, warum sie bei Max das Gefühl hat, dass dieser sie schon ewig durch und durch kennt. Er faltet langsam die Hände ineinander, lehnt sich zurück und beginnt mit den Daumen zu spielen. »Bei Kilians Berichten lässt sich eine Menge heraushören, aber am erfolgreichsten war eindeutig das Unternehmen Damenklo.« »Wie bitte?« »Ich habe nach der Beerdigung deines Vaters in einem unbeobachteten Moment auf die letzte Kabine des Damenklos einen Zettel mit der Aufschrift *Außer Betrieb* gepickt. Dann habe ich mich ca. 90 Minuten dort eingeschlossen und saß da auf dem geschlossenem Deckel, dafür mit offenen Ohren und einem Notizblock.« Verena kneift die Augen zu und schüttelt sich angewidert: »Du … uwähhh, du … ah, pfui – 90 Minuten! Aber wer redet denn schon viel am WC?« »Das tut ihr alle! Kleine Nebensätze und Andeutungen während des Frisierens, beim Händewaschen und beim Lippenstiftnachziehen. Andauernd macht ihr Frauen das.« Verena schüttelt ungläubig den Kopf. »Geh bitte, was soll das schon groß an Infos bringen! Belangloses Zeug eben …« »Nur scheinbar belangloses Zeug.« »Nein, das kann ich mir nicht vorstellen, dass dort auch nur irgendein Satz von Bedeutung fällt. Höchstens einmal: Borgst du mir deinen Kamm und so …« »Vielleicht läuft das ja auch unbewusst.« Er steht auf, geht zu seiner Jacke und holt ein kleines Notizbuch aus der Innentasche. Verena bekommt sofort rote Wangen vor erwachter Neugierde. »Lies vor – lies vor!« Er sucht und blättert.

»Also erstens war da eine nüchterne Feststellung: *Der Weberknecht ist Alkoholiker ...* «

»Was? Wie gemein, wer hat das gesagt?« »Keine Ahnung, ich war ja in der Kabine.« Verena runzelt die Stirn: »Weiter!« »Aber bitte nicht aufregen.« »Ja, ja bzw. nein! Aber weiter jetzt – sch sch sch!« sich fächelt ungeduldig mit beiden Handflächen in seine Richtung »O.K. ...

1. *... ist ein Alkoholiker* Antwort: *Ja, das hab' ich auch bemerkt – jetzt trinkt er aber gar nix mehr*
2. Frage: *Hast du dir den Hinterkopf von Bruno heute endlich einmal genau angesehen?* Antwort: *Ja, das habe ich.* Frage: *Und was denkst du?* Antwort: *Ich denke gar nichts.*
3. Feststellung: *Die Fanny ist sehr attraktiv, das muss man ihr schon zugestehen.* Antwort/Zweitmeinung: *Ich finde es aber bedenklich, dass sie mit ihrer Art sich zu kleiden das Weibchenklischee derart bedient.* Frage: *Dieser Satz stammt jetzt aber nicht von dir, gell? Ist der vielleicht aus der Emma?* Antwort: **kicher**
4. Entschluss: *Bei der nächsten Wahl wähle ich dann die Blauen und ungültig noch dazu!* Antwort: *Tu, was du nicht lassen kannst, Hauptsache du gehst überhaupt einmal hin.*
5. Feststellung: *Madame Zizibe schaut schmal aus.* Antwort/Diagnose: *Sie ist unglücklich in ihrer Beziehung.* Frage: *Wieso denn das?* Antwort: *Fehlbesetzung!*

Und schließlich noch eine Vermutung, über die du dich bitte auch nicht aufregst, nämlich: *Das zweite Kind vom Eisenfresser ist Bettnässer.* Antwort und ebenfalls Vermutung: *Angeblich ist es ja gar nicht von ihm.* « Verena möchte empört protestieren, sie hält sich aber zurück »Dazwischen gab es dann nur noch Ausborgen von allem Möglichen, zweimal »Klorollen unten hindurch reichen« in parallelen Kabinen, den mündlichen Austausch eines Liptauer Rezeptes zwischen Rosa und Tünde (ebenfalls in parallelen Kabinen), sowie die mehrmalige Feststellung, dass der Sargschmuck besonders schön war.« »Wahnsinn! Aber wer bitte ist Madame Zizibe?« »Na DU!«

»Jadéite ist wieder zurück aus Frankreich, « erwähnt Verena etwas später (nachdem sie sich von der Überraschung über ihren Beinamen erholt hat) »allerdings nur um nun endgültig ihre Koffer zu packen.« »Wie geht es ihr?« »Sie hat sich verändert, bzw. sie beginnt gerade damit. Es ist nicht der plötzliche Tod einer Tante, der ihr so zu schaffen macht, sondern dieses Ereignis war nur ein weiterer Impuls, ihr ganzes bisheriges Leben neu zu überdenken.« »Hm. Ich kann ihr das gut nachfühlen, bei mir war das damals auch so, nach dem Tod meines Bruders.« »Magst du es mir erzählen?« »Schon, wenn wir einmal mehr Zeit haben.« »Was ist – möchtest du mit mir ein Wochenende ohne Strom verbringen?« Max schmunzelt »Ohne Strom? Klingt interessant. Wasser gibt es aber schon?« Verena nimmt seine Hände, die am Küchentisch aufliegen und dreht sie sanft um, Handflächen nach außen. »Ja«, meint sie »Wasser gibt es schon dort, WC, Dusche, aber sonst ist es wie früher auf der Alm.« Ihr Zeigefinger-Milttelfingermännchen spaziert jetzt in seiner rechten Handfläche herum. »Offener Kamin und Holzofen ...« flüstert sie und schaut ihn dabei nicht an, sondern betrachtet eingehend die Linien in seinen großen Handflächen. »Jadéite hat mir vorgeschlagen, ein paar freie Tage zu genießen solange, sie noch da ist. Wer weiß, wann ich wieder jemanden für den Shop bekomme. Ich denke sie hat recht und ich sollte mir einen Panoramablick auf den Großen Buchstein gönnen ...« »... und Betten mit Hirschfellen?« das Männchen bleibt abrupt stehen und Verena schaut verdutzt auf »Wie kommst du denn auf Hirschfelle? Schlafsäcke!« Max: L und Verena lacht, man sieht ihr 0,5 mm schmales Diastema zwischen den oberen Schneidezähnen, von dem ein besonderer Reiz ausgeht. Noch dazu, wenn sie, so wie jetzt, mit leicht offenem Mund ganz verträumt in die Luft schaut – dass man den schönen, weichen

Zobelpelz vielleicht auch zu einer Decke umarbeiten könnte, ist Verena nämlich soeben eingefallen. Dass ihre Zähne glänzen, wie die Schalen von konservierten chinesischen Enteneiern, fällt Max dabei auf. Viele Menschen finden ihren eigenen Zahnspalt eher unästhetisch, als dass sie auf die Idee kämen, dass andere Menschen darin, ähnlich wie in Muttermalen, etwas ganz Unverwechselbares und Zauberhaftes erblicken könnten.

Deine Zähne sind wie eine Herde von Mutterschafen, die aus der Schwemme steigen. Jeder Zahn hat sein Gegenstück, keinem fehlt es.
Hld 6,6

Das Männchen setzt sich wieder in Bewegung und stapft jetzt in die linke Handfläche hinüber. »Aber vielleicht wird mir ja kalt oben auf der Alm, dann muss ich natürlich in deinen Schlafsack kriechen.« Max: J.

»Leistung, Leistung, Leistung, Überwindung, Selbstdisziplin! Das war das ganze Jahr über die Handlungsmaxime meines Vaters.« Erzählt Max Verena nach einer langen schönen Bergtour hier oben in der kleinen Gesäusehütte, während das Feuer im Kamin prasselt. Ihm habe es schon als Kind wenig ausgemacht, bei jeder Witterung in der Natur unterwegs zu sein, doch sein älterer Bruder, Moritz, der sei ganz anders gestrickt gewesen. »Der Schnee tut weh, die Kälte ist so schmerzlich.« Hätte dieser behauptet und jede Menge Häme vom Vater dafür erhalten. Diesen »Empfindlichkeiten« seines Ältesten, wie er es nannte, versuchte der Vater mit Abhärtung zu begegnen. Jogging bei schlechtem Wetter mit Gewichten an den Beinen war regelmäßig angesagt. Die Proteste der Mutter fielen etwas lahm aus, denn sie wollte nicht, dass andauernd gestritten wird. Später dann hat sie sich das nie mehr verziehen … Regelmäßig geweint hätte der um vier Jahre Ältere. »Magst ihn nicht auch einmal trösten?« hat die Mutter den

Vater gefragt. Ganz fuchsteufelswild sei der daraufhin nur geworden: »Ja sonst noch was! Wer hat mich je getröstet?«

♪ ♫ ... *ti vorrei consolare ...*

Der Moritz solle nicht so ein Theater machen. Dass sein Bruder wohl schon damals eine lebensbedrohliche Depression gehabt hat, war Max erst viel später klar geworden. »Was ist passiert mit deinem Bruder?« fragt Verena ganz leise – sie spürt bereits deutlich, dass da jetzt kein gutes Ende kommt. »Er war beim Bundesheer und auf Wache. Er war total verzweifelt und unglücklich dort. Angeblich hat er mit seiner Waffe unsachgemäß hantiert, wahrscheinlich hat er sich erschossen.« Verena streichelt Max langsam und ganz vorsichtig übers Haar. Sie schweigen lange und dann zeigt er ihr ein Bild von seinem Bruder – ein schmaler junger Mann mit dunklen Locken, der schüchtern lächelt.

Seine Locken sind Rispen, rabenschwarz. Seine Augen sind wie Tauben an Wasserbächen.
Hld 5,11-12

Ein Freunschaftsbändchen mit winzigen polierten Silberkugeln ziert sein schmales Handgelenk. Dieses Armband kennt sie, den jungen Mann auch. »Aber ... aber das ist doch der Moritz, der Freund vom Herb!« »Ja«, meint Max, »das war er.«

»Ich bin der Moritz!« stellt sich 1982 im Wartezimmer eines Hautarztes der andere anwesende Sechsjährige dem gleichaltrigen Herbert Rosenmüller artig vor. Beide sind sie mit ihren Müttern hier und wegen erblich überempfindlicher Haut in Behandlung. Später nennt das die Ärztin auch einmal Ekzem und ein Kollege diagnostiziert Neurodermitis, aber das tut nichts zur Sache. Auch, dass Helene unter Verwendung des Namens *Jesus* als Ausdruck des Erstaunens mitfühlend »Jössas na, ihner Bub ist ja auch so ein Krischpindl (mageres Geschöpf) wie der meinige!« zur Moritzmutter sagt und diese damit beleidigt, tut nichts zur Sache. Es entwickelt sich eine tiefe Freundschaft zwischen Herbert und Moritz. Sie werden schließlich sogar zu Blutsbrüdern, wobei sich ihr Hautbefund erstmals als ein Vorteil erweist, da sie sich nicht erst ritzen müssen. Praktischerweise hat jeder der beiden angehenden Blutsbrüder schon ein paar offene blutige Stellen vorzuweisen.

♪ ♫ ... *I've got your love in my veins ...*

Um die Blutsbruderschaft zu besiegeln, teilen sie sich eine Flasche Bier unten am Bach und sie gestalten zusätzlich zwei streng geheime laminierte Blutsbrüder-Identity-Cards mit Passfoto. Auf diesen befindet sich als Adresse eine fiktive *Ultra Lane*, benannt nach der Salbe Ultralan (entzündungshemmend, zugelassen seit 1968, Intendis Austria Handels GmbH®), die den beiden seinerzeit vom Hautarzt verschrieben wurde. In der Ultra Lane, die sie sich nicht als Gasse, sondern mehr wie das stille Tal aus der Gösser® Bierwerbung (die TV Spots von 1989 etwa) denken, leben in der Vorstellung von Moritz und Herb dann irgendwann einmal alle Leute, die ihnen ähnlich sind – vorerst aber nur sie beide.

Herbert Rosenmüller und zwei Freunde haben sich wieder einmal bei ihrem Dienstgeber (einer Musikalienhandlung) krank gemeldet und sind zum SHAPE-4 Festival aufgebrochen.

Man muss sehr viel live auftreten, vielleicht vor dreißig oder fünfzig Leuten, in Wohnwagen übernachten und Wohnungen mit zahlreichen Personen teilen, die sich womöglich nicht regelmäßig waschen. Diese Mühen scheut man aber nicht, denn das einzige, was zählt, ist Musik ...
Daniel Nettle (Personality/Persönlichkeit, Anaconda Verlag 2008)

Die Jungs sollen diesmal als Vorband für GEIERWALL-Y11 spielen. Da sie auf Plakaten mit angekündigt werden und ihr Chef daher Verdacht schöpfen könnte, legt Herbie sich spontan einen anderen Künstlernamen zu. So bekannt sind sie zwar eh nicht, dieses Festival mitten in der Waldviertler Botanik ja auch nicht und GEIERWALL-Y11 noch nicht – aber bittschön Sie beabsichtigen, dem Publikum dort einmal richtig einzuheizen und Herbie ist dann bereits vor Ort, als der marode VW®Bus (what else?) mit den Instrumenten und restlichen Bandmitgliedern am Tag 1 völlig entkräftet auf der Autobahn liegen bleibt. Kurz entschlossen setzt sich Herb, als Alternative zu *Gar-nichts-machen*, alleine auf die Bühne und spielt und singt ein Lied, das er vor Jahren für seinen +Freund Moritz komponiert hat.

♪ ♫ *Do you know him ... Moritz of the Ultra Lane?*
He liked the stars and the rain,
some people think he was insane,
as shades and darkness caused him pain.
Pictures of terror made him weep,
in narrow rooms he couldn't sleep ...

Den GW-Jungs gefällt es und sie beginnen ihn einschleichend instrumental Strophe für Strophe zu begleiten. Dass er mit diesem Lied und unter dem Namen Ozzy Weinreb dann innerhalb eines Monats die Charts stürmen würde, hätte Herb sich im Traum nicht gedacht.

♪ ♫ *... and I still can hear his silver whistle blowing in my ear. His name was Moritz, and he was living in the Ultra Lane*

Später, als Verena etwas eingedöst ist, entdeckt Max eine kleine senkrechte Hautfalte auf ihrer Stirn zwischen den schönen dunklen Brauenbögen und er streicht diese sanft mit seiner Mittelfingerkuppe glatt. »Wo bist du denn gerade?« flüstert er ihr dabei ins Ohr. Sie lächelt verschlafen: »Ich bin doch da ...« und dreht ihm das Gesicht zu. »Schwildlerin! Während du so halb schläfst und halb grübelst, bist du eben nicht da. Nur wenn du nicht denkst, bist du anwesend.« Er hat ihn auch, diesen samtenen Tonfall der liebenswürdigen Wiener. Verena streckt ihm bei geschlossenen Lidern kurz die Zungenspitze heraus. »Anwesend, bittesehr!« Sie liegt jetzt ganz flach auf dem Rücken, als würde sie von seinem Finger durch die Stirn hindurch am Bett fixiert. »Moment, was ist das denn?« irritiert fährt er noch einmal über eine Stelle oberhalb ihrer Augen. »Stoppeln? Du epilierst deine Augenbrauen ...?« sie errötet, klatscht ihm deshalb heftig die Hand weg und setzt sich auf. »Ja, weil sie sonst in der Mitte zusammenwachsen, ich bin nämlich ein Werwolf, kapischo? Eine sehr spezielle Kreatur, musst du wissen!« Sie hüpft in die Höhe und verschwindet in der Dusche. Er lacht und denkt bei sich: »Du weißt ja gar nicht, wie recht du hast ...«

Duftendes Almfrühstück mit einer Nebelbrücke im Blickfeld – ein weites Meer aus lachsrosa Wolken hat sich über das Tal und bis zu den gegenüberliegenden Hängen gebreitet. Weich sieht es aus, wie Watte oder der Plüsch an Verenas Decke. Sie umfasst ihr Emailhäferl mit beiden Händen und starrt Max durch den Teedampf hindurch an – Verena ist um Fassung bemüht. Darum, sich nichts anmerken zu lassen von dem, was ihr soeben durch den Kopf geht. Ihr gegenüber sitzt nämlich zweifelsohne ein Verrückter – und noch dazu angesteckt von ihrem eigenen Bruder, dem familiären Quotenfreak! Fast hätte sie gestern mit ihm ... na ja, dazu ist es wandermüdigkeitshalber dann doch nicht mehr gekommen und das ist auch gut so! Ein offensichtlich geistesgestörter dritter Beinahe-Freund hätte ihr jetzt gerade noch gefehlt nach dem Korbinian-Frust und dem Charlie-Reinfall ...

... dass der Christus leiden müsse und dass er, als erster von den Toten auferstanden, dem Volk und den Heiden ein Licht verkünden werde. Als

er sich mit diesen Worten verteidigte, rief Festus laut: Du bist verrückt, Paulus! Das viele Studieren in den (heiligen) Schriften treibt dich zum Wahnsinn. Paulus erwiderte: Ich bin nicht verrückt, erlauchter Festus; was ich sage, ist wahr und vernünftig. Apg 26,23-25

Er tut ihr ja durchaus leid mit dem tragischen Verlustes seines Bruders. Sie ist auch total verliebt in ihn und alles fühlt sich so richtig an! Was er allerdings da von sich gibt, es klingt schon sehr sonderbar. Seine Behauptung, dass sowohl Moritz und Herb, in gewisser Weise auch Elisabetta und schließlich ihre Person nicht einfach nur sehr sensible Menschen seien, die von vielen in die Kategorie *wenig lebenstüchtig* eingestuft werden, sondern zudem eine Laune der Natur, eine eigene Gruppe mit ganz spezifischen Eigenschaften darstellen sollen, das klingt schon seltsam. Nach allem, was sie herausgehört hat, wäre diese Spezies (!) irgendwo zwischen Werwolf (aufgrund verstärkter und verschärfter Sinneswahrnehmung) und Trisomie 21 (aufgrund von Verenas Erfahrungen mit Cosi, die immer so viel Liebe zurück gibt, nicht nachtragend und sehr sehr harmoniebedürftig ist) angesiedelt. »Es ist in fast allen Fällen bereits ab der Geburt feststellbar. Man vermutet auch, dass es vererbt wird.« Erklärt Max ihr soeben völlig überzeugt. Der Verrückte hat sogar einen Fragebogen mit, um ihr seine Theorie zu beweisen, aber dieser enthält fürs Erste nur Allerwelts-Ja-Nein-Fragen …

- *Ich wünsche mir oft, meinen Partner ändern zu können*
- *Lärm ist mir unangenehm*
- *Ich bin gewissenhaft*
- *Ich bin sehr schmerzempfindlich*

… wird dann allerdings immer spezieller und Verena beginnt sich zu wundern …

- *Ich bemerke scheinbar mehr Feinheiten in meinem Umfeld als die meisten Menschen*
- *Offenbar habe ich eine feine Wahrnehmung für Unterschwelliges in meiner Umwelt*
- *Ich reagiere besonders stark auf Koffein*
- *Ich fürchte, kritisiert und attackiert zu werden*
- *Ich werde leicht überwältigt von Reizen wie grellem Licht, starken Gerüchen, rauer Kleidung oder Sirenengeräusch in meiner Nähe*
- *Ich träume oft bunt und intensiv*
- *Veränderungen in meinem Leben treffen mich sehr heftig*
- *Ich registriere und genieße feine Düfte, Geschmäcker, Klänge oder Kunstwerke*

… bis sie sich ganz eindeutig wiedererkennt bei folgenden Fragen:

- *Wenn ich sehr hungrig bin, beeinträchtigt das sehr stark meine Stimmung und Konzentration*
- *Ich bin schreckhaft*
- *Ich meide Filme und Fernsehsendungen mit Gewaltszenen*
- *Ich habe gelegentliche Phasen von »Weltschmerz«, wo mich gewohnte oder scheinbar banale Tatsachen sehr traurig stimmen*
- *Manchmal liegen meine Nerven derart blank, dass ich nur noch alleine sein möchte*
- *Ich scheine eher naiv zu sein, nehme Scherze von Freunden für bare Münze, etc.*
- *Ich habe das Gefühl, auf die Einnahme/Anwendung von Arzneimitteln besonders empfindlich zu reagieren*
- *Starke Sinneseindrücke überwältigen mich leicht*
- *Wenn ich mit anderen konkurriere oder bei Tätigkeiten beobachtet werde, macht mich das so nervös/unsicher, dass ich schlechter abschneide, als ich eigentlich bin*

- *Als Kind wurde ich von meinen Eltern und Lehrern als sensibel oder schüchtern bezeichnet*

»Du bist eine von denen, das habe ich schon immer gewusst!« stellt Max nach Auswertung seiner Zettel fest. »Eine was? Fledermausvampir, Alien?« »Eine HSP, eine Hochsensible, wie ca. 15 bis 20% der Gesamtbevölkerung. Hätte Moritz doch bloß gewusst, dass er einfach nur eine HSP ist, er könnte vielleicht noch leben! Deinem Bruder Herbert ist jedenfalls ein Stein vom Herzen gefallen, als er das alles entdeckt hat. Er wusste endlich, dass mit und an ihm nichts falsch ist. Das hat er als eine unglaubliche Befreiung erlebt.« Hochsensible Tiere, Pferde und Hunde (häufig der Golden Retriever) gäbe es auch, meint Max.

Erst kürzlich hat Verena von sensibel reagierenden Tieren gehört, die zwar nicht unbedingt selbst überempfindlich sind, aber sehr sensibel auf Umeltveränderungen reagieren und zwar mit Aussterben! »Meine größten Sorgenkinder sind die Spezialisten unter ihnen.« Erklärt Peter ihr unlängst bei einer Wanderung im Gebirge und gemeint waren dabei die Schmetterlinge Hier oben gibt es überall Baumbart als Zeichen für einen gesunden Wald und die Stämme der Birken leuchten auch noch richtig weiß. »Schmetterlinge haben sehr spezielle Ansprüche an ihre Umwelt, sie brauchen in ihrem Entwicklungszyklen ganz unterschiedliche Biotopelemente: Kleine Felsen für ihre Balz und danach ganz spezifische Pflanzen zur Eiablage. Ihre Raupen bevorzugen wiederum andere Pflanzen und die erwachsenen Falter brauchen erneut andere Lebensräume zur Nahrungssuche; natürliche Auen oder beweidete Magerrasen …« Peter macht ein besorgtes Gesicht, »diese Schmetterlinge sind wertvolle Zeigerarten für intakte Komplexlebensräume und genau das macht ihren Schutz auch so schwierig – es gibt eben immer weniger intakte Komplexlebensräume!« seufzt der Festmeter.

»Was ist los Massimo, brauchst du Geld?« Max seufzt; er hat einen sehr großen Kredit für den Küchenumbau aufgenommen. Was hätten wohl seine schwäbischen Vorfahren dazu gesagt? Leben im Vorgriff, Wünsche erfüllen, die man nicht bezahlen kann – das hätten die alle gar nicht so gut gefunden. Antonio legt ihm die Hand auf den Rücken: »Meine Familie, also ... ich denke wir könnten dir helfen. Ich habe nämlich eine große Familie, Massimo.« »Ich habe auch eine große Familie, danke mein Freund.« »Ach ja? Wo hast du die denn bitte, da muss meinem Occis aber etwas entgangen sein?« »Gedulde dich nur ein wenig. Bald habe ich sie ... bald ...«

Siehe, ich komme bald und mit mir bringe ich den Lohn und ich werde jedem geben, was seinem Werk entspricht
Offb 22,12

Ein Kumulus sitzt oben auf dem Admonter Kaibling. Geformt wie eine Rauchwolke lässt er den Berg vulkanähnlich aussehen. »Um die Greifvögel mache ich mir auch Sorgen«, meint Cousin Peter beim gemeinsamen Wandern zwischen Federnelken und Hornkraut zu Cousine Verena, die eben einen Alpen-Apollo bewundert. »Biozide wie DDT, HCB und PCBs bewirken Funktionsstörungen ihrer lebenswichtigen Organe und damit des Kalkstoffwechsels. Viele Gelege der Greifer enthalten dünnschalige, zerbrechliche Eier. Außerdem beeinflussen die Umweltgifte ihre Sexualhormone; Balz und Brutpflegeverhalten wird empfindlich gestört ... da schau! Ein Steinadler! «

♪ ♫ ... *love lifts us up where we belong ...*

Luna, die sie auf ihrer Wanderung begleitet, gibt kurz Laut. Das empfindliche Geruchsorgan der Bayerischen Gebirgsschweißhündin kann eine Fährte sogar noch nach einem Tag wahrnehmen!

Max und Verena stehen vor der Auslage eines Hafners in der Wiener Innenstadt. »Was war damals in dem Kuvert, das du meinem Bruder bei Papas Begräbnis gegeben hast?« will sie wissen, »Gedichte von Moritz, die meine Mama noch aufbewahrt hatte. Herb macht Songtexte daraus ...«

Ozzy Weinrebs Selbstbewusstsein ist seinerzeit durch das Erkennen seiner Hochsensibilität enorm gewachsen. Den Stress mit der Berühmtheit kann er nun auch gut bewältigen, tritt etwa ganz bewusst noch immer in kleinen Kammersälen und nicht in großen Stadien auf. Zuvor hatte er, wie viele HSPs, nur die negativen Seiten seiner Sensibilität sehen können: Zu schüchtern, zu ruhig, garniert mit der Botschaft: *Du wirst dich niemals durchsetzen in dieser Welt.*

Verena schmiegt sich an Max und sagt: »Danke, dass du mich so hartnäckig gesucht hast. Es war ein Glück, dass du mir diese HSP-Zusammenhänge eröffnet hast; ganz besonders hilft es mir, Erfahrungen aus der Vergangenheit mit dem Wissen um meine Veranlagung jetzt neu zu bewerten.« »Ich wollte dich ja nur informieren und beschützen, weil mir klar geworden ist, dass du in einer Reihe mit Herb und Moritz stehst. Dabei habe ich mich versehentlich in dich verliebt! Je mehr ich über dich erfahren habe, desto näher bin ich dir gerückt – es war nicht geplant!« sie lacht laut und froh, wie so oft in letzter Zeit. »Danke für die aimless love und auch für diese Rose da.« *»Die Rose der Rose,* bitte gerne!« jetzt lacht Max ebenfalls laut, »Das hat mein Vater oft gesagt – es war der einzige romantische Satz, den ich je von ihm gehört habe – hätte nie gedacht, dass ich meinen alten Herrn einmal zitiere!« Verena berührt die Auslagenscheibe mit dem preiselbeerroten Blütenkelch. »Ich mag diese schlanken säulenförmigen Öfen, weiß und gerillt – die sehen aus, als hätten sie einen Zuckerdosendeckel oben drauf. Wie die Kreuzung einer Hochzeitstorte mit einer Karlsbader Kaffeemaschine und einer kleinen griechischen Kirche. Oder diese Öfen mit flaschengrünen nach innen gewölbten Kacheln, die mag ich auch! So einer ist bei der Zeiler-Großmutter in der Stube gestanden.«

In einiger Entfernung von ihnen überquert eine große Dame um die Fünfzig mit wallendem schneeweißem Haar soeben den Zebrastreifen und umarmt auf der anderen Straßenseite innig einen kleinen alten Herrn in innerstädtischer Seniorentracht (meist ein Herrenmantel in Beige oder Grau, dazu die Schirmkappe aus Tweed- oder Karostoff, fakultativer Regenschirm). Eng umschlungen wandern die beiden dann in Richtung Innenstadt. Max lächelt, legt den Arm um Verena und zieht sie fester an sich: »Ich kenne solche Öfen auch umgekehrt, mit grünen, allerdings konvexen einzelnen Kacheln, die dann wie Beulen oben auf der weißen Kuppel sitzen. Meine Oma mütterlicherseits hat übrigens erzählt, dass sie in Russland abends auf den riesigen Stubenofen geklettert sind, um dort zu schlafen. Das stelle ich mir sehr behaglich vor.« »Behaglich war ihr Leben aber sicher nicht, eher beschwerlich, hm?« Er macht ein eigenartiges Gesicht. »Ihr Leben war insgesamt, nach allem was ich von ihr weiß, beschwerlich und grausam, aber gleichzeitig intensiv und voller Schönheit. Der Moment, wo meine Katjuscha-Oma sich auf den noch warmen Ofen legte und müde einschlief, er wird wohl auch glücklich gewesen sein.« Sie biegen von der Mondscheingasse jetzt in die Siebensterngasse ein.

Die Sterne auf dem Mantel der Jungfrau von Guadalupe sind exakt in der Konstellation des Sternenhimmels über Mexiko-Stadt vom 12. 12. 1531 angeordnet, dem Erscheinungstag

Es geht schon gegen Abend zu, im Jahr 1935 auf einer einsamen Dorfstraße in der Molotschna [5]. Die Zwölfjährige geht an der Hand ihres Vaters Johann Abrams schon lange schweigend durch die Dämmerung. Katharina hat den Abendstern dort oben am Firmament entdeckt und blickt immer wieder zu ihm empor. Es grenzt an ein Wunder, dass sie den Vater heute nicht einbehalten haben – er durfte tatsächlich gehen, unbehelligt! Weit vorne glänzt schon der heimatliche Dachfirst im späten Abendlicht. Schlechte Zeiten sind das. 1932 wurden die

Kirchen geschlossen und 1930-1933 drei Entkulakisierungen durch-
geführt, wobei viele Familien in der Umgebung ihr Hab und Gut
und die Geistlichen das Wahlrecht verloren haben. »Was macht dich
denn so sicher, dass es deinen Gott gibt, hä?« war der Vater vor der
ganzen Versammlung heute gefragt worden. »Ihr seid das.« »Was soll
das heißen, Alter?« »Niemand kämpft derart verbittert gegen etwas,
das es doch gar nicht gibt.« Das Siebengestirn der *Plejaden* ist schon
links vom Abendstern zu sehen.

Er bestimmt die Zahl der Sterne und ruft sie alle mit Namen
   Ps 147,4

Max, sieben Jahre, sitzt neben seiner Oma und blickt aufmerksam in
einen Kinderatlas, wo er soeben mit dem Zeigefinger den Weg der
Oma aus Russland bis hierher gefolgt ist – das ist ganz schön weit,
sogar für einen Finger! »Warum habt ihr von dort weg müssen?« »Die
Geschichte hat das gemacht, sie hat uns erst in das Land hinein gespült
und dann wieder heraus.« »Die Geschichte ist wie Ebbe und Flut?«
»Ja … Maxl.« sanft streicht die alte Frau mit ihren Händen, an deren
Fingergelenken arthritische Knoten sitzen, über seinen Kopf. »Oder
wie ein Rad, das man nicht zurückdrehen kann, nur manchmal bleibt
es stecken. Manchmal zerbricht es auch, wie das Folterinstrument der
Heiligen Katharina.« »Deine Namenspatronin?« »Ja, aber wir hatten
überhaupt sehr viele Katharinas damals in der Molotschna. Sie waren
benannt nach der Zarin Jekaterina Alexejewna, die unsere Vorfahren
ins Land geholt hat [6].« Max gähnt. »Jetzt bin ich schon groß und ein
Schüler …« meint er, »da brauch ich kein Schlaflied mehr, aber vielleicht singst du es mir heute doch wieder vor? Einmal noch.« Und seine
Oma singt für ihn mit brüchiger Stimme das Kosakenwiegenlied ♪ ♫:

♪ ♫ *Spi mladyenets, moi prekrasný, bayushki bayu,*
tikho smotrit myesyats yasný f kolýbyel tvayu.

Schlaf, mein Bub, mein schöner, bajuschki baju,
still schaut der klare Mond in deine Wiege.

»Mit ziemlicher Sicherheit ist die Siebensterngasse der höchste Hügel der Stadt«, erwähnt Max soeben, »was allerdings kaum bekannt ist. Noch dazu liegt sie – ganz passend – im Siebenten.« »Apropos! Was macht dich denn gar so sehr zum Margarethen-Aficionado?« fragt Verena, während sie weitergehen. »Die Nahversorgung ist OK, die vielen kleinen Geschäfte – in der 5-er City kannst mitten in der Stadt fast ländlich leben. Wenn du in einem dieser wunderbaren Innenhöfe sitzt, ist der Straßenlärm völlig weg – wie abgeschnitten, gerade einmal zehn Minuten vom Karlsplatz entfernt.« Eine bunte Schar von Jugendlichen, offenbar auf Wienwoche, stolpert gerade vorüber. Leichte Ermüdungserscheinungen machen sich unüberhörbar bemerkbar: »Maa geh … Frau Fessor! Müssen wir jetzt da wieder zurücklatschen?« Ihre noch frische Begleitperson fragt mit ungerührter Begeisterung ins angezipfte Schülerkonglomerat hinein: »Wollt ihr jetzt Ammoniten streicheln im »Naturhistorischen« (Museum) gleich da vorne, oder lieber Walzerwürfeln im Haus der Musik? Das wäre dann allerdings noch ein Stück weiter …« »Lieber Kaffeehaus!« »Können wir in den Prater Frau Fessor?« »Wann fahren wir endlich zum Zentralfriedhof hinaus das Grab vom Jim Morrison anschauen, wie versprochen?« wildes Gekicher »Spinnst jetzt, Farkas – das ist doch in Paris!« ruft man ihm zu »Ach so! Dann war das damals also eine Französischstunde …« sie entschwinden kichernd aus dem Hörfeld. Schüler Farkas ahnt noch nicht, dass er zeitlebens auf Maturatreffen mit diesem Satz begrüßt werden wird. Das Paar schlendert weiter den Gehsteig entlang und Max nimmt auf einmal Verenas Hand wie zum Handkuss. Verena: »Die Frau vorhin, die mit den weißen Haaren, hast du sie bemerkt? Ich hätte schwören können, dass das K.B. Nicholson war …« Er küsst statt einer Antwort ganz sanft ihre Hand, fasst in seine Jackentasche und steckt ihr einen Ring mit einem klaren funkelnden Stein an den

Finger. «*wow!* so ein hübscher Silberring!« »Weißgold.« »Aha, hm. Mit Zirkonia?« »Naa, mit Diamant. «

♪ ♫ ... *diamonds, roses, I need Moses ...*

Er lebe und Gold von Saba soll man ihm geben! Man soll für ihn allezeit beten, stets für ihn Segen erflehen.
   Ps 72,15

Verena wundert sich, dann fragt sie weiter: »Aus dem Pfandl (das Dorotheum, eine Pfandleihanstalt)?« er schüttelt den Kopf. »Aber mein Geburtstag ist doch erst in einem Monat.« Max freut sich – sie ahnt offenbar nichts, das macht es umso spannender! »Nix Pfandl, Verena, Tuchlauben! Oder glaubst du ich kauf' bei der Tante Dorothea ein (ebenfalls das Dorotheum), wenn ich meiner Freundin einen Heiratsantrag machen will? Also: Verena Amalie Rosenmüller, willst du meine ...« Pause. Dann Küssen. Dann ganz langes In-die-Augen-Schauen. Wieder Pause. Dann ganz langsames Über-den-höchsten-Hügel-der-Stadt-schlendern ... »Jetzt sind wir einander versprochen, wie meine Oma es ausgedrückt hätte.« flüstert er endlich und lächelt dabei. »denn du hast mein Wort und ich habe das deine – das verpflichtet!« Verena erwidert das Lächeln, es fühlt sich gut und richtig an, dem Max verpflichtet zu sein – keinerlei Bauchweh bemerkbar!

Irgendwann beim Großvater unten ...

... in seiner Werkstatt
»Pfarrer Riesling ist manchmal total arrogant, unfreundlich und Drago hat gesagt, dass er trinkt. Was soll man von so einem Priester halten?« Seit Drago selbst trocken ist, hat er diesen ganz speziellen Blick des Erkennens: Er erkennt seine Leidensgenossen mit hoher Trefferwahrscheinlichkeit, sieht das Alkoholproblem am Gegenüber, noch bevor es deutlich zu erkennen ist – noch bevor der Betroffene selbst etwas ahnt. Klar sichtbar

steht es Drago vor Augen, wie Kili der tätowierte Koranvers auf der Brust von Alkans Bruder, den er neulich bestaunte. Großvater reinigt soeben seine Rundfeile mit einer speziellen Feilenbürste. »Das ist bedauerlich, Kilian, zweifellos. Aber wenn dein Mathelehrer sich privat etwa ständig beim Wechselgeld verrechnet, setzt das deshalb auch nicht den Satz des Pythagoras außer Kraft. Ebenso wenig setzen die Sünder innerhalb der Kirche, auch nicht die sündigen Priester, das Evangelium außer Kraft. Allerdings fügen sie dem Bild der Kirche sehr großen Schaden zu, das ist das Schlimme.« Großvater prüft, ob der Feilengriff fest auf der Angel sitzt und nimmt dann die Dreikantfeile, bevor er weiterspricht: »Ihre eigene Verkündigung verliert an Glaubwürdigkeit, doch wir bleiben trotzdem dem Wort verpflichtet, Kili. Dass ihr Überbringer garstige Wimmerln hat, stört vielleicht sehr, ändert die Wahrheit aber nicht. Der Botschaft und nicht dem Überbringer sind wir verpflichtet – unserem Herrn Jesus Christus und nicht dem Pfarrer Riesling, der offenbar Probleme damit hat, glaubwürdig Medium des Heiligen Geistes zu sein, sind wir verpflichtet. Den Auftrag, glaubhaft Zeugnis für die Wahrheit abzulegen, haben wir aber sowieso alle.«

Du rühmst dich des Gesetzes, entehrst aber Gott durch Übertreten des Gesetzes. Denn in der Schrift steht: Euretwegen wird unter den Heiden der Name Gottes gelästert
Röm 2,23-24

»Wir haben uns festgelegt – richtig mutig!« Kann das gutgehen? Was, wenn die Beziehung in die Rossbreiten kommt samt Dopamin- und Serotoninspiegel? Was bei Entfremdung? Wird die Liebe sie zusammenhalten wie Maizena® eine Frühlingsrolle? »Schau!« Max zeigt auf ein Werbeplakat (Smart Fortwo®) und lacht. *REDUCE TO THE MAX* steht da. »Haben schon gewählt?« wird man im Demel gefragt und muss sich festlegen, um zu erhalten. »Naa, i kraz' lieber überall nur a bisserl an der Glasur …« ist definitiv eine ungültige Antwort dort. Er und Verena haben den Kreisverkehr der immer offenen Beziehungsoptionen verlassen und dafür gemeinsam eine ganz bestimmte Richtung eingeschlagen. Zugunsten des Weiterkommens an ein konkretes Ziel hat man eine bunte Vielfalt an Wahlmöglichkeiten hinter sich gelassen. Mancher mag da gar nie hinausfahren und dreht ewig seine Runden, bis aus dem Kreisverkehr dann ein Greisverkehr wird. »Was ist Glück für dich?« fragt Verena ihn nun und Max überlegt kurz. »Eine Grazer Schauspielerin hat es einmal so ausgedrückt: Glück ist, wenn man den lieben Gott spürt – dem kann ich mich anschließen. Weil immer dann, wenn ich jemanden lieben kann, spüre ich Gott und dann freut *sich mein Herz*. Das allein macht mich glücklich …«

Daran werden alle erkennen, dass ihr meine Jünger seid: wenn ihr einander liebt.
Joh 13,35

»… aber jetzt komm, Verena, ein Tisch ist reserviert für uns zwei …«
»Aha … wohl wieder im Holunderstrauch, gell?« »Nein, im Schick am Parkring diesmal.« Erneutes *wow!*

Ein (im Gegensatz zu ihren Gefühlen füreinander) nicht mehr ganz taufrisches Pärchen, das Verena vorhin in der City aufgefallen ist, schlendert soeben in Gruppe 40 auf dem Zentralfriedhof herum, bis es bei Nr. 45, dem Grab des Bildhauers Siegfried Charoux, angelangt ist. »Jö schau«, meint der alte Herr, »jemand hat ihm einen Rosenkranz um den Hals gehängt, « er überlegt kurz, »oder ist das vielleicht ein Teil der Skulptur? Was meinst, Puppi?« Die um einige Zentimeter größere, hagere Dame, an der ein objektiver Beobachter wohl überhaupt nichts Puppihaftes entdecken könnte, antwortet: »Keine Ahnung Janosch, ich weiß es nicht.« »Wieso nicht, du bist schließlich eine Künstlerin, du spürst die Richtigkeiten!« »Ich habe trotzdem keine Ahnung. Ein Rosenkranz schadet aber niemanden, soviel steht fest.« Dem alten

Herrn ist es ein bisserl kalt, die Skulptur am Grab gefällt ihm nicht, da hat er schon lieber ein Kalenderblatt vom Waldmüller oder vom Spitzweg. Trotzdem verbeugt er sich in kurzer Anerkennung vor dem Meister, so wie er es auch bei Mahnmälern, Kriegerdenkmälern und im Gedanken vor Spitalsbetten, wie neulich etwa bei seinem alten Freund Pepperl, macht. Weil, *helfen kann ich zwar keinem mehr, aber der dort soll wissen, dass ich sein Leiden oder die Ungerechtigkeiten, die ihm widerfahren sind, sehr wohl erkenne. Ich solidarisiere mich mit ihm.* Seine Begleiterin, die soeben eine weiße Rose aufs Grab gelegt hat, meint nun in ungewohnt wehmütigem Tonfall: »1935, als er nach London emigriert ist und seine Skulpturen entfernt und eingeschmolzen wurden, hat er wohl nicht gedacht, hierzulande einmal ein Museum und ein Ehrengrab zu erhalten.« Janosch nickt. »Vielleicht bekommst du ja auch eines, Haselmaus, weil man dich hierzulande auch erst seit deinem Erfolg im Big Apple richtig zur Kenntnis nimmt. Da leg' ich mich dann einfach zu dir dazu, gell?«

♪ ♫ … *if I can make it there, I'll make it anywhere …*

Sie lacht laut und schallend, mitten am Friedhof *lol!* »Jetzt lach nicht, ich meine es ernst! Ich bin halt dann dein Prinzgemahl – das männliche Pendant zur Hofratswitwe.« Er fasst sie ganz zärtlich um die Hüften und führt sie sanft fort vom Meister, dessen *Jugend* aus Terrakotta nun in der Tate-Galerie steht. In Richtung geheiztes Gastzimmer mit Kaffee, Rotwein oder Gulasch führt er sie fort. »Schau, gleich neben den Pelargonien und Eisblumen vom Niedermoser liegt schon wieder einen Maler (Axl Leskoschek) und nach dem Federmann seiner *Schulkreide* (Janosch bezeichnet dessen Grabstein so), momenterl, momenterl … schauen wir einmal«, er drängt sie flott an den Gräbern entlang bis Nr. 38 (Hans Fabigan), »da schau her: Da ruht ja auch wieder ein Kollege von dir, bitte sehr! Küss di Hand auch und Grüße an die Frau Mama!« Er zieht sein Kapperl. »Unmöglich!« flüstern zwei andere Friedhofsbesucher einander zu, die das scherzende Pärchen beobachten und soeben wieder ein kräftiges lautes Auflachen der Frau vernehmen. »B'soffen auf dem Friedhof und das schon Vormittag!«

Diese Männer sind nicht betrunken, wie ihr meint; es ist ja erst die dritte Stunde am Morgen; sondern jetzt geschieht, was durch den Propheten Joël gesagt worden ist: In den letzten Tagen wird es geschehen, so spricht Gott: Ich werde von meinem Geist ausgießen über alles Fleisch. Apg 2,15-17

Ein Kühlfach ist die Stadt – Väterchen Frost hat die Nacht über mit riesigen Säbeln aus Eis gerasselt. Als Verena noch verschlafen die Balkontür öffnet, erscheint ihr die kalte Luft in der Dunkelheit draußen deutlich frischer und reiner als sonst, hell gewaschen und geputzt – der Schnee! Alles ist ruhig, weißer atemzarter Rauch haucht von irgendwo her etwas Bewegung ins Bild. Ein heller Streif zieht sich am Horizont dahin und lässt das Indigo jetzt langsam in die Honigfarbe schmelzender Butter übergehen. Hoch über den Dächern funkelt noch der Morgenstern wie ein ins Firmament gepiercter Diamant. Er grüßt den Ring, den sie immer noch am Finger hat – eingeschlafen ist sie gestern damit. Fröstelnd schließt Verena die Balkontüre wieder, bleibt dahinter stehen und blickt hinaus in die immer heller werdende Dämmerung bis die Sonne wie eine Schüssel aus Bauernsilber aufgeht.

Es gibt so wunderweiße Nächte, drin alle Dinge Silber sind ...
    ~~~ Rainer Maria Rilke ~~~

Kilian ist aus dem Bett gekrochen und schlurft nun tramhapert (verschlafen) in eine Tuchent eingewickelt herum. Gewohnheitsmäßig öffnet er sein Aussichts-Dachfenster und *schepperklirrrr!* Eine knusprige Scheibe aus Eiscellophan, in sich geschichtet wie Blattgelatine, bricht da draußen vom Fensterblech ab und sinkt in seufzender Hingabe in den tiefen weichen Dachschnee. In N. zieht Elisabetta soeben ein altes Leiterwagerl mit Buchenholz für die Kachelöfen über den Hof. Weihnachtsbesuche stehen unmittelbar bevor, bald werden die ersten eintreffen! Der frisch gefallene Schnee hat die Eye-catcher verlagert. Plötzlich sind die leeren abgeernteten Beete mit den paar dekorativen Pflanzenresten unsichtbar geworden, während die gestern noch unauffällig grauen, in ihrer Selbstverständlichkeit unsichtbaren Speichen eines im Hof umgefallenen Fahrrades durch den frisch gefallenen Schnee nun ganz klar hervortreten, jede einzelne von ihnen weißpudrig akzentuiert und verzaubert. Es geht schon auf Mittag zu und von der Wintersonne durchleuchtete Rauchpferde mit flauschigen Mähnen springen eines hinter dem anderen über Bergmanns beschneiten Dachfirst herüber.

Dein ist der Tag, dein auch die Nacht, hingestellt hast du Sonne und Mond. Du hast die Grenzen der Erde festgesetzt, hast Sommer und Winter geschaffen.
Ps 74,16-17

Unten in Großvaters Werkstatt glüht der kleine Ofen. Drago sticht eine perfekte Fischhaut – eine griffige Verzierung – ist einen Gewehrschaft. Im Geist fragt er dabei seinen +Schwiegervater: »Was meinst, Bertl – ist eine religiöse Kindheit nicht auch wie eine Fischhaut, damit das Schicksal gleich noch fester zugreifen mag?« er lauscht in die Stille hinein bis es leise aus den Winkeln antwortet: »Wohl eher wie die Züge und Felder im Lauf ... sie verpasst der Kugel einen stärkeren Drall.«

In der Christmette heuer trägt Pater Lenz eine prächtige römische Kasel mit Goldstickerei und Paillettenbesatz im floralen Design, die Kilian das *Bibliotheksmesskleid* nennt, weil es ihn in seiner Farbgebung so an das Weiß und Pastell der Stiftsbibliothek in Admont erinnert, wenn dort rosiges Winterlicht durch die Fenster fällt. »Vieles ist uns mit der Vernunft nicht zugänglich ...« sagt der Pater gerade am Ambo, »... trotzdem spüren wir, dass es eine Kraft gibt, die größer ist, als dass unsere Sinne sie erfassen könnten. Vieles davon, was wir in Worten vielleicht nicht sagen können, bringt die Musik zum Ausdruck.« Die Orgel setzt rauschend ein.

♪ ♫ »*Der Abglanz des Vaters, Herr der Herren alle, ist heute erschienen in unserm Fleisch: Gott ist geboren als ein Kind im Stalle, Kommt, lasset uns anbeten; Kommt, lasset uns anbeten; Kommt, lasset uns anbeten den König, den Herrn.*

Verena braucht nun auf der Fahrt nach N. keine Umwege mehr zu machen. Auf einer ihrer direkten Anreisen hat Kilian beschlossen, dass Regine nicht *schön wie ein Moldaukloster*, sondern eher *schön wie ein Donaukloster* ist. Beim Anblick der Kuppel und der Doppeltürme des monumentalen sonnenblonden Stiftes Melk, als er es erstmals oben im Morgenlicht über den Donauwellen erblickte, hat er das beschlossen. »Das Stift hat 500 Räume und 1365 Fenster. Momentan leben hier noch 33 Mönche.« Erklärt ihm die glückliche Verena beim Vorüberfahren.

7. Kapitel – die Hochzeit

Verena und Max heiraten im Jänner 2005 am Standesamt Wien Margarethen. Da zu der kirchlichen Trauung im Mai unmöglich alle Familienmitglieder in die Rocky Mountains fliegen konnten, hat das Paar eine obersteirische Westernstadt ausfindig gemacht – *Eagle's Rock* am Annaberg, Leoben. Sie wurde nach den Originalplänen, ganz so wie sie in Nevada tatsächlich einmal existiert hat, erbaut. Die kleine weiße Holzkirche dort erinnert Verena an die Kirche von Marble. Weiße Bastkörbe mit großblütigen rosafarbenen, weißen und blauvioletten Marienglockenblumen schmücken die umgebende Holzveranda, eine leicht verstaubte Wild-West-Großvater-Puppe, die normalerweise mit Karohemd und Vintage-Hosenträgern mit rindsledernen Patten dort auf einem Schaukelstuhl sitzt, durfte dankenswerterweise samt diesem Sitzmöbel inzwischen im Saloon nebenan geparkt werden. Das Verandageländer und der Kircheneingang sind auch noch mit weißen Tüllbändern verziert, ein zartlila Teppich führt über ein Treppchen bis auf die sandige Straße heraus.

Langsam füllt sich die kleine Kirche mit einer festlichen und frühlingsfroh gekleideten Schar. Kilian hält soeben Ausschau und entdeckt erfreut den Festmeter mit seinen drei Damen. Regines Mama, aka *die Gräfin*, hat ein melonenrotes Jerseykleid (vorne und hinten an der Empirenaht gesmokt) mit gewickeltem Ausschnitt an. Ihre Tasche und die Lack-Espadrilles sind grün wie amazonischer Wassersalat. Cosima trägt genau dasselbe Ensemble minus 3 Kleidergrößen. Regine in einem nudefarbenen weich fließenden Seidenkleid mit Plisseedetails, Steppnähten und zarten regulierbaren Trägern sorgt bei Kili sowohl für erhöhte Aufmerksamkeit, als auch für erhöhte Herzfrequenz.

Jadéite ist extra angereist. Sie war ja stets eine Augenweide und so auch heute im figurbetonten königsblauen Etuikleid mit Blockelementen an Saum- und Kragen. Wie sie jetzt so dasteht mit limettenfarbenen Slings am Ende ihrer Elfenbeine löst sie Nervosität beim Ex-Lover Pius aus. Dieser trägt ein dunkelgraues Sakko mit Nadelstreifen (einen Farbhalbton heller), ein weißes, gestreiftes Hemd und eine hellgraue Satinkrawatte. Manchmal fasst sich er an den Nickelbrillenrand, manchmal schiebt er Mittel- und Zeigefinger wie eine Zange in die Krawatte und lässt sie ein wenig baumeln. Irene im ecru Kurzmantel mit kontrastfarbenen roten Ziernähten hat ihr toupiertes Haar heute am Hinterkopf festgenadelt, lange glossy-sleek Fransen fallen ihr schräg über die Stirn und werden von dort wieder mit schüsselchenförmig gekrümmter dunkelroter Unterlippe regelmäßig aus dem Gesicht geblasen. Neben beiden steht Nom Son in einem engen wolferlkonformen Bleistiftrock mit hoch geschnittener Taille und silberfarbenem Miederverschluss, je zwei Strass Schmetterlinge zieren ihre zitronengelben Zipp-Sandaletten. Ihre obligate (Schildpatt-) Sonnenbrille hat ein handgearbeitetes Zellulose-Acetatgestell.

Wer von euch kann mit all seiner Sorge sein Leben auch nur um eine
kleine Zeitspanne verlängern? Und was sorgt ihr euch um eure Kleidung?
Lernt von den Lilien, die auf dem Feld wachsen: Sie arbeiten nicht und
spinnen nicht. Doch ich sage euch: Selbst Salomo war in all seiner Pracht
nicht gekleidet wie eine von ihnen.
Mt 6, 28-29

»Ich bin schon richtig neugierig auf das Brautkleid!« meint Tante Emmi in luftigem Sommerleinen zu ihrem Neffen Herb, der darüber tatsächlich Auskunft geben kann: »Mit an Sicherheit grenzender Wahrscheinlichkeit ist es kirschrot mit limettengrünen Blumen und hyazinthenblauen Streifen, so wie alles bei der Zizibe.« Cilly kichert fröhlich, ihr strubbeliger roter Haarschopf mit den winzigen filzigen

Zöpfchen dazwischen wippt. Die wilde Zerzaustheit des Haarbüschels, durch ihre schlichte Kutte noch betont, passt gut zu den Horsten von Taglilien, die rund um den Saloon gepflanzt sind. Pater Lenz kommt soeben mit zwei weiteren Ministranten heraus, um den Bräutigam und die Hochzeitsgäste abzuholen. Wenig später dann steht Kilian ganz vorne neben dem Altar und schielt auf das Tablett mit Trauringen in seiner Reichweite. Max sieht in seinem Rüschenhemd mit taillierter rhodaminroter Jacke und karierten Pumphosen (in grün-braun Tönen) fesch, aber trotzdem noch immer nicht androgyn aus – wie es nun schon bald angesagt sein wird. Er trägt sein halblanges Haar im Nacken zu einem Zopf gebunden und strahlt schon den ganzen Tag über wie eine Vorderweißenbacher Goldhaube oder wie das goldverzierte Innere des Budapester Parlamentsgebäudes.

Wie der Bräutigam sich freut über die Braut, so freut sich dein Gott über dich.
Jes 62,5

Fritz, der heute die Fotos macht, klopft ihm auf die Schulter und meint mit mitfühlendem Blick: »A katholische Trauung, ich bewundere deinen Mut, Herr Max vulgo *Suppenkasperl*. Du beendest damit alle schönen Provisorien und das, obwohl unsere Lebenserwartung steigt!« Da lacht Max nur und sagt: »Genau so ist es, Herr Laugenbrezel aka *Föhnix*.«

Man kann nicht auf Probe leben, man kann nicht auf Probe sterben, man kann nicht auf Probe einen Menschen annehmen und lieben.
~~~ Papst Johannes Paul II. in Köln ~~~

♪ ♫ *... please let me grow old with you ...*

Die Braut wurde noch nicht gesichtet, sie wartet im kürzlich fertig gestellten Saloon. Von der Winterruhe ist dieser etwas verstaubt, aber es duftet angenehm nach Holz hier drinnen. Verena hat bereits Tränen in den Augen – nicht etwa aus Hochzeitsrührung oder wegen der Lösungsmittel, mit denen die Luft hier angereichert ist, sondern weil sie dieser Geruch von Holz und Lack so sehr an die Werkstatt ihres Vaters erinnert. Und die komische Puppe da im Schaukelstuhl trägt auch noch eines seiner karierten Hemden! Oft hat der musikalische Papa beim Arbeiten ein Liedchen gesummt oder gesungen. Wenn es nicht gerade der King oder Johnny Cash waren, dann meistens ein Traditional wie etwa *der Wildschütz* und besonders gerne *Fein sein, beieinander bleiben* – das war wirklich sein großer Favorit. Ein gar nicht zeitgeistliches Lied ist das. Die erste Strophe fordert ein Paar dazu auf, auch bei Regen, Wind und Schnee beisammen zu bleiben, die zweite ermahnt zur Vernunft und Vorsicht. Dass man sich nicht verführen lassen solle von diversen *Füchsen in Zipfelkappen* wird besungen. Die dritte Strophe schließlich ermuntert zu nicht mehr und nicht weniger als trotz finanziellem (Häusl) und emotionalem Bankrott (Lieb) beisammen zu bleiben und – als ob das nicht schon eine Zumutung sondergleichen wäre – dabei gefälligst auch noch guter Stimmung zu sein!

Irgendwann beim Großvater unten …

… in seiner Werkstatt

Mit einer sehr dünnen Stimme singt der Papa in letzter Zeit. Trotzdem hört Verena ihm so gerne zu, wenn er wie jetzt »Fein sein, beieinander bleiben« anstimmt. Bei der vierten Strophe schaut er seine Tochter über den Brillenrand hinweg an und hebt dabei leicht den Zeigefinger: »Treu sein, net außigrasn, treu sein, net außigrasn, denn die Lieb is so zart wir a Soafnblasn.« »Ja, ja – ewige Liebe. Das war früher einmal, bei einem Durchschnittsalter von dreißig, gar nicht sehr lange!« hatte sie gelacht. »Wir leben heute vielleicht länger, aber Zeit haben wir trotzdem nicht mehr …« gab der Vater zu bedenken, »… drei mittelgroße Beziehungen passen da in ein Leben vielleicht hinein, das war früher nicht anders. Aber nach wie vor nur eine große Liebe – die braucht nämlich Platz.«

166

»Geh, Papa, mein Herz ist doch groß!« »Eben, Kind, eben – es dauert, bis es ganz ausgelotet ist.«

Pfarrer, Ministranten, Bräutigam, Beistände und Hochzeitsgäste sind bereits feierlich zum Klang des Orgelpräludiums in die kleine Kirche eingezogen. Die Hochzeitsgäste stehen alle Spalier entlang der Bankreihen und blicken erwartungsvoll in Richtung Tür. Es ertönen die ersten Takte von Verenas Wunschmusik (John Barry) – here comes the bride! Am Arm ihres sichtlich gerührten Bruders Herb Rosenmüller alias Ozzy Weinreb schreitet sie in die Kirche. Ihr fragiler Körper ist in ein fließendes Kleid aus Duoionseide und weißem Musselin mit Biesen und Steppungen gehüllt. Es ist so gerafft, dass sich im hinteren Bereich deutlich mehr Stoff bauscht – Kilian erinnert es vom Schnitt her an die Robe von Camille Corots *Dame in Blau*. Rüschen am Saum, ein halsnaher Kragen samt Gemmenbrosche und Mary-Janes vervollständigen den nostalgischen Wild-West-Look – ein Entwurf der wunderbaren Magdalena »Lena« Hoschek®. Das Tantenhaar ist bath-lily-artig hochgesteckt, lässt ihr kleines Gesicht noch zarter und ihren Hals noch schmäler erscheinen. Verena sieht heute keinesfalls wie dreißig aus – eher wie siebzehn. Haarschmuck und Brautstrauß aus weißem Schleierkraut und wilden Rosen, die intensiv leuchten wie das Gefieder des roten Sichlers, vervollständigen ihr Outfit. Bruder Herb trägt einen teuren italienischen Maßanzug und seine alte Lederjacke darüber (!). Neben Max steht dessen Trauzeuge Antonio, dieser trägt nur einen teuren italienischen Maßanzug. Fritz, der Fotograf, trägt eine Lederhose samt Charivari und dazu das Oberteil eines alten (Maß)Steireranzuges, der allerdings seinerzeit für seinen viel korpulenteren Vater gefertigt wurde. Zumindest seine Lederhose ist aber auch teuer, stammt sie doch aus Altaussee, wie am typischen *Bürserl* (= angestückelte zwei Zentimeter) zu erkennen ist. Fritz hat da etwas durcheinandergebracht. Als nämlich von *Country-Lokation* bzw. dem *Country-Faible* der Braut die Rede war, hatte er daraus geschlossen, dass eine Trachtenhochzeit stattfindet. Jetzt lächelt die inzwischen beim Altar angekommene Braut und Max' Strahlenwerte steigen erneut.

♪ ♫ ... *sparks fly whenever you smile* ...

Elisabetta, Verenas Beistand, strahlt die Braut ebenfalls begeistert an. Mama ist schlicht wie immer gekleidet, nur hat sie heute einen üppig gerüschten sattgelben Seidenschal um den Hals geschlungen, der im leichten Luftzug flirrt wie gelbes Birkenlaub im Herbstlüfterl oder das Schmetterlingsgewimmel auf Amazonassandbänken. Tante Rosa liebt es da schon üppiger. Sie sitzt in der Bank neben Jadéite, trägt einen Trench mit pinkem Kubakrokodilpattern und patternkonforme ultrahohe Stilettos, deren glänzendes Purpur wiederum auf die Farbe ihres Lippenstiftes abgestimmt ist. Eine ebensolche Lack-Clutch – besetzt mit kegelförmigen Nieten – darf natürlich auch nicht fehlen. Rosa findet Verenas Brautkleid etwas zu eng und etwas zu körpernah geschnitten; ausgerechnet Rosa! »Schaut fast aus, als hätte sie es beim Kronthaler seiner Frau schneidern lassen.« raunt sie daher Jadéite zu. Rosa vergisst völlig, dass die Französin wohl kaum den seligen Dachdeckermeister Leander Kronthaler aus Scheibbs und Umgebung kannte, dessen hobbyschneidernde Frau berüchtigt für zu wenig Nahtzugabe war. Jadéite glaubt vielmehr, dass Frau Westwood damit gemeint sei und ist schwer beeindruckt von Rosas modischer Sachkenntnis. Inzwischen hat vorne beim Altar ein bewährtes familiäres Musiker-Quartett Aufstellung genommen. Peter mit Gitarre, Cosima mit ihren Maracas sowie Bruno mit dem Kontrabass legen soeben los und Regine singt glockenhell *A Living Prayer* dazu.

♪ ♫ ... *in this world I walk alone with no place to call my home* ...

Klaus amüsiert sich köstlich: »Das ist ja wieder einmal die typische Rosenmüllergesinnung, wie ich sie liebe: Hauptsache die Melodie ist schön und jeder greift zum Taschentüchl! Dass bei einer Trauung dann ein Lied zum Besten gegeben wird, welches völlig unpassend zum Thema hat, dass man ja eh niemanden auf der Welt habe, außer Gott, ist meiner Familie dabei völlig wurscht! Der Text ist uns egal, wenn nur die Melodie das Herzerl rührt – ha ha!« flüstert er lachend Tünde zu. »Natürlich,« flüstert Tünde zurück, »ist ja auch schön, berührt zu werden da drinnen – außer man hat kein Herzerl.« Trauzeuge Antonio fragt nach einem Blick auf die vier Musikanten Trauzeugin Elisabetta leise: »Nonno, papà, bambini?« Elisabetta kramt in ihren Gehirnwindungen nach etwaigen Italo-Resten: »Nix nonno … no nonno« flüstert sie zurück. »Onkel! El tío …« Antonio gluckst vor verhaltenem Lachen »Das ist Spanisch, oder? Die sehen ihrem Onkel aber alle sehr ähnlich.« Elisabetta bezweifelt das, doch denkt sie gar nicht daran, jetzt auch noch den Begriff »Wahlonkel« umständlich zu erklären und konzentriert sich lieber auf die Trauung. Beim Ringwechsel erklingt *Voi che sapete* aus der Hochzeit des Figaro, gesungen von Tünde. Nach der Vermählung werden zusätzlich zu den Platin-Eheringen auch Tucum-Ringe getauscht. Diese, aus den Nüssen der Tucum-Palme hergestellten Ringe, werden in Brasilien auch *alianca* genannt, d. h. *Bund*. Sie erinnern an die Bundeszusage Gottes, der eine besondere Vorliebe für die Armen hat und ihnen zusagt: »Ich bin der, der mit euch ist«.

♪ 🎵 *The very same God that spins things in orbit runs to the weary, the worn and the weak …*
~~~ *Nicole C. Mullen* ~~~

Irgendwann beim Großvater unten …

… in seiner Werkstatt

Großvater lehnt an seiner Hobelbank aus massivem Rotbuchenholz. Soeben hat er Kilian erklärt, was es mit der französischen Vorderzange (mit seitenstabilen Stahlführungen) bzw. der deutsche Hinterzange (nachstell-

barer Kastenführung) auf sich hat bzw. woran man sie erkennt. »Was das Erkennungszeichen Gottes ist? Du stellst vielleicht Fragen, Kilian ...« nachdenklich putzt er ein paar verirrte Scharten von seinem blauen Schurz, bevor er ihn abnimmt und an den Nagel hängt. »... ich bin nur Tischler und habe keine Ahnung von Theologie.« »Der Heilige Joseph war ja auch Tischler!« sagt Kilian. »Ein Zimmerer war er, das ist ein Unterschied – Schiffe hat er gebaut! Das habe ich kürzlich wo gelesen, aber es ist auch egal. Für mich ist das Erkennungszeichen Gottes, dass er uns nahe ist und uns unendlich liebt. So nahe wollte er uns sein, dass er Mensch geworden ist, auf Erden gewandelt ist und unser Los geteilt hat. So weit ist er dabei gegangen, so weit hat er sich entäußert, dass er sich in letzter Konsequenz sogar in den Schützengraben mit und für uns gelegt hat – bis ins äußerste Elend, in den Schmerz und in die Einsamkeit hinein hat er sich begeben, um uns für immer nahe zu sein. Er hat sich festgelegt und mit uns gemein gemacht, sich quasi fixiert in Ewigkeit. Damit ist er auch dann und dort noch mit uns, wenn es kein anderer mehr sein kann.«

♪ ♫ *Wenn mir am allerbängsten wird um das Herze sein, so reiß mich aus den Ängsten kraft deiner Angst und Pein!*

Tupi-Indianer-Frauen im Amazonasgebiet fertigen Tucum-Ringe und bessern damit ihren Lebensunterhalt auf. Ihr Anliegen ist es auch, dass mit der Verbreitung der Ringe Zeichen der Solidarität mit den Armen und Unterdrückten einsetzen mögen.

Da fragten ihn die Leute: Was sollen wir also tun? Er antwortete ihnen: Wer zwei Gewänder hat, der gebe eines davon dem, der keines hat, und wer zu essen hat, der handle ebenso
   Lk 3,10-11

♪ ♫ *... füa di ziag i mei Hemad aus ...*

Deshalb steht bzw. lehnt Pirmin, nasenbohrend und dabei beatboxend wie immer, an der Kirchentüre – er soll jedem Hochzeitsgast ein Säckchen mit einem dieser schwarzen oder dunkelbraunen Ringe überreichen. Das Brautpaar kniet vorne am rotsamtenen Kniepolster des Betstuhls und erhält, nach der Bestätigung der Vermählung, den Trauungssegen. Das war's eigentlich, doch Pirmin allein vor der Tür muss noch lange warten, denn ein Regiefehler hat sich beim Schlusslied eingeschlichen: Statt der ersten vier Strophen von *Amazing Grace* wurden satte vierzehn (!) ins Kirchenheft kopiert und sie werden nun tatsächlich alle durchgesungen.

Dieses Lied beinhaltet für einige Hochzeitsgäste eine ganz individuelle Botschaft. Für Godis Country-Heart ist es von Bedeutung, da *Amazing Grace* bei beiden Parteien des amerikanischen Bürgerkriegs sehr beliebt war und seit dem *Trail of Tears* die inoffizielle Nationalhymne der Cherokee ist. Für die Anonymen Alkoholiker gilt das Lied ebenso als inoffizielle Hymne, was wiederum den sonst sehr introvertierten Drago dazu motiviert, heute einmal aus ganzem Herzen mitzusingen. Daneben gilt es noch als Protestsong gegen die Sklaverei, sowie als Hymne christlicher und nicht-christlicher Menschenrechtsaktivisten – zur Freude aller, die der *Neigungsgruppe Gutmensch* (Tonis Bezeichnung) angehören. Bedenkt man, dass die heutige Melodie wahrscheinlich englische Wurzeln hat, so stellt das Bekanntwerden des zuvor hauptsächlich in Amerika verbreiteten Kirchenliedes in Großbritannien in den 60er Jahren eine Art Heimkehr dar, wovon sich wiederum die zum Katholizismus heimgekehrte Tünde angesprochen fühlt. Agnes schließlich fühlt sich bei den letzten drei Strophen angesprochen. Während bei allen anderen die Stimme nach der zehnten Strophe schon leicht zu schwächeln beginnt, läuft Agnes hier zu einsamer stimmlicher Höchstform auf und singt mit wahrer Begeisterung mehr oder weniger solo.

12. Amazing grace has set me free to touch, to taste, to feel the wonders of accepting love have made me whole and real.

13. The world shall soon to ruin go the sun refuse to shine, but God, who called me here below shall be forever mine.

14. Shall I be wafting to the sky, on flowery beds of ease, while others strive to win the prize, and sail on bloody seas.

Regine trägt eine Holzschüssel nach vor zum Altar, darin liegt auf einem weißen Leinentuch ein großer duftender Laib Bauernbrot. Cosima und Cilly halten Körbe mit Wein und Hollersaft zur Segnung für die Agape bereit. Nach dem Schlusssegen stehen die Hochzeitsgäste wieder Spalier und Priester, Brautpaar, Beistände ziehen in dieser Reihenfolge zu den rauschenden Klängen des Orgelpostludiums durch die applaudierende Menge aus. Beim Stadlober, einem alten Gasthof in H. (früher einmal Wagenremise, Pferdestall und Fassbinderei), findet später das Mahl statt. Im gemütlichen rußgeschwärzten Gewölbe und daneben im weißen Zelt unterm blauen Maihimmel lässt es sich gut feiern. Maiglöckchen zieren die Tische und Ranken von Blauregen sind um die Servietten geschlungen. Fannys Mutter hat das alles gemacht. Nach dem Festmahl eröffnen die Frischvermählten mit dem Donauwalzerden Tanz – bereits im Abendlicht auf einem Tanzboden zwischen schimmernden Lampions.

Onkel Hansi erhebt zu später Stunde noch einmal sowohl sich selbst als auch sein Glas, wobei zweiteres ihm vergleichsweise weniger Schwierigkeiten bereitet. Er prostet zuerst dem: »U-u-underschönsten Brautpaar au-u-ff der ganzen Welt!« zu und wünscht viel Glück, dann wendet er sich mit einem riskanten Schwenk an Tünde, um seiner: »U-u-underschönsten Tochter au-u-ff der ganzen Welt!« ebenfalls zuzuprosten, bevor er wieder wie ein nasser Sack auf die Bank zurück fällt. Tünde ist gerührt, denn ihr stolzer Papa prostet ihr bei jeder sich bietenden Gelegenheit zu. Emmi, Helene und Rosa allerdings setzen –

wie immer bei solchen Gelegenheiten – ihre Zweifelsgesichter auf auf und sagen »Ja, ja, ja …« was in Tanten-Rotwelsch soviel bedeutet wie: »Der arme alte Narr …«

Ihr lasst euch die Narren ja gern gefallen, ihr klugen Leute.
2 Kor 11,19

Eine fünfstöckige schneeweiße Torte mit prächtigstem Zuckergitter und Punschglasur wird nun herein gerollt. Marzipanrosen in Aida®-Pink auf mintgrünen Blättern – wenn schon, denn schon! »Der pure Kitsch …« raunt Irene ihrem Gatten zu. »Inzwischen hat man doch längst wieder echte Blumen drauf und zwar Ton in Ton. Also wirklich – fehlt nur noch ein Turm aus Cupcakes und Confetti, wie bei einem Kindergeburtstag …« murmelt sie mit angewidertem Blick auf die tortenumgebenden Kerzen und Pfauenrosetten. Pius umfängt sie von hinten und flüstert ihr ins Ohr: »Mausi, dein Stilgefühl kann eben nicht jeder haben!« Dann küsst er die Schulterfreie seufzend zwischen die Schulterblätter und folgt dabei gleichzeitig mit seinen Blicken sehnsüchtig bis argwöhnisch (ein fremdes Männchen wurde gesichtet …) der vorbeigehenden Jadéite – Männer sind Augentierchen!

So gegen Mitternacht (der mäandernde Onkel Hansi taumelt eben aus dem Partyzelt hinaus in die Botanik) hat sogar die zurückhaltende Agnes schon ein leichtes Damenspitzerl. Kilian ist zuvor schon aufgefallen, wie jugendlich und hübsch sie heute aussieht. Im ehemaligen strengen Reich der betonierten Haarsprayfrisur wippen jetzt weiche Naturwellen, halblang und luftgetrocknet wie mittelblonde Kirschen in einem mittelblonden Baum Sie sieht um viele Jahre jünger aus und vor allem um viele Jahre lebendiger! Zum klassischen weit schwingenden Tellerrock trägt sie schwarze Lackleder-Sandaletten (mit einem Zehen-Riemen und Steg über dem Spann), vorne und hinten offen. Agnes kann inzwischen sogar wieder *Erlaube mir, feins Mädchen* hören, ohne dass sie gleich Paspertin® braucht. Der Kapitän hatte das nämlich gern gesungen, aber das alles hätte sie Kilian damals wohl kaum erzählen können; die Geschichte mit dem Rodelunfall war daher eine Notlüge. Jetzt nötigt sie Kilian dazu, mit ihr auf die Bühne zu klettern. Elisabetta, die Brautleute, Simon und Klaus halten die Luft an, der Bräutigam gibt Herb Handzeichen – sollte es peinlich werden, will man dezent eingreifen. Mit zwei von der Band geborgten Gitarren treten Kilian und Agnes an. Kilian bleibt etwas weiter hinten auf der Bühne, aber Agnes kommt ganz nach vorn an die Mikros und legt los, wobei sie sich beim Solo lässig in der halben Hocke zurücklehnt ohne umzufallen. Sollen es alle sehen, dass ihre Wirbelsäule von dem unsichtbaren Steinkorsett jetzt befreit ist! *Proud Mary* gelingt großartig, alle applaudieren. »Bravo!« ruft auch Pater Lenz begeistert, der sich von Herzen freut, dass es seinem Beichtkind wieder gut geht. Er erntet einen ganz eigenartigen Seitenblick des schweigsamen Wolferls dafür. Alle, besonders aber der Pater und Simon, strahlen und umarmen die beiden stürmisch, als sie schließlich wieder von der Bühne kommen.

♪ ♫ ... *rollin', rollin', rollin' on the river ...*

Es ist auch schon an der Zeit, denn pünktlich um zwölf wird hier in N. ein Brauch gepflegt. Der Ursprung davon liegt im Jahr 1970 und war nur eine dümmliche Idee bei einem Dorffest in der näheren Umgebung. Der – damals noch nicht so sehr ergraute dafür aber schon sehr betrunkene – Chorleiter des Männergesangsvereins Edelsbrunn (an jenem Tag im engen offenen Nylonhemd und mit Pilotenbrille unterwegs) ergriff das Mikrofon und forderte alle weiblichen Singles, die a) noch keinen Mann hätten und b) unbedingt einen wollten, dazu auf, sich um Mitternacht *gefälligst* auf die Tanzfläche stellen. Er wolle sich einmal einen groben Überblick verschaffen, bei wem sich das *Anbraten* heute überhaupt noch lohne, er sei nämlich nicht bereit, noch mehr

Afri Cola® und Jägermeister® »für nix« auszugeben. Zwar erntete er nur Gelächter, doch seit damals versammeln sich in N. bei jedem größeren Musikevent die anwesenden Frauen pünktlich um Mitternacht auf der Tanzfläche und zwar alle! Es geht ihnen dabei keinesfalls um die Männer, sondern nur um den Spaß. Die Rosenmüllerinnen machen das inzwischen auch bei allen Frauen-B-Days, Frauen-Polterabenden, bei Hochzeiten, sowie bei aus dem Zeitplan getrifteten Tupperpartys® und Kindergeburtstagen so. Ursprünglich zu den Klängen von Trude Herrs *Ich will keine Schokolade*, dann war Abba mit *Gimme gimme gimme a man after midnight* dran. Jedenfalls strömt jetzt der ganze weibliche Rosenmüllerclan samt Freundinnen auf die Tanzfläche, um zu den Weather Girls in voller Lautstärke abzutanzen.

♪ ♫ ... *Hallelujah! It's Raining Men!*

Halleluja! Gut ist es, unserm Gott zu singen; schön ist es, ihn zu loben.
Ps 147,1

Onkel Hansi vulgo *Monsieur Buschkawüh* in der extra-partyzeltlichen Vegetation draußen bekommt davon nicht mehr viel mit – er ist nämlich von der Freilandhaltung inzwischen in die komplette Bodenhaltung übergegangen %*} *very drunk*.

Einige Zeit später dann lehnt Kilian traurig am alten Leiterwagerl (das dort beim Stadlober zur Deko herumsteht) und blickt auf die Tanzfläche, wo sich die letzten Pärchen drehen. Regine schwebt mit einem gutaussehenden Cousin von Max vorbei, Jadéite mit Patrick (diese beiden argwöhnisch vom nervös rauchenden Defi beobachtet) und soeben wird zum zweiten Mal an diesem Abend *I'd die for this dance* von Jeff Beck und Nicolette Larson intoniert. Kili beobachtet die Tanzenden, vor allem Regine. Mit: »Darf ich bitten, o du meine bessere Hälfte?« fordert Onkel Hermann soeben seine Rosi auf und

Kilian seufzt tief. In der letzten Philosophiestunde waren die platonischen Hälften dran. Warum nur?

♪ ♫ ... *and if I can't dance with you, then I won't dance at all ...*

Die Braut, die als HSP normalerweise um sechs Uhr müde wird und ihre Ruhe braucht, hat diesen Tag gut bewältigt. Allerdings kann ihr Gehirn nun wirklich nichts mehr aufnehmen oder verarbeiten – nur Tanzen geht noch! Max und Verena gestatten es sich jetzt endlich, zu vergessen, dass sie hauptsächlich Gastgeber auf diesem Fest sind. Sie tanzen, als ob es nichts um sie herum gäbe, während sie einander tief in die Augen blicken – Verena lässt es zu, dabei auf Unendlich zu fokussieren, was nun bewirkt, dass die Zeit zu Honig wird.

»*Time Is Honey*«
~~~ *Showprogramm Circus Roncalli, 2014* ~~~

Pius fokussiert übrigens auch gerade – zwar auf ein sich im Rhythmus drehendes Tanzpaar dort am Parkett (erneut wurde das fremde Männchen gesichtet ...), Kili wiederum verfolgt die eleganten Walzerschwünge des Brautpaares mit leichter Wehmut, als ihm plötzlich jemand von hinten die Augen zuhält – natürlich, es ist Cilly! »Wonach riechst *du* denn bitte?« fragt er sie leicht erstaunt. »Fußcreme – mit Hirschtalg von Burgit®!« meint sie. »Ich habe nach Frau Sabhi gesehen im Zimmer oben und wollte sie frisieren. Sie hat mir heute aber sogar erlaubt, ihr die Füße zu baden und sie einzucremen, echt de luxe oder?« »Ja, echt de luxe, was du so alles bewirkst bei komischen Leuten, Schwesterfratz!« Sie lacht laut mit ihren herrlichen großen schönen Zähnen und schüttelt die wilden Locken. »Komm, tanz mit mir du melancholischer Stinkbruder!« bettelt sie und zieht ihn schon an beiden Händen auf die Tanzfläche. Sie reihen sich hinter Patrick und Jadéite in den Reigen ein.

»Du bist aber gewachsen, Patrick!« meint Jadéite anerkennend. Patrick grinst und fragt sie dann während einer Drehung nach rechts völlig überraschend mit beiläufigem Tonfall: »Hast du noch immer was laufen mit meinem Vater?« sie errötet intensiv »Aber wie … ?« »War nicht wirklich schwer zu erraten …« »Es, es tut mir sehr leid inzwischen Ricky, das war alles ein Fehler, aber es ist längst aus. Weiß deine Mutter … ?« Drehung links. »Sie hat keine Ahnung.« Erleichtertes Seufzen und sie tanzen schweigend weiter. Jadéite ist etwas verwirrt, was Patrick sehr gefällt – er führt souverän und kann alle gelernten Tanzschritte mit ihr ausprobieren. Er hasst sie inzwischen nicht mehr, sondern verachtet die beiden nur noch milde. In diese Verachtung mischt sich eigenartigerweise Dankbarkeit, da ihm durch diese Irritation damals erst klar geworden ist, wie sehr er seine nervige Mama doch liebt und wie wichtig ihm das fade familiäre Nest doch ist. Zuvor hatte er immer geglaubt, die Family, bzw. seine beiden Alten und deren Beziehung, seien ihm eh superegal. Zum Tanzen hat er Jadéite extra deshalb aufgefordert, um den dominanten Herrn Vater seinerseits auch einmal ordentlich zu irritieren. Pius, der die beiden unablässig beobachtet, zündet sich schon die nächste Zigarette an und verbrennt sich dabei am Streichholz. Eine neugierige Jadéite will eben von ihrem Tanzpartner wissen: »Aber wie konntest du es herausfinden?« Patrick lacht:»Na der Hund! Er hat nach deinem Parfüm (Borsari®, *Violetta di Parma*) geduftet, auch wenn du »offiziell« gar nicht in N. warst.« Nun lachen sie beide und tanzen zu ABBA-Klängen so richtig ab.

♪ ♫ … *feel the beat from the tambourine …*

»Ich reise morgen schon wieder ab, denkst du wir könnten trotzdem Freunde sein, Patrick?« »Freunde – akzeptiert!« lacht Patrick und küsst sie sanft auf die Wange mit einem Seitenblick auf den Herrn Papa. Sie küsst ihn zurück, der Defibrillator zertritt aufgebracht seine Zigarette und stapft verärgert ins Freie.

Aus dem Bezirksblatt:

Nach den uns vorliegenden Informationen rutschte der Pensionist Hans H. in Höhe der Gaststätte Stadlober allein beteiligt von der Kante des umfriedeten Gastgartens und stürzte, wobei er sich eine stark blutende Platzwunde am Kopf zuzog. Diese wurde von seinem zufällig anwesenden Neffen, Dr. Pius R., vor Ort im Rettungswagen behandelt. Zeugen für den Sturz sind keine bekannt. Herr H. hatte einiges an Blut verloren und seine Tochter spendete ihm daher nach Eintreffen im UKH West sofort ... etc. etc.

Die Krankenschwester hat soeben das Zimmer verlassen und dabei halblaut etwas nicht sehr Freundliches vor sich hingemurmelt. »Mein Gott Hansi, was machst du nur immer für Sachen! Ja und zittern tust ja wieder einmal, furchtbar!« sagt Rosa am Spitalsbett vorwurfsvoll zu ihrem Bruder, der da liegt und von seiner Tochter umarmt wird, während es ihn nur so schüttelt. »Beruhige dich Papa, beruhige dich, es wird schon wieder – gleich wirkt die Infusion. Du zitterst ja wie ein Mischkolzer Frosch in der Sulz!« Sie hält ihn in ihren langen sehnigen Armen und der kleine Mann nimmt sich, so umfangen von zwei gleichmäßig schimmernden braunen Spangen, dazwischen wie ein alter zerrupfter Teddy aus. Hansi blickt kurz auf und sieht über sich das Gesicht der jungen Frau. Sein Kopf brummt fürchterlich, aber er lächelt glücklich – oh ja, er kennt diese Dame! Hat er nicht vor kurzem erst mit ihr getanzt? War sie da nicht jünger ...

♪ ♫ ... *oh, Donna Clara, ich hab dich tanzen gesehn ...*

Rosa betrachtet die beiden entgeistert. Aber nicht deshalb, weil sie heute erfahren hat, dass ihr alter Bruder schon ewig verheiratet ist und außerdem ewig schon Horváth heißt, sondern wegen etwas anderem. In all den Jahren konnte sie nämlich keinerlei Ähnlichkeit zwischen ihrem Bruder und diesem Kind, dieser Frau inzwischen, erkennen. Nicht die geringste! Trotzdem ist sie jetzt ganz offensichtlich doch seine Tochter – sie alle haben sich geirrt, denn Menschen mit Blutgruppe AB sind sehr selten. Nur etwa 4% der Bevölkerung hat diese Blutgruppe. »Ich sollte mich schämen«, denkt sie, »besonders *ich* sollte mich jetzt schämen.« Laut sagt sie dann, um einfach irgendetwas mit Tünde zu sprechen: »Hansi hat mir ja gar nie erzählt, dass ihr zwei dieselbe Blutgruppe habt.« Diese sieht sie mit einem unergründlichen tiefen Blick aus ihren türkisenen Augen an – diese Farbe, wo sich Wasserblau und Braun mischen wie in der *Calanque d'En Vau* und meint: »Ja, das stimmt. Meine Mama hat A, Papa und ich haben AB, so wie du, Tante Rosa.«

Die Verteilung der Blutspuren auf dem Tuch von Oviedo stimmt vollkommen mit dem Abdruck des Gesichtes aus dem Turiner Grabtuch überein. Auf beiden Stoffen befindet sich Blut der Blutgruppe AB von ein und demselben Menschen.
Mieczysław Piotrowski TChr in Liebt einander! 2/2008 Die Wissenschaft und der Glaube

Etwas später dann, als Onkel Hansi schon friedlich schläft, sitzt Tünde mit Hermann auf der breiten Ledercouch unmittelbar beim Klinikeingang. Rosa wollte sich heute partout um alles Administrative kümmern, sie hat es sich nicht nehmen lassen (Schuldgefühle?). Der Onkel besmalltalkt die Nichte mit Blutgruppenrechnereien. »Ja, also ich hab' Null und meine Rosi hat AB, wie du ja auch, so habe ich es heute vernommen. Unsere Kinder haben A, B und AB.« Tünde stutzt plötzlich, »Nein Onkel«, meint sie, »da verwechselst du jetzt sicher etwas, das gibt es so nicht.« »Aber natürlich! Ich kenne doch die Blutgruppen meiner drei Musketiere, die sind seit über vierzig Jahren gleich geblieben, hö hö.« Tünde erwidert nur trocken: »Wenn ein Partner Null hat und einer AB, dann haben die Kinder A oder B. AB geht nicht, so ist das nun einmal.« Es weht dem Onkel Hermann einen leichten Hauch von disjovialem Grant in die Stimme, immerhin ist *er* hier der Mann von Wissenschaft samt Arztsohn im Hintergrund und seine Nichte da *nur* Buchhandelsangestellte. Eines kann Attila – als Gentleman normalerweise sehr galant dem schöneren Geschlecht gegenüber – nämlich überhaupt nicht vertragen: weibliche Besserwisser! Vor allem deutlich jüngere weibliche Besserwisser! Da steigen ihm gleich mehrere höher temperierte Halogengrausbirnen auf. »So ein Blödsinn, wo doch der Peter AB hat …« ärgert er sich. »Tja, dann ist der Peter eben nicht von dir!« kontert Tünde nur wolframspröd, erhebt sich samt Beuteltasche und wandert zum Kaffeeautomat hinüber. Sie macht eine symbolische Handbewegung und erntet energisches Kopfschütteln. Nein danke! Der Onkel will jetzt aber sicher keinen Kaffee – er kocht selber.

Mein Inneres kocht und kommt nicht zur Ruhe, mich haben die Tage des Elends erreicht.
Ijob 30,27

8. Kapitel – Dinge werden reif

Die Passstraße hat sich heute bereits am frühen Morgen in die Sonne gelegt und sich in der Wärme ausgebreitet wie eine relaxende graue Eidechse. Schon seit Stunden genießt sie die Autoreifenakkupressur auf ihrer Asphalthaut und verströmt statt dem Duft von Massageöl warmen Teergeruch. Am folgenden Wochenende ist es dann auch in N. endlich einmal warm genug, um im Liegestuhl draußen im Garten zu chillen. Cilly spielt Hund mit einem Nachbarskind, d.h. sie werfen sich gegenseitig ein Stöckchen, apportieren es auf allen Vieren und belohnen sich mit grünen Geleefröschen: »Brav, Schnuffi, brav!« Kili blättert träge in seinem riesigen Kunstlexikon unter dem Kapitel »Zeitgenössische Kunst, ausgehendes 20. Jahrhundert«. Da ist auch ein Foto von K.B. Nicholson, genannt *Karme*, zu sehen. Die Künstlerin, fast immer mit wallenden weißen Haaren abgebildet, hat auf diesem ein hennarotes Tuch turbanähnlich um den Kopf geschlungen. Kili hält die Luft an – sie gleicht Tünde wie ein Ei dem anderen, allerdings mit ein paar Jahren Altersunterschied! So, als wäre Tünde eine jüngere Version von ihr: Die breiten Gesichtszüge, der volle Mund, der schmale Hals, die große hohe Gestalt – die sehnigen Hände! Nur die Farbe der Augen – espressodunkel – unterscheidet sie, der klare Blick ist wiederum ganz derselbe.

Der Jupitermond Carme wurde am 30. Juli 1938, also genau am zehnten Geburtstag von Onkel Hansi entdeckt. Falls sich das jetzt etwas missverständlich anhören sollte: Entdeckt hat den Mond zwar der Astronom S. Barnes Nicholson, aber Geburtstag hatte Onkel Hansi. Benannt wurde der neu entdeckte Mond dann erst Jahre später, nach Karme, einer Geliebten des Zeus. Diesen offiziellen Namen erhielt er 1975, vorher wurde er einfach als Jupitermond XI bezeichnet. Die aufstrebende Jungkünstlerin Ildikó Horváth liest soeben (wir schreiben Sternzeit 1975) eine kurze Notiz darüber in der Tageszeitung, während ihre Tochter hier am Küchentisch in einer Wiener Küche im zweiten Stock mit finsterem Gesicht Zierleisten in ein Schulheft malt. Ihre Anya lässt sie nämlich nicht in den Hof hinunter, bevor die Aufgaben fertig sind. Diese Zeitungsmeldung inspiriert Ildikó sogleich zu ihrem künftigen Künstlernamen, während der Reis drüben am Herd völlig unbeeindruckt davon zischend überkocht. Sie nennt sich fortan Karme bzw. K. B. Nicholson. »Zeus beginnt ja auch mit Z – so wie der Zeiler …«, erkennt die Fünfundzwanzigjährige erfreut, »… das ist genial!« Herr Hans Zeiler, von Ildikó ausschließlich *der Zeiler* oder *János* genannt, ist nämlich ihr Mann und Vater der gemeinsamen Tochter Tünde, die eben in diesem Jahr die erste Volksschulklasse besucht. Im Marienwallfahrtsort Mariazell haben János und sie geheiratet, ganz still und ohne seine Familie. Laut Dr. Jakubinyi György, dem Erzbischof der 1000 Jahre alten römisch-katholischen Diözese in Alba Julia, ist Mariazell die Hauptstadt Europas. Ildikó ist viel zu stolz, als dass sie die bösen untergriffigen Hexen, wie sie des Zeilers weiblichen familiären Background nennt, jemals wieder sehen möchte. Und Onkel Hansi ist viel zu sehr auf seine Ruhe bedacht, als dass er Schwesterlein und Schwägerinnen von seiner Heirat je erzählt hätte, oder gar davon, dass sie jetzt alle drei Horváth heißen. Die netten Bemerkungen zu seiner späten Vaterschaft hatten ihm schon vollkommen gereicht.

Damals, am 24.10.2003 am Gang eines Rundfunkgebäudes, ruft der jugendliche PR-Berater von Frau Nicholson: »Gleich kommt der Mann von der BBC, wo willst du denn jetzt noch hin Karme?« und rauft sich die Haare, während die Angesprochene wortlos und lächelnd hinter einer Restroom-Tür verschwindet. »Künstler …« seufzt er und sinkt entnervt auf einen der dort herumstehenden dunklen Barcelona-Sessel. Hinter verschlossenen Türen sucht die prominente weißhaarige Malerin fieberhaft nach ihrer Droge – diese ist in ihrem Mobilphone verborgen und wird über den Gehörgang absorbiert. Zwei- oder dreimal pro Woche wählt sie nämlich mit leichter Wehmut eine Wiener Nummer. Einfach nur, um mit dem Satz: »Ja, küss die Hand mein Tschapperl, mein kleines Puppi, mein gnädigstes!« und Ähnlichem von ihrer männlichen Muse begrüßt und motiviert zu werden. Er fehlt ihr!

♪ 🎵 *... und Morgenlicht durchflutet schon den Raum ...*

Ich liege in deinen Armen, Liebster, wie der Mandelkern in der Mandel
   ~~~ Hilde Domin ~~~

Max liegt im Bett, schnarcht leise und sieht aus wie ein schlafendes Riesenbaby mit Bartstoppeln. Seine langen Haare im Farbton zwischen Gösser® Gold und naturgeölter Eiche kringeln sich auf dem Polster. Nun lächelt er im Schlaf. Verena sitzt regungslos neben ihm, ihre Augen sind so weit aufgesperrt, dass sie fast meint, eine Art von Ziehen am inneren Lidrand zu spüren. Sie möchte unter gar keinen Umständen auch nur ein Pixel dieses wunderbaren Bildes verpassen. Weihnachten plus Kindergeburtstag – einfach unbeschreiblich! Das letzte Mal, als sie ein vergleichbares Glücksgefühl verspürt hatte, war der Tag, an dem ihr Vater seinerzeit die Stützrädchen beim Kinderfahrrad abmontierte und sie dann mit einem ermutigendem Lächeln und einem kleinen Schubser auf ihren allerersten »Freeride« rund um die Akropolis schickte – als könne sie plötzlich fliegen, so kam es ihr damals vor.

♪ 🎵 *... and suddenly I'm flying, flying like a bird ...*

Doch Verena ist nicht nur ganz Auge, sondern auch aufgesperrter Mund, der Staunen trinkt, auch aufgesperrtes Herz, das noch immer im Takt pocht. »Hör nicht auf, da zu sein, Max ...« betet die bebende Verena, während sein Anblick ihr durch sämtliche Poren wabert. »... denn wenn du jetzt nicht mehr da bist, falle ich sicher gleich tot aus diesem Bett!« Ganz vorsichtig zieht Verena nun die Baumwolldecke über seinen etwas verschwitzten Rücken, er soll sich nicht erkälten! Dann steht sie vor dem Bett und betrachtet ihn erneut. Sie schmunzelt, muss an Onkel Hansi denken und prostet ihrem Max jetzt still mit dem Teehäferl, zu. »U-u-underschön bist du, mein Mann ...« flüstert sie, bevor sie barfuß in die Küche schleicht. Ganz ohne Wollsocken heute!

♪ ♫ ... *I wanna wake up with you ...*

Hab' nach der Betrachtung der Seele gefälligst Acht auch auf den Bau des Körpers und bewundere ihn, als würdige Wohnung, die der beste Werkmeiste für die vernünftige Seele geschaffen hat
   ~~~ Basilius der Große ~~~

Sommerbeginn 21. Juni. Längster Tag und kürzeste Nacht. Früchte und Fülle, Sonnenblumenfelder bis zum Horizont, duftende Wäsche hängt unter Kirschbäumen, Hitze, Heuernte und lange Tage. Zeit des Reichtums – alles wächst und blüht zu voller Kraft. So viele Sternschnuppen in klaren Nächten, sonnendurchheizte Tage. Zeit der übermütig kreischenden Schwimmkinder, der schattigen Gastgärten, der singenden Nachtigallen und der unten beim Bach trunken im Abendlicht taumelnden Glühwürmchen.

Es gibt wieder Grillfesterl im Heimatmuseumsgarten. Elisabettas Kräuterpyramide duftet appetitanregend nach Salbei, Rosmarin, Basilikum, Bohnenkraut, Kerbel und Zitronenmelisse. Zucchinis auf voluminösen grünen Blattlappen wuchern hinten am Kompost, während im Vordergrund Drago mit einer Scherengrillzange die gewürzten Lammsteaks und Süßkartoffelscheiben umdreht und seine intensive Knoblauchsauce zum Einsatz kommt. Kalte Gurkensuppe, Rosmarinerdäpfel und Omas obligater Häuptelsalat mit Marillenessig und Nussöl – veredelt mit den Blüten der Kapuzinerkresse – werden serviert. Jetzt ist auch die Zeit der jungen Erbsen und Fisolen, die Zeit von Sauerampfer, Mangold und Zuckermais, von Möhren und saftigen Tomaten. Schon bald gibt es die ersten Eierschwammerln oben im Wald und schließlich läutet der Blühbeginn der Sommerlinde den Hochsommer ein. Es wird sehr heiß und man fährt ... zum See, ans Wasser, ans Meer!

♪ ♫ *Das Meer vermischt bei sommerlichem Himmel seine weißen schäfchengleichen Schaumkronen mit Engeln so rein.*

Das Meer, diese endlose azurblaue Schäferin ...
  ~~~ Charles Trenet ~~~

Urlaub – der Nomadenanteil in uns darf wieder gespürt werden. So um den Bartholomäustag herum, den 14. August, fängt dann am Land draußen der Herbst wieder an. Die Haselnüsse werden reif, man beginnt mit der Obsternte. Schnell eilt die Zeit dahin und schon brennen wieder die Lukasfeuer am 18. Oktober. Zwischen den beiden dunkel bewaldeten Voralpenkogeln in N. bricht sich heute noch einmal mit breiten Strahlenbündeln die goldene Abendsonne ihre Bahn – Mückenschwärme tanzen wie benommener Goldstaub darinnen, als hätten sie wirklich etwas Gras geraucht. Die schon fast kahlen Obstbäume stehen in Reihen am Hang hinauf und fangen etwas Abendlicht mit den Spinnweben zwischen schwarzbraunen Astgabeln auf. Im kühlen Brunnenschatten, im kleinen ummauerten Gartenrechteck, schreit der Pfau. Eine Rabenscharstakst auf den feuchten und dämmrigen Gründen drüben beim Bach herum, wo Dornen und Brennnesseln die zusammengesunkene Hütte der Zaunerin inzwischen überwuchert haben.

Statt Dornen wachsen Zypressen, statt Brennnesseln Myrten. Das geschieht
zum Ruhm des Herrn als ein ewiges Zeichen, das niemals getilgt wird.
  Jes 55,13

Genau genommen sind die Brennnesseln, einer römischen Kohorte
gleich, mit wehenden Fruchtständen auf den grünen Köpfen im Laufe
der Jahre dort unten einmarschiert. Durch die desolate Vordertüre,
die sich nur noch an einer rostigen Angel wie ein Betrunkener am
hinlänglich bekannten Laternenpfahl festhält. Sie haben ihre Samen
da drinnen auf die dunkelfeuchte Erde zwischen den morschen und
teilweise abhanden gekommenen Dielenbrettern (in N. sind die Winter
kalt ...) verstreut. Im Jahr darauf sind die grünen Massai dann – sich
ständig weiter rundum aussäend – durch die inzwischen gänzlich abhanden gekommene Hintertür, bzw. durch den verbliebenen Türstock
wieder weiter gezogen.

Die Schatten auf den Wiesen und Hängen gleiten jetzt zu dunkler
Breite auseinander und fassen sich schon an den Händen. Verena steht
im blauen Dämmerlicht am Schlafzimmerfenster ihres Heimathauses und blickt durch alte Gardinenspitzen hinunter zum Bachufer.
Die suchend herum stelzende Rabenschar dort knarzt wie eine alte
Tür. Verena hat ein blau liniertes Blatt aus dem alten Schulheft ihrer
Schwester in der Hand. Mit kindlich breiter Schrift hat Elisabetta
seinerzeit Frau Zauners eigenartige Verse notiert. Es wird still, ein sanfter Abendwind erhebt sich. Er fächert durch die Reste von Blattwerk
ringsum und wieder schreit klagend der Pfau. Plötzlicher Westwind
reißt der gerade noch anmutig aus Bergmanns Kamin aufsteigenden
silbriggrauen Rauchnymphe in wortloser Grausamkeit die Schwaden
vom Leib um sie anschließend vollkommen zu zerfetzen. Kann denn
Wahrsagen Sünde sein? Die Antwort, die Verena sich selbst heute
darauf gibt lautet: JA!

Wendet euch nicht an die Totenbeschwörer und sucht nicht die Wahrsager auf; sie verunreinigen euch. Ich bin der Herr, euer Gott.
Lev 19,31

Einmal abgesehen von der Faszination, die der ganze Kram so auf Leute ausübt, die Nichtmaterielles noch gar nie angedacht habenund die dann plötzlich merken, dass da doch noch *irgendwas* ist – was sollte es bringen, die Zukunft zu wissen? Warum Spoilern?

There are more things in heaven and earth, Horatio, than are dreamt of in your philosophy.

Sie, Betty und Agnes hätten sich vieles erspart. *Bald verschwindet der Schrecken und kehrt doch zweifach zurück.* Agnes hätte sich ohne diese Info dreißig Jahre Angst vor der Rückkehr des Monsters erspart. *Der erste liebt, was sein Auge erblickt* – ja mei, der Leo war wirklich ein etwas oberflächlicher Typ, doch was nützte es, das zu wissen? Verliebt hätte sich Betty ja trotzdem in ihn! *Der zweite liebt das, was unsichtbar ist* – so what auch schon? Es gibt genug Männer mit offenem Herzen wie Drago, also was an dieser Information war nicht entbehrlich? Dass Kili ein wahrer Schatz ist, bestätigt jeder, der ihn kennt – na und? Auch Cilly, Pirmin, Cosima – alle Kinder sind doch unglaubliche Schätze! *Die Schwester wird glücklich mit Adam, dem Koch …* Verena seufzt aus tiefsten Herzensgrund – ohne diesen Satz wäre sie wohl gar nicht auf die Idee einer Verlobung mit Korbinian Kocher-Adamovich, dessen Mutter ihr sogar nach dem Leben trachtete, gekommen. Auch der seltsame Reiz, den der Erfindungspoet Adam Charles Cook-Pototschnig (Mama Kärnten, Papa Cornwall) dann später auf sie ausgeübt hatte, er wäre vielleicht ohne diese Adam-Koch-Fixierung im Hinterkopf gar nicht vorhanden gewesen. Der Max hingegen, der hätte sie wohl so und so gefunden, da *er* schließlich *sie* gesucht hatte und nicht umgekehrt.

Nicht nur die Dürstenden suchen das Wasser, das Wasser sucht auch die Dürstenden.
~~~ Al Hallaj ~~~

♪ ♫ *... everybody's got a hungry heart ...*

Sogar wenn man an Menschen wie Frau Zauner oder den Georg gerät und an keinen der unzähligen Scharlatane, an tatsächliche »Zaunreiter«, (mit den Gefahren des Unsichtbaren vertraut und damit gesegnet bzw. belastet, den Schleier etwas heben zu können) – WOZU?

Pepperl fällt ihr jetzt auch noch ein. Onkel Hansis besten Freund hatte seine prophezeite Zukunft stets mit Zuversicht erfüllt, das muss gerechterweise auch erwähnt werden. Ein Arzt, der sich Jahrzehnte mit Altersforschung beschäftigt hatte, sprach den jungen Pepperl damals im Diana Bad an und erklärte ihm detailreich, dass er ganz sicher fünfundachtzig Jahre alt werde. Seine Statur, die Konstitution, einfach alles am Pepperlkörper deute darauf hin – falls Pepperl also nicht vorher Opfer eines Unfalls oder dergleichen würde, sei ihm der Fünfundachtziger gewiss. Ja und es war dann tatsächlich so! Doch pünktlich im sechsundachtzigsten Lebensjahr, schon eine Woche nach dem groß gefeierten Geburtstag, schwand jeder Mut und jede Hoffnung auf Zukunft aus Pepperl wie die Luft aus einem Ballon. Er verschied innerhalb von nur vier Monaten und verbrachte die letzten davon in sich zusammengesunken in ungeduldiger Erwartung des Todes. Vielleicht wäre er ohne den ihm prophezeiten Fünfundachtzig ja auch lustige Neunzig geworden, wer weiß? »Man sollte jedem Menschen glaubhaft hundertdreißig Jahre versichern, um ihm Kraft und Zuversicht zu geben ...« denkt Verena nun, »... oder noch besser: Dass es auch ein Leben nach dem Tod gibt, ein schöneres und besseres – das sollte man glaubhaft versichern!«

Unser Leben währt siebzig Jahre, und wenn es hoch kommt, sind es acht-
zig. Das Beste daran ist nur Mühsal und Beschwer, rasch geht es vorbei,
wir fliegen dahin.
Ps 90,10

Riesige Kumuli ballen sich hinter der Hügelkette, trächtige Pandas
und Koalas und eine hochschwangere wolkige *Venus von Willendorf.*
Aus ihren Bäuchen und Armkugeln wächst ständig wieder neuer hell-
blauer Wolkenbuchsbaum heraus. Verena geht mit ihrer Schwester und
mit wachsendem Babybauch oben am Waldrand spazieren. »Gestern
ist mir plötzlich etwas eingefallen, etwas, das mein alter Religions-
lehrer einmal gesagt hat: Wir kommen um die fällige Grundsatzent-
scheidungen zwischen Gut und Böse nicht herum, ausgespannt wie
segelnde Flughörnchen über einem Abgrund müssen wir sie irgendwann im Leben treffen. Der so genannte *goldene Mittelweg* ist dabei
ebenso wenig möglich, wie ein bisschen schwanger zu sein, sondern
führt nur zur schmerzhaften Bauchlandung. Entweder – oder! Alles
dazwischen ist eine laue Angelegenheit.«

Elisabetta legt den Arm um ihre kleine Schwester. »Damit, dass man
nicht ein bisschen schwanger sein kann, hatte er ja wohl recht, gell?«
»Ja«, lacht Verena, »und mit dem anderen auch. Erinnerst du dich
noch, wie das bei dir damals war?« Elisabetta lächelt ganz wehmütig,
ja – sie kann sich gut erinnern an ihre beiden Schwangerschaften und
Geburten, derartiges vergisst man nicht! »Kili hat damals mit seiner
kleinen verschwitzten die meine berührt und dabei tief und behaglich
geseufzt. Ich war innerhalb einer Hundertstelsekunde im *Himmel,*
ohne darauf vorbereitet zu sein: Absolut sprachlos, restlos glücklich
und mit einem riesigen sperrangelweit offenen Herzen in meiner Brust.
Ein Herz, so offen, dass es schon fast weh tat da im Brustraum. Ich war
nur noch Mama mit Baby, ganz reglos und jenseits aller Zeit.

♪ ♫ ... *never been struck by a wonder like this* ...

Der bedauernswerte Leo daneben fühlte sich ausgesperrt und wurde von da an von einer Art Eifersucht geplagt, weil nicht er und seine Liebe und all seine Bemühungen es waren, die schließlich dieses Gefühl in mir ausgelöst hatten. Da wirbt Mann ausdauernd zwei Jahre um mich, da baut Mann mir einen Wintergarten, damit ich mich in der Schwangerschaft spät im Jahr noch an Blumen erfreuen kann, Mann verrenkt sich dabei noch das Kreuz und dann kommt ein säuerlich riechendes Würmchen zur Welt, das noch gar nichts geleistet hat und erhält vollkommen unverdient vollkommene Liebe na herzlichen Dank! Frechheit!« »Tatsächlich?!« Verena ist sehr erstaunt, das zu hören und Elisabetta wird nun verlegen. »Das ist natürlich etwas übertrieben, der Leo war ja kein Depp, aber da ist etwas, das habe ich bisher noch niemandem erzählt. Er war so eifersüchtig auf unser Baby, dass er an einem schwarzen Tag einmal so nebenbei bemerkt hat, er sei sich gar nicht sicher, ob er überhaupt der Vater von dem Knirps da sei, ein Mann könne das schließlich nie wissen. Na, dem guten Leo habe ich damals aber ordentlich die Leviten gelesen. Das hat er sich danach wohl nicht einmal mehr zu denken getraut!« »Und wie war es dann bei Cilly? Was ist Drago für ein Vater?« »Drago ist ein religiöser Mensch, aber er redet nicht viel über seinen Glauben. Er möchte nicht ständig von anderen reflexartig gefragt werden: ... *aber wenn Gott existiert und uns liebt, wieso hat er dann das alles geschehen lassen, gerade sie müssten doch ... ?* Sein Herz hat inzwischen eine Antwort gefunden, sagt er, doch die ist ohne Worte und Drago hat keine Idee, wie er seine ganz persönliche Erkenntnis für andere verständlich übersetzen könnte. Deshalb schweigt er in diese Richtung. Als ich damals schwanger war, hat er jede Nacht dasselbe gebetet: »Gott im Himmel, so du mich hörst, ich danke dir, dass du uns ein Kind schenken willst. Deine Güte ist sehr groß, wenn man bedenkt, dass es sich bei den so Beschenkten um meine Frau und mich handelt – es gibt wohl eine Reihe von

Leuten, die würdiger wären! Ich bitte dich nicht um Gesundheit und Schönheit oder um ein intelligentes Kind, doch wenn das überhaupt möglich ist, so bitte ich dich um ein Kind, das keine Angst kennt. Du allein weißt, warum. Noch eine Bitte habe ich, ich weiß, sie ist vermessen, also verzeihe mir, guter Gott. Sollte dieses Kind einmal alles das mit ansehen müssen, was ich gesehen habe, sollte es die Gräuel eines Krieges erleben müssen, so bitte ich dich, es lieber gleich im ersten Jahr wieder sterben zu lassen – danke.« Das alles hat er natürlich ganz leise im Bett gebetet, aber ich habe es ja doch gehört.

(…) I am not yet born; O hear me, let not the man who is beast or thinks he is God come near me (…). Let them not make me a stone and let them not spill me otherwise kill me.
⁓⁓⁓ Louis MacNeice, Prayer Before Birth ⁓⁓⁓

»Sag' es mir ganz kurz und mit einem Satz, Frau Schwester, wie ist es Mama zu werden? Was bedeutet es?« Elisabetta überlegt kurz, »Als Mama ist man immer im Standby-Betrieb – jede Minute, jeden Tag!« antwortet sie.

♪ ♫ *… a rosy hue settles all around …*

Pater Lenz segnet die Augen, die Ohren, die Hände, die Füße, den Mund und das Herz des Babys, das Patin Elisabetta im da entgegenhält. Eine begeisterte und aufgeregte Cilly mit funkelnden Augen hält das weiße Taufkleid bereit. Später wird dann beim Taufbecken dreimal Wasser über das kleine Köpfchen gegossen – die ganze Umgebung dieses uralten Taufsteins ist durch die Jahrhunderte herauf nicht nur durchtränkt mit Quellwasser für Tausende von Täuflingen davor, sondern auch durchwirkt von der Kraft dieses Fundamentalsakraments. Anschließend hebt der Priester Moses hoch und gut sichtbar empor wie ein Kätzchen, als das dreimalige Halleluja ertönt – jeder ist gerührt!

♪ ♫ *Halleluja, denn Gott der Herr regieret allmächtig. Das Königreich der Welt ist fortan das Königreich des Herrn und seines Christ, und er regiert auf immer und ewig, Herr der Herrn, der Welten Gott. Halleluja!*
~~~ *Händel Messias* ~~~

Täufling Moses in und außerhalb des uralten spitzenbesetzten Rosenmüllerschen Familien-Satin-Steckkissens lächelt freundlich. Max und Verena sind überglücklich, obwohl sie sich auch etwas uralt fühlen momentan … Sie gähnen verstohlen, denn der tagsüber meist schlummernde Taufzwerg ist nächtens immer sehr lustig drauf und möchte stundenlang herumgetragen werden. Da kann Verena Ratgeber lesen und Muttermilch produzieren, soviel sie will … Moses mag Mitternachtspartys! Er lässt nun den Ritus ganz friedlich über sich ergehen, nur als Papa Max (er hat inzwischen den IFC *Mr. Boom, Pregnant!* Bekommen) die Taufkerze an der Osterkerze entzündet, gluckst und kräht er laut und begeistert.

When we are created, GOD blows in us LIFE – so we receive a soul, that animates our physical body. Then, when we are baptized, we are annointed with a supernatural gift of the spirit of GOD, so that soul is annointed supernaturally …
~~~*Marino Restrepo* ~~~

Ein magischer Moment für alle und normalerweise unmöglich zu konservieren und festzuhalten – man kann solche Augenblicke nur erleben, oder eben nicht (Kevin etwa smst). Fritz und Marco ist es aber doch gelungen, ein bisschen davon einzufangen und etwas von seinem Zauber verfügbar und greifbar zu halten. Fritz hat halt einfach dieses Gespür für den idealen Winkel, das passende Licht und den richtigen Moment um abzudrücken – es sind unbeschreiblich schöne Fotos geworden! Das dafür gestaltete Album von Marco wiederum umfängt diese stimmungsvollen Bilder ungewöhnlich zauberhaft und das Paar rettet so ein bisschen von Unwiederholbarem und Einzigem in den Alltag herüber.

Hermann sitzt mit Rosa beim Frühstück. Sie trägt einen weichen Satin-Morgenrock in schimmernden Türkistönen, der Onkel einen Bademantel in schwarz-weißem Frottee mit sportlicher Streifen-Applikation auf den Ärmeln. Die beheizbaren Lockenwickler halten sämtliche Haare strähnchenweise aus Rosas rundem Apfelgesichtchen hinaus gespannt und so sieht sie nun wie ein *Smiley* aus. Attila seufzt tief und vernehmlich, denn heute muss er seiner Frau *diese Sache* unbedingt einmal beibringen. Vorsichtig und schonend gedenkt er vorzugehen, aber es wird trotzdem ein gewaltiger Schock für Rosi sein, soviel steht fest. Zärtlich fasst er nach der kleinen rundlichen Hand, die eben Honig auf seinem Buttersemmerl verteilen wollte. Mit den Worten: »Rosi, ich muss dir etwas sagen und du musst jetzt sehr stark sein.« Leitet er seine Geschichte ein. Weit ausholend beginnt er bei Enkelsohn Pirmin und Rosas Andeutungen damals vor zwei Jahren, dass dieses Kind mit der Brokkoli Frisur so wenig vom Aussehen seines glatthaarigen Vaters geerbt habe. Das alles habe ihm, dem Großvater, keine Ruhe gelassen und er habe sich Bücher über Genetik besorgt um sich schlau zu machen. Jedenfalls sei er zum Ergebnis gekommen, dass sowohl Enkel Pirmin, als auch dessen Bruder Kevin genug übereinstimmendes Erbmaterial mit Sohn Wolfgang hätten. »Na dann ist ja alles bestens, Mandi. War ja auch nur so ein Gedanke von mir …«

Die Furcht des Herrn ist rein, sie besteht für immer. Die Urteile des Herrn sind wahr, gerecht sind sie alle. Sie sind kostbarer als Gold, als Feingold in Menge. Sie sind süßer als Honig …
Ps 19,10-11

Hermann seufzt tief. »Iss doch jetzt dein Frühstück!« empfiehlt Rosa, die denkt, dass es das jetzt schon war. Es war aber nur die Einleitung

und daher hat Hermann keine Zeit und Lust fürs Honigsemmerl.
Nur einen kleinen Schluck Kaffee gönnt er sich, dann fährt er fort
mit seinem Vortrag, der sich langsam dem Knackpunkt *Blutspende für
Hansi* nähert. Tündes Worte von wegen A und B und AB und so. Er
habe jedenfalls erneut seine Bücher und Tabellen bemüht und siehe
da: »Bitte reg dich jetzt nicht auf Rosi – schau, da habe ich dir auch
schon ein Baldriandragee hingelegt – jedenfalls deutet einiges darauf
hin, dass unser Peter damals im Spital vertauscht worden ist!« Rosa hält
im Kauen inne und schaut sehr komisch drein. »Ja, was redest du denn
da?« fragt sie ihn mit ärgerlichem Tonfall. Attila tätschelt behutsam die
Hand seiner Frau: »Es besteht kein Zweifel, leider. Wenn ein Kind von
zwei blauäugigen Eltern keine blauen Augen hat, kann der Vater mit
den blauen Augen nicht der biologische Vater sein.« »Natürlich besteht
kein Zweifel, was soll denn das alles jetzt auf einmal, Hermann?« Attila
ist erstaunt über diese Reaktion, offensichtlich hat Rosi die Tragweite
des soeben Gesagten nicht erfasst, vielleicht auch irgendetwas falsch
verstanden. Er beginnt daher noch einmal von vorne, wird jedoch
rasch unterbrochen: »Ja sag einmal Mandi, fängt bei dir jetzt die Ver-
kalkung an?« Nun ist es am Hermann eigenartig zu schauen. »Du
kannst doch nicht von gestern auf heute vergessen haben, was du seit
vierzig Jahren gewusst hast! Willst du mich auf unsere alten Tage
damit zu sekkieren anfangen?« Hermann wird blass. »Womit sekkieren?« fragt er tonlos. »Na, dass der Peter vom Bruno ist, das weißt du
doch schon vierzig Jahre und es ist noch nie ein Thema zwischen uns
gewesen. Wir haben das doch alles geklärt damals!« Hermann hört
eine unsichtbare Peitsche durch die Luft sausen – *sssslack!* Er bekommt
einen Gesichtsausdruck ähnlich dem der Darsteller in Wild-West-Fil-
men, wenn sie hinterrücks erschossen werden und sinkt sowohl auf
die gepolsterte Küchenbank als auch in Ohnmacht.

Die Pensionierung hatte Hermann keine Probleme bereitet, war er
doch davor vor lauter Substanzen-Katalogisieren und Arbeitsschritte-

Dokumentieren kaum mehr zum Forschen und Entwickeln gekommen. Eine seiner letzten Arbeiten vor der Pensionierung war für die spätere Entwicklung eines Lawinen-Sprengstoffes (Lawinit, ein aluminiumhaltiger Emulsionssprengstoff) von großer Bedeutung gewesen. Vor drei Jahren war Hermann daher vom Pistenchef der Bergbahnen in I. eingeladen worden, einmal einer Lawinensprengung beizuwohnen. Sprengen vom Hubschrauber aus ist nur bei Sichtflugbedingungen möglich. Außerdem sollte die Neuschneemenge zwischen 20 und 30 Zentimetern betragen. Unter idealen Bedingungen ist der Schnee spröde und trocken, dann lässt sich eine Lawine leichter auslösen. Die Sprengstelle war festgelegt und der vermutliche Lawinenstrich ausgespäht, die Sprengung konnte beginnen.

Ein lauter Knall und die Kunststoffschlauchpatrone im Gewebesack detoniert ganz wunschgemäß noch über der Schneedecke. Die enorme, hochfrequente, N-förmige Druckwelle führt zum schneebrettartigen Abreißen der Decke und zum Niedergang einer gewaltigen Lawine. Man bekommt erzählt, dass der Regen in Irland oder die Flut in der Bucht des Mont Saint Michel von allen Seiten kommen und kann es sich doch schwer vorstellen. Dann sieht man mit eigenen Augen, was gemeint ist und versteht schlagartig! Hermann ging es damals ähnlich – das Schauspiel am Berghang unmittelbar vor seinen Augen war von derart gigantischem Ausmaß, dass er trotz aller Graphiken und Simulationen überrascht und zutiefst ergriffen war. Von einem Augenblick auf den anderen klafften grellweiße Risse weitum am ganzen Hang – es sah aus, als würde der halbe Berg abrutschen. 1200 Höhenmeter in 35 Sekunden! Mit 250 km/h Höchstgeschwindigkeit brandete die Lawine unten an einen Gegenhang und stieg sogar dort noch über 100m hinauf. Dieses Erlebnis hat der soeben aus einer leichten Ohnmacht erwachende Attila nun vor Augen und begleitend dazu das Gefühl, als sei ein Großteil seines Lebens und seines Selbstverständnisses unter ihm weggerutscht.

♪ ♫ ... *my life into pieces – I've reached my last resort ...*

Der dreibeinige Schustersessel, auf dem er bequem zu sitzen geglaubt hatte, war unvermutet zum Melkerstuhl geworden. Seine emotionale Lebensgrundlage war geplatzt wie eine Immobilienblase und das Gemeinschaftsschlauchboot gleich mit; der seinerzeitige Gondoliere (bitte warten – die Erklärung dazu folgt ein paar Seiten weiter – please hold the book) zum einsamen *Stand-Up-Paddler geworden.* Auch wenn das Ereignis 1963 stattgefunden hatte, traf es ihn mit nicht minder voller Wucht. Der Knall platzender Immobilienblasen im fernen Peking ist ja auch noch bis in den hintersten Winkel der Finanzwelt zu vernehmen. Hatte er vierzig Jahre in einer Illusion gelebt, auf einem Schneebrett? Konnte das wirklich so sein? Die Stadtführung in Wien fällt ihm ein – ein Geschenk Tündes zu Rosas 60-er. Der Innenhof des Savoyenschen Damenstifts und dieser Wandbrunnen, den er seit seiner Jugend als *Witwe von Sarepta-Brunnen* kannte. Wie er die Zusatzinfo »1. Buch der Könige!« dieser blutjungen weiblichen Kunstvermittlerin so lässig hin schmetterte und dann beschämt erfahren musste, dass die Brunnenfigur eine andere Witwe darstellt. Aus einer Inschrift dort geht das nämlich eindeutig hervor!

Angefangen hat dann alles Weitere mit einem leichten Anrempeln ab und zu. Dann eines Morgens beim Frühstück ein Tritt gegen das Rosa-Schienbein. »Entschuldige mein Liebes, entschuldige!« Die Fassade bekommt ihren ersten Sprung. Hermann weiß sich mitten in einem destruktiven Prozess und kann sich selbst dabei zusehen. »Guten Morgen.« »Guten Morgen.« Wünschen er und Rosa sich wie immer. Doch plötzlich an diesem Morgen schließt sich beim Blick auf seine Frau das Herz. Langsam, aber unaufhaltsam. Wie sich schließende Wundränder im Zeitraffer, wie Blattklappen einer Venusfliegenfalle in Zeitlupe. Irgendwie kalt fühlt sich der Vorgang an, kalt aber sicher.

Das schlimmste Gefängnis ist das geschlossene Herz.
~~~ Papst Johannes Paul II. ~~~

♪ ♫ *... a total eclipse of the heart ...*

Der Impuls Richtung Ehefrau in Hermanns Brustraum ändert seine
Geschwindigkeit und ein bisher nie gekanntes brennendes Gefühl in
der Magengrube gibt dem Ganzen Nahrung. Trocken und bitter wie
Tannin auf der Zunge – kein Zweifel, es ist purer Hass! Mit Entsetzen
und grimmiger Befriedigung gleichzeitig diagnostiziert er ihn an sich.
Diese mollige kleine Frau im Schlafrock – ihm ist, als sehe er sie heute
zum allerersten Mal. Der wilde Wunsch ihr ins Gesicht zu schlagen
lodert auf, doch der alte Mann hat sich in der Hand, stattdessen fragt
er sie nur beiläufig: »Und was schauen wir (*Pluralis benevolentiae*, allerdings kann von Wohlwollen hier gar keine Rede sein ...) gar so
blöd drein heute Morgen?« Ein blonder Lockenwickler-Smiley starrt
fassungslos zurück.

Rosa hat ihren Bridgeabend. Hermann findet keinen Schlaf und
wandert, wie schon in den Nächten zuvor, ziellos durchs Haus. Beim
Telefon liegt ein Zettel – der kommt ihm ja gerade recht! Unter § 2,
Absatz 3 steht da nämlich, dass »Unbefugt im Sinne der Abs. 1 und
2 handelt, wer weder Eigentümer noch Nutzungsberechtigter ist ...«
Unbefugt! Dem kann er sich nur vollinhaltlich anschließen. Spontan
greift er zum Hörer und beim Almwirt, klingelt zu nächtlicher Stunde
das Telefon. Festnetz. Er seufzt und liftet den Hörer »Schubert, Grüß
Gott!« am anderen Ende ist erst nur ein Keuchen zu vernehmen, dann
herausgepresste Sätze: »Ich erwisch dich schon noch du Drecksack, ich
kriege dich! 1962 war Ehebruch nämlich noch strafbar ...« Schreck-
sekunde bei Bruno, Frage: »Hermann, um Gottes Willen bist du das
etwa?« »Jawohl, du stinkender Auswurf, hier spricht der Hermann,
den du zum Idioten gemacht hast ...« »Alter Spezl, Freund, ich bitt'

dich, rede nicht so einen Blödsinn daher, da liegt sicher ein Missverständnis vor, lass mich …« »Es hat sich ausgespezelt du … du …! Ich belange dich! Ich bring dich vors Gericht! Das wirst du mir büßen, das schwöre ich dir! Wegen Feldfrevel belange ich dich!« »Was?« »Du hast schon richtig gehört, Abschaum!

Wir plagen uns ab und arbeiten mit eigenen Händen; wir werden beschimpft und segnen; wir werden verfolgt und halten stand; wir werden geschmäht und trösten. Wir sind sozusagen der Abschaum der Welt geworden, verstoßen von allen bis heute.
1 Kor 4,12-13

Wer hat denn auf meiner landwirtschaftlichen Grundfläche sein Fahrzeug abgestellt, Feuer gemacht …« »Wie bitte, was?« »… geweidet, Unrat hinterlassen, meine Bringungsanlage benutzt, mein Bienenhaus betreten? Weißt du Lump denn überhaupt, was nach Sachsenrecht (Lex Saxonum 30) auf Bienenraub steht? Rübe ab!« »Herrschaftszeiten Hermann, von was redest du denn da überhaupt?« »Von meinem Hausschlampen, der Rosa rede ich, von meiner süßen Biene, von meinem Bienenhaus, das du 1962 widerrechtlich …« »Ja bist du denn jetzt komplett übergeschnappt, Hermann, wie redest du denn von deiner Frau?« »Ich rede von meinem Eigentum wie es mir passt …« »Sag spinnst du jetzt komplett!? Du, ausgerechnet du, der gar so kultivierte Herr Fein & Nobel, redet jetzt so saudumm daher, als wäre die Rosi ein Ding!« »Kusch!« »Nix kusch, weil jetzt ich einmal rede und eh schon alles wurscht ist. Ist die Kuh hin, dann soll die Kalbin meinetwegen auch verrecken. Ich habe es ja immer schon gespürt, all die Jahre habe ich es in meinen Eingeweiden gespürt, dass du die Frauen innerlich verachtest. Dein ganzes arrogantes akademisches Gentleman Getue war alles nur Theater, der edle Ritter Distingbert ist in Wahrheit der allerprimitivste Macho von Scheibbs bis …« KLACK – aufgelegt.

Bruno sinkt auf seinen Tiroler Sessel zurück in die ausgebreiteten Arme von absoluter Fassungslosigkeit. Was war denn bitte jetzt auf einmal los? Es war doch alles klar kommuniziert worden zwischen den drei Fremdgehbeteiligten damals vor gut vierzig Jahren. Bruno kann die Szene noch vor sich sehen: Wie er mit Rosi Hand in Hand und mit gesenktem Blick zum Hermann ging am peinlichsten Tag seines Lebens. Wie er seinen ganzen Mut zusammennahm, um den Satz: »Mandi, Rosi und ich, wir müssen mit dir reden, denn es ist jetzt etwas passiert, das nie passieren hätte dürfen. Es war allein meine Schuld …« herauszupressen. Wie seine große Liebe ihn noch schützen wollte »Nein Bruno, sag das nicht, ich war doch diejenige, welche …« und wie sie gemeinsam verlegen herum stotterten. »Es hat uns überkommen, wir wissen selbst nicht wie …«. Auf das Geständnis kamen jedoch nicht die von ihm (sehnlichst!) erwarteten Faustwatschen, sondern sie mussten erfahren, dass Hermann bereits informiert war: »Aber ich weiß doch längst alles und habe es sowieso bereits geahnt. Glaubt ihr zwei etwa, ich wäre blöd und hätte keine Augen im Kopf? Wie ihr in letzter Zeit immer so dreingeschaut habt's, diese eigenartig flackernden Blicke, da hat sie euch schon fest in der Hand gehabt, eure geheime Leidenschaft, gell?« Er und Rosi sahen sich einigermaßen überrascht und erstaunt an damals. Diese Seelenruhe, mit der Hermann das damals alles abhandelte, als hätten sie ihm nur einen Hunderter gestohlen oder so.

Bruno versuchte damals erneut, die Sache klarzustellen: »Jedenfalls ist es nun zu spät, wir haben die Notbremse nicht rechtzeitig gezogen und nun ist es passiert. Ich stehe zu allem und heirate die Rosi sofort, falls du dich jetzt von ihr trennst.« Er hatte nämlich inständig gehofft, dass genau das nun passiert, denn ohne Rosa wollte er nicht mehr leben. Doch Hermann machte all ihre Hoffnungen zunichte, indem er sich nun empörte: »Ja seid ihr denn völlig übergeschnappt, ihr zwei? Wegen *dem* soll ich mich jetzt von Rosi trennen? Niemals, denn in guten wie in schlechten Tagen haben wir uns versprochen. Sie bleibt meine Frau und du bleibst mein Freund und basta! Wir drei werden das alles jetzt gemeinsam durchstehen. Wir machen uns das schon untereinander aus und alle anderen brauchen gar nichts davon erfahren.« In der folgenden längeren Pause weint Rosa bitterlich, weil sie von Hermanns Güte und Großzügigkeit so beschämt ist und weil sie sich die gemeinsame Zukunft mit ihrem Bruno wieder abschminken kann. Einen Hoffnungsschimmer hat sie allerdings noch: »Ja aber … das Kind!« Hermann: »Eben, eben, du sagst es, meine Liebe. Schwangere sind nicht normal – du warst wahrscheinlich gar nicht zurechnungsfähig in deinem hormonellen Zustand …« Ein letztes Mal probiert sie es: »Wie soll das mit dem Kind denn jetzt gehen?« Bruno hilft auch mit: »Die finanziellen Verpflichtungen …« Doch gegen Hermanns überbordende Großherzigkeit sind sie machtlos: »Da hast du allerdings recht Bruno, so ein Kind kostet Geld. Den Part meiner Frau übernehme ja sowieso ich – sie ist für mich schuldlos – und du zahlst eben alles ab, so gut es geht. Wir drei werden uns das schön ordentlich ausrechnen und gut einteilen. Jetzt aber Schwamm drüber – die Sache ist erledigt!« Sie sind geschlagen. Auch die Fremdenlegion oder gar Tirol kann Bruno jetzt vergessen, will er doch Rosa und sein Kind nicht alleine hier lassen. Hermann hat ihnen zuletzt auch noch moralisch quasi den Rest gegeben, bewaffnet mit Friedrich Schiller: »Es ist euch gelungen, Ihr habt das Herz mir bezwungen; und die Treue, sie ist doch kein leerer Wahn – so nehmet auch mich zum Genossen an: ich sei, gewährt mir die Bitte, in eurem Bunde der Dritte!« Bruno sitzt am Hackstock in seiner Holzhütte und weint. Die Tränen kullern nur so bei seinem Hemdkragen hinein. Aber warum das, jetzt auf einmal? Warum gibt man jetzt den Götz von Berlichingen nach all den Jahren, die für ihn sowieso tätige Reue waren? Diese erzwungenen Italienurlaube etwa … zu dritt! Rosi greifbar nahe dort am Strand, angeknuspert von der südlichen Sonne im Bikini und ein gut gelaunter Hermann daneben, als ob nichts wäre.

Ihr habt gehört, dass gesagt worden ist: Du sollst nicht die Ehe brechen.
Ich aber sage euch: Wer eine Frau auch nur lüstern ansieht, hat in seinem
Herzen schon Ehebruch mit ihr begangen.
Mt 5,27-28

Oder gar im Schlauchboot (mit Motor!) eng beisammen sitzen müssen und der Hermann – natürlich immer am Steuer – meinte dann gerne launig und o-sole-mio-trällernd, dass er nur der Gondoliere des Trachtenpärchens sei. Wie um alles in der Welt kann ein halbwegs normaler betrogener Ehemann denn auf derartige Urlaubsideen kommen? Aber vielleicht war Mandi ja einfach ein Sadist!? Jedenfalls hatte der Almwirt für seinen Schuldtitel mit ewiger Laufzeit die stets nach oben marschierenden Zinsen in all den Jahren bezahlt, so sah er das. In bar, in Naturalien wie Käse, Brennholz und Honig und durch unentgeltliche Kinder- und Jugendlichenbetreuung oft 24/7 für die gesamte Familie Rosenmüller. In einer Art Schuldknechtschaft bitter bezahlt mit *Rosi-im-Bikini-Folter* bis hin zu pflichtbewusstem Lachen bei Hermanns stets faden Witzen all die Jahre hindurch. Bruno hat die Schlüsselszenen von damals im Geist Revue passieren lassen und konnte keinen logischen Fehler finden. Soeben ist er am Schluss angelangt, nachdem Hermann damals aus dem Büro gegangen war und ihn und Rosa völlig beschämt zurückgelassen hatte. Bruno: »Unfassbar, das hätte ich jetzt nicht gedacht …« Rosa: »So einer ist der Mandi halt, ein Ehrenmann, wie Rudolf Prack im Film. Ich habe so einen ja gar nicht verdient.« Bruno wischt sich nun, vierzig Jahre später, mit einem großen karierten Taschentuch über die Augen und schnäuzt sich anschließend lautstark. Er kann sich unmöglich vorstellen, dass ein Rudolf Prack jemals einen derartigen Anruf getätigt hätte, weder im Film noch privat.

Hohlwangig steht Ex-Gentleman Hermann Rosenmüller vor dem Badezimmerspiegel und seufzt. Er atmet schwer. Das Lied von Lino

Moreno fällt ihm ein und er sieht plötzlich Rosa vor sich, wie sie laut in Brunos Ohr singt beim Tanzen. Da sagt er zum Spiegelbild, die Stimme seiner Frau nachäffend: »Du bist vielleicht ein Kasperl Hermann!« Und er grinst eigenartig, schief und unfroh dabei. Damals vor gut vierzig Jahren war es gewesen, Hermann kann die Szene vor sich sehen: Bruno und Rosa Hand in Hand und mit gesenktem Blick wie zwei Kinder, die eine kostbare Vase zerbrochen haben. Hermann muss dieses Mal aber keineswegs schmunzeln, wenn er daran denkt. Nach so langer Zeit hat plötzlich jeder Satz, der schon immer da war, über Nacht eine völlig andere Bedeutung bekommen. Weil die Wirklichkeit das tatsächlich Gemeinte nun dahinter aufleuchten lässt wie bei einem Glasfenster und damit alles von selbst erklärt. Auch das eigenartig dumpfe Gefühl Attilas, dass etwas nicht ganz stimmig sei bei diesem Szenario – es war durchaus berechtigt!

Einzelne Erinnerungsfetzen tauchen vor Hermann Rosenmüller auf. Das Trachtenpärchen, wie sie beide dastehen und *Es hat uns überkommen, wir wissen selbst nicht wie ...* zu ihm sagen. Überkommen! Er hatte vier Jahrzehnte lang geglaubt, dass die beiden damit lediglich ihre Leidenschaft fürs Kartenspielen gemeint hätten und nicht diejenige füreinander. Er sieht sich selbst, wie er damals leicht amüsiert mit *Aber ich weiß doch längst alles und habe es sowieso bereits geahnt* darauf antwortet. An diesem Punkt seiner Erinnerungen, die Hermann vor dem Badezimmerspiegel stehend abruft, verpasst er sich nun die erste schallende Ohrfeige. Es folgen noch weitere bis zu *Den Part meiner Frau übernehme ja sowieso ich – sie ist für mich schuldlos – und du zahlst eben alles ab, so gut es geht. Wir drei werden uns das schön ordentlich ausrechnen und gut einteilen. Jetzt aber Schwamm drüber – die Sache ist erledigt!* Was hatte er da in völligem Verkennen des tatsächlichen Sachverhaltes für Abmachungen getroffen und was für Zugeständnisse gemacht! Er hatte damals nur herausgehört, dass das kommende Baby nun auch mit Kosten verbunden ist und nicht, dass das kommende

Baby *nicht von ihm* ist! Wen traf die Schuld am fatalen Missverständnis? Jetzt fällt ihm gar noch sein Schillerzitat ein ... *Ich sei, gewährt mir die Bitte, in eurem Bunde der Dritte!* und damit ist die Grenze des Erträglichen erreicht und überschritten *In eurem Bunde der Trottel, in eurem Bunde der Trottel* ... schreit ein gequälter alter Mann, der nicht mehr ein noch aus weiß seinem Spiegelbild zu, während er sich ununterbrochen beidhändig ohrfeigt.

♪ ♫ ... *all of the ghouls come out to play* ...

Rosa kommt leise trällernd zur Tür herein und parkt den pinken Tussi on Tour® Regenschirm im Zebrafell-Schirmständer. Ihr Mann, indirekt und dürftig von einem einzigen Wandspot fahl beleuchtet, steht gespenstisch mitten im Gang – als sei er soeben dem Grab entstiegen. Doch keinesfalls auferstanden in Licht und Jubel als Sieger über Sünden und Tod, sondern als grauenhaft Verstrickter, an dem aller irdischer Morast hängt und hinunter tropft, von dem er sich jetzt nicht mehr befreien kann. Schluss mit *buffetfein*, er lässt den *guten Stil des Hauses* heute hinter sich und schlägt ihr mitten ins Gesicht. Er packt sie an den Schultern und stößt sie mit Wucht gegen den Schuhschrank am Gang. »Metze, elende ...« beginnt er halblaut zu schimpfen. Er entreißt ihr die purpurrote Tasche, die sie verängstigt und entsetzt mit beiden Händen wie ein Schutzschild an sich gepresst hielt und beginnt, damit auf sie einzuschlagen – die Ziernieten aus Metall treffen sie am Kopf. Das silberfarbene Zierschloss vorne an der Tasche verursacht einen tiefen Schnitt quer über Rosas Gesicht. Blutend und ohne Schuhe erreicht sie die Haustür, während er mit den Schimpfwörtern bereits bei »Vermaledeiter Drecksschlampen!« angekommen ist und jetzt keuchend nach einem Gürtel oder ähnlichem suchend in der Lade des Schuhschranks herumwühlt. Er möchte ihr unbedingt sehr wehtun und das ganze Plastikzeugs hier taugt nicht wirklich dafür. Zwar tut es das in Summe schon – nämlich die Erde und ihre Bewohner verletzen, nur den Plastikfaustkeil hat aus gutem Grund noch keiner zum Patent angemeldet. Attila entdeckt erfreut den mit reinem weißem Rosshaar besetzten Schrankfeger. In den Augen des Weihnachtsmannes steht nichts mehr als fertig destillierter hochprozentiger Hass. Verzweifelt versucht sie mit zitternden Händen den Schlüssel wieder ins Schloss zu stecken, als plötzlich die Tür von außen aufgesperrt wird. Die schwer geschockte Rosa purzelt ihrem Sohn Peter geradewegs in die Arme. »Um Himmelswillen Papa!« schriet der, als er den Tobenden mit rotem schweißnassen Gesicht, verzerrten Zügen, halboffenem Hemd und erhobenem Besen erblickt. »Nix Papa!« brüllt Attila inmitten seiner Privatschlacht i, »Aus dem Weg, du Bastard! Hat der besorgte Bruno sich bei seinem Kuckucksei gemeldet, weil du da so plötzlich bei uns auftauchst?« Dann hält Hermann aber inne und starrt überrascht an Peter und Rosa vorbei auf etwa zwanzig Familienmitglieder, die vor der Haustür stehen mit zwei Gitarren, Packerln und einer großen Torte – !☺Überraschung☺! – Onkel Hermann hat Geburtstag heute!

9. Kapitel – only the good

Zwei Tage später ist Peter dann in einem Zustand, den er bislang kaum kannte, nämlich: nicht ganz bei der Sache. Er sollte sich aber gerade hier und heute konzentrieren, anstatt sich mit dem Satz *Ich soll also tatsächlich kein Rosenmüller mehr sein* herumzuquälen. In nur einem Kilometer Luftlinie von ihm entfernt keucht sein schwitzender Bruder Pius soeben eine Forststraße hinauf. Er joggt allein heute, denn Irene ist über den Sitzmuldenrand gestolpert und hat sich dabei den Knöchel verstaucht. Das mit dem Laufen hat er vor zwei Jahren begonnen um beginnende Kreuzschmerzen hintan zu halten und es hat tatsächlich funktioniert – das Kreuz tut ihm nun überhaupt nicht mehr weh, dafür aber alles andere. *Ich hätte etwas einwerfen sollen vorhin,* denkt er und dabei kommen ihm auch die diversen Alternativheilmittel, auf die seine Großfamilie so schwört, in den Sinn. Tante Helene etwa, die ihre Kniearthrose momentan mit Ballistol® Waffenöl behandelt. Nur ja keine Schulmedizin! Na, da hatte die Gute vor Jahren einmal aber dumm geschaut, als er ihr erklären musste, dass die von ihr alternativ zur cortisonhaltigen Ultralancreme am Herbertbody verwendete Salbe aus Murmeltieröl auch nur aufgrund eines hohen Anteils an natürlichem *Cortison* wirkt. Dass sie mit gleichem Ergebnis gleich Yodl zu Hundsschmalz verarbeiten könne, hätte er vielleicht nicht sagen sollen, das war zugegeben herzlos und unüberlegt – aber, mein Gott! Er war damals eben jung, dumm und herzlos – waren wir das denn nicht alle einmal?

Vielleicht hätte er es kreuzmäßig auch einmal mit Brunos Pferdesalbe versuchen sollen, die ist ja wirklich genial! Ja, ja der Bruno … Seine Mutter und der Almwirt also – wer hätte das gedacht? Bruder Peter war also ein Rivaner (Müller Thurgau) und kein Riesling × Silvaner – das regelmäßige Weinverkosten ist an Pius nicht spurlos vorübergegangen. Aber derartiges weiß man ja nie und deshalb hatte Pius heute auch, als er die an Ricky adressierte Ansichtskarte aus Frankreich entdeckte, den Herrn Sohn streng gefragt, ob da was laufe/wäre zwischen ihm und ... »Hast du etwa was mit *der*? Grins nicht so blöd, sondern antworte gefälligst!« Ausgelacht hatte der Bub ihn da. Ausgelacht hatte ihn dieser weiche 1,67 m große Pennyloafer! Und Irene wurde Zeugin, wie er es tatsächlich wagte, sich mit ihm, einem Monk, einem Double Monk gar, anzulegen! »Geh Papa, provozieren wollt' ich dich halt ein bisserl! Du bist nämlich echt witzig, wenn du dich ärgerst, bruhaha!« Und Irene, dieser ahnungslose Deko-Engel, dieser College Slipper, hatte das auch noch lustig gefunden, wie er an ihrem Gesicht ablesen konnte. Na, ihren Spaß sollten die beiden noch bekommen und zwar bald und zwar zuerst einmal budgetär! Pius hat keinerlei Skrupel, Kosten-Nutzen-Rechnungen sowohl in seinen Familien-, als auch in seinen Freundschafts- und Liebesbeziehungen anzustellen, er findet das sogar ausgesprochen vernünftig. Irgendwie ist Pius mit dem sagenhaften König Midas vergleichbar, dem alles sofort zu Gold wurde. Zwar verwandelt sich nicht alles in Gold, was er berührt, aber er instrumentalisiert dafür alles, was er einmal anfasst früher oder später. Dieser Grundgedanke ähnelt der Magie, die letztlich ein Zugreifen auf das Göttliche ist, um es für eigene Zwecke zu instrumentalisieren.

Ein Magier z.B. bewirkt durch sein Ritual eine Manipulation der Wirklichkeit und erwartet das Ergebnis in Form eines Zufalls – das ist eine Manipulation der Welt wie Gott sie nicht will
~~~ Susanne Reddig ~~~

Selbst seine Allernächsten dienen Zwecken und haben Aufgaben und haben gefälligst den ihnen zugewiesenen Rahmen nicht zu verlassen! Seine Mutter etwa hat für ihn zu backen, stolz auf ihn zu sein und sich nicht einzumischen, ebenso sein Vater – der allerdings minus Backen. Ein ordentliches unauffälliges bürgerliches Leben ohne irgendwelche

Ausrutscher hatte er auch vorausgesetzt, sowohl bei seinen Eltern als auch beim Bruno – und nun dieser Eklat! Kaum dass er selbst sich von den emotionalen Ansprüchen dieser Zu-viel-Frau, dieser französischen Sling-Pumps Falbala erholt hatte, begann nun die Familie hierzulande hart am Kraterrand von Irrwitz und Sozialsuizid herumzutanzen.

Bigamie ist, wenn man eine Frau zuviel hat, Monogamie ist dasselbe.
~~~ Oscar Wilde ~~~

Wenigstens auf seine Brüder konnte er sich, ähnlich wie ein Gepard, noch verlassen – wobei der gute Wolferl ja nur kommunizierte, wenn er angetrunken war und auch sonst, na ja … Jemand, der den Dipl.-Ing. macht und sich dann weigert, diesen Umstand groß und sichtbar aufs Türschild zu picken, in der Gemeindewohnung wohnen bleibt, ein rostiges tschechisches Auto fährt und den Schrumpel aus H. ehelicht … also echt! Wenn er und die Seinen wenigstens noch zwei oder dreimal im Jahr ein repassierliches Urlaubsziel anfliegen täten, aber nein: Schwammerlsuchen, Bergsteigen, Fliegenfischen – stöhn! Anstatt ihr Geld in ein Hotelprojekt in Dubai zu investieren, haben die zwei sich Patenkinder in der dritten Welt zugelegt, also bittegarschön – was soll das denn bringen? *Des Menschen Wille ist sein Himmelreich* pflegt der Papa in solchen Fällen stets zu sagen und er hatte Recht damit! Eine Art Hausschlarpfen war der gute Wolferl halt. Der einzige Double Monk in der ganzen verzweigten Sippschaft, abgesehen von ihm selbst, war der Peter. Sein kleiner Bruder – Halbbruder seit vorgestern – der verstand ihn, war stets mit Rat und Tat zur Stelle. Freundlich, praktisch, klug, aber auch unglaublich energisch und stur konnte das Festmeterchen schon als Kind sein, wenn es nötig war. Der Defi ist heute geistig und körperlich erschöpft, wie schon lange nicht mehr und so bleibt er schnaufend stehen und lehnt sich mit seinem breiten Rücken gegen einen Baumstamm. Er wischt sich den Schweiß aus dem Gesicht, beruhigt den Atem und ruft dann mitten im Wald in plötzlicher Gefühlsaufwallung ganz laut: »Der einzige Mensch weitum, der meinem Herzen ganz nahe steht, der bist du, Peter!« Ein paar Vögel flattern erschrocken auf. Soeben ist Pius das alles klar geworden und mehr noch: Peter hat ein zusätzliches Attribut, das er selbst schon lange (weil hinderlich) hinter sich gelassen hatte. Sollte es einen dreifachen Monk geben, so wäre es wohl der Bruder, denn mitten im wirren Getriebe dieser Welt hatte er sich erstaunlicherweise ein reines Herz bewahrt. Das alles gesteht Pius sich soeben ein und Peter zu. Er atmet noch einige Male tief durch, nimmt einen großen Schluck Elektrolyt-Getränk und knipst dann seine Stirnlampe an. Der Lichtkegel ist so eingestellt, dass er ungefähr 5 Meter vor ihm auf den Boden trifft.

Denn er Zugang (zur Kunst des Bogenschießens) ist, und darin stimmen die Bogenmeister über die Zeiten hinweg miteinander überein, nur denen vergönnt, die »reinen«, um Nebenabsichten unbekümmerten Herzens sind.
~~~ Eugen Herrigel ~~~

Der Wind ist heftig heute, so heftig, dass er sogar die schon nassschwer verklebten Blätter. der Sträucher und Bäume wieder breit auffächert.

Meine Seele klebt am Boden. Durch dein Wort belebe mich!
Ps 119,25

Durchs das würzig nach Moos und Pilzsporen riechende Waldesgrün und über den holprigen Steinweg geht es bergauf. Ein Wechselschritt vom glatten Schotter in den weichen Matsch – hoppla! Der andere Fuß landet im Nassen. Auch wasserdichte Schuhe sind es leider nicht, wenn man sie von oben her über den Knöchel befüllt – *smatsch smatsch* beginnt der Gatsch-Socken-Song. Weiter oben, in einer Kurve direkt vor sich, erblickt Defi plötzlich zwei Buchenstämmchen, geknickt wie Zündhölzer! Er bemerkt außerdem, dass ein verschmorter Gummi-Kunststoffgeruch in der Luft liegt. Pius hastet hinauf zur betreffenden

Stelle, verbreitert seinen Lichtkegel per Klapplinse und sorgt mit dem Boost-Modus für 20 Sekunden Extralicht. Adelbert von Chamissos Gedicht vom Riesenspielzeug fällt ihm ein. Pius Rosenmüller kann es auswendig hersagen, hat er es doch im Alter von zwölf Jahren gelernt, wo das Gehirn noch total aufnahmefähig ist. Ein Riesenfräulein im Elsass packt darin Bauer samt Pflug und Gespann ins Taschentuch und ein solches Riesenkind hat hier offensichtlich ein Auto hinunter in die Tannen gekippt.

Constanze Rosenmüller blickt erstaunt vom Laptop auf, als sie ein klirrendes Geräusch vernimmt. Der große Wandteller aus Herendporzellan®, ein Geschenk ihres Mannes Peter, ist soeben ohne erkennbare Ursache heruntergefallen. Ihr wird nun plötzlich ganz eigenartig kalt und seltsam schwer ums Herz.

Freigeschwommen hatte sich Pius Rosenmüller ganz aus eigener Kraft in all den Jahren. Beharrlich hatte er alle seine selbst gesteckten Ziele realisiert, beruflich wie privat. Trockenen Boden hatte der Defi schließlich erreicht, dank Fleiß und Willenskraft. Diverse Dränagen und Entwässerungsrinnen in Form von Netzwerken und Seilschaften aller Art hatte er installiert um etwaiges nachkommendes Wasser dauerhaft in Schach zu halten – als Private Triple A hatte er sich sicher eingestuft. Trotzdem schlugen nun die Wogen der Verzweiflung ganz unvermutet über ihm zusammen. Kaum hatte er seinen wirklichen Lebensmenschen ermittelt, schon wurde ihm dieser entrissen, mitten im dunklen Wald aus den Armen gefegt. »Ja, Bruder ...« hatte Peter noch mühsam und erstaunt in freudig-schmerzvollem Erkennen gemurmelt und war gleich darauf gestorben. Pius blieb allein zurück, unsäglich allein. Den toten Bruder in den Armen wiegend wurde der Defi in diesen Sekunden hier im Wald so sehr der einsamste Mensch im Universum, wie es unzählige täglich werden, denen das Liebste geraubt wird. »Es gibt dich, Gott ...« flüstert Pius nun tonlos durch trockene Tränen in die Waldeseinsamkeit hinein, »… es gibt dich und du bist ein Sadist!«

Warum hast du mich verlassen, bist fern meinem Schreien, den Worten meiner Klage? Mein Gott, ich rufe bei Tag, doch du gibst keine Antwort.
  Ps 22,2-3

Eine paralysierte Rosenmüller-Eskadron nähert sich der Kirche, deren uralter Mauernring fest und dauerhaft und wie seit ewigen Zeiten in der warmen Sonne steht. Pater Lenz hat soeben Leuchtstoffröhre und Blende im neuen Schaukasten montiert (dieser lässt sich im Gegensatz zum alten mittels Gasdruckfeder bequem öffnen). Er befestigt gerade den Zettel mit den Verlautbarungen und der aktuellen Gottesdienstordnung auf der Magnethafttafel, als Elisabetta ihm »Gelobt sei Jesus Christus!« zuruft. »In Ewigkeit! Amen.« lautet die Antwort, er schließt das ESG-Sicherheitsglas und kommt zu ihnen herüber. »Ja, was ist denn mit euch passiert?« fragt er teilnehmend, als er ihre blassen Gesichter erblickt. »Unser Peter ist tot …« antworten mehrere aus dem Grüppchen gleichzeitig.

Zwei Tage nach Hermanns Geburtstag stirbt Peter Rosenmüller bei einem Unfall mit seinem Privat-PKW zwischen N. und H. auf der Forststraße. In den Armen seines Bruders Pius stirbt er und ein Fremdverschulden kann ausgeschlossen werden. Sekundenschlaf, Herzversagen oder menschliches Versagen wird vermutet. Das Dorf als Ganzes schließt im Gegensatz zur Familie aufgrund der Vorkommnisse der letzten Tage auch einen Selbstmord nicht aus. Um Vermutungen über so absolut Peteruntypisches hintan zu halten und auch um deutlich zu machen, dass familiäre Verbundenheit zuerst auf Liebe und nicht auf biologischer Verwandtschaft basiert, will Pius den Standardspruch des Bruders auf dessen Parte gedruckt sehen: *Wir sind echte Rosenmüllern und nicht irgendwer!* Die Gräfin ist dagegen. Auch dem von Rosa und

Irene favorisierten Satz: *Gott sprach das große Amen* kann sie nicht viel abgewinnen. »Was soll denn das alles bedeuten?« meint sie nur trocken. Stattdessen entscheidet sie sich für eine Textstelle aus dem 5. Buch Mose: *Liebe den Herrn, deinen Gott, hör auf seine Stimme und halte dich an ihm fest; denn er ist dein Leben.*

Irgendwann beim Großvater unten ...

... in seiner Werkstatt

»Was ist mit jemandem, der irgendwo in der Südsee lebt, wo noch kein Missionar hingekommen ist und ihm vom Evangelium von Jesus Christus erzählt hat? Ist der dann auch erlöst?« Großvater tut ganz erstaunt bei dieser Frage: »Aber natürlich ist er das, wenn er ein gerechtes Leben führt, was hast du denn gedacht?« »Aber wenn ich getauft und katholisch bin, dann geht's automatisch, oder?« Großvater schüttelt den Kopf: »Kilian, Kilian, hast du denn noch gar nichts kapiert? Es geht nicht darum, ob dein Körper irgendwo ist – es geht um die Ausrichtung deines Herzens. Wenn man nur dem Leib nach im Schoß der Kirche ist, so sagt das nicht viel über den Stand der Gnade, den Himmel oder erlöst sein aus – dem Herzen nach muss ich zur Kirche gehören. Die Kirche, die Ekklesia, das ist die Gemeinschaft derer, die von Jesus Christus aus der Welt herausgerufen wurden, wie die Spieler vom Trainer, die sich um ihn versammeln und von ihm gesandt werden. Dazu gehört man nicht automatisch.« Als eine Gemeinschaft ähnlich Facebook stellt sich Kili ab 2008 dann alle so Herausgerufenen vor, unabhängig von Ort und Nation.

Viele, die drinnen sind, sind draußen, und viele, die draußen sind, sind drinnen.
~~~ Aurelius Augustinus ~~~

(...) Regnum meum inter vos est
Lk 17,21

Man kann auch nicht sagen: Seht, hier ist es! oder: Dort ist es! Denn: Das
Reich Gottes ist in euch.
   Lk 17,21

Unmittelbar nach Peters Sarg gehen Gräfin, Gina und Cosi, alle drei
sehr gefasst. Sie tragen Trauer und dazu passenden Monochrom-Look.
Danach, gestützt von einer Krücke, sowie von Pius, Wolfgang und fünf
Tropfen Psychopax®, kommt Rosa. Trotz des Tüllschleiers am kleinen
Hut (mit schwarzem Federnbesatz) und trotz Sonnenbrille kann man
ihre Schwellungen im Gesicht noch erkennen. Constanze hätte wohl
auch einen Hut nehmen sollen – sie sieht eigenartig gerupft aus mit der
neuen ungewohnten Kurzhaarfrisur. Nach der Bergung Peters bzw. seines Leichnams aus dem Wald war sie plötzlich mit einer großen Schere
heraus zu den Autos gekommen und hatte sich (noch bevor ein entsetz-
ter Sanitäter, der glaubte, sie wolle sich damit umbringen, einschreiten
konnte) ihren langen blonden Zopf einfach abgeschnitten. Danach hatte
sie ihn Peter auf die Brust gelegt, langsam seine Arme darüber gefaltet
und war stumm ins Haus zurückgegangen.

Hinter Rosa wird es heute leicht eigenartig im Trauerzug, denn Hermann
und Bruno folgen. Der Almwirt hat es sich nun, da jeder in N. durch die
Umstände Bescheid weiß, nicht nehmen lassen im Begräbniszug seines
Sohnes gleich hinter Rosa eingereiht zu gehen. Er sieht aus, als würden
mehrere widersprüchliche Ausdrücke in seinem Gesicht miteinander
kämpfen und als trüge er ein unsichtbares schweres Joch auf den Schultern.

For my yoke is easy to bear, and the burden I give you is light.
   Matthew 11:30

Hermann wiederum hat sich heute, nach einem Blick in seinen Ha-
bitus-Kasten, für eine völlig versteinerte Mimik und eine stocksteife
Körperhaltung entschieden.

Jesus set his face like stone to go to Jerusalem.
Luke 9:50

Keiner von beiden will hinter dem jeweils anderen zurückbleiben beim Rundgang um den Friedhof. Des Attilas Gang wird dabei zunehmend storchenartiger und der Blick des Almwirtes unter neandertalerartig zusammengekniffenen Brauen immer grimmiger. Beide versuchen geradezu krampfhaft größtmöglichen Abstand zueinander einzuhalten. Hermann wischt so mit seinem Mantel schon einmal einige parkende Autos ab und Bruno stolpert fast den Hang hinunter. Das mit dem *Bescheid-Wissen* in einem Ort wie N. ist schon eigenartig. Nun, da es jeder weiß, hat es jeder eh schon immer gewusst. Der einzelne Hering natürlich nicht, aber die Gesamtheit, der Schwarm, hat es doch schon immer gewusst. Wo doch Peter und Bruno einen ganz ähnlich geformten Hinterkopf haben/hatten! Eben.

Irgendwann beim Großvater unten ...

*... in seiner **Werkstatt***
»Aber der Papst kann doch nicht einfach durch ein Dogma etwas verkünden, das so nicht in der Bibel steht.« »Ein Dogma ist nicht etwas, das der Papst einfach so verkündet. Er erfindet keine neuen Glaubensinhalte, sondern stellt nur etwas fest, dass die Kirche schon immer so geglaubt hat, durch die Jahrhunderte hindurch.« »Wie weiß er denn das, dass die Kirche schon immer an die Empfängnis Marias frei von der Erbsünde geglaubt hat?« »Ja Kilian, da wird tatsächlich in allen Diözesen und bei allen Bischöfen weltweit gefragt, ob das bei ihnen schon immer so geglaubt wurde.« Fanny ist soeben in die Werkstatt gekommen und meint nun dazu: »Das mit dem Dogma der Unbefleckten Empfängnis lässt sich schön mit Deduktion erklären. Mathematik ist ja eine deduktive Wissenschaft, Kili, weißt ja eh – man geht von den paar Prämissen oder Axiomen, die man eben hat, aus und leitet alles andere deduktiv davon ab. Aus der Vollkommenheit von Jesus Christus, der frei von Sünde war, lässt sich

so auf die Vollkommenheit der Mutter, die ihn geboren hat, schließen.«
»Genau!« meint Großvater und greift nach seinem inzwischen fertigen
Werkstück aus dem makellosen Kirschbaumholz, das ihn vor einiger Zeit
so begeistert hat, »Schau Kilian; bei so viel Schönheit weiß man ja auch,
dass dieses Holz aus einem vollkommenen und makellosen Baum stammen
muss – es ist einfach logisch!«

Ist die Erstlingsgabe vom Teig heilig, so ist es auch der ganze Teig; ist die
Wurzel heilig, so sind es auch die Zweige.
  Röm 11,16

So wie das Lamm, so die Mutter, denn man erkennt den Baum an seiner
Frucht.
  ~~~ Hugues de Saint Victor ~~~

Kilian hat sich mutig bereit erklärt, die Lesung bei dieser Beerdigung
zu übernehmen. Sie ist aus dem Buch der Weisheit und hat die sog.
»Frühvollendeten« zum Thema – zu denen Pater Lenz offenbar Peter
nun rechnet. Es gibt viel verlegenes Gehüstel und Geäuspere bei einigen Textstellen und einmal sogar lautes Aufschluchzen in den dicht
besetzten Bankreihen.

Denn ehrenvolles Alter besteht nicht in einem langen Leben und wird
nicht an der Zahl der Jahre gemessen. Mehr als graues Haar bedeutet für
die Menschen die Klugheit und mehr als Greisenalter wiegt ein Leben
ohne Tadel. Er gefiel Gott und wurde von ihm geliebt; da er mitten unter
Sündern lebte, wurde er entrückt. Er wurde weggenommen, damit nicht
Schlechtigkeit seine Einsicht verkehrte und Arglist seine Seele täuschte.
Denn der Reiz des Bösen verdunkelt das Gute und der Taumel der Be-
gierde verdirbt den arglosen Sinn. Früh vollendet, hat der Gerechte doch
ein volles Leben gehabt;
  Weish 4,8-13

Verena wollte Peter noch ein bisschen Rilke hinterher sprechen, in der Kirche ist ihr dann aber jegliche Ambition dafür abhanden gekommen. Sie denkt ihrem Cousin die Worte daher nur stumm hinterher, während sie versucht den quengelnden Moses zu beruhigen. Da es ihr nicht recht gelingen will, übernimmt Max den Zahnwehzwerg. Draußen, vor der Friedhofsmauer, trägt er sein Kind nun in Großvaters karierter Decke hin und her. Max wiegt den Kleinen am Anger unter alten Apfelbäumen in seinen kräftigen Armen und singt ihn leise *Bajuschki Baju* vor – so gut er sich eben noch erinnern kann! Irgendwann schläft Moses ein und wird in den Kinderwagen gebettet.

Ich ließ meine Seele ruhig werden und still; wie ein kleines Kind bei der Mutter ist meine Seele still in mir.
  Ps 131,2

Die Trauergemeinde kann später von ihrer exponierten Lage oben am Friedhof Vater Max mit dem Buggy wie mit einem neuen Rasenmäher auf und ab fahren sehen, während Vater Peters Sarg wie ein alter Lift hinunterzuckelt in die Grube. Genau in diesem Moment schreit Cosima laut auf und wirft sich wild gegen ihre Mama. Kilian bemerkt verblüfft, dass das Mädchen unglaubliche Ähnlichkeit mit Cranachs *Venus mit Schleier* hat, die Augen vor allem und das Lächeln. Er findet diese Gedanken hier und heute höchst unpassend, allerdings widersetzt sich das Bild im Kopf hartnäckig allen Zensurbemühungen. Ist es nicht furchtbar pietätlos, wenn man ein schluchzendes Mädchen, noch dazu eines mit Trisomie 21, am Grab ihres Vaters plötzlich nackt vor sich sieht? *Gedanken sind Dinge*, pflegte Tünde (früher) ja stets zu sagen! Oder ist nur entscheidend, was man dabei empfindet?

The song ain't dirty – it's really just the way we sing it
  ~~~ Van Halen ~~~

I'm not bad, I'm just drawn that way
  ~~~ Jessica Rabbit ~~~

People had a habit of looking at me as if I were some kind of mirror instead
of a person. They didn't see me, they saw their own lewd thoughts, then
they white-masked themselves by calling me the lewd one.
  ~~~ Marilyn Monroe ~~~

»Einmal abgesehen vom heutigen Tag, bist du jetzt glücklich, Verena?«
fragt Klaus sie leise, während sie da nebeneinander bei der Kirchwand
stehen, auf die Verwandten warten und zum Anger hinüberblicken.
Als Antwort kommt ein gedehntes »Ja …‹«, und sie lächelt still dabei,
»… Max erdet mich gewissermaßen, weißt … « fügt sie noch als Erklärung an und endet mit einem Gleichnis: »… er ist mein Windfang –
groß und breit schützt er mich vor rauen Stürmen.«

♪ ♫ … *I'm on your side, when times get rough …*

An einen sicheren Ort möchte ich eilen vor dem Wetter, vor dem tobenden
Sturm.
  Ps 55,9

»Aha. Ihr habts es scheinbar mit dem Erden, dein Bruder Herb redet auch immer davon, gell? Wieder der bäuerliche Hintergrund?« Sie
lächelt wehmütig, es geht auch technisch: »Bevor ich Max kannte,
war ich wie mein Küchenabfluss, immer wieder verstopft …« (der
Frondienst macht ein mehr als befremdetes Gesicht) »… immer Probleme, will ich damit sagen. Ein ständiges Gluckern, eine Art Funk-
tionsschwäche – drei Krümel im Ausguss und das Ding war schon
verlegt!« »Aha, und Max ist nun der weise Installateur?« Sie lächelt
weiter. »Nein, viel simpler – er ist einfach soetwas wie mein neuer
Rohrentlüfter! Alles an mir blieb unverändert, ganz so wie bei dieser

depperten, alten, zu langen, zu flach verlegten und unterdimensionierten Küchenabwasserleitung. Aber die fehlende Belüftung ist nun behoben, alles kann frei fließen, weil dem Wasser endlich genug Luft nachströmen kann. Ich funktioniere wieder, ich wachse wieder – an ihm und er auch an mir. Weißt Frondienst, ich bin ja dermaßen überempfindlich, dass bei mir jede auch noch so kleine Erwartungshaltung sofort einen ungeheuren Druck erzeugt und mir quasi die Luft zum Atmen nimmt. Wie ein Hikikomori bin ich, beziehungstechnisch gesprochen. Max aber erwartet gar nichts von mir – wir verstehen uns blind und ich muß mich nie groß erklären. Er scannt mich auch nicht kritisch-besorgt, sondern gibt sich damit zufrieden, mich zu lieben. Er freut sich, dass ich seine Gefühle so sehr erwidere und basta. Bevor diese besondere Max-Energie mein Leben berührt hat, habe ich mich selbst ja für absolut sapiosexuell gehalten, weißt Frondienst. Dabei ist er keinesfalls ein *simple mind,* sondern einer der intelligentesten und klügsten Menschen, der mir je begegnet ist – aber lieben kann er eben völlig unkomplizert und mit solch totaler Selbstverständlichkeit und Hingabe wie ein Kind. Er analysiert mich auch nicht von oben herab, wenn ich wieder einmal verzweifelt bin, sondern kocht Hühnersuppe für mich.« Sie lächelt glücklich.

Irene gleich neben Kili betrachtet voll Verwunderung diesen Gesichtsausdruck ihrer angeheirateten Cousine. Die Zizibe hätte doch ganz nette Möglichkeiten im marktgängigen Alter gehabt … Akademiker Korbinian, Einzelkind und Erbe eines mittelgroßen Autohauses, wäre zu haben gewesen, aber nein! Danach kam dann dieser Charlie, naja. Techniker sind angeblich etwas schamlos, was ja unterhaltsam sein kann und dieser Erfinder da hatte zudem pilchereske Urlaubsmöglichkeiten im Hintergrund, immerhin. Das hatte Verena aber ebensowenig auf die Reihe gekriegt wie seinerzeit ihr Studium in diesem Orchideenfach. Trotzdem war sie jetzt mit *Mr. Boom, Pregnant!,* diesem Hobbitgemüt von einem Koch (mit mittelgroßen Kreditschulden im Hintergrund und auch noch deutlich jünger = nicht mehr nachvollziehbares Beuteschema) einfach glücklich, man glaubt es kaum! Die Work-Life-Balance geschafft, obwohl die sonst so intelligente Zizibe offenbar nicht einmal die einfachsten Spielregeln des Prinzessinnenmarktes kapiert hatte. Irene konnte sich nur wundern. Und überhaupt ... der sieht ja richtig sportlich aus, was kann den an diesem blaustrümpfigen Konditionsloch in persona wohl reizen? Und umgekehrt ebenso: ob der überhaupt einen Hang zum Zweitbuch hat? Aber vielleicht war da ja auch noch etwas anderes ... Eine mit Irene befreundete Kinesiologin hatte erst unlängst gemeint, dass nicht Freunde und Interessensgebiete, sondern vielmehr die jeweiligen Dunkelheiten matchen sollten. Irene schaut daher noch einmal ganz genau hin: beide tragen schwarze Stiefel ... alles klar!

Kilian betrachtet soeben voll Mitgefühl Pius neben seiner Frau bzw. Pius' Gesicht. Nie zuvor hat er diesen leidenden Ausdruck an ihm gesehen – wie Jesus Christus auf der *Ecce Homo*-Darstellung des Antonello da Messina. Verena neben Klaus ist nun auch noch ein geschichtlicher Vergleich für die Beziehung eingefallen: »Max ist wie Trippen für mich«, sagt sie leise, «irgendwie trägt er mich durch den Alltag und hebt mein Herz, dadurch bleibe ich vom Straßenschmutz verschont, so wie einst die Säume an den kostbaren Kleidern mittelalterlicher Damen.«

Groß sind die Werke des Herrn, kostbar allen, die sich an ihnen freuen.
Ps 111,2

Klaus blickt nachdenklich auf die Cousinenschuhe hinunter. Verenas Beine in engen schwarzen Brokatleggins münden in grauen federleichten Lederstiefelchen. Mit dem Spezialabsatz (Dynamic Heel®) und eindrucksvoller Fersenschnürung passen sie hervorragend zu Godis momentanem Pixie-Style. Der flott geschlitzte Stiefelschaft erinnert Klaus

an Hofnarren und an Darstellungen des Rattenfängers von Korneu-
burg. »Ja freilich, das Mittelalter! Recht lange ist das noch nicht her,
wie mir scheint!« flüstert er daher nun mit Blick auf ihr Schuhwerk.
»Wie bitte?« »Erdgeschichtlich gesehen, erdgeschichtlich habe ich das
gemeint.« korrigiert er sich sogleich und wird dabei etwas lauter. »Ach
so!« – »Pssscht!« das ist wieder einmal Elisabetta in ihrer Funktion als
interfamiliärer Border Collie. Wie immer fühlt sie sich zuständig bzw.
sorgt für Ordnung oder Ruhe, was beim heutigen Anlass kein leichtes
Unterfangen ist. Der Tod von Peter und die durchgesickerten Begleit-
umstände haben nicht nur die Familie, sondern ganz N. tief betroffen
gemacht. Die Rosenmüller ohne ihren Festmeter? Undenkbar wie ein
Haus ohne Eckstein, die Chili Peppers ohne John Frusciante oder der
Maligne Lake ohne *Spirit Island*.

Mitten in der Sektion *Trauergäste der zweiten Garnitur* steht der Revierverwalter und blinzelt scheinbar in die Sonne. Doch nicht das
Licht irritiert ihn, sondern ein Zeckenbiss an einer blöden Stelle. Zwar
hat er diese vorhin mit Ballistol® Waffenöl betupft, doch es juckt noch
immer. Der Verwalter hat seine ganz eigene Betroffenheit mit dabei,
hat doch der Festmeter beim letzten geselligen Zusammensein tatsächlich über Grabtafeln gewitzelt … Sollte er seinen nahen Tod schon
geahnt haben? Der neue Schaukasten an der Kirchwand hatte den
+Peter dazu veranlasst, einen magnetischen Grabstein anzudenken.
Da könne dann – mittels multiple-choice – ein kleines Metallkreuz †
auf dem ihm als passend erscheinenden Punkt einer Skala anbringen.
Diese Skala sollte von *der liebste Mensch* bis hin zu *der letzte Dreck*
reichen und an den Metallkreuzhäufungspunkten könne man dann
ablesen, was da für ein Mensch begraben liege. Eine elektronische Tafel
mit »Gefällt mir«-Buttons entlang der Skala dachte er auch an. Der
Revierverwalter ist sich sicher, dass eine solche Skala bei Peter völlig
sinnlos wäre, denn alle, die ihn gekannt hatten, hätten ja sofort ganz
oben gevotet. Er blinzelt wieder und diesmal tatsächlich in die Sonne.

♪ ♫ *Die Sunn brennt heiß vom blauen Sommerhimmel ...* alles fühlt sich heute an wie mitten drinnen im Continental von STS.

Die Natur nimmt auf ihre Weise Abschied von Peter, der sie so liebte. Ein Hirsch röhrt (eher ungewöhnlich zu dieser Jahreszeit), zwei Bussarde kreisen mit weithin hörbarem »Hiäh«-*Ruf* und ringsum singt zirpend der signalgelbe Raps sein Grillenlied. Dieses grelle Frühlingsgelb (Ausdruck und Ergebnis der Gülleflut) von intensiv bewirtschafteten Feldern und Löwenzahn-Gras-Reinbestände hat Peter zu Lebzeiten ja nicht so besonders gefallen. Die selten gewordenen mageren und bunten Bauernwiesen, bevölkert von Schmetterlingen, Grasfröschen und Lerchen, ja, die liebte er! Auf bzw. in einer solchen hätte man ihn begraben sollen, denkt der Freund. Oder im kleinen Bauerngarten, ganz in der Nähe, über dessen Staketenzaun gerade eine sanfte Duftwolke aus Hyazinthbohnenblüten, Wicken, Rosen und Majoran herüber weht. Nicht in diesem feuchten Friedhofswinkel da, in diesem lehmigen Loch, in das ihm nun die gesamte Trauergemeinde duftende Sträußchen aus Purpurschafgarben und Lavendel hinterher wirft. Die *Neigungsgruppe Geißenpeter* hat die kleinen letzten Blumengrüße für ihren geschätzten +Gangleader in einer Nachtschicht gefertigt. Entlang der dem rechten Winkel der Friedhofsmauer gegenüberliegenden Hypotenuse eines Dreiecks, in dem sich Grab, Priester und Ministranten befinden, nimmt nun der Edelsbrunner Singkreis in bewährter Halbkreisformation Aufstellung. Der Chorleiter tippt sich mit der Stimmgabel kurz ans Ohrläppchen *summm summm*, breitet sodann die Arme aus und ein Traditional (»Da Summa is Aussi«) ertönt.

♪ ♫ *... so hart wia ma heit is, is ma a nu nia gwen als miasst i mei Alma heit is letzte Mal sehn ...*

Klaus ergeht es bei diesem Lied nun ähnlich, wie seinerzeit Kilian bei Opas Begräbnis. Ein ganz anderer Text, ein ganz anderes Lied (das offenbar unbewusst die frondienstlichen Sehnsüchte treffender bedient) kommt ihm in den Sinn. Es schiebt sich vorwitzig in seine Ganglien und übertönt die Edelsbrunner. Dabei findet er diesen Song absolut dämlich, aber die Halbsätze, die da vorige Woche aus einem in der 7b (diese Klasse beherbergt wahre Nervenwürmer!) konfiszierten MP3 Player herausgetröpfelt sind, holen ihn nun begleitend zum Gedanken an tröstliche Hühnersuppe unerbittlich ein:

♪ ♫ ... *Chicken Noodle Soup,.Chicken Noodle Soup, Chicken Noodle Soup ...*

Ob es irgendwo da draußen auch für ihn den ultimativen Hühnersuppenproduzenten gibt, fragt Klaus sich. Einen Menschen, der sehen kann, dass er keineswegs der böse Wolf, sondern nur ein alter grantiger Hund ist, der seine Wunden leckt. Es könnte auch ein Hühnersuppenkonsument sein, denn für jemand, der die dunkle Bitterschokolade Marke Frondienst mit schwindelerregendem Kakaoanteil und Chillypfeffer mehr liebt, als die cremig sanften Vollmilchdinger, würde dieser sogar kochen!

Anton Pointer zollt dem +Peter heute einen sehr ungewöhnlichen Tribut: er schweigt beim anschließenden Leichenschmaus! Zu seiner eigenen Verwunderung ist er tatsächlich einmal viel zu traurig um irritierende Informationen darüber, warum amerikanische Kampfpiloten keine Light-Getränke zu sich nehmen, wofür man eigentlich Hundesteuer bezahlt oder warum und wofür die Stasi einst Mitwirkende katholischer Frauenverbände bezahlte, genüsslich vor breitem Publikum auszubreiten. »Ich werde alt ...« denkt er seufzend und nimmt sich noch ein Stück vom Apfelstrudel, denn zum Essen ist er nie zu traurig. Pater Lenz, der sich deshalb heute einmal in Sicherheit vor diversen Anwürfen wähnt, irrt allerdings. Der schweigsame Wolfgang hat sich nämlich bei der Hochzeit seiner Cousine Verena so seine Gedanken gemacht, als er den Pater und Agnes beobachtete. Einen ganzen Pfad aus Gedanken, wobei er dann auf hinlänglich ausgelatschten Wegen gleich mehrmals falsch abgebogen ist. Wie einem Schweißhund ist es ihm ergangen, der auf der Nachsuche einer Verleitfährte (einem ähnlichen Geruch) gefolgt ist. Er hat eins und eins zusammengezählt – zumindest glaubt er das. Schock und Trauer über den Tod des Bruders haben heute dazu geführt, dass er etwas zu viel getrunken hat und der Alkohol löst ihm nun die Zunge und spült auch die Ergebnisse seiner Grundrechnung nach oben. »Und wie lebt es sich denn so im Zölibat, hm?« fragt er den Pater jetzt unvermutet, als der mit ihm zu später Stunde allein an einem Tisch sitzt. Dem Geistlichen tut der Eisenfresser aufrichtig leid, immerhin ist Bruderbeerdigen eine schwere Ausnahmesituation. Mit: »Offenbar ist das Thema für Außenstehende immer ein viel interessanteres und problematischeres, als es das für mich und meine unmittelbare Umgebung ist.« glaubt der Geistliche dieses Gespräch bzw. dieses Thema gleich wieder beenden zu können und irrt erneut. »Das ist aber auch *meine* unmittelbare Umgebung, Entschuldigens' schon! Die Dietrich, also die Agnes halt, ist ja schließlich auch meine Cousine!« »Frau Lichtwald ist mein Beichtkind, Herr Rosenmüller, also bittschön.« »Ha ha. Kein Beichtkind von Traurigkeit, oder? Mir müssen's nix erzählen, Pater. Bei ihnen sehe ich doch sofort, dass sie hormonell normal und gesund beinand' sind und nicht verknöchert oder gestört oder asexuell oder vereinsamt.« »Danke!«

»Man ist ein bisschen einsam in der Wüste …«»Man ist auch bei den Menschen einsam«, sagte die Schlange«
~~ Der kleine Prinz ~~

»Gemeinsame Wandertage, ha! Die Natur verlangt ihr Recht, gell? Mir soll's recht sein, wenn die Agnes nur glücklich ist, aber verschonen's mich bloß mit der Scheinheiligkeit!« (zwar musste man sich von der Vorstellung der Frau als eine Art Backofen nach der Entdeckung der

Eizelle wieder verabschieden, die vom Mann als ein dem Testosteron hilflos ausgelieferter Kelomat® hält sich aber hartnäckig) Pater Lenz atmet ähnlich schnaubend aus, wie es sonst immer die Rosenmüllerzwillinge machen. Macht es Sinn, dem Eisenfresser hier und heute erklären zu wollen, dass man sich nicht nur als Diener der Natur, sondern vor allem als Diener dessen, der die Natur gemacht hat fühlt? Dass, egal für welche Kraft oder Begierde, nicht das Zähmen, sondern das Gestalten ansteht? »So farb- und trostlos kann einer wie du doch gar nicht leben …« setzt Wolferl soeben nach. »… und erzähl mir nicht das thermodynamische Märchen vom Sublimieren, gell!« »Ohne Frau leben heißt ja nicht, dass ich deshalb kein buntes und erfülltes Gefühlsleben habe …« antwortet Pater Lenz. »Warum soll ich dir das glauben, dass du keusch lebst, hm? WARUM?« der Eisenfresser packt ihn am Arm. »Warum? Na weil ich es dir ja auch glaube, dass du nicht ständig die Möglichkeit einer Zweitfrau andenkst. Oder weil man es einem Kampfpiloten ja schließlich auch problemlos glaubt, dass er im Einsatz keine SMSn tippt.«

Wenn Pater Lenz irgendetwas schwer beim Hals bzw. oben beim Kollar heraushängt, dann ist das nicht der Zölibat, sondern vielmehr die Kopfzerbrechen, die er offenbar anderen verursacht. Leider behalten die Leut' das aus dem zerbrochenen Kopf Auslaufende dann nicht für sich – schon der allgemein gängige Einleitungssatz: »Die katholische Kirche zwingt/verlangt …« ist ja absurd. Das erinnert ihn dann immer an das momentan beliebte Wort *Knebelvertrag*. Diese Knebelverträge grassieren ja derzeit in den Medien und ebenso ihre armen Opfer, die mit diesem Instrument jeglicher Handlungsfreiheit beraubt wurden. Ob es nun Prinzgemahle und –gemahlinnen oder die Darsteller von Sozialpornos sind, sie alle werden geknebelt! Dabei ignoriert man völlig, dass die Unterzeichnung des Vertrages durch ein freies Individuum und freiwillig erfolgte. Ebenso vergisst man diesen Umstand beim Versprechen, für das weitere Leben ehelos bleiben zu wollen (nicht zu müssen). Dass diesem Entschluss Jahre des Vorbereitens, der Prüfung und Überlegung vorangehen, vor allem aber ursprünglich einmal eine Berufung dazu, wird dabei völlig übersehen. Dass für Verträge, Entscheidungen und/oder Versprechen bezüglich Beziehungen, Hauskauf, Arbeitsplatz, Heirat, gemeinsamer Kindererziehung, Einweisung in eine Anstalt, Einwilligung in Operationen, Bürgschaften, Schenkungen etc. der überwiegenden Mehrheit von Menschen im Vergleich dazu viel weniger Zeit und Muße zum Abwägen und gründlichen Überlegen zur Verfügung stehen, vergisst man ebenso. Auch den Umstand, dass die verheirateten evangelischen Priester keineswegs über einen Gläubigen-Overage und Kirchenbesucher-Spillover klagen, scheint nicht relevant zu sein. Dieser Zusammenhang darf nur in der umgekehrten Richtung hergestellt werden!

»Aber dass einer sterben muss, wegen wår, für das er gar nichts konnte und das er nicht verschuldet hat, ist das gerecht? Kann man da noch einen Sinn erkennen, soll das etwa der Wille Gottes sein?« schluchzt die sonst so toughe Isabella zu späterer Stunde in der Kuchltür – umarmt und gehalten von Elisabetta. Diese versucht ihrem Tätigkeitsprofil als Heulmasseuse gerecht zu werden und zu trösten: »Kein Mensch weiß, ob der Peter wirklich daran gestorben ist, oder ob seine Zeit ganz einfach gekommen war. Wer kann das schon sagen, Bella?« »Aber warum ausgerechnet der Peter! Er wår der liebste und beste und anständigste Mensch weitum!« Sie schluchzt noch eine Weile und schnäuzt sich dann und meint nun: »Only the good die young.«

So ca. ein halbes Jahr später …

… hält die Gräfin so ca. fünf Minuten lang die linke Fußsohle fest gegen die Oberschenkelinnenseite des rechten Beines gedrückt und gleichzeitig die Muskeln der rechten Oberschenkelinnenseite gegen die linke Fußsohle – Vrkshasana! Ihre Yoga-Hose ist aus Bio-Baumwolle und wird ergänzt durch ein Yogatop. Aus der Fußsohle ihres Standbeines wachsen dabei gedanklich lange Wurzeln und verbinden sie fest mit der Erde. In der Erde verflechten sich die Wurzeln mit denen aller anderen Bäume und sie geben sich nun so gegenseitig Halt. Eigentlich sollte Connie sich jetzt umziehen, denn sie erwartet Besuch, entscheidet sich dann aber dafür, lediglich eine weiche Strickweste überzuziehen und sich mit etwas Rosenwasser zu beduften, denn dieser Besuch ist familiär und wird es hoffentlich noch mehr.

Da nahm Maria ein Pfund echtes, kostbares Nardenöl, salbte Jesus die Füße und trocknete sie mit ihrem Haar. Das Haus wurde vom Duft des Öls erfüllt.
Joh 12,3

Tiefliegenden Walzenwolken haben sich von gestern auf heute in eine Herde bläulicher Schäfchenwolken verwandelt, die am lachsroten Himmel dahinzieht. Ihre floddrige Struktur erinnert Kilian an Helenes Oberschenkelbindegewebe (gesehen: *schon öfters,* erstmals bewusst wahrgenommen: *diesen Sommer oben am Almsee).* Soeben parkt er vor einer hübschen kleinen Villa im Schweizer Stil – er möchte heute endlich seinen seit Monaten ausständigen Kondolenzbesuch abstatten. In der Auffahrt hätte locker ein mittelgroßer Gemeindebau Platz gefunden. Theresa, der schöne gute Geist mit Augen so groß und dunkel wie Jaboticabafrüchte, bittet ihn herein.

♪ ♫ *... think of the good times Theresa, keep smilin'...*

Durch den dunkel getäfelten Gang wird Kilian in die oberen Räumlichkeiten geleitet. Auf einem Fensterbrett am Ende der Treppe brennt eine Kerze vor Peters Foto, ein Kranz aus Hagebutten und Speikblättern umschließt sie, als »Berührungsreliquie« stehen seine Bergschuhe daneben. Das Bild, ein Selfie übrigens, zeigt einen fröhlichen Mann,

der da auf einem Gesäusegipfel (am *Zinödl*, im Hintergrund ist nämlich der *Tellersack*, das Kar am *Hochtor*, das wie ein Amphitheater aussieht, zu sehen) steht. Wenn Kilian überhaupt Musik im Trauerhaus erwartet hat, dann vielleicht ganz leise Mozarts Requiem, Ravels Pavane
für eine +Prinzessin oder Purcells Bess of Bedlam. Wo doch Regines
Mutter eine so kultivierte Frau ist, wie Helene oft betont! Womit er
aber sicher nicht gerechnet hat ist *By the Rivers of Babylon* von Boney
M., das noch dazu relativ laut durch das Stiegenhaus herabdröhnt.

♪ ♫ ... *we wept, when we remembered Zion ...*

Als Überraschung zum zehnten Hochzeitstag hatte Peter sich und
seine Töchter mit nutella®brauner Schminke, Afroperücken und Glit-
zeranzügen ausgestattet. So kostümiert hatten sie dann eine private
Playbackshow hingelegt. Die Aufzeichnung davon läuft gerade auf
einem großen Flatscreen und die Gräfin betätigt nun den Mute-Knopf,
bevor sie Kili mit ausgebreiteten Armen entgegenkommt. Später, nach
dem Essen, erzählt sie ihm, wie der Festmeter und sie sich kennen
gelernt haben. Der schwere dunkle Tisch ist mit cremefarbenem Porzellan gedeckt. Serviettenringe aus Zinnhirschen stehen auf breiten
Tischläufern, die an beiden Enden von Bordüren mit Wildmotiven
abgeschlossen werden.

Wie der Hirsch lechzt nach frischem Wasser, so lechzt meine Seele, Gott,
nach dir. Meine Seele dürstet nach Gott, nach dem lebendigen Gott.
Wann darf ich kommen und Gottes Antlitz schauen?
    Ps 42,2-3

»Meine Freundin Nora und ich, wir hatten uns verbotenerweise aus
dem Lyzeum entfernt. Wir wollten Discofever spüren und abtanzen,
allerdings in Schottenröcken! Alle anderen dort hatten Jeans an – sehr
blöd, aber auch sehr lustig sind wir uns vorgekommen. Dann haben

wir diesen Jungen entdeckt. Er war noch mehr, wie soll ich sagen, *daneben dressed* als wir, nämlich in Lederhosen und er wurde soeben blöd angeredet deshalb. Da habe ich ihn – nur um ihm weitere Peinlichkeiten zu ersparen – zum Tanzen aufgefordert. Es war Peter! Die D-Jane hat *Rivers of Babylon* von Boney M. aufgelegt, er hat mir in die Augen gesehen und ich habe sofort gewusst, dass das jetzt mein zukünftiger Mann ist! Das gibt's. Bei meiner Großmutter war es nämlich auch so, sie hat es mir oft erzählt – es ist als ob der Blitz dich trifft!« (der *Coup de foudre* paralysiert den achten Hirnnerv; die Verbindung zum Ohr)

Seine Blitze erhellen den Erdkreis; die Erde sieht es und bebt.
Ps 97,4

»Es stimmt, was sie alle sagen – ich kann und werde es nicht überwinden. Vor allem, seit ich diese scheinbar so unüberwindliche Traurigkeit einmal genau angesehen habe und bemerkt habe, dass es nicht die Trauer ist, die mich verwundet, sondern die Liebe. Diese Liebe ist aber sicherlich nichts, was ich jemals vergessen möchte. Man kann doch die Liebe nicht überwinden! Ich kann Peter ja noch immer sehen und sein Haar riechen, ich spüre mich in seinen Armen. Er besucht mich auf diese Weise und ich muss weinen, aber keineswegs aus Verzweiflung. Wenn ich ihn so nahe bei mir spüre, weine ich vor Glück und niemand wird mich dazu bringen, darauf zu verzichten. Die Liebe ist tatsächlich stark – sie überwindet den Tod. In der Tiefe des Herzens kann ich ihre Ewigkeit erfahren, denn das Herz berschreitet die Grenzen von Zeit und Raum und berührt schon auf Erden den Himmel.

Sobald ich wirklich liebe, erkenne ich, dass wir alle eine Einheit sind. Peter ist bei mir und um mich, in einem ewigen singenden Jetzt, obwohl er gestorben ist – warum soll ich mich vor dieser Erkenntnis denn verschließen?« Sie lächelt. Kilian weiß nicht so recht, was er sagen soll, er starrt auf seine Hände. »Du hast uns vor einigen Jahren von deiner

Interrailtour erzählt, kannst du dich noch erinnern, Kili?«»Natürlich.«
»Begeistert und mit großen Augen hast du uns das besondere Licht auf
den Landschaften Südfrankreichs beschrieben und wie viele Maler es
inspiriert hat.« »Ja, ja, ich weiß es schon, ich habe euch damals einen
halben Tag belagert mit meiner Schwärmerei!« Er lächelt auch. »Keinesfalls, Kili, keinesfalls.« Sie beugt sich vor, greift nach seiner Hand
und blickt ihm in die Augen. »Warum um alles in der Welt solltest
du die Erfahrung dieses Lichtes in deinem Leben vergessen, nur weil
gerade Winter in Bayern ist? Was könnte es dir denn jemals schaden?
Im Gegenteil, es beglückt dich. Nicht als Erinnerung, sondern weil
du seine Kraft gespürt hast – diese Intensität. Es hat dich angerührt
und verwandelt, es bleibt dir daher gegenwärtig. Wenn meine Nana
mit fast Neunzig von unserem Großvater erzählt hat, vom letzten Besuch bei ihm im Gefängnis, wo er sie und die drei kleinen Kinder gar
nicht mehr erkannt hat, dann war da nicht nur Liebe, sondern da war
Gegenwart. Da war die spürbare Gewissheit, dass er auch nach so
vielen Jahrzehnten nur einen Augenblick von ihr entfernt ist.

♪ ♫ … *I just close my eyes and I'm with you* …

Nur ein Idiot könnte die Liebe vergessen oder sie als Bürde verstehen.«
Schweigend sitzen sie noch eine gute Weile da und trinken Tee. Cosima schläft mit dem Kopf im Schoß ihrer Mutter ein. »Ohne Cosima
würde ich das aber gar nicht so gut durchstehen, Kilian, sie ist ein
solcher Segen. Bereitet mir fürsorglich Frühstück und legt mir sogar
noch meine Tablette hin. Wenn ich nicht essen mag, sieht sie mich
an, streichelt meine Wange und sagt *liebe Mutter, iss du jetzt was* …«
nun weint die Gräfin und Kilian ist wieder ratlos. Eine Träne tropft
auf Cosis rundes Gesichtchen mit dem flachen Profil und läuft dann
an der typischen Hautfalte des inneren Augenwinkels entlang. Während Kili noch überlegt, was er jetzt wohl sagen könnte, fängt aber
sein Gegenüber, ganz sacht über das Gesicht der Tochter streichelnd,

leise zu kichern an, lacht schließlich auf und erzählt, was Peter da am letzten Abend seines Lebens sagte, als er spät nach Hause kam: »Allen diesen Jagdherren vom Chef, denen trotz ihrer wichtigen Aufgaben in Wirtschaft und Industrie der Blick auf das Wesentliche fehlt, täte etwas Nachhilfe bei meiner Frau Tochter gut! Cosi deckt mir zu später Stunde noch den Tisch mit liebevoll exakt gefalteten Servietten, während von denen allen heute keiner in der Lage war, für eine neue Rolle Klopapier Sorge zu tragen. Aber Gott sei Dank gibt es Unterläufel Peter, allzeit bereit!« Sie seufzt und betrachtet ihre Hand mit dem kleinen goldenen Ring; sie dreht nachdenklich daran herum.

Ganz unvermutet greift sie über den Teetisch hinweg wieder nach Kilis Hand. »Meine Nana hat einmal gesagt, dass es bei den Paaren unserer Familie zwar wundervolle Freundschaften, aber nur selten echte Liebe gegeben habe, ich denke sie hatte Recht. Die ist so einzigartig und kostbar – fast wie der blaue Qur'an.« Sie sieht Kilian lange an und flüstert dann, während sie einen kleinen Zettel mit lindgrüner Handschrift darauf über den Teetisch schiebt: »Regine war auch immer traurig darüber, dass ihr zwei verwandt seid, weißt du, aber jetzt …« An *das* hatte Kilian doch tatsächlich noch gar nicht gedacht! Völlig überrascht schaut er die Gräfin an, aber diese blickt nur diskret in ihre Teeschale. Ihm gegenüber auf dem Bildschirm ohne Ton singt eine dunkelhäutige Regine stumm und mit aller Hingabe, doch Kilian kann sie trotzdem hören.

An den Strömen von Babel, da saßen wir und weinten, wenn wir an Zion dachten. Wir hängten unsere Harfen an die Weiden in jenem Land. Dort verlangten die Zwingherren Lieder von uns, unsere Peiniger forderten Jubel: «Singt uns Lieder vom Zion!» Wie könnten wir singen die Lieder des Herrn, fern, auf fremder Erde?
Ps 137,1-4

Eines stand jedenfalls fest: Peter war das absolute Gegenteil von einem *bab* gewesen! Kili kann später beim Hinausgehen das Gewicht des Zettels mit Regines Adresse in seiner Jackentasche beinahe spüren, wie eine Frohbotschaft, wie damals das Schächtelchen Rouge nach Opas Beerdigung. Als hinter dem verschneiten Villengarten die Sonne untergeht und das Pflaster zwischen Eichentor und Eichentür in sanftes Abendlicht taucht, leuchtet es in einem milchigen Roseton unter seinen Stiefeln auf – ganz ähnlich dem Farbton von Regines Rouge, wie ein leiser Gruß von ihr. Playback-Singen hat Gina ja schon als Kind geliebt, fällt ihm beim Starten dann ein, Kili hat dahingehend fröhliche Erinnerungen abrufbar …

Ein Familienfest beim Dorfwirt! Isabella hatte einen restaurierten Wurlitzer aufstellen lassen. Regine und er, im Kindergartenalter und mit Mikros aus leeren Dreh-und-Drink Flaschen, legen zu *Ich bau dir ein Schloss,* und zum Gaudium der Anwesenden los:

♪ ♫ … *wenn ich einst groß bin …*

Damals war Kilian sich absolut sicher gewesen, dass seine Zukunft genau so aussehen würde und nun dockt er – nach einem gewaltigen Umweg – plötzlich wieder nahtlos an die Heintje-Vision an …

Auf sonnenbeschienenen Steinstufen hofseitig in einem großen alten Miethaus in Berlin Tiergarten, sitzt Kilian seit drei Stunden und wartet. Zwei Mineralwasserflaschen, ein Kebab und ein Sandwich hat er sich zwischen Kübelpflanzen wie Kirschlorbeer und Margeriten schon einverleibt. Dass auch ein paar Orangenbaumblätter am Ende eines angedeuteten Pflasterweges liegen, hat er noch gar nicht bemerkt. Von hübschen Holzbalkonen hängt jemand zwischen langen Stangen duftig frische Wäsche zum Trocknen auf, dieser Anblick vermittelt richtig südliches Flair! Regines Waffenrad mit den Holzgriffen lehnt neben Kilian. Es hat einen braunen geschlitzten Ledersattel, der alt aussieht, ohne es zu sein (Selle Anatomica®) und Kili lehnt sich seufzend dagegen. Vielleicht ist sie ja doch oben in ihrer Wohnung und öffnet einfach nicht? Wieder quietscht das mächtige Eingangstor in seinen Zargen und schwingt auf. *Clop Clop Clop* stöckelt jemand schallgedämpft zur Vordertüre herein, umweht von wilden Büscheln aus Falbhaar, das Gesicht unwirklich makellos geschminkt. Wenn Regine sich derart perfekt aufbrezelt, dann ist das quasi *Sack und Asche*, dann geht es ihr innerlich gar nicht so besonders.

Ich nahm mich durch Fasten in Zucht, doch es brachte mir Schmach und Schande. Ich ging in Sack und Asche, doch sie riefen Spottverse hinter mir her.
Ps 69,11-12

Die zart bestickte Bluse ist aus so delikatem Material, dass man meinen könnte, sie habe ein Gespenst in Lilatönen um die Achseln schweben. Dieses fliederfarbene Nichts wird von breiten Trägern eines gerade geschnittenen grauen Etuikleides fixiert, damit es nicht entfliehen kann. Der weiche Dunkelstoff des kurzen Kleides umspielt ein paar Zentimeterchen weit noch die unnatürlich mageren Hüften, dann ist er auch schon zu Ende. Es folgen bis unter die Knie reichende transparente 7/8 Spanx® –hauchzarte Hosenhäute in matt schimmerndem Mauve über den langen blassen Waden. Die nackten Füße schließlich münden in zehenfreie extrem hohe Velourlederpumps mit überzogenem Absatz – deshalb ist sie ohne Rad unterwegs!

What becomes of the broken hearted? – They buy shoes
~~~ Mimi Pond ~~~

Kilian hat den weichen, sanft freundlichen Regineblick erwartet, stattdessen sieht sie wild und müde und furchtbar vaterlos aus. (Kilian wollte *So far away* von den *Dire Straits* hier als Hintergrundmusik hören, aber es hört sich nun eher nach *Far away* von *H3Ctic* an ...). Halb verhungert, wie ein koksendes Model oder Charlie Chaplins arme Mutter seinerzeit, erscheint sie ihm. Unter perfekt gesetzten Rougebalken befinden sich keineswegs deckungsgleich zwei rosige Bäckchen. *Wangenrot* – nicht nur in Märchen ein zuverlässiger Indikator für lebendig, gesund, vital und gut durchblutet. Der Almwirt wäre bei diesem Enkelkindanblick sofort aktiv geworden, hätte ihr herbbitteren Tee aus eingeweichten Berggraupen zur Stärkung und Belebung bereitet, aber Bruno ist nicht hier in Berlin. Diese Pflanzen wurden stets von Mai bis September, aber nur bei ausgesprochen warmem und trockenem Wetter, von Bruno und seinen little Helpers gesammelt. Die Kinder nannten es *Rentierfutter*, weil es wie ein Geweih aussieht und lagen ganz richtig damit. Irgendetwas Wirksames sollte Kilian dieser Trostlosigkeit doch entgegensetzen, aber das Sackerl mit mitgebrachten Pischinger® Oblaten kann das, bei aller Köstlichkeit, heute wohl nicht sein. Also schiebt er dieses mit dem Fuß vorsichtig hinter einen Pflanzenkübel und ruft stattdessen ziemlich laut: »Ich liebe dich!« *Clop Clop Stopp* – die junge Frau bleibt erschrocken stehen. »Auch wenn es dir momentan superegal sein sollte, aber ich habe dich schon immer geliebt Regine, schon mein ganzes Leben lang!« Plumps! Die Frau am Balkon oben lässt vor Staunen den halbvollen Wäschekorb in den Hof fallen (Hintergrundmusik jetzt: *Far away* von *Nickelback).*

Der Ballononkel betätigt den Hebel; eine zwei Meter hohe Stichflamme schießt fauchend in die hohe Hülle und vier Personen klettern ganz schnell in den Korb, da es windig ist. Schon hebt der Ballon mit ca. 30 km/h ab. Von irgendwo hören sie ein Kind rufen und das Bellen eines Hundes, während sie sanft der Erde entgleiten. Im Schwebezustand geht es über Bäche und kleine Wäldchen dahin, weit unten rauscht noch eine Weile die säuselnde Autobahn, dann aber verstummen alle Geräusche. Nur Brennerflammen-Gefauche ab und zu

unterbricht die vollkommene Stille hier im Weidenkorb. Jadéites Onkel ist Ballonfahrer und diese Fahrt ist ein Hochzeitsgeschenk für die
österreichischen Wahlverwandten Cilly und Kilian. Die Geschwister
haben nämlich tatsächlich beide im selben Jahr geheiratet! Der Wind
haucht den Ballon vor sich her durch die kühle Luft, die Befeuerung
wärmt ein bisschen. Ausschließlich mit Wind bewegt sich das fragile
Gefährt; keinerlei Steuerung, nur die Höhe kann verändert werden.

*Ich baute mir Häuser, ich pflanzte Weinberge. Ich legte mir Gärten und
Parks an, darin pflanzte ich alle Arten von Bäumen. (…) Das ist alles
Windhauch und Luftgespinst. Es gibt keinen Vorteil unter der Sonne.*
Koh 2,4-11

Jadéites Ballononkel lacht viel. Er hat ihnen erzählt, dass er als Kind
immer in den Weinbergen arbeiten musste und eines Tages bunte
Heißluftballons am Horizont dahinziehen sah. »Wenn ich groß bin,
dann mache ich das!« hatte er ausgerufen. »Sei still und arbeite weiter!«
war der einzige Kommentar seines Vaters. »Und ich habe still weiter-
gearbeitet, mir aber immer meinen Traum bewahrt und siehe: heute
fliege ich und lebe sogar davon!«

Deine Sehnsucht ist dein Gebet!
  ~~~ Augustinus ~~~

♪ ♫ *… hold on tight to your dream …*

Atemberaubend schön ragen die Türme von Chartres unten über der
Beauce-Ebene auf. Die gotischen Kathedralen von Chartres, Rouen,
Bayeux, Reims, Amiens und Evreux formen gemeinsam das Sternbild
der Jungfrau hier auf der Erde. Jede einzelne nimmt den Platz eines
Sterns ein – eine Vereinigung von Architektur und Astronomie. Ir-
gendwo dazwischen liegt auch noch das Schloss Chantilly, in dem das

Stundenbuch des Herzogs von Berry aus dem 15. Jahrhundert mit seinen prächtigen Kalenderblättern aufbewahrt wird. Dieses Kleinod der Buchmalerei ist ja geradezu vollgestopft mit regineähnlichen Damen! An der Kathedrale von Chartres, die unter ihnen auftaucht, können die vier oben im Ballon nun im mittleren, dem sog. Königsportal, ähnlich wie daheim in Wien über dem Riesentor des Stephansdoms, Christus auf dem Thron als Richter des Jüngsten Gerichtes sitzen sehen. Hier ist er von den Tiersymbolen der vier Evangelisten umgeben und auf dem Türsturz darunter stehen die Apostel in einer Reihe. Die summa mundi, wie Verena es damals erklärt hat: Der Erlöser ist schon da, aber auch der Alltag, das ganze Erdenleben mit seinen Jahreszeiten, Festen, Ernten und Plagen umgeben von Engeln und Dämonen. Die prächtige Fensterrose schimmert geheimnisvoll.

To read the Bible is to perceive a certain light, and the window has to make this obvious through its simplicity and grace.
(Marc Chagall bei der Einweihungsfeier der Jerusalemer Fenster)

Wenn Kilian rückblickend an den diabolischen Kapitän denkt, so erscheint ihm Toni daneben nur wie ein Steinkrebs mit riesigen Scheren, die doch keine schlimmen Wunden verursachen. Oder wie ein harmloser kleiner Wasserspeier auf dem Kathedralendach, der sich aufs Fratzenschneiden und Maulaufreißen beschränkt.

An Charlies A-D Strips, die das Fortschreiten des Verfalls bei Filmen mit Essigsyndrom anzeigen, hat Kilian in dem Zusammenhang oft denken müssen. Ähnlich Captchas, die entscheiden, ob das Gegenüber Mensch oder Maschine ist, sollte es Strips geben, die (unbeeindruckt vom äußeren Anschein) messen, wie weit die seelische Verwahrlosung eines Gegenübers schon fortgeschritten ist. Ob man sich ohne Gefahr für Leib und Leben nähern kann, ob noch genug Zartes und Mitgefühl für andere vorhanden ist, oder ob die galoppierende? Herzensverwirrung – die Bereitschaft alles nur den egoistischen Interessen und Bedürfnissen unterzuordnen, schon die Oberhand gewonnen hat. Welcher Geist denn da in einem Gegenüber wohnt sollten diese Strips anzeigen können, weil ja nicht jeder das Auge eines alten Polizisten oder die Geistesgabe der Unterscheidung hat.

An ihren Früchten werdet ihr sie erkennen.
Mt 7,16

Irgendwann beim Großvater unten ...

... in seiner Werkstatt

»Gebenedeit – was soll denn das bedeuten, immer dieses veraltete Zeugs, das keiner kennt ...« überlegt der Enkel laut bei seiner Schleifarbeit, Großvater lacht nur »Ja, ja den Begriff verwendet keiner mehr, sehr wohl aber sein Gegenteil!« »?« »Hast du nicht erst vor einer halben Stunde nach einer vermaledeiten Feile gesucht?« »Das ist das Gegenteil davon ... echt? Das erklärt dann ja einiges.« »So ist es, Herr Enkel – das Gegenteil ist eine große Orientierungshilfe. Wenn jemand genau weiß, was er nicht haben möchte, dann weiß er schon fast, was er will. Das Gegenteil von einem Fluch ist etwa ein Segen, das Gegenteil von Gier ...« »Geschenkt, mein Herr Opa aka Nachhilfe-Reli! Das Gegenteil von Gier ist natürlich Liebe, Teilen, Freigiebigkeit, Almosen geben und so weiter und so weiter.« Da schüttelt der Alte langsam den Kopf und meint ernst: »Ja, das glauben sie alle, komischerweise. Doch das Gegenteil von Gier ist die Vergebung. Die Erkenntnis, dass ich und jeder andere der Vergebung gleich des Wassers bedarf – nur sie löscht das schmerzende Feuer.«

The only way we can learn how to forgive – even ourself – is when we learn, how to kneel and ask for forgiveness.
‑‑‑Marino Restrepo ‑‑‑

»Woran merke ich denn, dass mir vergeben wurde und das Feuer gelöscht ist?« »Mein Kriegskamerad, ein Protestant aus Gosau, hat gemeint, dass es auch ein wirtschaftlicher Wohlstand sein könne. Das kann man aber leicht falsch verstehen, vor allem was die im sichtbaren Bereich Erfolgloseren betrifft. Auch muss der gerettete Mensch nicht körperlich gesunden, aber es kann sein. Am besten merkt man es wohl innen, an einer ganz anderen Grundhaltung. Der eigene ewige Adam lässt seine von Anbeginn an ausgestreckte Hand wieder sinken, schreckt plötzlich vor einem Zugriff, der nicht von der Liebe sanktioniert ist, zurück. Will keinen instrumentalisieren, beherrschen, will nichts mehr an sich raffen, sondern wird ein dankbarer Beschenkter – kehrt heim ins verlorene Paradies.«

10. Kapitel – Suche nach 100%

Frondienst und Pocahontas sitzen unten am Donauufer auf einer Motorradjacke, es ist der laue Sommerabend nach einem heißen Tag. Tündes weite muskatfarbene Tunika wird von einem breiten dunkelbraunen Flechtgürtel gehalten, darunter trägt sie ein maronenfarbenes Stricktop aus grobem Häkelgarn. Sie tönt ihr inzwischen langes Haar dunkel wie Gösser® Stiftsbräu, zwischen den Strähnen sind Holzperlen eingeflochten. Tündes sommerbraune Seidenhaut glänzt im Dämmerlicht wie Ebenholz und man hat den Eindruck, als hätte sich Straßburgs Maison Kammerzell heute in der schlanken Frau inkarniert. Die waagrechte Häkelborte am Abschluss ihres Tops, mit bunten Perlen und Pailletten bestickt, funkelt wie Butzenscheiben im Abendlicht. »Weißt du, wie man in Ungarn das Licht der sinkenden Sonne auf dem Wasser nennt?« Klaus weiß es nicht. »Goldene Brücke sagen wir dazu und eine helle Straße aus Mondlicht auf den Wellen heißt silberne Brücke.«

Lobt ihn, Sonne und Mond, lobt ihn, all ihr leuchtenden Sterne.
Ps 148,3

Sie schweigen eine Weile, die Wellen plätschern sanft an die Ufersteine, verlaufen sich dazwischen. »Wenn ich manchmal hier so sitze, gegen Abend zu, summe ich oft unwillkürlich ein paar Takte aus Smetanas Moldau vor mich hin, obwohl es doch die Donau ist.« erzählt ihm Tünde. Klaus schmunzelt. »Deine Eltern sind schon ein eigenartiges Paar, wenn ich das sagen darf.« Meint er jetzt und wirft ein paar Steinchen ins nahe Wasser. »Da hast du wohl Recht!« Tünde lacht, schnappt sich auch ein Steinchen und zielt sehr genau. Es springt an der Wasseroberfläche dreimal auf. »Diese Stelle hier ist ideal«, erklärt sie Klaus und fügt – bezüglich der Beziehung Onkel Hansi & Karme

Nicholson – noch hinzu: »damals 1988, als *Roger Rabbit* in die Kinos kam, musste ich bei Roger und seiner großen Frau sofort an meine Eltern denken. Jessica Rabbit sagt nämlich auch, dass sie mit dem lustigen Karnickel verheiratet sei, weil dieses sie zum Lachen bringe. Meine Mama hat mir erzählt, dass sie sich über Nacht in meinen Papa verliebt habe, alleine deshalb, weil er sie so sehr zum Lachen brachte. Von ganzem Herzen zum Lachen.« Tatsächlich war Tündes Mutter damals ein depressiver Teenager mit Selbstmordgedanken, der aus Karlsruhe nach Österreich abgehauen war, als ein kauziger Wiener Straßenbahnschaffner sie eines Tages hinten im letzten Waggon entdeckte. Eingerollt in einen zu großen Wollmantel und voller Weltschmerz war sie nämlich bis zur Endstation mitgefahren, ohne genau zu wissen warum. Trostlos war die nasse regengraue Welt vor den Scheiben, bis sie da plötzlich jemand mit gutmütigem Sing-Sang-Tonfall anredete: »Ja, wen haben wir denn da? Ein vergessenes Piperl (kleines Huhn)?« Der Jemand zwinkerte ihr mit lustigen wasserblauen Augen zu und lag gleich darauf mit einem »Hoppla!« vor ihr am Boden, da er tatsächlich auf dem absoluten Slapstick-Klassiker – einer weggeworfenen Bananenschale – ausgerutscht war; Ildikó Horváths erstem Lachkrampf sollten noch viele weitere folgen.

♪ ♫ *... you raise me up, so I can stand on mountains ...*

Niemand hätte interfamiliär je damit gerechnet, dass Onkel Hansi einmal das Reich des Konjunktivs verlassen mechat. Dass er außerhalb des Extremschrammeln-Hoheitsgebiets auch atmen kenntat. Tünde und Klaus haben ihn heute besucht, denn der echte Wiener ist zu seiner Frau nach Budapest gezogen. Zumindest alt werden wollen die beiden gemeinsam und ohne ein Telefon dazwischen. Pepperl, Hansis Wiener Bezugsperson Number 1 vor Ort, ist ja *von ihm gegangen*. Der Pepperl mechat schön schauen, wenn er obaschaun mecht! Vorhin waren Klaus und Tünde auf der Margaretheninsel, die einst von österreichischen Palatinen in einen Kurpark verwandelt wurde. Zur Zeit der Osmanenherrschaft, als Buda der Sitz des türkischen Paschas war, beherbergte die Margitsziget einen Harem.

(…) Ich besorgte mir Sänger und Sängerinnen und die Lust jedes Menschen: einen großen Harem.
Koh 2,8

Kurz vor der Árpádbrücke, welche die Insel im Norden mit der Stadt verbindet, befinden sich ein Japanischer Garten und darin ein Spielbrunnen. »Was ist das übrigens für ein Lied, das der Brunnen spielt?« fragt Klaus und blickt dabei hinüber über die schimmernden Donauwellen. »*Elindultam szép hazámból:* Ich breche auf aus der schönen Heimat. Es gibt wohl keine Schulabschlussfeier in ganz Ungarn, wo dieses wehmütige Volkslied nicht gesungen wird – Béla Bartók hat eine Begleitung dazu verfasst.« Kurz entschlossen stellt sich Tünde etwas entfernt von ihm unten am steinigen Ufer hin und stimmt die bekannten drei Strophen an. Sanftes Abendlicht glitzert hinter ihr auf dem Wasser, winzige Schweißperlen auf Tündes Oberlippe schimmern, ihre Bakelitarmreifen klickern leise. Klaus versteht kein Wort, aber diese Melodie und die Samtstimme erreichen direkt seine seelische Eigenfrequenz.

♪ ♫ *Én Istenem, rendelj szállást,*
Mert meguntam a bujdosást,
Idegen földön a lakást,
Éjjel-nappal a sok sírást.

Lieber Gott, gewähre mir Unterkunft,
denn ich will nicht länger
wandeln auf fremder Erde
und weinen bei Tag und bei Nacht

Wir sind also immer zuversichtlich, auch wenn wir wissen, dass wir fern
vom Herrn in der Fremde leben, solange wir in diesem Leib zu Hause
sind;
  2 Kor 5,6

Klaus ist so berührt von der Melodie, dass er sie danach plötzlich in einer für ihn und für dieses Thema völlig ungewohnten und hämefreien Direktheit fragt: »Was war da los bei dir, als du quasi über Nacht katholisch geworden bist?« (er wollte das insgeheim ja immer schon wissen) Sie antwortet ohne Zögern: »Bis man sich spirituell durch alle möglichen psychedelischen Handyklingeltöne hindurch gequält hat und wieder beim alten katholischen Retro-Weckergeklingel gelandet ist, das dauert! Aber die Wahrheit dahinter, die hat mich halt eines Tages ohne Vorwarnung ergriffen – einfach umgehauen hat die mich und danach langsam umgebaut. Du kennst doch sicher Eisenfeilspäne auf Papier, die sich ausrichten müssen, wenn man einen Magnet darunter hält? Anders kann ich es nicht beschreiben: umgebaut, neu geordnet hat es mich.

Da wurde einfach der Faden aus meiner Ursache-Wirkung-Ursache-Wirkung-Perlenkette herausgezogen und die Perlen wurden auf einem neuen roten Faden nach ganz anderen Prioritäten wieder aufgereiht. Wie Verenas Brezelkäfer komme ich mir vor, bei dem das moderne durchgehende Heckfenster der als Rundumtoleranz getarnten Rundumgleichgültigkeit wieder ausgebaut und der alte markante Mittelsteg erneut eingeschweißt wurde.«

»Denn es kommt nicht darauf an, ob einer beschnitten oder unbeschnitten
ist, sondern darauf, dass er neue Schöpfung ist.«
Paulusbrief an die keltischen Galater 6,15

Klaus sieht sie nachdenklich an. »Aber wo war der Knackpunkt bei der Sache? Warum dieser Sinneswandel, diese totale Wandlung, da muss doch irgendetwas Markantes auch noch passiert sein. Niemand erwacht morgens in seinem Bett und stellt fest, dass er über Nacht plötzlich katholisch geworden ist!« »Frau Szabo ist schuld.« Klaus bekommt Zweifelsfalten. Frau Szabo? Kein wahrhaft begeisterter Priester, kein Buch aus dem Liebe zur Kirche brannte? Mozart hätte er vielleicht noch als Antwort akzeptiert, aber Mizzi Szabo? »Ich habe gar nicht gewusst, dass die Mizzi überhaupt religiös ist.« Tünde muss lachen und bietet ihm nun Tee aus der mitgebrachten Thermoskanne (Airam® aus Finnland) und Aranykocka® Schokolade an, ein ungarisches Konfekt mit 3,5% gezuckerter Orangenschale. »Ist sie ja auch nicht, « bestätigt sie belustigt, »aber dafür Hilde, ihre beste Freundin.« Hilde trifft sich jeden Freitag mit Freundin Mizzi im Cafè Seitensprung, zuvor besucht man den Gottesdienst. Es ist eisig, damals. Verena ist krank und die krankenbesuchende Tünde hat einen freien Tag. Sie springt daher helfend und stellvertretend ein, indem sie Frau Szabo im Hubschrauber zur Messe fährt. Sie erbietet sich zudem – aufgrund der Eisesglätte – die beiden betagten Damen danach noch ins Cafè Seitensprung zu chauffieren und bezieht inzwischen in der hintersten Kirchenbank eine Art Beobachtungsposten. Tünde blättert da hinten abwechselnd im Gotteslob und in ihrem Adressbuch. Vom Ablauf der Messe keine Ahnung mehr habend bemerkt sie plötzlich ein ruckartiges, fast schmerzhaftes Ziehen, so als würde jemand ihre Magengegend wie eine Glocke mit einem Strang in Bewegung setzten. Durch jahrelange Meditationserfahrungen weiß Tünde natürlich, dass es das Sonnengeflecht ist, das da jetzt reagiert. Sie blickt sich um; wäre durchaus möglich, dass sich hier in der alten Kirche ein Kraftplatz befindet. Das Ziehen wird stärker, sie sinkt instinktiv auf die Knie und so fühlt es sich richtig an. »Gepriesen bist du, Herr unser Gott, Schöpfer der Welt. Du schenkst uns das Brot, die Frucht der Erde und der menschlichen Arbeit. Wir bringen dieses Brot vor dein Angesicht, damit es uns das Brot des Lebens werde.« Spricht der Priester in diesem Moment über die Hostie gebeugt – Gabenbereitung! »Ja und? Was soll das schon groß bedeuten?« meint Klaus unwillig, »Vielleicht hast du an diesem Tag einfach nichts Gescheites gefrühstückt …« Tünde lächelt: »Ich habe es wiederholt, wie ein Experiment. Mehrmals, in verschiedenen Kirchen und bei verschiedenen Priestern und einmal sogar in Polen. Kein Wort habe ich verstanden, aber der Impuls blieb immer derselbe! So ist es bis heute.« »Hast du eine Erklärung dafür?« »Lange habe ich mich gefragt, was denn da mit mir passiert und plötzlich bin ich dann auf das Buch *Love Story* gestoßen und es hat alles, was ich die letzten Monate über nur dumpf und undeutlich empfunden habe, in klare Worte gefasst. Es hat mich mitten ins Herz getroffen.«

Ja, an ihm freut sich unser Herz, wir vertrauen auf seinen heiligen Namen.
Ps 33,21

Klaus versteht nicht. »Ich kenne zwar *Love Story* und den Film dazu, allerdings hätte ich eher gedacht, dass damit das Lebensgefühl der 70-er Jahre genau getroffen wird und nicht unbedingt dein suchender Herzensgrund.« Tünde lächelt zur Kettenbrücke hinüber und der Wind verfängt sich ganz sanft in ihren ebenholzdunklen Haaren, die kleinen Perlen darin rascheln. »Ich rede nicht von Erich Segal, sondern von Janne Haaland Matláry.« »Nie gehört, sollte ich die Dame kennen?« »Ja, ich denke das solltest du. Sie ist eine Professorin für internationale Politik an der Universität Oslo.« »Aha, du interessierst dich jetzt also doch wieder für Politik?« »Immer doch, bester Frondienst, denn genau genommen ist es unmöglich, unpolitisch zu sein, wie du mir ja selbst voriges Jahr erklärt hast.« »?« »Politik bezeichnet jegliche Art der Einflussnahme etc. etc. – kannst dich nicht erinnern?« sanft säuselt die Donau unter ihnen. Sie ist als einziger Fluss durch den Eisernen Vorhang geflossen und die Wissenschaft kann jetzt erforschen, wie zwei unterschiedliche politische Systeme mit diesem Fluss umgegangen sind. Klaus blickt auf das Wellenspiel und es fällt ihm wieder ein: »Ach so, der Abschnitt aus dem Politiklexikon! Das hast du dir gemerkt? Respekt, Pocahontas!«

Politik ist die Unterhaltungsabteilung der Wirtschaft
~~~ Frank Zappa ~~~

Wer sich nicht mit Politik befasst, hat die politische Parteinahme, die er sich ersparen möchte, bereits vollzogen: er dient der herrschenden Partei.
~~~ Max Frisch ~~~

»Matláry hat sich vor allem mit der Behauptung auseinandergesetzt, dass alles subjektiv und daher relativ sei. Wenn unsere Sicht der Wirklichkeit einfach unsere subjektive Auffassung ist, dann gilt dasselbe auch für unseren Glauben – andere Sichtweisen sind genauso wahr, alles ist letztlich relativ.« »Ja natürlich, ist ja logisch, genau so sehe ich das auch.« »Dann aber hat Matláry plötzlich in einem entscheidenden Augenblick eine Einsicht erlebt, die sie als *Wendepunkt* bezeichnet ...« »Ja, ja, das ist ebenfalls hinlänglich bekannt: irgendein Schicksalsschlag und dann hat man eben subjektiv das Gefühl, es wird objektiv von oben geholfen ...« »Aber keineswegs! Sie spricht von der *Begegnung mit einer objektiven Realität.*« Der Frondienst schaut äußerst zweifelnd drein. »Das hätten wir wohl alle gerne einmal, aber wo, wer oder was sollte das denn bitte sein? Mein ganzes Leben schon möchte ich einmal eine objektive Realität kennen lernen!« »Der Blick auf die Eucharistie.« »?«

Heute habe ich festgestellt, dass in der Hostie nach der Wandlung eine objektive Realität besteht unabhängig davon, was ich darüber denke und ob ich daran glaube oder nicht.
~~~ Janne Haaland Matláry ~~~

Denn mein Fleisch ist wirklich eine Speise und mein Blut ist wirklich ein Trank. Wer mein Fleisch isst und mein Blut trinkt, der bleibt in mir und ich bleibe in ihm.
Joh 6,55-56

Langsam sinkt die Dunkelheit herab. Unter ihnen spiegeln sich die Lämpchen zweier hell erleuchteter Ausflugsschiffe auf dem dunkelgrünen Wasser, umsäumt von Ketten aus limettengrünen und goldenen Lichtpunkten ziehen sie dahin. Ihnen gegenüber heben sich vom weichen Dämmerlicht bläulich getönt die Kuppeln des Parlaments und die Umrisse der Kettenbrücke vom rosa Himmels ab. Schlanke lila Zirrussfische schwimmen auf ihm dahin und weit draußen im Westen liegt die kleine weiße Sonne in ihrem gelben Abendwolkenbett wie ein spiegelverkehrtes Spiegelei. Unweigerlich muss Klaus bei diesem Anblick nun an eine Hostie denken und an das, was Tünde soeben gesagt hat. Sie klingt so überzeugt und sie ist so verändert seit ein paar Jahren! Doch Klaus weiß auch, dass nur die winzigste Ahnung einer Wahrheit im von ihr Gesagten folgerichtig und unweigerlich zum totalen Kollaps all dessen, was er bisher unter Prioritäten verstanden hat, führen müsste.

Was Katholiken mit Realpräsenz meinen, ist der Glaube, dass Christus wahrhaft gegenwärtig ist in der Hostie und im Wein, die durch den Priester in der Wandlung zu Leib und Blut Christi werden. Dies ist das höchste Geheimnis des Glaubens, der Mittelpunkt der Messe und der Schlüssel zum katholischen Glauben an die Sakramente.«
~~~ Janne Haaland Matláry ~~~

»Du wirst auf den Kopf gestellt – das Nurbrot ist nämlich die Illusion und nicht umgekehrt! Erkennt das Herz diese intellektuelle Zumutung einmal, so braucht der Rest unserer Wahrnehmung doch um einiges länger um damit gleichzuziehen und es einzuordnen. Ich war nicht darauf vorbereitet, dass sich die Wahrheit tatsächlich finden lässt. Es ist ein Schock!« Klaus sieht sie an: Sie ist nüchtern, hat keinerlei vergrößerte Pupillen und wirkt normal und authentisch. Das ist keine neue Glaubensrichtung, kein Ausprobieren und Suchen mehr, Tünde ist angekommen – etwas wonach sich jeder Herzensgrund sehnt!

Sucht ihr mich, so findet ihr mich. Wenn ihr von ganzem Herzen nach mir fragt.
Jer 29,13

We have GOD in the EUCHARIST – we don't have to go anywhere, we already got, what we need
~~~Marino Restrepo ~~~

Da er ihr heute offenbar einmal zuhören mag, erzählt sie weiter: »Es wird zu einem unwiderstehlichen Sog und ob du es willst oder nicht, es beginnt dich anzuhauchen und gleichzeitig einzusaugen. Es beschleunigt dich mit unglaublicher Dynamik und es bremst dich zugleich. Es bremst dich, so wie man ein Motorrad bremst.« Tünde nennt eine mitternachtsblaue Honda® X11 (Bj. 2001, Hubraum 1137 cm³, Umbau zum Fighter) ihr Eigen. Man bremst ein Motorrad progressiv – nicht zu stark am Beginn, damit das Vorderrad nicht blockiert, aber dann stetig stärker werdend. Diese Bremstechnik muss richtig gelernt werden – sie unterscheidet sich grundsätzlich von der beim PKW. »Das ist also das Geheimnis deiner plötzlichen Stärke, du hast quasi ein spirituelles Perpetuum Mobile erfunden?« fragt Klaus und Tünde antwortet: »Jesus Christus ist das Reich Gottes, ich muss es nicht erfinden …«, sagt sie, »… und die Eucharistie ist Gnade pur. Er befähigt mich, die Liebe, die mir vorenthalten wird, zu ertragen und selbst zu lieben. Das ist alles und es genügt – erst Gott genügt!«

Solo Dios basta.
~~~ Theresa von Avila ~~~

Bei Gott allein kommt meine Seele zur Ruhe, denn von ihm kommt meine Hoffnung. Nur er ist mein Fels, meine Hilfe, meine Burg, darum werde ich nicht wanken.

Ps 62,6-7

Er schaut sie so eigenartig an, dass sie ihm nun, statt weiter zu sprechen, erneut Tee und Orangenschokolade anbietet. Da er sie noch immer äußerst eigenartig anschaut boxt sie ihn in den Arm (nicht gerade sanft!) und fügt hinzu:»He, Frondienst, ich bin nicht verrückt! Alle Werte normal, keinerlei Hirnlappenstörung, oder hast du etwa Angst, dass mein wiedergefundener Katholizismus ansteckend ist?« Und mit einem Mal realisiert der Frondienst, dass er sich soeben mitten in einem Song befindet, in *Suzanne* von Leonard Cohen nämlich. »Das ist alles!« könnte auch für den Cohen-Song *Suzanne* gelten. Was hatte sich Tündes Amerikanistikprofessor seinerzeit bei der Interpretation des Textabschnittes ... *she feeds you tea and oranges* hineingesteigert! Was fiel ihm nicht alles ein, was denn mit Orangen gemeint sein könnte. Der gute alte Freud musste da natürlich bemüht werden, doch Suzanne Verdal McCallister bestätigte später in einem BBC Interview 1998 ganz schlicht, Cohen tatsächlich des Öfteren einfach *tea and oranges* serviert zu haben: *We had tea together many times and mandarin oranges.*

»Das ist alles!« Könnte auch für die Auferstehung gelten. Was hatte sich Tündes Theologieprofessor seinerzeit hineingesteigert, um ihnen im Anschluss an den Zeffirelli-Film plausibel zu machen, dass Jesus nicht *einfach so da wieder zwischen den Jüngern gesessen ist.* Er erklärte beredt, dass der Herr ein von Gottes Geist durchdrungener, aber eben nur Mensch gewesen sei. Ein walisisches Medium der Spiritualist Church wiederum erklärte ihr später einmal ebenso beredt, dass Christuskraft keine menschliche Gestalt sein könne. Jesus sei den Jüngern nach seinem Tod im Astralleib erschienen. Tünde fand die schlichte Anfrage des Herrn bei Lukas dann sehr hilfreich:

Habt ihr etwas zu essen hier? Sie gaben ihm ein Stück gebratenen Fisch;
er nahm es und aß es vor ihren Augen.
Lk 24,42-43

Klaus grantelt und weiß nicht recht warum. Am nächsten Abend, nach einem wunderbaren Essen im Gundel, schnauzt er sie beinahe an: »Was soll denn das für ein Gott sein, der stumm bleibt, wenn ich schreie, der sich nicht sehen lässt, wenn Kinder ermordet werden und dafür auftaucht, wenn ich nicht damit rechne …«

Wenn es Gott gibt, muss er sich bei mir entschuldigen
(in die KZ-Mauer geritzter von einem Häftling)

»Ja, sag einmal …« meint Tünde überrascht, »… das fragst ausgerechnet *du* mich, der voriges Jahr wieder eingetreten ist in die Kirche und so wieder am Weg nach Bethlehem ist?« »Das hat rein rationale Gründe, das spirituelle Parteiprogramm sagt mir eben zu, basta! Keinesfalls habe ich damit ein Ticket für die *Magical Mystery Train gelöst und unterwegs bin ich höchstens ins Bethlem Royal Hospital, wie alle hier auf Erden!*

Das Leben ist ein Krankenhaus, in dem jeder Patient den Wunsch hat,
sein Bett zu wechseln. Der eine möchte lieber vor dem Kaminfeuer leiden,
der andere ist überzeugt, dass er nahe dem Fenster gesund werden würde.
~~~ Charles Baudelaire ~~~

Eine Offenbarung ohne Vorwarnung – na mehr täte ich nicht mehr brauchen …« »Im Falle des Falles wirst du aber sicher nicht gefragt, Frondienst. Gott liebt dich über alles, aber du gehörst nun einmal ihm, bist sein Kind, sein Geschöpf. Ob du jetzt Saul heißt (1 Sam 10), oder als Paulus vor Damaskus gerade mit Christenverfolgen vollauf beschäftigt bist oder ein zwanzigjähriger Marxist wie André Frossard – gefragt wirst du sicher nicht, ob es dir gerade jetzt passt mit einer Offenbarung. Es gibt keine Versicherung oder Impfung dagegen! Jederzeit könnte es ploppen …« »Ploppen? Wie die Hausrohrpost in der Graben-Apotheke vielleicht? Mir fehlt es – Gott sei Dank – an jeglicher Würdigkeit …« er grinst eigenartig dabei. »Gott mag aber ausgerechnet Freaks …« entgegnet Tünde.

Gott entscheidet, wie er in das Leben von Menschen kommt, nicht wir
   ~~~ Nina Hagen, Bekenntnisse ~~~

Das Törichte in der Welt hat Gott erwählt, um die Weisen zuschanden zu machen, und das Schwache in der Welt hat Gott erwählt, um das Starke zuschanden zu machen.
1 Kor 1,27-28

Bei der Anbetung spürt Tünde etwas Umwerfendes. Dort vorne ist ein Kraftfeld, das stärker ist als alles, dem sie bisher begegnet ist und zugleich eine reale, persönliche Macht – genau die Liebe, nach der sie eben schon immer gesucht habe. Ganz unvermutet hat sie das bekommen, so als hätte sie bei ihrer Schwammerlsuche im Alltagsrevier den heiligen Gral entdeckt. Tünde sitzt absolut reglos da, ihre Augen sind so weit aufgesperrt, dass sie fast meint, eine Art von Ziehen am inneren Lidrand zu spüren. Sie möchte unter gar keinen Umständen auch nur ein Pixel von diesem wunderbaren Bild verpassen. Einfach unbeschreiblich! Doch sie ist nicht nur Auge, auch aufgesperrter Mund, der Staunen trinkt, auch aufgesperrtes Herz, das im Takt mit einem unsichtbar gegenwärtigen Herzen pocht. »Hör nicht auf, da zu sein …« betet sie, während dieser Anblick piezoelektrische Spannung aufbauend durch ihre Poren wabert. »… denn ohne den Geist, den du sendest, leben wir nicht!«

   Tünde, emphatisch quasi ein Chamäleon, hatte immer schnell begriffen. Sie kannte den religiösen Knigge: dass man bei linkeren Freunden Jesus stets als den ersten Sozialreformer zu bezeichnen hat, bei rechteren die Existenz christlicher Parteien nicht anzuzweifeln hat und bei den Esoterikern von Jesus, dem aufgestiegenen Meister und der angestrebten Ausrichtung auf die übergeordnete Christusbewusstseinsebene zu reden hat. Bei (sichtbarer) katholischer Glaubenspraxis, etwa bei der Freitagsanbetung, die sie seit einem Jahr regelmäßig besucht, muss man mit allem Möglichen zu rechnen.

Da drückt ihr etwa an der Kirchentür eine Glaubensschwester einen Pack Novenen in die Hand und sagt: »Ich (!) brauche Beter. Alsdann, vormittags beten sie drei Vaterunser und danach beten sie …« Tündes Antwort, dass sie lieber ohne Worte bete, wird mit verständnisvollem Lächeln, Oberarmtätscheln und: »Ja ja, das haben wir alle einmal gehabt …« kommentiert. Der Mesner wiederum lobt sie, weil sie eine so »brave Kirchgeherin« sei und versteht nur Bahnhof, als sie ihm erklärt, dass weder *sie* brav, noch *er* in einer übergeordneten Position sei, um andere für deren Glaubenspraxis zu loben bzw. im umgekehrten Fall zu tadeln. Einander gleichgestellte Brüder und Schwestern seien sie, ausgerichtet wie Eisenfeilspäne am Magnet durch die Kraft des Herrn. »Eine reichlich überspannte religiöse *i-Tüpferl-Reiterin* (Pedant) ist die!« sagt der Mesner später ärgerlich zum neuen Kaplan und der nickt zustimmend, denn Pocahontas hat über seinen wirklich abgefahrenen Sozi-Witz neulich nicht gelacht. Dann wäre da noch die kugelbauchige Trafikantin, bei der Tünde ihre Zeitung zu kaufen pflegt. Eingepfercht hinter der Budel ihres Mikrogeschäftslokals (ein erweiterter Bauchladen im doppelten Wortsinn) meint sie augenzwinkernd: »Mir ist eh schon aufgefallen, dass sie immer in die Vormittagsmessen gehen, obwohl sie ja fast noch zu jung für eine Tabernakelwanzen sind. In unseren feschen Pfarrer sind's halt a bisserl verschossen, gell?« dabei bezwitschert sie vielsagend ihre wachelnde Rechte samt den mit Fimoblättchen verzierten Fingernägeln. »Stimmt nicht ganz, meine Gute …« hat

Tünde ihr da geantwortet, »... ihre Dornenvögeltheorie können sie gleich wieder vergessen. Der fesche Pfarrer und ich, wir sind gemeinsam in denselben Mann verschossen, so schaut's aus!«

Während Tünde fast reglos kniet und auf die Monstranz schaut und immer aufs Neue erstaunt ist – über den Herrn, nicht über die Trafikantin – tauchen die unterschiedlichsten Szenen vor ihren Augen auf. Sie muss an Meister Eckhart denken, der da einmal sagte: *Selbst wer Gott lästert, lobt Gott.* Die lästerliche Bezeichnung der Trafikantin für betende oder anbetende Menschen hat sie nämlich kürzlich gegoogelt. *Häufiger, oft bigotter Kirchgänger* war da zu lesen, an anderer Stelle allerdings auch: *Frauen, die in (!) und um den Tabernakel herumkriechen.* Tünde, 1,80 m groß und breit hat bei dieser Vorstellung schallend lachen müssen. Darüber, wie man das denn wohl rein technisch bei einem durchschnittlich großen Tabernakel bewerkstelligen sollte. Darüber, wie viele sich im Net dazu bemüßigt fühlen, Erklärungen für Dinge abzugeben, die sie nicht einmal kennen! Nicht zuletzt über sich selbst musste Tünde lachen. Manches Mal nämlich, während einer Anbetung, hat sie ja tatsächlich den Wunsch, sich ganz nahe an dieses Wunder da vor ihren Augen zu schmiegen, wie eine schmeichende Katze um Menschenbeine, wie ein Schal um einen Hals. So könnte sie stundenlang beim Sockel der Monstranz liegen. Sie blickt auf diese kleine weiße Scheibe und fokussiert dabei unwillkürlich auf Unendlich. Fritz fällt ihr ein, der bezüglich seiner Solariumsbesuche erklärt hat, dass er das für die Seele brauche in der kalten Jahreszeit. Tünde braucht diese eucharistische Sonne auch für ihre Seele und für die kalte Jahreszeit hier auf Erden. Sie versteht jetzt, was Pater Pio gemeint hat, als er sagte, dass die Erde eher *ohne Sonne* bestehen könne, als ohne die Heilige *Eucharistie.*

Dieses sogenannte »Allerheiligste« war mir seinerzeit das Allerwirklichste
~~~ Peter Handke ~~~

»Ich habe ein Problem beim Kommunionsempfang, Pater Lenz.« Vertraut sich Tünde ihm nach der Frühmesse in der Sakristei an. »Und zwar?« »An manchen Tagen kann ich die Handkommunion nicht empfangen, nicht einmal die Mundkommunion im Stehen! Gerade an Tagen, wo meine Sehnsucht und meine Bedürftigkeit am Größten sind.« Pater Lenz sagt nichts. Er wartet vielmehr ab, was da jetzt bloß kommt. Sollte sie die Handkommunion etwa als nicht würdig genug empfinden, wie einige seiner Gläubigen, die er dann bei ihren Bedenken gerne auf Cyrill von Jerusalem verweist?

Da die rechte Hand den König in Empfang nehmen soll, so mache die linke Hand zum Thron für ihn. Nimm den Leib Christi mit hohler Hand entgegen und erwidere: ›Amen!‹

Tünde tut sich schwer, passende Worte zu finden. »Es ist ein technisches Problem, das sich mir stellt. An manchen Tagen trage ich eine solche Innigkeit mit mir herum, dass ich die erforderlichen Bewegungsabläufe kaum noch koordinieren kann. Nach vorne gehen, Kommunion empfangen, rasch Kniebeuge und rasch wieder Platz machen, noch bevor der Kommunionsempfänger hinter mir über mein gebeugtes Bein stolpert.« Die Mine des Paters hellt sich auf: »Gelenksprobleme, ach so! Bleibens nächstes Mal einfach in der ersten Reihe sitzen – ich bringe ihnen dann die Kommunion!« »Nein, das ist es nicht, vielmehr diese …« Tünde sucht nach Worten, »… diese unglaubliche Intimität des Geschehens – oft ist sie mir so schlagartig bewusst, als würden Schleier zerreißen, in denen wir sonst einhergehen. Wie ausgegossen bin ich da im Inneren und sogar Knien ist mir dann noch viel zu aufrecht. Jetzt soll ich mich aber gehend dem Geheimnis nähern. Meinen Gott, der mich und das Universum erschaffen hat, der für mich gestorben ist, der mir näher sein kann als ein Mann seiner Frau – ja näher, als ich es selbst mir bin – ihn soll ich nun abholen gehen wie damals den Löffel Lebertran im Internat. Das kann ich nicht, ebenso wenig, wie ich mit einer Seifenblase in der Hand eine Bergtour machen könnte! So wie es jetzt der Brauch ist, pack ich es manchmal einfach nicht. Zwar könnte ich stundenlang knien und demütig warten auf den Herrn, aber nur nicht Schlange stehen und Leute sehen, die grinsend und kauend kommunizieren.« Pater Lenz ist ein wenig ratlos. »Sie sind in der Minderheit, Tünde. Was erwarten sie von mir – den Byzantinischen Ritus?« »naja, so ein Speisgitter wär' schon fein, zum innigen Knien vorher und zum langsamen Aufstehen danach ... ein provisorisches vielleicht?«

(...) damit alle im Himmel, auf der Erde und unter der Erde ihre Knie beugen vor dem Namen
Jesu. Phil 2,8-10

»Ich werde darüber nachdenken, es steht ja noch im Keller. Kann ich sonst noch etwas für dich tun, Tünde?« »Ja, ich hätte gerne die E-Mail-Adresse der Leute, die den alten Text bei der Haydnmesse im Lied Nr.9 geändert haben.« »?« »Damals, als ich ein Kind war und noch zur Messe gegangen bin, ist dort, wo wir jetzt *Frucht vom Kreuzesstamm* singen, definitiv ein anderer Text gewesen. *Du Seelenbräutigam* – das habe ich mir genau gemerkt, eben weil ich mit diesem Begriff absolut nichts anfangen konnte.« »Unsere Sprache ist nichts Starres ...«, erklärt Pater Lenz »... vielmehr lebt sie, wie ein Organismus. Sie entwickelt sich fort, verändert sich, steht in Wechselwirkung mit dem Sprachbenutzer und dieser wieder mit ihr.« »Dass man im Ave Maria nun *gebenedeit unter den Weibern* statt *gebenedeit unter den Frauen* betet, ist für mich aufgrund der Bedeutungsverschlechterung des Wortes »Weib« ja völlig logisch. Warum aber der Seelenbräutigam plötzlich untragbar geworden ist, dafür habe ich keinerlei Erklärung in der Sprachgeschichte finden können.« Der Pater lächelt: »Ist das wirklich so ein Unterschied?« »Für mich ist es ein gewaltiger Unterschied, ob die Person meines Bräutigams mir nahe sein will, oder ob ich eine geschlechtsneutrale Frucht esse! Haben wir eine bräutliche Seele? Haben wir einen persönlichen Gott, der sich entäußert und hingegeben hat? Gibt es einen einleuchtenden Grund, warum keine Frauen für das Priesteramt vorgesehen sind? Genau das ist der Punkt, denke ich. Wem es peinlich ist, dass seine Religion ein derart intimes Geheimnis verkündet, weil er befürchtet, noch mehr intellektuelles Kopfschütteln zu ernten, muss eben zuhause bleiben …«

Man braucht vielleicht nur zu warten, sagt sich Tünde, denn die Kirche denkt in Jahrhunderten. Die Menschwerdung Gottes, seine Auferstehung von den Toten, seine Gegenwart in Brot und Wein, das alles stellt etwas derart Unerhörtes, Unfassbares und provokant Unglaubliches dar, dass es sich bis in die hintersten Winkel unserer Wahrnehmung und unseres Selbstverständnisses auswirkt, egal ob der einzelne Mensch das auch nur im Ansatz begreifen kann. Wie eine Immobilienblase, die irgendwo geplatzt ist und doch jeden hintersten Winkel der Finanzwelt betrifft und erreicht. Oder aber wie der laute große C-Dur Akkord etwa in der Werksmitte bei Bartóks *»Herzog Blaubarts Burg«* wo noch Blechbläser hinter der Bühne die Klangfülle multiplizieren. Irreversibel und immer deutlicher tritt die Tatsächlichkeit des einmal und für allemal Geschehenen im Lauf der Jahrhunderte zutage, betrifft und erreicht uns – da mehr und da weniger, doch letztlich bleibt, wie bei einem präzisen Planetenrührsystem, nichts unberührt davon. Gott ist die Liebe und die Liebe ist stärker als der Tod. Vielleicht sollte man es sich beim Suchen, beim Warten und beim Üben, ein besserer Mensch zu werden, ja auch angewöhnen (ähnlich wie die muslimischen Patientinnen von Alex) erst einmal eine Gebetshaltung einzunehmen, bevor man sich bereitwillig in neue, unbekannte Situationen hineinlegt. Schaden könnte es nicht, ein kurzes Innehalten und Nach-oben-Justieren, nur ein bisserl langsamer wird man halt dadurch.

♪ ♫ *All to Jesus I surrender; Lord, I give myself to thee …*

Erwartungsvoll stehen die zu Cillys Hochzeit geladenen Angehörigen und Freunde innerhalb der Ringmauer einer alten romanischen Wehrkirche. Um 10.30 Uhr beginnen die Glocken zu läuten und künden die Ankunft des Festzuges an. Angeführt vom Kreuzträger und den Ministranten kommen sie nun alle vom Zentralhaus her. Cillys rotes Haar leuchtet in der Sonne. Sie trägt ein feines Kleid aus weißem Batist und hat einen Myrtenkranz in die Locken geflochten. Das durchscheinende zarte Gewebe ihres langen Schleiers erinnert den Brautvater Drago an den höchsten der Plitvicer Wasserfälle, der in schneeweißen Kaskaden von den Felsen stäubt. Einfach strahlend schön sieht Cilly als Braut aus und die sechs anderen Bräute neben ihr ebenfalls. Die Krankenschwester Cäcilia Zlatar, vulgo *Pippi Langstrumpf,* hat sich nämlich entschlossen, Nonne zu werden.

Deine Erfahrungen sollten nirgends umkehren, nicht erschrecken, an keinen Türen horchen, überall leise und aufrecht durchgehen wie starke pflegende Schwestern, die ans Handeln gewöhnt sind, wo andere jammern.
~~~ Rainer Maria Rilke ~~~

Ein langer festlicher Zug von Ministranten, Fahnenträgern, Priestern, dem Bischof und den Eltern folgt den sieben Novizinnen. »Das ist ja wirklich eine schöne Hochzeit!« flüstert Jadéite ganz gerührt. Kili, Regine, Cosi, Verena und Max, die alle in der Nähe stehen, nicken zustimmend. Im Inneren der riesigen alten Kirche ziert duftender Blumenschmuck aus grün-weißen Hortensien und honigfarbenen Rosen den Altarraum. In der Lesung aus dem Buch Jesaja heißt es: »Fürchte dich nicht, ich bin bei dir. Ich habe dich bei deinem Namen gerufen, du bist mein.« Nach der Heiligen-Geist-Sequenz werden die Schwesternnamen verlesen und die Angehörigen hören zum ersten Mal, welchen Namen Cilly von nun an trägt: Sie heißt jetzt Schwester Maria

Aurore. Vor dem eigentlichen Einkleidungsritus stimmt der Chor die Lauretanische Litanei an und danach gehen die sieben jungen Frauen nach vor und bitten um das Schwesternkleid. Auf die Frage, ob sie auch bereit seien kommt ohne Zögern die Antwort: »Ja, wir sind bereit«. Alle sieben erhalten nach dem Segen das neue Kleid, Gürtel, Schleier, Medaille und Kerze – ein neues Leben beginnt.

Wenn also jemand in Christus ist, dann ist er eine neue Schöpfung: Das Alte ist vergangen, Neues ist geworden
  2 Kor 5,17

♪ ♫ *… nothing compares to you …*

Als die Novizinnen später dann in einer feierlichen Prozession im Schwesternkleid und mit Lilien in den Händen zurückkommen, erheben sich alle von ihren Sitzen und viele der Mitfeiernden haben Tränen in den Augen. Draußen lassen Kinder leuchtend orange Luftballons aufsteigen, daran hängen Glückwünsche, die Freunde und Angehörige am Vorabend geschrieben haben. Die Freude ist aus den Gesichtern der Festgäste zu lesen und Drago kann heute wieder einmal ausgiebig seinem frondienstlichen Beinamen *Umspannwerk* und *verbale Klammer* gerecht werden. Jadéite umarmt die Ex-Cilly ebenfalls mit großer Innigkeit: »Alles Gute, alles Gute, Schwester! Du siehst so glücklich und angekommen aus, aber ehrlich: Nie im Leben hätte ich gedacht, dass ausgerechnet du einmal Nonne wirst!« Sr. Maria-Aurore lacht, laut wie immer: »Ach ja? Na, wer hat mir denn damals das ausschlaggebende Kriterium bei der Wahl des richtigen Mannes verraten? Wer hat denn gesagt, dass er für mich zu sterben bereit sein sollte?« Jadéite wird ganz ernst: »Keinen einzigen hingabefähigen irdischen Mann gefunden?« Cilly lächelt: »Hast du eine Ahnung wie *meilenweit* irdisch mein Herr ist, das ultimative *Alpha* sozusagen.«

Kilian umarmt sie stürmisch: »Alles Gute, geliebter Schwesternfratz, ich sehe dir an, dass du glücklich bist. Aber jetzt, Schwester Maria-Aurore, kannst du wohl nie mehr rotzfrech sein!« Cilly lacht: »Der Herr behüte dich vor allem Bösen, mein uralter Stinkbruder und der Friede Gottes, der alles Verstehen übersteigt, möge dein Herz und deine Gedanken in der Gemeinschaft mit Christus Jesus bewahren.« Kilian lacht auch, »Schaukelst du jetzt auf höchstem Zweige, oder wie?« »Ja, ich schaukle auf höchstem Zweige!«

Anstatt einmal zur Frau von Welt zu werden, wie Irene einst geraten hatte, beschließt Sr. Maria-Aurore drei Jahre später ihr Leben ganz dem Gebet zu weihen. *Dolce Vita* statt *Belladonna* sagt sie und lacht dazu Stellvertretend beten für andere, denen dafür Zeit, Zugang und Möglichkeit fehlt, sieht sie von nun an als ihre zentrale Aufgabe. Im Gebet strömt die Gegenwart des Herrn, strömt er selbst durch das Medium Beter hinein in diese Welt, erklärt sie den Ihren. Ein Ventil wird der Mensch für Gott – ein Ventil für das Licht. Zu behaupten, dass die Großfamilie mit dieser Entscheidung irgendetwas anfangen könnte, wäre glatt gelogen. Kranke und/oder Alte, Menschen und/oder Vierbeiner waschen und speisen und pflegen etc. wird verstanden, für sinnvoll gehalten und meist auch geschätzt, ähnlich wie Bohnenkaffee. Alles das plus Beten geht auch noch in Ordnung, ähnlich wie Bohnenkaffee mit Malzkaffee oder Zimt als Zusatz. Zimt pur stößt auf ziemliches Unverständnis, weil er eben nicht so greifbar ist und sein Sinn sich reinen Koffein-Junkies, wie es etwa ein Joseph II. war) gar nicht erschließt. Kann man wach bleiben durch den Duft von Zimt? Kann man an unsichtbaren Pullovern stricken, die besser wärmen als alles andere auf der Welt? Kann man unsichtbare Gefäße aufstellen, aus denen dann wirklich jeder Dürstende trinken kann?

Cilly und ihr Bruder lehnen an der Wehrmauer und lassen sich die Gesichter von der Sonne bescheinen. »Noch immer angstfrei?« will er wissen.

»Nie!« antwortet die Schwester, »die Angst ist immer da, sie hört auf den Namen Drago, übertreibt ständig und will mich damit beschützen. Immer muss ich mit ihr reden und sie beruhigen.« Kili lacht: »Und da willst du dich jetzt gar noch inniger an diese Kirche binden, die so viele ängstliche Sünder in ihrem Schoß beherbergt?« Cäcilia, bzw. Maria-Aurore blinzelt. »So ist es, Herr Bruder!« Kilian seufzt: »In Zeiten wie diesen …« Sr. Maria-Aurore schmunzelt. »Die katholische Kirche ist wie die Therme Oberlaa …« meint sie nun, »… wo auch jede Menge Sünder und Models und Blöde und Hässliche und Heilige und Verbrecher drinnen baden. Aber jeder, der hineinsteigt, spürt, dass das Thermalwasser kräftigt und dass es lebensspendend wirkt. Reißt man sie wo nieder, wie seinerzeit in Kleinasien, so ersteht sie anderswo in neuem Glanz (gilt sowohl für die Katholische Kirche als auch für die Therme Oberlaa)!«

Jesus sagte zu ihm: Selig bist du, Simon Barjona; denn nicht Fleisch und Blut haben dir das offenbart, sondern mein Vater im Himmel. Ich aber sage dir: Du bist Petrus und auf diesen Felsen werde ich meine Kirche bauen und die Mächte der Unterwelt werden sie nicht überwältigen.
Mt 16,17-18

Gott ist in ihrer Mitte, darum wird sie niemals wanken, Gott hilft ihr, wenn der Morgen anbricht
Ps 46,6

»Man wird dich jetzt für noch verrückter halten. Einige deiner Schulkollegen, einige aus der Familie – die Hardcore-Materialisten überhaupt, sie werden mit dir jetzt gar nichts mehr anfangen können!« »Natürlich, für die bin ich ein Systemabweichler, ein Dissident – verrückt eben. In der ehemaligen UdSSR galten Dissidenten ja auch als geisteskrank. DJ-Krähe war wohl der Anfang davon …« sie lacht schallend. Kilian wechselt das Thema: »Wie geht es dir denn so mit deinen geliebten alten Leutchen? Ich stelle mir das sehr anstrengend vor mit Demenzkranken, aber mein Schwesterherz fährt ja offenbar auf sie ab.« Cilly bleibt beim Thema und lässt es in ihre Antwort einfließen: »DJ-Krähe, das war das wilde magische Kind in mir, das keine Grenzen akzeptiert – auch keine Grenzen und Verbote im Denken und in der Sprache! Das sich nicht festlegen mochte und immer experimentieren wollte. Genau diese Grenzen kommen meinen Patienten abhanden, ohne dass sie es wollen – sie stehen dem Prozess machtlos gegenüber und *müssen* improvisieren und experimentieren. Sie wissen vielleicht noch, dass es Zeit ist, schlafen zu gehen, aber was ein Bett ist, diese Information ist weg – daher legen sie sich auf eine Bank. Damals, als ich meine liebe gute Mizzi draußen am Gang vom Altenheim gesehen habe in ihrer rosa Kombinege, (»*Kombinäsch*« gesprochen, Unterkleid) habe ich mich selbst gesehen als Kind: im Pyjama auf der Holzkiste, die ich als Bett definiert hatte. Dadurch, dass ich mich so aus Leibeskräften dagegen gesträubt habe, mich auf allgemein übliche Begriffe festzulegen, verstehe ich Patienten mit Wortfindungsstörungen jetzt gut. Wenn beim Essen jemand plötzlich: *Ich muss gießen, muss dringend gießen!* ruft, weiß ich sofort, dass sie/er auf die Toilette muss.« Kilian kickt ein Steinchen weg – genau zwischen zwei Hollerstauden hindurch. »Jetzt hast du dich aber festgelegt und zwar total, gell?« »Nur wer zuvor völlig frei war, kann sich binden. Nur wer geflogen ist, spürt die Kraft der Erde unter den Füßen und nur wer wirklich stark ist, kann vor einem Kind in die Knie gehen.«

Irgendwann beim Großvater unten …

… in seiner Werkstatt

Kilian mag nicht hinaufgehen in die Küche. Oben bei Mama sitzt nämlich schon seit einer Stunde Simone, die jüngere Schwester vom Rentier, und heult Rotz und Wasser. Da hat sie nach ihrer Horrorehe (mit einem Mann, den Kili interfamiliär nur als »der Vollkoffer« kennt) doch noch ihre große Liebe auf einer Kreuzfahrt kennengelernt. Aber Pater Lenz will ihr die große Neustart-Traumhochzeit mit Mr. Endlich-Right nicht gestatten, weil das so nicht vorgesehen sei. »Ist man nach einer katholischen Trauung denn jemand anderer? Ist das irreversibel?«, fragt Kilian und der Opa seufzt tief. »Tja, « meint er, »so einfach ist es nicht, denn es ist ein Bund zwischen zwei störungsanfälligen Systemen. Im Idealfall kannst du dir eine fixe Verbindung von Herz zu Herz im unsichtbaren Bereich vorstellen [7], eine Seele in zwei Körpern und ganz dem Willen Gottes anvertraut. Im Idealfall eben. Was nicht heißt, dass es den überhaupt nicht gibt ...«

Der Tag, an dem sie Cilly das letzte Mal sehen, ist für Drago unendlich schwer, hat sie doch die Funktion eines rothaarigen Antidepressivums für ihn gehabt, seit sie auf der Welt ist. Seine Gebete während Elisabettas Schwangerschaft sind erhört worden – abgesehen von situativen Ängsten blieb sein Kind frei von der nagenden unterschwelligen Furcht, die ihn oft quält. Schon beim ersten Blick in ihre Babyaugen war er elektrisiert gewesen und hat seither in einer Geisteshaltung vergleichbar der stummen Anbetung vor diesem rätselhaften Wesen verharrt. Nun wird dieses Lithium ihm gleich genommen werden und sein kostbarer lebensspendender Anblick verborgen bleiben unter einem Fastentuch – den dicken Mauern des Klosters. Es ist unmöglich Cilly unter den gleich gekleideten Schwestern zu erkennen. Ihr rötliches Haar ist ganz vom Schleier verdeckt und sie steht viel zu weit entfernt um die unverwechselbaren Augen ausmachen zu können. Drago spürt eine wilde verzweifelte Woge in der Herzgegend, denn gleich werden sie alle durch den großen Spitzbogen schreiten, um für immer dahinter zu verschwinden. Hastig suchend lässt er den Blick noch einmal über die homogene Schwesternschar gleiten, sortiert die zu dicken aus, die zu großen; trotzdem blieben noch viele ähnliche übrig, im gleichen Habit mit ähnlichen Rosenkränzen in Schwarz und Braun. Doch da! Eine der Schwestern hat eine deutlich abweichende Gebetsschnur; um ihr Handgelenk gewickelt trägt sie eine Kette aus klaren Glaskugeln und Cloisonneperlen in tiefem Purpur und den Abschluss bildet ein mächtiges silbernes Brabanterkreuz – Drago weiß nun plötzlich zu 100% : das ist sie! Die glitzernden Abschiedsgeschenke von Jadéite vor dreizehn Jahren – seine Tochter hat offenbar einen Rosenkranz daraus gefertigt!

11. Kapitel – 22 Jahre danach

Kilian fährt durch die fertiggestellten Semmeringtunnel von Wien ins Steirische hinunter. Seine Pioniererfahrungen hat er hinter sich gebracht; sie liegen versiegelt im Erinnerungsspeicher. Er ist noch immer der freundliche, neugierige und zuversichtliche Mensch, der er schon als Kind war. Noch hat ihn das Schicksal nicht verbittern oder brechen können, obwohl es ihn auch hart anfasst zuweilen. Irgendwie hat er sich die Gewissheit bewahrt, dass hinter allem die Sonne scheint, auch wenn wir im Regen stehen, durch dunkle Täler gehen oder durch die finsterste Nacht. Diese nebelige Suppe des Lebens kann sich doch immer wieder in ein Meer aus gebündeltem seligem Goldstaub verwandeln, wenn das Licht nur einmal passend auftrifft und uns die Strahlenbündel des Glücks seitlich her ausstreut – der Tyndall-Effekt des Lebens! Was es mit *Matthäus dem Letzten* [8] auf sich hat, hat Kilian auch schon herausgefunden.

Seid gewiss: Ich bin bei euch alle Tage bis zum Ende der Welt.
~~~ letzter Satz des Mt. Evangeliums 28,20 ~~~

♪ ♫ *... as long as stars are above you, and longer if I may ...*

Kurz vor Verlassen der Semmering Schnellstraße am Knoten St. Michael blickt er auf die alte Montanstadt Leoben hinüber. Die Stadtpfarrkirchentürme zum Hl. Franz Xaver, dort drüben in ihrer strategisch geschützten Murschleife, leuchten in frischem Weiß und zartem Blaugrau herüber, ganz wie die Türme ihrer großen Zwillingsschwester in München. Eine Handvoll rötlicher Blätter stiebt von der Fahrbahn auf und wird krispelnd über die Windschutzscheibe geweht. »Servus Oida, nice to CU, wieder ein Jahrl älter worden und noch einmal Papa, gell? Fesch fesch olles, sehr fesch, congratulations!« ruft ihm sein Freund der Herbst auch heuer wieder zu und streut ihm dabei erneut bunte Blätter. Später dann, am Nachmittag, gleitet Kilis E-Auto langsam die Straße zur Kirche von N. hinauf.

♪ ♫ *... feels like home to me, feels like home to me ...*

Er lächelt, als sein Blick auf einen Spalt zwischen zwei geparkten Autos fällt und auf das Rasenstück dahinter. »Zu schmal für den Käfer ...«, denkt er und parkt sich weiter oben ein, wo es besser passt. Kilian ist seit geraumer Zeit mit Regine verheiratet – er blickt auf seinen Ehering aus drei ineinander verschlungenen Goldreifen. Während er die Autotür schließt, denkt er daran, wie sie beide damals zu den Klängen von Herbert Pixners Blondinenwalzer getanzt haben – barfuß unter alten blühenden Obstbäumen. Alle Gäste, besonders aber Mama, lachten und klatschten. Ein rosa-*metallisé* VW® war das Geschenk der Familie. Die Autos sehen inzwischen anders aus, allein der Mensch hat sich nicht geändert und braucht nach wie vor gut sichtbare Symbole dafür, es hier auf Erden geschafft und gleichsam Oberwasser zu haben. So ein Eco Trinity in Seegrün einer bekannten Automarke, wie er da brassenschuppengleich und chromfunkelnd nebenan parkt, ist nach wie vor ein biographischer Freischwimmerausweis und erfüllt denselben Zweck, wie ihn ein goldbeschlagener Streitwagen schon im alten Rom erfüllte. Kilis Jutesäckchen mit Knabbergebäck (geröstete Insekten, inzwischen ein beliebtes eiweißreiches Nahrungsmittel) bleibt im Handschuhfach.

HSP-Meetings gibt es nun in vielen Städten. Sie sind Balsam für Verena, Herb und ihresgleichen. Godi lernt ihre hohe Sensibilität als Gabe zu schätzen und erhält im Austausch mit anderen viele wertvolle Tipps und Informationen: Herstellernamen von geräuscharmen Kühlschränken und Uhren, Bezugsquellen von Waschpulvern, Reinigern,

Körperpflegeprodukten oder Kleidung/Bettwäsche aus angenehmen Materialien. Diese Produkte sind alle *wirklich* reizarm und nicht nur nach Meinung des Herstellers. Sie sind das Ergebnis jahrelanger Testreihen von HSPs am eigenen Leib – richtig selbst leidgeprüft also und nicht von Laborkaninchen. Verena trachtet danach, möglichst acht bis zehn Stunden zu schlafen, Arbeitsverdichtung und Termindruck zu vermeiden, mehr Zeit mit Tieren, Pflanzen und Musik zu verbringen und dem eigenen Urteil zu vertrauen. Sie ist bemüht, das Multi-Tasken (welches sich inzwischen in Job-Profilen als erwünschtes Skill findet – arme Männer! oder gerechter Ausgleich für die Frauen-Rechts-Links-Legasthenie?) nicht zu übertreiben, weil dabei leicht Stress entsteht. Träume nutzt sie als Frühwarnsystem, das ihr Hinweise gibt, welche Bereiche Ihres Lebens Veränderungen erfordern, wo unbewusster Druck auf ihr lastet und ob sie ihre Herzensenergie ausreichend spürt. Sie hat auch stets ein Käsebrot (Protein-Snack) und weiche Ohrstöpsel bei sich, wäscht ihre Wäsche weniger oft und stets mit hohem Wasserstand. Sie verwendet uralte Einwegrasierer für die Beine statt High-Tech-Messerchen und ihre empfindliche Haut dankt es ihr. Sehr wählerisch ist Verena damit geworden, wem Sie Ihre Aufmerksamkeit schenkt. Jeder will die nämlich – das ist ihr ja früher bei Mitreisenden im Zug und bei fremden Leuten auf der Straße schon aufgefallen. Nun versucht sie, zu ignorieren, worauf sie einfach nicht reagieren möchte = Zeit und Nächstenliebe nicht mehr wahl- und sinnlos zu verpulvern. Viele Leute gehen ja allzu großzügig, beinahe verschwenderisch mit der Zeit ihrer Mitmenschen um. Ein Mindestmaß an Psychohygiene sollte, bei aller Liebe, daher gewährleistet bleiben.

Es gibt Diebe, die nicht bestraft werden und dem Menschen doch das Kostbarste stehlen: Die Zeit.
~~~ *Napoleon Bonaparte* ~~~

Zank nicht mit einem Schwätzer und leg nicht noch Holz auf das Feuer!
Pflege keinen Umgang mit einem Toren; er wird die Weisen doch nur
verachten.
  Sir 8,3-4

Antonio und Max betreiben nach wie vor gemeinsam das *La Paloma*.
Joe, der kellnernde Student, ist inzwischen fertiger Mediziner und
arbeitet in der Funktion eines als Arzt verkleideten Infusions-Kellners
in einem Nobelsanatorium (... und er sollte sich darüber nicht andauernd beschweren – hat er doch freien Zugang zu Saunalandschaft
und Sunset-Terrasse sowie seine eigene reservierte Relax-Liege). Cosi
hilft dafür nun zwanzig Wochenstunden im Lokal mit und alle sind
restlos begeistert von ihr. Jeden Sonntag gibt es Brunch im *La Paloma*
(jeden ersten Sonntag im Monat glutenfrei). und die unterschiedlichste
Musikevents sowie andere kulturelle Veranstaltungen finden hier auch
statt. Unterschiedlichste HSPs mit unterschiedlichsten Empfindlichkeiten halten hier seit Jahren ihre Meetings ab. Menschen die, ähnlich
wie Herbie, einfach nicht barfuß gehen können – nicht im sanftesten
Gras, nicht im wärmsten Sommer. Menschen, die kalten Reis oder
Nudeln *al dente* einfach nicht essen können, obwohl sie nicht allergisch
sind. Menschen, für die Flip-Flops einfach untragbar sind – aufgrund
der Zehentrenner. Hier bekommen sie alle die rein körperlichen Zusammenhänge dahinter von anderen Betroffenen endlich erklärt.

Die Ernährungswissenschaft, die auch zunehmend von Individual-
stoffwechseln spricht, haben HSPs zwar auf ihrer Seite, doch was kümmert das die Vertreter der gesunden Jause? *Kann denn Vollwert Sünde*
sein trällert die Mehrheit noch immer, ebenso wie früher einmal den
Milch ist ausschließlich gesund – Song. Vielen aus der Gruppe ist in
der Kindheit Verweichlichung attestiert und Abhärtung empfohlen
worden. »Härtet gefälligst Eure Gene ab, sonst wird die Evolution
euch gnadenlos ausmendeln und ausspucken wie männliche Küken

beim Sexen. Survival of the fittest!« ruft ein älterer Allergiker einmal in die Runde und alle lachen, das tut gut! Nicht wenige Gruppenmitglieder sind schon von leicht ärgerlichen Ärzten aus deren Ordinationen hinauskomplimentiert worden. Von Augenärzten, denen sie erklärten, dass ihnen die Augendruckmessung zu viel Schmerz bereite. Von Zahnärzten, die sie um eine gut verträgliche Spritze vor dem Ausbessern winzigster Plomben ersuchten. Von allen möglichen, wenn sie baten (entgegen allen medizinischen Brauchs), die Erstmedikation nicht höher zu dosieren. Auch in Labor-Situationen sind HSPs von vornherein erregter, wenn sie mit Kabeln und Ähnlichem konfrontiert werden. Bleibt der temperamentsbedingte Hintergrund dieser Erregung unerkannt, so führt das zu seltsamen Ergebnissen und möglichen Fehldiagnosen.

Viele solche Diskussionen finden und fanden im *La Paloma* statt. »Für das Verdrängen der HSPs bezahlt jede Gesellschaft einen hohen Preis, denn sie haben eine ähnliche Funktion, wie der dünne Draht in einer Sicherung – bei zu hoher Spannung brennt er durch, unterbricht den Stromkreis und bewahrt das Gesamtsystem vor größerem Schaden. HSPs erkennen und entlarven den weit verbreiteten blinden Aktionismus, der doch nur Scheinlösungen auf allen Ebenen produziert, sofort – sofern man sie lässt. Die Krieger brauchen uns, damit wir sie vor zu impulsiven Entscheidungen schützen. Deshalb besitzen modernen Gesellschaften Instanzen wie Verfassungsgerichte, um einen Ausgleich zur nackten Macht schaffen.« hat Herbert kürzlich dargelegt. »Noch ist das so …«, erwiderte einer aus der Runde, »aber es ändert sich. Vor allem in dieser Kultur. Die zweihäufigste Todesursache in der Altersgruppe der Zehn- bis Neununddreißigjährigen ist Selbstmord und es regt niemanden auf! Das sagt viel über unsere Gesellschaft aus. Als würde ich mein schwächeres Auge bereitwillig opfern, damit es das stärkere nicht bremst. Der dritte Weltkrieg hat begonnen – der Krieg gegen alles, was empfindsam, zart und nicht so schnell ist. Was will man auch erwarten, wenn heute einerseits der Einfluss von Kerzen-flammen aufs Zigarrenaroma, von Sonne, Hanglage, Jahrgang und Winzerblutgruppe auf die Beschaffenheit des Weines für alle außer Frage steht, andererseits von denselben Leuten geglaubt wird, dass es relativ egal sei, wo und von wem betreut menschlicher Nachwuchs seine prägenden Jahre verbringt. Das ist so eine Art selektive Blind-heit ...« der Mann seufzt, »... ich brauche aber beide Augen um die Tiefe zu sehen und Abstände richtig einzuschätzen. Sämtliche Ver-feinerungen auf allen Gebieten im Verlauf der Menschheitsgeschichte verdankt man HSPs – wenn diese nun, auf unserem vermeintlichen Entwicklungshöhepunkt, durch den Rost fallen, fällt alles, was sich Kultur nennt, gleich mit hindurch. Der Duft von Zimt, das morgend-liche Singvogelgezwitscher, Schmetterlinge, Haie, Bienen und HSPs werden erst vermisst, wenn sie nicht mehr da sind – aber dann ist es zu spät!«

Während in China Hochsensiblen von Mitschülern Achtung entgegen gebracht wird, stehen sie etwa in Kanada ganz unten in der Klassenhie-rarchie. So wie hierzulande Jugendliche, denen mit zwölf noch nicht alle »Stellungen« bekannt sind, als verklemmte Spätzünder gelten, da der Zwang zur absoluten Enthemmung als absolute Freiheit verkauft wird. Während in Europa eine Generation heranwächst, der erfolg-reich vermittelt wird, dass mit ihnen etwas nicht stimmt, wenn sie im Alter von 14 Jahren noch keinen Verkehr hatten, versuchen HSPs durch sanfte Öffentlichkeitsarbeit (also Flyern geht da jetzt keiner ...) wenigstens darauf hinzuweisen, dass Sex unter 24 für mehr als ein Fünftel der Bevölkerung sogar schädlich sein kann – aus rein gene-tischen Gründen. Sehr empfindsame Menschen, deren emotionaler Bremsweg dem des Sahara-Expresses gleicht, müssen eben auf allen Ebenen viel vorsichtiger unterwegs sein, als die wendigen City-Flitzer. »Sex ist für uns ohnehin ganz anders – viel tiefer, irgendwie mystischer. Die Entkoppelung von Gefühlen und Körperlichkeit geht bei uns gar nicht, wir leiden schon beim Versuch! Wir brauchen auch nicht so viel Abwechslung, wie heutzutage allerorts betont wird – HSPs wollen es eigentlich immer gleich, weil sie auf den zusätzlichen Reiz des Neuen locker verzichten können. Abgesehen davon sind die Blicke des Erkennens das Intimste überhaupt, der Touch-down sozusagen ...« hat kürzlich eine alte Dame im *La Paloma* zum Thema festgestellt »... alles andere läuft dann sowieso von alleine ab. Mehr oder weniger automatisch nach dem biologischen Reißverschlusssystem und es kann niemals mehr einlösen, als im Blick schon enthalten war.«

♪ ♫ *... first time our eyes met, same feelin' I get ...*

Unsere Lehrer saßen während des Unterrichts (Koranschule) immer hinter einem Vorhang, weil Männer Frauen öffentlich nie in die Augen schauen dürfen. Denn die Frau darf dem Mann nicht in die Augen sehen und der Mann der Frau nicht. Wegen der sexuellen Geschichte.
  ~~~ Sabatina James ~~~

Manches hört sich sogar für Verena unglaublich an. Dass eine fünfzigjährige HSP bis heute keinen parboiled Reis kaufen kann, weil in ihrem Englischbuch aus der Grundschulzeit der Satz: *Thomas More's head was taken from the scaffold, parboiled and placed over London Bridge* zu lesen war. Dass jemand das Geräusch einer ins Styropor gepinnten Stecknadel *mit dem Rückenmark hört* und dabei, ebenso wie beim Verrutschen knarztrockener maschinengespülter Gläser auf Kunststoffunterlagen, beinahe Folterqualen erduldet. Musikalische Menschen, Synästhetiker, die Töne gleichzeitig als Farben wahrnehmen und religiöse Menschen, die einen Primiz Segen so deutlich spüren, wie andere eine Ohrfeige, lernt sie kennen. Was adventlich leben für ihn bedeutet, erzählte ihr da etwa überzeugend ein Siebzehnjähriger! Es klang verheißungsvoll – natürlich nur dann, wenn man das Leben hier nicht als eine Mischung aus Zirkus, Kirtag und Puff versteht.

Für all jene Leute aber, die den groben Klotz, der aufgrund von spärlicher vorhandenen, frühzeitig abtrainierten oder narkotisierten Feinrezeptoren *alles aushält* und den *nichts umschmeißt* als Idealmensch empfinden (ob auch noch genordet oder nicht ist egal), ist das natürlich nach wie vor völliger Blödsinn und das bekommen HSPs auch zu hören. Wenn man die Ansätze der Rau-Befürworter zu Ende denkt, so müsste jemand, der sich zum sorgsam mit der Feinjustierung eines Elektronenmikroskops (z.B. das REM von Oxford®, auch als »Agathe« bekannt) Beschäftigten beugt und diesen auffordert, selbiges filigrane Zeugs schleunigst zu entsorgen, weil es damit eh nix Relevantes zu erkennen gäbe *außer ein paar Amöben* und ihm als Ersatz eine Riesenlupe aus Panzerglas anbietet, ja völlig richtig liegen.

Pirmin mikroskopiert übrigens auch viel. Er ist Bodenbiologe geworden und hat u.a. ein wirksames und unbedenkliches Mittel gegen die großen roten Nacktschnecken entwickelt.

Agnes hat ihre Traumata inzwischen gut bewältigt. Sie wurde von Simons Familie zu einer Raddampferfahrt auf der Elbe eingeladen. Weil sie *Proud Mary* so liebt und weil sie Simon ja auf einem Schiff geboren hatte. Dabei konnten alle Beteiligten so gut miteinander, dass Agnes nun in England lebt und ihre Enkelkinder betreut.

Die ortsansäsigen Rosenmüllersche Enkel- und Urenkelgeneration wächst ebenfalls mit den (leicht modifizierten) Lebensweisheiten und Ratschlägen von Helene auf – z.B.: »Schlechtes Kunstlicht aus Leuchtstoffröhren, Energiesparlampen und Bildschirmen wirkt sich störend auf deinen Hormonhaushalt aus und verursacht Lichtstreß, gell! Merk dir das endlich, Moses und jetzt schalt das Dings da aus und geh in die Sonne!« Emmi und Rosa sind zu Helene und Drago ins Heimatmuseum übersiedelt, es heißt nun *Viermäderlhaus*. »Vier« deshalb, weil dieser Name auch Frau Sabhi mit einschließt. Nach dem tragischen

Vorfall damals hatte sie doch plötzlich wieder zu kochen und den einen oder anderen Satz zu sprechen begonnen, quasi über Nacht. Diverse Arbeiten im Haus und im Geschäft hat sie später ebenfalls übernommen – ihre Medikamente konnten reduziert werden. Drago hat es aufgegeben, der tragischen Qualität des Lebens entkommen zu wollen, denn es gibt kein Entkommen! Er setzt sich intensiv mit der Kunst des Scheiterns auseinander, hat so mit den Jahren immer mehr von seiner Angst hinter sich lassen und Tragödien umarmen können.

Denn Gott hat uns nicht einen Geist der Verzagtheit gegeben, sondern den Geist der Kraft, der Liebe und der Besonnenheit.
2 Tim 1,7

Nom Son trägt ab 2012 Jeans – Replay Laserblast®, erstmals umweltfreundlich hergestellter Used Look, um die Gesundheit der diese Hosen produzierenden Mitarbeiter zu schützen. Gemeinsam mit Fritz hat sie außerdem ein Gerät entwickelt, das die Haarfärbetechnik revolutionierte: Farbauftrag mit Laser mittels PLD. Pulsed Laser Deposition ist ein Laserverfahren zum Aufbringen dünner Schichten, es funktioniert bei Raumtemperatur und relativ geringen Leistungen. Onkel Hansi bleibt für den Rest seines Lebens in Budapest. Als dann in Miskolc ausrangierte Wagen der Wiener Straßenbahnlinie 1 und 2 übernommen werden, überlegt er allerdings kurz, dorthin zu übersiedeln (die Nähe zum Tokajer Weinbaugebiet und das einzigartige Höhlenthermalbad dürften dabei auch eine Rolle gespielt haben). Hansi wird zudem aufgrund eines Parkinson Medikaments (Pramipexol®) kurzzeitig spielsüchtig, seine Frau bringt ihn jedoch rechtzeitig zu einer Neurologin, die den Zusammenhang erkennt. Tante Emmi wiederum wachsen aufgrund eines Medikaments gegen den grünen Star (Lumigan®) plötzlich dichte, dunkle und lange Wimpern am Oberlid, was sie sehr erheitert. Der Vollständigkeit halber soll hier auch erwähnt werden, dass sie und Helene von 4711® Echt Kölnischwasser auf *Fifth Avenue* von *Elizabeth Arden*® umgestiegen sind und dass alle drei Damen nun stets einige Dosen Red Bull® griffbereit im Handtascherl haben – zur Stärkung und zur Selbstverteidigung.

Kilian hat noch genügend Zeit, denn er kommt eine halbe Stunde zu früh. Der Nachmittagswind weht um diese Jahreszeit schon kühl von den schattigen Berghängen herunter, als er nun vorbei an weißen Zauberglöckchen, tiefblauen (Pantone 286C) und limonengrünen (Pantone 388C) Petunien in ihren inzwischen schon verwitterten dunklen Holzkästen den Kiesweg zur Kirche hinauf geht. Auch hier stehen ein paar Autos, fast ausschließlich kleine Elektrofahrzeuge. Schon unten am Platz konnte er die gigantische American Pillar ausmachen, die inzwischen über acht Meter an der Friedhofsmauer entlang geklettert ist – einige ihrer kräftigen Ranken greifen schon darüber hinweg. Spät und reichlich wie jedes Jahr hat sie auch heuer wieder geblüht – in karminroten dichten Dolden mit weißen Mitten und goldenen Staubgefäßen. Die Zeit der Rosen geht nun zu Ende, ihr gesundes glänzendgrünes Laub ist gelb geworden und feste scharlachrote Hagebutten sitzen zwischen letzten Blüten.

Unkraut wächst in zwei Monaten, eine rote Rose braucht dafür ein ganzes Jahr.
    ~~~ Dschalal ad-Din ar-Rumi ~~~

Kilian gelangt am Schaukasten vorbei zum nach wie vor rostigen kleinen Gittertor. Das Wachtelei ist mit den Jahren fast zur Gänze rostbraun geworden, lediglich winzige Spuren von Schwarz und Weiß sind noch vorhanden. Rechts neben dem Tor lehnen große Aluminium-Schienen – Überfahrhilfen für den Friedhofsbagger. Langsam wandert Kilian durch die Gräberreihen, bis er den dunkelgrün efeuumrankten Steinsockel vom Familiengrab Rosenmüller erblickt, der das kunstvolle schmiedeeiserne Kreuz trägt … Opa!

♪ ♫ … *Großvota, i mecht da sovü sog'n* …

Auf der Marmortafel sind unter Opa schon zwei weitere Rosenmüller-Namen eingraviert. Peter ist einer davon … Peter! Kürzlich hat Kili sein altes Kunstgeschichtelexikon zur Hand genommen und da hat er ihm dann entgegengeblickt: Im Kapitel *Porträtkunst des 16. Jahrhunderts,* als junger Kaufmann, gemalt 1541 von Hans Hohlbein dem Jüngeren. Peter erschien ihm so lebendig, als könne er seinen Atem spüren. In der Einleitung zu seinem *Lehrbuch der Malkunst* schreibt Albrecht Dürer: *Awch behelt daz gemell dy gestalt der menschen nach jrem absterben* und begründet so die vorrangige Stellung der Porträt-malerei gleich nach der Kirchenkunst. Auch das liebende Herz kann das – die Gestalt des geliebten Menschen über dessen leiblichen Tod hinaus bewahren.

♪ ♫ … *when we're gone long gone, the only thing that will have mattered* …

Als Verena 2002 in Maria Lankowitz ihrem Onkel ein tiefes echtes Gefühlserlebnis von ganzem Herzen wünscht, denkt sie dabei natürlich nicht an lodernden Hass, doch ihr Wunsch geht in Erfüllung. Rosa und Hermann entschließen sich, auf Drängen der ihnen verbliebenen beiden Söhne zu einer mühseligen und wenig fruchtbringenden Paartherapie. Schon nach der zweiten Sitzung rät die Therapeutin dem Onkel dringlich zu einer begleitenden Aggressionstherapie und schlägt vor, auch den Almwirt einzubeziehen. Doch Bruno denkt gar nicht daran! Er begibt sich nirgendwo mehr hin, nicht einmal zum Radmerer Almabtrieb [9], was im Brunoversum so viel wie *halb tot sein* bedeutet! Dass sein seinerzeitiger Herzenswunsch mit dem letzten Straßenteilstück nicht in Erfüllung gegangen ist – es ist ihm nun nur recht, denn er will seine Ruhe haben. In verzweifelter Verdrießlichkeit sitzt er kasermandlgleich ohne Vieh oben auf seiner Alm und trauert um sein Kind. Meistens stumm, nur ab und zu greift er zur Zither und singt mit brüchiger Stimme *Hoamweh* in C-Dur oder das *Windischgarstnertal* in F. Wenn er dann zu Kärntnerliedern switcht, *Ich bin kein Bajazzo* oder gar den *Weltverdruss* anstimmt, so ist das stets ein sicheres Indiz dafür, dass der Zirbenschnaps heute wieder einmal Oberhand behalten hat. Ohne seine geliebte Gina und seine geliebte Cosi, so ließ er verlauten, hätte er sich sowieso längst an der großen Wetterfichte erhängt.

♪ ♫ *I hab koa Muatta mehr und a koan Vatta mehr, koa Schwesta, Bruada und koan Freund. Bin a valassns Kind, so wia da Almawind. I bin da Weltverdruß, so habn s'mi gnennt. I soll mi lustig fühln und soll zum Tanz aufspieln, i bin ja nur a Musikant.Da Oane kränkt si z'Tod, da Andre schindt si wund, wer oamal herzkrank is, wird nia mehr gsund.*

Kevin, der leidenschaftliche Fußballer, ist inzwischen zum leidenschaftlichen Espresso-Fachmann geworden und Barista-Trainer [10]. Der Coffeologe hält Workshops über Kaffee und Schokolade zur Weiterbildung für professionelle Anwender ab. Patrick ist inzwischen Tanzlehrer aus Leidenschaft und das Plastikhaus ist inzwischen verkauft – an den überglücklichen Halbbruder der alten Moserin, dessen Halbschwestern-Fremdschäm-Leidensweg damit beendet wurde. Da die Hardware des Plastikhauses fast deckungsgleich mit der seines Nachbarzwillings war, hat Familie Hipflinger quasi nur die Straßenseite gewechselt und die Software verlagert. Da sich für den Hipflinger allerdings mit diesem Umzug auch gleich die Perspektive samt Kiwibaum geändert hat, wurde die Lebensqualität damit entschieden verbessert – muss er doch nun endlich nicht mehr dieses alte schiefe Dach da drüben anschauen! Tatsächlich hätte es der Hipflinger ja auch einfacher haben können; denn Baum fällen und seine Perspektive ohne einen Umzug wechseln, aber das war eben undenkbar für ihn. So lebt Rosa jetzt bei ihrer Schwägerin Helene und ihr Exmann hat sich im ehemaligen Fitnessraum bei Irene und Pius häuslich eingerichtet. Hermanns Heimlabor durfte allerdings nicht mit übersiedeln ins Haus am Hang, lediglich die alte Analysenwaage. Zu groß war die Angst des Rentieres, dass der nun im Keller residierende und langsam Dr.-Bakterius-ähnliche Züge annehmende *Weihnachtsmann* eines Tages versehentlich das ganze Haus in die Luft jagen könnte. Wolfgang gab nämlich zu bedenken, dass des gehortete Material des Vaters locker dafür ausreichen würden, eine mittlere Kleinstadt auszurotten. Die in Privathaushalten vorhandenen (entführten!) Bücher des bereits ergrauten und/oder auch verwirrten geisteswissenschaftlichen Lehrkörpers im Ausmaß halber Institutsbibliotheken muten dagegen richtig harmlos an. Man ist sich jedenfalls interfamiliär nicht mehr ganz sicher, wie der alte Mann so drauf ist – ob er nur etwas wunderlich *spooky* oder vielleicht schon richtig verrückt ist. Dass er mit seinem Kefirpilz lange Gespräche führt, verunsichert. Dass er seit längerem auf dem Uraltrecorder des +Dreizehnerbertls ständig die Kurt Sowinetz-Version von Beethovens *Ode an die Freude* abspielt, den Refrain laut mitsingt und dabei seltsam kichert, verstärkt die dahingehende Verunsicherung noch. Dass der alte Schrödinger sein ganzes erspartes Geld, sein portugiesisches Ferienhaus und seine Katze den Rosenmüllern vermachte, erfreute Hermann übrigens keineswegs. »Aha! Der war das also ...« kommentierte er die Information nur grimmig.

♪ ♫ ... *olle Menschen samma zwider ...*

Das Rentierchen hat sich seit einer kritisch verlaufenden Lungenentzündung von Konfektionsgröße 34 auf 38 aufgefettet, für den Fall des Falles möchte sie nun doch ein paar Sicherheitskalorien. Die Büste der Nofretete wurde mit großem Tam Tam von Berlin nach Kairo zurückgebracht und Irene hat dann – davon inspiriert – ihre afrikanische Maske ebenfalls an den Bobo Stamm in Burkina Faso retourniert, was ihr großen Respekt von Verena einbrachte. Die beiden haben sich einander angenähert, man glaubt es kaum, aber manchmal öffnet sich ein kleines Fenster aus Sympathie, Verständnis oder Mitgefühl und schwupps! der so ganz andere darf hinein ins Herz. Kleinigkeiten sind das oft nur. Seit Verena erfahren hat, dass sich im Stundenbuch der Adelaïde von Savoyen aus der Zeit um 1450 auch früheste Golfdarstellungen befinden, sieht sie diesen Sport plötzlich ganz anders. Und Irene, die weder für historische Informationen, Bücher oder Filme jemals Interesse aufbrachte, hat plötzlich tiefen Mitgefühlszugang zur Tragödie des ersten Weltkrieges erhalten. Dabei hatte der Frondienst nur einmal so nebenbei erwähnt, dass damals u.a. 87000 Pferde an den Fronten zum Einsatz kamen und dann, ebeso wie die dazugehörigen Menschen, zur Hälfte getötet wurden oder verhungerten (das Verfüttern abgedeckter Strohdächer italienischer Bauernhäuser konnte das Verhungern nur kurz hinauszögern).

Pius, der seines Fitnessraumes verlustig gegangen ist, hat inzwischen die Gartenarbeit für sich entdeckt. Desiree geht ihm dabei fallweise zur Hand; ihre Kinder sind inzwischen außer Haus und ihr Mann betreut die Hühner und er beschallt diese auch mit Mozart und Vivaldi, was die Legeleistung um ganze 6% steigerte. Da Desi Geld gut brauchen kann und aufgrund ihres niedrigen Selbstwertgefühls (seit sie an der Volkshochschule Tango-Unterricht gibt ist es allerdings schon besser geworden) außerdem zum sog. *Polierputzen* neigt, hatte Irene diese großartige Idee! So ist allen geholfen. Sogar die Notfälle vom Defi sind deutlich weniger geworden. Desi & Defi? Ein lockerer Zusammenhang, eine zufällige Korrelation, bedeutet noch lange nicht, dass da eine direkte kausale Beziehung bzw. ein Korrelationskoeffizient größer Null vorhanden wäre – Gott soll einen behüten vor dieser Mutter aller statistischen Interpretationsfehler! Zwar weiß man nie, wer nicht alles etwas in Gartenhäusern macht (1797 hat sich etwa Napoleon Bonaparte in ein obersteirisches begeben), aber seit diesem Traum vor ein paar Jahren, ist auch Pius ruhiger geworden – nicht nur was seine außerpaarigen Kopulationen betrifft.

Frauen gehen nur fremd, wenn sie in einer Beziehung nicht zufrieden
sind und dann auch nur für einen besseren Mann, aber Männer gehen
schon fremd, einfach nur weil es eine andere Frau ist.
⁓⁓⁓ Harald Euler, Evolutionspsychologe ⁓⁓⁓

Ein sonniger stiller Traum war es, in dem er und sein Bruder Peter
angelnd am Ufer saßen, die Füße im glasklaren Wasser eines langsam dahinziehenden Flusses. »Hast du sie noch immer … diese große
Angst, irgendetwas zu versäumen? Treibt sie dich noch immer um,
Pius?« hatte der Verstorbene ihn mit sanfter Stimme gefragt und dabei
gelächelt. »Willst du ewig ein Sturm bleiben und möchtest kein Wein
werden? Ist dein Hunger immer noch mehr hastige Gier als erlöste
Leidenschaft? Dabei braucht es gar nicht vieles, Bruder, glaube mir …
nur das eine, das für dich richtige …«

Duc in altum –Fahr hinaus auf den See … ins Tiefe.
Aufforderung Jesu Christi an Simon Petrus Lk 5,4

♪ ♫ *… rolling in the deep …*

An diesen Traum denkt Pius nun sehr oft. Seine Mutter Rosa befindet
sich momentan in Erwartungshaltung. Sie erwartet den ultimativen
schönen fremden Mann, der jetzt bald auftauchen sollte an ihrem Be-
ziehungshorizont. Doch nicht der *ihr-abgeschworen-habende* und *ihr-
jetzt-an-allem-die-Schuld-gebende* Bruno wird das sein, sondern die
Jugendliebe! Der Deus ex machina in Gestalt einer plötzlich auftau-
chenden Jugendliebe ist nämlich fixer Bestandteil der von Rosa nach
wie vor begeistert konsumierten bunt schillernden Paperbacks und
TV-Serien. Zwar hat sie noch keine Ahnung, um wen genau es sich
dabei handeln wird – ein ehemaliger Nachbar vielleicht, ein Tanzpartner, ein Volksschulfreund? Höchst wahrscheinlich ist der Unbekannte
als vollkommen assimilierter Arbeitsmigrant inzwischen zum griechi-

schen Fischer (mit Schweizer Bankkonto), argentinischen Rinderbaron oder französischen Winzer geworden. Auch ein adoptierter englischer Graf wäre noch denkbar, natürlich Pferdeflüsterer. Alle anderen Frauen sollte er entweder tunlichst ignoriert haben, oder aber ein glücklicher altlastenfreier Witwer sein. Von Rosa sollte er zudem stets geträumt und auf seine Chance gewartet haben. Als gelungene Melange aus Roy Black und Roberto Blanco imaginiert sie ihn, natürlich gutaussehend und im besten Kompressionsstrumpfalter. Toni und Klaus tippen in seltener Einigkeit beim schönen Fremden hingegen eher auf Brad Pitt – in seiner Rolle als Joe Black! So selten einig sind sich die beiden in letzter Zeit aber gar nicht mehr. Als der Selchroller in einem seltenen Moment der Einsicht mit Blick auf seinen Bauch einmal meinte: »Ich sollte vielleicht ein bisserl abnehmen ...« reagierte ausgerechnet der Frondienst tolerant beschwichtigend: »Keinesfalls Toni, du bist unsere interfamiliäre Firewall gegen den Size-Zero-Wahn!« und als Toni kürzlich das neueste Handy von Pius mit: »Wow Defi, damit kannst du jetzt sogar einem Unterschichtkind Konkurrenz machen!« kommentierte, hat der Frondienst nur resignierend mit den Schultern gezuckt und gemeint: »Da hast du leider recht ...«.

Aufgrund ihres schwächeren weiblichen Bindegewebes, ihrer stets über vier Zentimetern liegenden Absatzhöhe und ihrer spitz zulaufenden Schuhe hat Rosa inzwischen dreieckig geformte Vorfüße Ihr mehr oder weniger verstecktes Alkoholproblem wird parallel zu ihrem Hallux valgus auch immer offenbarer, doch sie und alle anderen Silver-, Golden- und Best-Ager hier auf der Akropolis leben jedenfalls noch. Es ist der Name eines jüngeren Familienmitgliedes, der da golden zwischen Efeublättern auf dem Grabsockel hervor glänzt.

♪ ♫ ... *life is a leaf that the seasons tear off and condemn ...*

Darum vertraut dir, wer deinen Namen kennt; denn du, Herr, verlässt keinen, der dich sucht.
Ps 9,11

Kilian hat inzwischen das ihm aus Kinder- und Jugendtagen so vertraute, jetzt nachmittäglich leere Gotteshaus betreten. Es ist kühl hier herinnen und spürbar durchbetet seit Jahrhunderten. Durch das radförmige Fenster oberhalb der Pfarrkirchentür, das sog. Trinitätsfenster, schimmert Licht von draußen. Kilian zoomt ins Jahr 2003 zurück und sieht sich selbst dort drüben in der Bank sitzen, sieht seinen strubbeligen Hinterkopf von damals, am Tag als Opa beerdigt wurde. Hier heroben in der Kirche findet heute ein Gedenkgottesdienst für alle Verstorbenen der Familie Rosenmüller statt. Mit wemütigem Lächeln betrachtet Kilian durch Raum und Zeit hindurch den dort neben seinem jugendlichen Ich sitzenden Klaus, damals 40 und noch mit vollem Haar und er erinnert sich an dessen Asterix-Zitate. Soeben kommt Klaus in Echtzeit durch die Kirchtür, haarloser, gebeugter, aber mit diesem neuen Ausdruck im Gesicht, den er 2003 noch nicht hatte. Sie umarmen einander mit großer Innigkeit. Klaus hat eines Tages Tünde mutig seine Liebe zu ihr offenbart, ist erhört und wenig später tatsächlich Vater von Zwillingen geworden.

♪ ♫ ... *you opened up my sleeping eyes* ...

Das Herz einer Frau sollte so in Gott versteckt sein, dass ein Mann Ihn suchen muss, nur um sie zu finden
  ⁓⁓⁓ Maya Angelou ⁓⁓⁓

Die Kinder heißen allerdings nicht Caspar-Maximilian-Leander und Katharina-Elisabeth-Emma, sondern Noemi et omnes sancti und Narde et omnes sancti. Gehaltserhöhung hat er auch keine bekommen, dafür ein häusliches Matriarchat – und er genießt es! Die kleinen

Damen feiern zu Allerheiligen ihren Namenstag – natürlich mit einer Halloween-Party am Abend davor, auch wenn das ihrer Mutter nicht passt. Kilian muss an eine Osternacht vor etlichen Jahren zurückdenken, an die noch dunkle Kirche, welche Priester und Ministranten mit der brennenden Osterkerze betraten. An das dreimalige gesungene *Lumen Chisti* und damit verbunden das Hineinwachsen in eine Schritt für Schritt immer heller werdende Kirche, von innen und von außen, denn durch die Fenster sickerte schon das Morgenlicht. Der Antwortgesang *Deo Gratias* und mitten unter der Verwandtschaft auf einmal Klaus, der in all den Jahre davor die anderen nie zur Auferstehung begleitet hatte. Klaus, vor dessen Zunge nichts sicher war, wie er so dastand mit Tränen in den Augen, die Hand der laut mitsingenden Tünde fest umklammert, als hätte er Angst, sie jemals wieder loszulassen. Der Paramagnetismus hatte den Diamagnetismus überlagert! Nie hätte es sich der Frondienst träumen lassen, dass er die Frage *Geht's hier nach Rotomagus* einmal mit einem schlichten streng-nüchternen *JA* beantwortet bekommen würde. Auch, dass es ihm ein inneres Bedürfnis und Anliegen werden könnte, jedes Jahr bei der Fronleichnamsprozession mitzugehen, lag früher (einer jamaikanischen Bobmannschaft gleich) außerhalb seiner Vorstellungskraft. Früher hatte er nur gelästert und Kilian erklärt, dass sich die Römer beim gegenseitigen Ausborgen des Alaunstiftes mit *Deo Gratias* bedankt hätten. Oder, dass er beim Lied *Oh, when the saints go marching in* jedesmal das Bild des Bierauszuges in Leoben vor Augen hätte. Bei diesem Festzug der Montanuni zur Verabschiedung in die großen Ferien folgen nach der Musikkapelle, einer Pferdekutsche der Brauerei u.a. die Studenten, angeführt von Trägern mit Tafeln, die das jeweilige Semester zur Aufschrift haben. Die in ihrer Heiligkeit Fortschreitenden dachte der Frondienst sich ähnlich, wobei die Erstsemestrigen die Tafelaufschrift *Limbus* vor sich hertrügen und Höhersemestrige sich zu Propheten, Erzmärtyrern, Heiligen und Seligen steigern würden.

♪ ♫ *… oh, when the saints, go marching in, yes when the saints go marching in. Oh Lord I want to be in that number when the saints go marching in …*

Tünde ist auf eine bestimmte Weise milder und barmherziger geworden mit den Jahren. So singt sie etwa freiwillig hin und wieder *Plaisir d'amour* fürs Roserl, damit diese sich dabei richtig ausweinen kann – Lymphdrainage für die Seele quasi. Nun kommt auch schon Tünde samt ihren Girls durch die Kirchentür und dahinter Verena, gefolgt von den restlichen Rosenmüllern. Herzliches Begrüßen beginnt und beim Umarmen seiner Godi bekommt Kilian feuchte Augen, als er ihre Silbersträhnen bemerkt – der Zeitpfeil fliegt dahin!

♪ ♫ *… your raven hair is tinged with snow …*

Der Selbstkonservierungsfraktion ist Verena allerdings nie beigetreten. Sie hat sich nämlich beizeiten frei gemacht von der Angst, sich für andere zu verbrauchen und solches ist mit der Philosophie der Konservierer unvereinbar.

A ship in the harbour is safe, but that's not what ships are built for

Vielmehr haben sich Verena und Max in den vergangenen Jahren bemüht, nach dem Rat von Marcel Proust zu leben und versucht, stets ein Stückchen Himmel über ihrem Leben freizuhalten. Das hält ganzheitlich gesund und wirkt sich, auch bei schon grauen Haaren, sehr positiv auf das Gesamterscheinungsbild aus – Godi strahlt von innen und sieht trotz ihrer Falten sehr jung aus und das, obwohl Moses ihnen nach wie vor den Schlaf raubt! Er ist nämlich erneut nach Mitternacht lustig unterwegs – ohne Schnuller zwar, dafür aber mit Motorrad. Mehr als einem jugendlichen Mumienporträts ähnelt Verena allerdings nun Barthel Behams *Bildnis einer Frau mit Papagei* von 1529 aus dem

Kunsthistorischen und sie ist erfreut darüber, dass die Toiletten des Museums nun alle mit Otohimen ausgestattet sind. Schönbrunn und die Albertina verfügen inzwischen ebenfalls über diese technischen Einrichtungen aus Japan.

Die Stadt Wien hat außerdem eine historische technische Einrichtung revitalisiert, nämlich ihre Rohpostleitungen in einem Meter Tiefe wieder wachgeküsst. Da Lieferanten, Fahrradkuriere u.a. Botendienste im dichter werdenden City-Verkehr oft behindert waren, werden kleinere Pakete, Pläne, Bücher etc. jetzt wieder pneumatisch beschleunigt transportiert. Ein weiteres Utensil aus dem vorigen Jahrhundert wurde reinstalliert und zwar auf den Köpfen: der Hut! Damit hatte wirklich keiner gerechnet, schon gar nicht die inzwischen angegraute Generation Bauchfrei. Plötzlich waren sie da, wunderschön und absolut unpraktisch – in der U-Bahn etwa – aber jede trägt sie. Keine Mini-Strohdinger oder *Kappl-plus-Rand* Exemplare, die es 2003 auch gab, nein – richtige Wagenräder; wie aus *Titanic* oder vom Pferderennen in Ascot sehen die aus. Man hat in der Kärntnerstrasse das Gefühl, eine missglückte Zeitreise gemacht zu haben, nämlich nur den oberen Sektor betreffend – vom Hals aufwärts. *Oben mit* auf allen Häuptern und zu allen Jahreszeiten ist angesagt, outdoors und indoors. Der Besuch im besseren Restaurant ist ohne Hut undenkbar geworden und die Hutmacherlehre hat wieder Zukunft. Die Schneiderei boomt ebenfalls, denn zum Hut trägt man immer öfter eines der seit 2016 alljährlich prämierten Wiener Salondirndln. Heuer etwa *Secession,* gefertigt aus feinem Wiener Seidenjacquard mit goldfarbenen Froschgoscherln und indischem Lakh-Schmuck. Der Vorjahressieger, das *Wiener-Werkstätten-Dirndl* (Hahnentrittmuster auf Shantung-Seide kombiniert mit einem bodygepaintetem Jugendstil-Tribal, sog. Dekolleté-Geweih, im Ausschnitt) ist inzwischen schon ein Klassiker. Der absolute Porsche® aber ist und bleibt eine echte Vorarlberger Juppe mit dem nach Angelika Kauffmann benannten schwarzen Strohhut.

Die Weltwirtschaft hat ein bisschen Tagesbilanzgeilheit verloren und die Erdbevölkerung einzelne Bestimmungen des Mensch-Technik-Vertrages, die ihr nicht gut taten, unwirksam werden lassen. Dank der Salvatorischen Klausel besteht der Vertrag weiter und so düst jede Menge Segways durch die Gegend, fahren Unterwassermopeds und stehen hübsche HyberCuben in der Gegend herum. An vielen Küsten wurden Osmosekraftwerke errichtet. Charlie, der trotz seiner schmerzlichen Trennung von Verena heute, wie jedes Jahr, zu diesem Gedenkgottesdienst kommen wollte, hat Kili geschrieben und lässt alle herzlich grüßen. Er ist momentan in Nordafrika mit der Planung riesiger thermischer Solaranlagen beschäftigt, die dort die kalorischen Kraftwerke ersetzten sollen. Ihre Abwärme entsalzt Meerwasser, das in Wüstengebiete gepumpt wird um mittels Tröpfchenbewässerung Ölpalmen gedeihen zu lassen. Es ist inzwischen nicht mehr nötig, Tropenwälder wegen Palmöl- und Biodieselplantagen abzuholzen. Fast 20% der weltweiten Emissionen gingen früher ja auf die Abholzung der Wälder zurück! Auch riesige Hohlzylinder von Thermikkraftwerken, deren Aufwind mit Turbinen in Strom umgewandelt wird, plant Charlie.

♪ ♫ … *du bist der Herr, der mein Haupt erhebt …*

Van Helsing ist, nach zwei Achtungserfolgen (mit einer videokamera-kontrollierten Richtbohrfräse für verstopfte Abflussrohre (*Sandworm*) einerseits und einem Fette-Finger-Detektor (*Handcremomat*)für Uni-Bibliotheken andererseits), mit seinen Spezial-Roboterrasenmähern dann der große Wurf gelungen. Das Modell *Monster* kann dank hydraulischer Beinchen (vorne) und einer elektrischen Hebevorrichtung mit Kurbelantrieb (hinten) Terrassen erklimmen. Das Geschwister-modell *Spider* gleicht optisch einem Pfeilschwanzkrebs und hat ein integriertes abwickelbares Spezialseil, reißfest wie künstliche Sehnen. *Spider,* auch *Bergbauernfreund* genannt, hakt sich selbsttätig in Befestigungsbuchsen ein, seilt sich mähend in unwegsames Gelände ab und holt sich danach selbst wieder ein. Dann wäre noch der *Sandman* zu erwähnen, eine Art Ministreuwagen, der die erhöhte Luftfeuchtigkeit vor einem Regen oder Gewitter erkennt, aus seiner Garage kommt und an weniger begrünten Stellen gezielt Rasensamen ausbringt. Alle drei sind natürlich mit Spezialsensoren, Fuzzylogic und einem immer genauer werdenden Microcomputer (elektronischen Babyplanern ähnlich) ausgestattet. Auch an der Entwicklung der beliebig erweiterbaren Mini- und Mikrosolarzellen, die in ihren Anfangszeiten noch als *Fensterbankltauchsieder* verlacht wurden, war Charlie beteiligt.

May the sun always shine on your window pane, a rainbow be certain to follow each rain. May the hand of a friend always be near you; May God fill your heart with gladness to cheer you.
  ~~~ *Irischer Segen* ~~~

Möge dein Leben eines Tages so schön sein, wie du es auf Facebook darstellst.
  ~~~ *Nico Semsrott* ~~~

Deren Verbreitung hatte wesentlich dazu beigetragen, dass Solarzellenhersteller unabhängig von Förderungen der öffentlichen Hand produzieren konnten und so nicht mehr von Sparmaßnahmen der Regierungen betroffen waren. Die ständige Leier, dass solare Energieversorgung zur Strom-Grundlastabdeckung ungeeignet sei, hatte sich als falsch erwiesen und Hermann Scheer Recht behalten.

Nur eine Weltwirtschaft, die auf erneuerbaren Energien fußt, kann langfristig die Selbstzerstörung aller Wirtschafts- und Lebensformen verhindern.
  ~~~ *Hermann Scheer* ~~~

Werbespotinhalte und medial verbreitete Körperbilder werden schon von den Kleinsten hinterfragt. Magermodels wurden durch Hourglassmodels abgelöst, allerdings sind die auch nicht dick. Die Kinder hierzulande werden noch viel früher aufgeklärt als ihre Eltern/Großeltern seinerzeit. So wissen jetzt schon Zwölf- bis Vierzehnjährige genau, was Sexismus ist und können dir gut erklären, warum es bei Belästigungen dieser Art weder um Flirten, noch um Sexualverhalten, sondern um Hierarchie und Macht geht. Die Zusammenhänge zwischen Hormonfleisch, –milch, –eiern und Cellulite, Handystrahlung und Krebs sind bekannt, die 700.000 Haie pro Jahr tötenden Langleinen im Pazifik passé. Die Leute essen tatsächlich schöpfungsverantwortlicher. Das Ziel ist nicht mehr möglichst billig und viel und auch nicht die körperliche Gesundheit des Einzelnen, sondern einfach ein ethischer Umgang mit unseren Ressourcen. Man mülltrennt anders (sinnvoller) und fischt ökologisch nach dem Vorsorgeprinzip: weniger fischen – vollere Netze! Langsam erholt sich das Meer, treibender Müll wird geborgen. An der Vermeidung und Entsorgung des weltweiten Plastikwahnsinns wird gearbeitet, man denkt gegen diese Welle aus Erdölderivaten unterschiedlich an. Das Zeugs ist ja überall und fällt schon längst nicht mehr auf, allein in diesem Buch! Plastiksack, Plastikmund, Plastiklöffel, Plastikfolie, Plastikschild, Plastikfiguren, Plastikbecherl, Plastikbürstl, Plastikknöpfe, Plastikduschvorhang, Plastikhaus, Plastikgriff, Plastikdöschen, Plastiksieb, Plastikschalen, Plastikbox, Plastikkanister, Plastikkabel, Plastikschüssel, Plastiksackerl, Plastikzeugs, Plastikfaustkeil, Plastikgepäckskorb, plastic dream, Luftballons!

Lärmampeln und eine fünfminütige Tagesstille gibt es nun auf allen öffentlichen Plätzen, in Schulen, Einkaufstempeln, Ämtern und Verkehrsmitteln. Um 7:00, 12:00 und 19:00 wird geschwiegen, auch kein Geräusch ist erlaubt. Einige beten, einige schauen herum, einige starren auf die Uhren. Es gibt weniger Brillen – aufgrund der Fortschritte in der Laserchirurgie wird mehr operiert, was aber nicht heißt, dass die

Optiker verarmen. Nun, da die Lichtverschmutzung teilweise rück-
gängig gemacht wurde, hat fast jeder ein Teleskop. Parkanlagen und
Uferbänke sind nachts wieder dunkel, kein gleißender Kegel schlägt
eine sinnlose Schneise in den Abendhimmel. Indirekter, sinnvoller
und sensibler leuchtet man aus und die Tiere sind dankbar dafür.
Doch nicht nur Sterne suchen die Teleskopbesitzer am Nachthim-
mel, sondern auch Kometen. Ein NEO, ein Erdbahnkreuzer, ist uns
nahe gekommen. Einer, mit dem keiner gerechnet hatte in Turin und
Palermo. Was passiert ist, lässt sich schwer beschreiben, jedenfalls ist
es ziemlich heiß hergegangen. Das Internet hat in diesem Zusammenhang gecrashed, wurde aber rasch reinstalliert. Facebook existiert nach
einigen Problemen wieder – man hat es um einen *Gefällt-mir-nicht-
Button* und um ein Gähnsymbol für Unnützes erweitert.

*(…) Über jedes unnütze Wort, das die Menschen reden, werden sie am
Tag des Gerichts Rechenschaft ablegen müssen*
  Mt 12,36

Natürlich ging die Schwindelei gleich wieder los: Couchpotatos tippten
Spazieren bei ihren Aktivitäten ein, Spazierende *Wandern*, Wanderer
Bergwandern, Bergwanderer *Bergsteigen*, Bergsteiger *Klettern* etc. etc.
himalayaaufwärts. Extremsportler wurden daher per Mail dringend
gebeten, ihrerseits *Couchpotato* anzugeben, um die durch kleine Über-
treibungen entstehende Gesamtlügenschuld der Menschheit auszuglei-
chen. Ganz wichtig: der Grundwasserspiegel überall auf Mutter Erde
erholt sich langsam wieder und dank Rachel Armstrongs Protozellen
ist auch Venedig vor dem Untergang gerettet!

Ob die weltweite Christenverfolgung schon vorbei ist? Hoffentlich …
Upgrading der Seele ist nichts gar so Exotisches mehr, zumindest hierzulande kann man nun sagen, dass man einen Zustand der Gnade
anstrebt und muss es nicht mehr mit *im Flow sein* umschreiben, damit

keiner die Augenbrauen hochzieht. Allerdings darf man südlich der Linie Mödling-Himberg-Petronell nicht mehr sagen, dass Jesus Christus der Sohn Gottes ist. Dieses Bedürfnis hatte aber in den Jahren, bevor die Nordgrenze des großtürkischen Reiches hier verlief, eh schon keiner mehr. Dort werden die christlichen Gottesdienste nun wieder in Höhlen abgehalten, wie seinerzeit bei den Gosauer Protestanten und die Prioritäten haben sich geändert. So müssen Pfarrgemeinderäte sich nicht mehr damit beschäftigen, ob die Axt an der Statue des Apostels Matthias weggedreht oder abgerundet werden sollte – da nach *Feng Shui spitze* Gegenstände den Menschen mit negativen Energiepfeilen schwächen – denn es gibt dort keine Heiligenstatuen mehr. Allerdings tragen viele Menschen ihre Heiligen nun in sich, wie die Bücher in Fahrenheit 451.

Ob Resteuropa wieder gläubiger ist? Wenn man berücksichtigt, dass Exerzitien (sogar ganz strenge, mit Schweigen und Fasten) momentan boomen wie früher nur die Wellnessurlaube, könnte man es fast annehmen. Eine neue Form von Klöstern ist auch entstanden, sog. Mommy Monasteries. Dort finden Alleinerziehende, Schwangere, junge Paare etc. Aufnahme, die Angst davor haben, ein Kind in diese Welt zu setzten, weil sie kein Geld, keine Ahnung, keinen Beruf, keine Zuversicht, keine Hilfe oder doofe Partner/Familien im Hintergrund haben. Sie können dort in der Gemeinschaft bleiben, eine Ausbildung machen, oder es später auch alleine versuchen, während ihr Kind an diesem sicheren Ort in der Obhut der MM-Familie bleibt. Man hat erkannt, dass die Entlastung junger Familien auf allen Ebenen Top-Priorität für eine Gesellschaft haben muss, denn nur geborgene und gestützte Menschen, die in eine fördernde Gemeinschaft eingebunden sind, können ihre Kinder gut umsorgen und stützen.

Freunde und Familie sind aktuell, während Geländewagen und Schnittblumen ausgedient haben, was nicht bedeutet, dass die Gärtner

arbeitslos wären. Nein, man gärtnert viel mehr – schon im Kindergarten werden kleine Agrar-Rebellen und Guerilla-Gärtner ausgebil-
det. Jeder rupft ehrenamtlich drüsiges Himalaya-Springkraut aus und
urbane Grünflächen wurden zu Kräutergärten. Bei Schulabschlüssen
und Ähnlichem gibt es inzwischen üblich, Rosen zu pflanzen. Auch
wenn man sich in einer Sache dank eines Mediators einigen konnte,
ohne ein Gericht bemühen zu müssen, oder bei einvernehmlichen
Scheidungen ist das üblich. In Krisengebiete, die es leider nach wie vor
gibt, werden neben Truppen und Hilfslieferungen nun auch (Duft-)
Rosenstöcke gebracht, um die Menschen dort zu trösten. Wieso wir
zum Mond fliegen und Waffen in jeden hintersten Winkel der Welt
bringen können, gleichzeitig aber Menschen verhungern müssen –
diese Frage haben die Kinder dieser Welt den Konzernen und Mächtigen dieser Welt gestellt und sie hörten nicht auf damit, die Diktatoren
des Geldes so lange zu belästigen, bis *Brot und Rosen* garantiert wurden.
Menschenwürdiges Leben für alle als gemeinsames Ziel – noch über
die Forderung nach menschenwürdigen Arbeitsbedingungen hinaus.

(…) Sonnenschein, Freiheit und eine kleine Blume muss man haben!
   ~~~ Hans Christian Andersen ~~~

Nur weil etwas als innovativ oder wettbewerbsfähig daherkommt,
gilt es nicht mehr automatisch als gut und kein Unternehmen kann
sich Strukturen leisten, die Mitarbeiter reihenweise in den Burn-Out
befördern. Bei Depressionen gibt es Putz- und Aufräumhilfen auf
Krankenschein, auch den Aufenthalt in einer Kaffetrink-und-dabei-
Ö3hör-Entzugsklinik für Arbeitnehmer bezahlt die Allgemeinheit.
Psychische Krankheiten oder Schwangerschaften bedeuten keine Ar-
beitsplatzgefährdung mehr. Europaweit gab und gibt es immer wieder
Ausschreitungen, sowie mehrere Wirtschaftskrisen. Jedes Mal danach
hofft man, dass es das nun hoffentlich gewesen sei! Wer braucht schon
einen zweiten Dreißigjährigen Krieg? Eben.

Behüte mich, Herr, vor den Händen der Frevler, vor gewalttätigen Leuten
schütze mich.
  Ps 140,5

Was hat sich speziell in Österreich getan? Nun, es gibt inzwischen keine ÖsterreicherInnen mehr – Verena etwa und alle anderen Frauen haben nun die offizielle Bezeichnung: *kaukasische Austrofrau.* Es gibt auch überhaupt keine kleinen Postämter und Nahversorger mehr, aber man kann seine Post inzwischen in den flächendeckend vorhandenen WettCafes abgeben und dort auch gleich die Grundnahrungsmittel einkaufen. Auch bei einem der vielen als Versicherungen getarnten Wettbüros, die vom Geschäft mit der Unwahrscheinlichkeit leben, ist das nun möglich. Ein großes Wunder hat sich auch in der Alpenrepublik ereignet (die Verwaltungsreform hat stattgefunden!) und in unmittelbarer Umgebung der Familie Rosenmüller hat sich ein weiteres kleines Wunder zugetragen ...

Dass das Denkmalamt es gestattet hat, die inneren Kastenfensterflügel am Heimatmuseum durch neue (feinjährige Lärche) mit Iso-Glas zu ersetzen, ist damit nicht gemeint. Was allerdings hat den sparsamen B. wohl dazu bewogen, seine noch ganz brauchbaren Türmatten auszutauschen? Warum prangt nun ein rosenumkränztes *Herzlich Willkommen!* auf dem Kokosläufer des Vordereingangs und gar ein *Tritt ein – bring Glück herein!* auf dessen gartenseitigem Pendant? Warum verpackt er jedes Jahr Süßigkeiten für die Sternsinger und spendet über UNICEF für die Opfer von Landminen? Warum bucht Bergmann alljährlich zum Hochzeitstag freudig ein Candle Light Dinner und eine Ferrari®Fahrt durch Wien für seine Gerti (der es zudem das ganze Jahr über an mitgebrachten opulenten Rosensträußen und edlen englischen Servietten nicht mehr mangelt)? Auf welch wundersame Weise konnte B.s Gesinnung derart ins Gegenteil mutieren?

12. Kapitel – Rückblende Tag X

Da gibt es diese geheimnisvolle Verbindung zwischen Menschen, die sich lieben, so viel steht fest. Stirbt einer von beiden, bleiben Uhren stehen oder Bilder fallen von der Wand. Das alles ist bekannt und darüber lassen sich auch Daten erfassen, doch wie sollte eine Versuchsanordnung aussehen, um derartiges zu messen und zu verifizieren? Eine verkabelte Mutter etwa, deren Werte man misst, während man ohne ihr Wissen am anderen Ende der Welt den Sohn erschießt?

Kilian hat heute einen perfekten Tag – so perfekt wie ein Tag es nur immer sein kann. Wie ein Apfel hat sich sein Schicksal in den letzten Monaten gerundet, wie ein Puzzle gegen Ende zu haben die Teile fast von selbst ineinander gefunden. Er hat das Gefühl nun im Einklang mit Gottes Plan für sich zu leben.

Denn du hast uns auf dich hin geschaffen, und unser Herz ist unruhig, bis es Ruhe findet in dir
~~~ Aurelius Augustinus ~~~

♪ ♫ *... so soll es sein, so kann es bleiben ...*

Jedenfalls tanzt er soeben zu den Klängen von The B52's *Rock Lobster* mit Regine in der Küche und denkt daran, wie glücklich seine Mutter doch wäre, ihn hier und jetzt so authentisch und glücklich zu sehen. Da plötzlich spürt Kilian in der Herzgegend deutlich ein sanftes *Plopp* – ganz so als würde an dieser Stelle eine kühle schimmernde Seifenblase zerplatzen ...

Es gibt Dinge, die bekommt man Tag für Tag über die Medien serviert. Die Vermittler werden emsig ihrem Namen gerecht, sofern man sie nicht daran hindert. Dazu muss man allerdings eine bewusste Entscheidung treffen bzw. das Wochenende blackberryfrei halten, was einer gewissen Überwindung bedarf. *Ich widersage!* Ansonsten, bei eingeschaltetem Fernseher, Radio und aufgeschlagener Zeitung, braucht man schon einen guten Magen, denn dann hat man pro Woche so an die fünf bis zehn Autounfälle und Unwetter, je einen vereitelten und einen gelungenen Mord, Selbstmord oder Banküberfall zu verdauen.

Der Kirchenfürst (Julius Kardinal Döpfner) sah sich genötigt, den nach Kriegsende in der Bundesrepublik heimisch gewordenen Typ der Bildzeitung scharf zu kritisieren. Bildzeitungen, so definierte der Oberhirte, seien Publikationen, »die das Leben in kleine, nicht selten zersetzende Sensationen zerhacken und den Leser eher verwirren, statt ihm hilfreiche Übersicht zu verschaffen«
~~~ DER SPIEGEL, 20/1960

Nicht zu vergessen: Eine Entführung, ein Erdbeben, ein Lebensmittelskandal, ein Flugzeugabsturz, eine Misswahl und eine Missernte. Von politisch motivierten Attentaten und Ausschreitungen, sowie von Hungersnöten, Hinrichtungen, Plasma- und sonstigen Spendenaufrufen, bevorstehenden Grippewellen, bevorstehenden kulturellen Ereignissen und bevorstehenden Wahlen ganz zu schweigen. Trotzdem rechnet natürlich keiner damit, einmal Zeuge eines Banküberfalls zu werden …

Elisabetta ist sicher auch nicht darauf vorbereitet, als sie am Freitag die neu eröffnete Globalbankfiliale in der Bezirkshauptstadt betritt – die mit dem schönen weißen Marmorfußboden im Foyer! Fast hätte sie den Banküberfall ja versäumt, wäre Bergmann nicht gewesen. Dieser steht nämlich leise fluchend vor einem Bankomatenuntier, das mit gierig schlürfendem Geräusch soeben seine neue Karte gefressen hat und sie partout nicht wieder ausspucken will (B. hatte einen winzigen Magnetverschluss unvorsichtigerweise im Geldbörsl nahe der Bankomatkarte gelagert). B. würde wahrscheinlich heute noch dort stehen, denn nie im Leben wäre es ihm eingefallen, irgendjemanden um Rat oder Hilfe zu bitten. Nie! Betty, die schon eigenartige Blicke aufgrund ihrer Schuhlosigkeit hier im Geldtempel erntet, hat ihn wohl schon aus einiger Entfernung mit ihren Sozialröntgenaugen entdeckt und sich nun in helfender Absicht an ihn herangepirscht. Ob es aus Mitgefühl geschieht, oder dem Bedürfnis entspringt, Freundin Wilma vulgo *Gerti* einen weiteren Ausbruch des Hauscholerikers zu ersparen, kann später nicht mehr eruiert werden. Jedenfalls begeben sich die beiden nach einiger Zeit zurück in den Schalterbreich, um die Sache mit der Karte zu klären. Sie warten in der Schlange hinter der *Abstandseinhaltungs*erfassungsvorrichtung und führen dabei, ohne es zu ahnen, ihr letztes gemeinsames Gespräch. Die ermittelnde Polizei und Journalisten der Tageszeitungen kommen später zum Schluss, dass Mama und B. einfach *zur falschen Zeit am falschen Ort* waren und zwei diensthabende Polizeibeamte werfen sich wieder einmal bedeutende Blicke zu, als sie erfahren, *wer* da wieder einmal beteiligt ist.

Die beiden noch sehr jungen Bankräuber sind nicht nur äußerst nervös, sie haben auch einiges geschluckt und gehen mit ziemlicher Brutalität vor. Die obligate und aus unzähligen Filmen bekannte Aufforderung an alle anwesenden Bankkunden – nämlich die Arme hinter dem Kopf zu verschränken und sich auf den Boden zu legen, ist von Schreien, Schlägen und Tritten begleitet.

Wehr ab das Untier im Schilf, die Rotte der Starken, wehr ab die Herrscher der Völker! Sie sind gierig nach Silber, tritt sie nieder; zerstreue die Völker, die Lust haben am Krieg.
Ps 68,31

Schon kurze Zeit später läuft ihre geplante Aktion mit der Kofferbomben-Attrappe vollends aus dem Ruder, mündet in eine Geiselnahme und hätte fast mit der Erschießung der Geisel Bergmann geendet. Ein Bankräuber hält ihm bereits die Pistole (eine Glock®) an den Kopf, als der andere – laut späterem Polizeiprotokoll *der kleinere von den beiden, mit leicht irrer gicksender Stimme, der immer so eigenartig gelacht hat* – plötzlich auch seine Waffe hebt und kräht: »Na, wos is los mit euch gsch*** ***? Kane Christen anwesend …?« dabei faltet er seine Hände über dem Lauf und verdreht die Augen, »… die aus lauter Lüübe ihr Lööben für den Nächsten da hingeben wollen?« Er fuchtelt dabei mit der Pistole in Richtung des knienden B., dem nun eiskalter Schweiß auf die Stirn tritt. Allerdings hat er noch nicht die Kontrolle über seine Körperfunktionen verloren, wie einige der anderen Geiseln. »Das hätte ich mir ja gleich denken können, dass dieses Opfer (*Opfer* = um 2010 Jugendsprache für *Idiot, Loser*) da keiner leiden mag, hi hi hi …« brüllt der vermummte Mann jetzt und richtet seine entsicherte Waffe gezielt auf B.s Kopf. Das ist der Moment, in dem sich Frau Elisabetta Z. – so steht es später im Polizeiprotokoll zu lesen – ganz langsam vom Boden erhebt. Sie muss wohl diese seltsam kühle Ruhe im Herzen gespürt haben, die HSPs in Extremsituationen oft spüren. Ganz ruhig steht sie da, gemessen weniger als ein paar Sekunden und gefühlt eine Ewigkeit. Mit einem nahezu begeistert gekrächztem: »Oida i packs net, dem sei Oide wählt den Opfertod, wie geil is des, bitte! Hi hi hi, muss Liebe schön sein!« schießt ihr der Bankräuber mitten ins Herz, unmittelbar bevor der olivgrüne Einsatztrupp auf festen dunklen Kreppsohlen das Bankgebäude stürmt und von einem hellroten, blutig sprudelndem Rinnsal begrüßt wird, das ihm über den schönen weißen Marmorfußboden des Foyers entgegenkommt.

*Unsere Seele ist in den Staub hinabgebeugt, unser Leib liegt am Boden.
Steh auf und hilf uns! In deiner Huld erlöse uns!*
Ps 44,26-27

Der Schlag geht diesmal noch tiefer, als damals bei Peters Tod. Wortlos lungern alle Rosenmüller im Heimatmuseum herum, vergessen, am

Abend das Licht einzuschalten, essen nicht. Sie reichen sich die Box mit Kleenex® weiter, ohne einander dabei anzusehen – wie Schüler, die ihre Schwindelzettel unter der Bank weiterreichen. Auch Frau Korporal hat sich nun nicht mehr unter Kontrolle, sie sitzt schluchzend mit Frau Sabhi in der Dämmerung auf der Bank beim Nussbaum draußen, jede ist in eine dunkle Decke gehüllt. Wie zwei apulische Trulli sehen sie aus und hier, vom Fenster aus gesehen, kann man die beiden gar nicht mehr voneinander unterscheiden. Drago wundert sich, dass er trotz dieses emotionalen Supergaus keinerlei Saufdruck verspürt, derartiges hatte er ja immer befürchtet. Aber die Gruppe trägt ihn und die zwölf Schritte wirken. Zwar zündet er sich eine Zigarette an der nächsten an, doch die dunkle Verzweiflung bleibt draußen vor der Tür und kratzt und klingelt sich nur die Finger wund. Bei Verena ist die Muttermilch für Mia, ihr zweites Baby, durch den Schock völlig ausgeblieben. Mia wird daher soeben liebevoll von Irene mit einem Fläschchen gefüttert und ihre Mama begibt sich inzwischen zum PC. Irgendwie fühlt sich Verena (die Bettys Passwort kennt), dazu verpflichtet, im Internet bzw. in den von der Schwester besuchten Foren, bekannt zu geben, dass und wie *MüdeNixe23* gestorben ist. Sie fügt auch noch Elisabettas richtigen Namen, ein Foto, ihr Alter, die Adresse des Friedhofs, sowie Tag und Stunde des Begräbnisses bei. *Itchi7*, soeben online, fällt beinahe in Ohnmacht, als er hier lesen muss, dass sein bester Freund im Net eine ehemalige Schulkollegin ist/war, die gerade einmal 17 km entfernt von ihm gewohnt hätte.

Zwei Damen aus Helvetien, *Polka-Dotty09* und *Shawty-Gloria2* reisen am Vortag der Beerdigung an. Von *BlackHawk1952, Nabelchakra, Celeb33, ScheiSZwetter32.0, KingDavid* und *VoelligBloed* kommt je ein Beileidbillet. *PommesPatriot10* muss wohl a) wohlhabend sein und b) Betty wirklich geschätzt haben, denn in seinem Auftrag wird ein richtig üppiger Kranz mit purpurvioletten Nelken geliefert, auf dessen schwarzen Satinschleifen mit großen neonlila Lettern *BB4E*

MüdeNixe23! prangt. Oma zieht die Brauen sehr erstaunt in die Höhe, als der Gärtner damit ankommt und nicht nur sie. Nur das Bukett vom Hipflinger ist ähnlich pompös. Allerdings könnte sich derartiger Kranzschleifenaufdruck in Zukunft durchaus durchsetzten. Wenn man nämlich bedenkt, dass der Text pro Buchstabe zu bezahlen ist, dann wäre *Herr Soundso otw2h** ja durchaus eine Alternative zu: *Herr Soundso in Gottes Hand* oder *Herr Soundso – eine Straße muss er gehen, wo noch keiner ging zurück* [11]. Am Begräbnistag trudeln dann *Itchi7, FettX, Veitderturmfalke, U.Robe17* und *Wonderwall43* ein. Sie haben Buttons mit ihren Nicknames angepinnt und sitzen später in der Kirche auch alle in einer Reihe – ein sehr bunt gemischtes Häufchen. Elisabetta ist, wie sie es sich einmal gewünscht hat, trotz ihrer Verletzungen aufgebahrt worden. In einem dunkelgrauen klassischen Hosenanzug (taillierter Blazer mit Reverskragen, schmal geschnittene Hose mit Bügelfalte) liegt sie da – den hat sie damals zu Kilis Maturafeier gekauft. Eine Perlenkette liegt um ihren Hals, schimmert hervor zwischen dem Blusenkragen.

Die Königstochter ist herrlich geschmückt, ihr Gewand ist durchwirkt mit Gold und Perlen.
   Ps 45,15

Elisabettas Leichnam ist barfuß, wie sie es im Leben ja so oft und gerne war. Der Bestatter hat sich gewundert – wo er doch so hübsche Schuhe mit Pappendeckelsohlen anbietet. Die Parte ziert ein Portraitfoto der Verstorbenen, auf dem sie lächelt und Kilis (inzwischen schon leicht angegilbtem) Kunstgeschichtelexikon zufolge wie John Singers Lady Agnew (John Singer Sargent) aussieht. Überall um sie herum im offenen Sarg stecken kleine Rosenblüten, Grasnelken und natürlich Magerwiesen-Margeriten von der Alm. Verena, Cosi und die beurlaubte Sr. Maria-Aurore haben dieses Blütenmeer am Vormittag arrangiert und mit ihrem seltsamen, kulturkreisuntypischen Ikebana leise betend und singend wohl auch gleich etwas Schockbewältigung betrieben und beginnende Trauerarbeit geleistet. Fast wie ein blumengeschmückter indischer Scheiterhaufen sieht das Ergebnis nun aus und etwas gelber Blütenstaub ist auch auf der Wange der Toten gelandet. Verena macht einen schnellen Ausfallschritt hin zum Sarg, flüstert: »Du schlampige Frau Schwester ...«, beugt sich über diese, pustet sanft und wischt Elisabetta mit einem Kleenex® noch zärtlich über das wächserne Gesicht ...

♪ ♫ ... *touch my cheek before you leave me ...*

Als Lesung hat Pater Lenz denselben Text ausgewählt, wie damals 2003 bei Opa. Diesmal hört Kili aufmerksam zu, obwohl unter Schock steht, aber Regine sitzt ja neben ihm und hält seine Hand ganz fest.

Die Seelen der Gerechten sind in Gottes Hand und keine Qual kann sie berühren. In den Augen der Toren sind sie gestorben, ihr Heimgang gilt als Unglück, ihr Scheiden von uns als Vernichtung; sie aber sind in Frieden. In den Augen der Menschen wurden sie gestraft; doch ihre Hoffnung ist voll Unsterblichkeit. Ein wenig nur werden sie gezüchtigt; doch sie empfangen große Wohltat. Denn Gott hat sie geprüft und fand sie seiner würdig. Wie Gold im Schmelzofen hat er sie erprobt und sie angenommen als ein vollgültiges Opfer. Beim Endgericht werden sie aufleuchten wie Funken, die durch ein Stoppelfeld sprühen.

Patrick, Itchi7 und Bruno lesen Fürbitten. Gottes Gnade ist eine Kraft, die heilt, was verwundet ist und die Fürbitten werden nun mitten in diesen Gnadenstrom hinein gestellt. Wie Öl mit Blüten vom Johanniskraut sich tiefrot färbt, wenn man es in die Sonne stellt, wie Rohes genießbar wird in der Ofenhitze so können auch wir unserer Bestimmung gerecht werden und wieder heil und ganz werden, wenn wir uns und unser Leben hineinstellen in diese strömende Fülle des Heils.

Zur Kommunion ertönt leise *Recuerdos de la Alhambra* – Elisabetta hat diese Melodie so sehr geliebt! Damals in der Zeit ihrer Krankheit hat sie einen Brief verfasst an ihre Lieben, anstelle eines Testaments. Der Inhalt lässt sich kurz fassen: Jedem einzelnen wurde mitgeteilt, wie lieb sie ihn doch hat und dass sie noch so gerne hier geblieben wäre. Am Briefende hat sie sich dann dieses Lied für eine *Falls-doch-Beerdigung* gewünscht. Toni schluchzt laut und der neben ihm sitzende Frondienst reicht ihm eilfertig ein Taschentuch – er legt dabei sogar den Arm um Obelix (so hat er den Ex-Selchroller inzwischen umbenannt), klopft ihm auf den Rückenspeck und flüstert: »Du bist doch ein echter Rosenmüller. Wir halten das aus Toni, wir halten das schon aus.« Später, als alle auf den Friedhof strömen, steht B. an der Kirchentür mit einer dichten Traube aus weißen heliumgefüllten Ballons und er reicht jedem Trauergast, gemeinsam mit einem gefalteten Partezettel, jetzt einen davon. Verena hat den Text unter Bettys Sterbebildchen ausgesucht:

Wenn du an mich denkst, erinnere dich an die Stunde, in welcher du mich am liebsten hattest

Sie fühlt sich heute auch stark genug, um auch noch ein weiteres Stückchen Rilke vorzutragen. Sie geht zum Grabrand hin, klein und dünn wie bei Opas Beerdigung, aber viel sicherer und gelassener als sie es damals war, den unter aller Trauer um ihre Schwester ist sie mit Glück gepolstert.

O Herr, gib jedem seinen eignen Tod. Das Sterben, das aus jenem Leben geht, darin er Liebe hatte, Sinn und Not. Denn wir sind nur die Schale und das Blatt. Der große Tod, den jeder in sich hat, das ist die Frucht, um die sich alles dreht.

»Cya, Frau Schwester!« ruft sie Betty lautlos zu und streckt dem Sarg die Handinnenfläche zum Gruß entgegen, bevor sie zurück zu Max geht und Mia aus Irenes Armen in Empfang nimmt. Wie ein wartender Riesensämling liegt die längliche Truhe so über der dunklen Grube geparkt. Das eckige Loch, ausgestanzt aus feuchter Frühlingserde (die um diese Jahreszeit mehr nach Werden, als nach Vergehen riecht) ist bereit, ihn aufzunehmen.

Weihwasser: Mit himmlischem Tau erquicke Gott Deine Seele, der †
Vater und der †Sohn und der Heilige † Geist. R. Amen.
Weihrauch: Mit himmlischem Wohlgeruch erfreue Gott Deine Seele, der
† Vater und der † Sohn und der Heilige † Geist. R. Amen.
Erde: Staub bist Du, – und zum Staube kehrst Du zurück. – Der Herr
aber wird Dich auferwecken am Jüngsten Tag.
Kreuzzeichen: Sei gezeichnet † mit dem Zeichen † unseres Herrn und
Heilandes Jesus Christus, der in diesem Zeichen † Dich erlöst hat. –
Der Friede sei mit Dir.
Herr, gib ihr die ewige Ruhe, – und das ewige Licht leuchte ihr.
Herr lasse sie ruhen in Frieden – AMEN

Amen, amen, ich sage euch: Wenn das Weizenkorn nicht in die Erde fällt
und stirbt, bleibt es allein; wenn es aber stirbt, bringt es reiche Frucht.
Wer an seinem Leben hängt, verliert es; wer aber sein Leben in dieser
Welt gering achtet, wird es bewahren bis ins ewige Leben. Joh 12,24-25

Die Gitarristen, die während der Kommunion Bettys Lied gespielt haben, nehmen erneut Aufstellung. Mitten unter ihnen steht Frau Shawty-Gloria2, eine zartschöne und offenbar einmal visierlos durch eine Milchstraße von Sommersprossen gesegelte Frau. Sie singt mit einer Stimme, die ein bisschen an Alison Krauss erinnert, Elisabettas zweites Lieblingslied, während der schlichte Buchenholzsarg – nun geschlossen, vernagelt und mit einem sanft schwankenden Bukett aus tränendem Herz und schneeweißen Lilien oben drauf – langsam hinunter stottert.

Von Hanfseilen haben sich nach den Bergführern auch die Bestatter verabschiedet; der Sargversenker hat Trageketten. *Der Kenner stirbt im Mai* heißt es in einer Wiener Moritat und der Maiwind fächert nun großzügig eine Handvoll Blüten dem Sarg hinterher. Die Brise lässt Tücher, Röcke und Haare flattern. Nur an den Minirockträgerinnen (Rosa wird von Desiree gestützt und umgekehrt) flattert unten herum nichts. Die beiden sind zwar nicht alters- aber dafür zielgruppenadäquat gekleidet. Beim Wiederholen des Refrains: ... *I'll fly away, Oh Glory* lassen alle Familienmitglieder und Freunde nun ihre Bänder fast synchron los: Viele weiße Luftballons mit der silbrigen Aufschrift *Danke!* erheben sich jetzt kurz und ruckartig – wie gleichzeitig auftauchendes Treibholz – um sogleich vom Mailüfterl erfasst zu werden. Erfasst, umarmt und gepflückt wie ein großer weißer Strauß, mitgetragen im Rhythmus des Windes und begleitet vom entzückten Krähen anwesender Kleinkinder. Flott und leicht tanzen sie über die beiden Zwiebeltürme hinweg und steigen dann befreit und außer Formation aufwärts in den klaren Frühlingshimmel.

Am Ende der Tage wird es geschehen: Der Berg mit dem Haus des Herrn steht fest gegründet als höchster der Berge; er überragt alle Hügel. (...) Dann schmieden sie Pflugscharen aus ihren Schwertern und Winzermesser aus ihren Lanzen. Man zieht nicht mehr das Schwert, Volk gegen Volk, und übt nicht mehr für den Krieg. Ihr vom Haus Jakob, kommt, wir wollen unsere Wege gehen im Licht des Herrn.
Jes 2,2-5

Vor dem Hintergrund der mächtigen Bergkulisse fliegen die Ballons immer weiter empor, immer höher, bis sie dann im zarten hohen Blau den Blicken ganz entschwinden.

♪ ♫ ... *like a bird from these prison walls I'll fly away* ... .

Nachwort

Hier ist fast alles in der Gegenwart geschrieben, weil wir ja in dieser leben. So heißt es in zwei Grundgebeten: »Unser tägliches Brot gib uns heute ...« bzw. »... jetzt und in der Stunde unseres Todes.« Man kann nur im Heute leben. *Nur für heute* empfehlen die Anonymen Alkoholiker ebenso wie Johannes XXIII. (»Die Zehn Gebote der Gelassenheit«).

1531 erscheint die heilige Maria Juan Diego und sagt: «Ich bin die Jungfrau Maria, Mutter vom Wahren Gott, von Ihm, durch den alles lebt, dem Schöpfer der Menschheit, dem Meister vom Ewigen Jetzt und dem Herrn des Himmels und der Erde.«

Das da zu schreiben hat mich geschlaucht, boah! Schuld ist unser päpstlicher Kaplan mit seinen geradezu lästigen »motivierenden« Predigten. Er hat gemeint, dass man seine Talente nützen müsse, u.a. um die eigenen Überzeugungen kundzutun. Na ja, auf derartige Kunde war bei mir daheim aber keiner neugierig: »Geh' hör mir doch bittschön auf mit der katholischen Kirche!« »Hast dir versehentlich irgendwo einen Missionierungsauftrag eingefangen, gell? Ja, ja ist typisch für Frauen in deinem Alter ... solltest besser aufpassen, dass dir die Rotklee- und WildYam-Kapseln nicht wieder ausgehen – ha ha ha!« oder »Apropos, was gibt's heute zu Mittag?« bzw. »Ameeen!« »Die Rechnung dann bitte bei Gelegenheit!« bekommt man zu hören.

Da habe ich mir dann einmal beim Kloputzen gedacht: *Nimm dir doch ein Beispiel am WC-Stein!* Für einige Zeit wurde industrieller Abfall ja über diese blauen Spülkastenwürfel entsorgt und das Prinzip könnte man nutzen – etwa Psalmen und Bibelstellen in ein Gschichtl verpacken und auf diese Weise ringsum verteilen. *Schleppst eh schon ewig ein Moodboard im Kopf herum, das verwendest du nun als Ein-*

wickelpapier ... und bei der Gelegenheit könntest du gleich den Schuhkarton mit den Zitaten und Lebensweisheiten (der die Kinder ja nicht wirklich interessiert ...) chemtrailsähnlich loswerden (... der Leser ist eh wehrlos) ... tja, so war das alles gedacht. Ließe sich dann tatsächlich irgendwo auch nur ein einziger Mensch vom versteckten Schatz berühren, dann hätte ich meinen Auftrag erfüllt – und bräuchte mich nie mehr durch eine Predigt vom Engerlschauen ablenken lassen. Ob die Verpackung gefällt, könnte mir ja egal sein.

Es macht nämlich durchaus Sinn, die Bibel hinein zu nehmen in den Alltag bzw. umgekehrt: den Alltag vertrauensvoll dort einzubetten, wo er sich sowieso schon befindet – nämlich in Gottes Händen. Warum? Um die im Herzensgrund angelegte Sehnsucht nach dem Unbegreiflichen konkret zu bedienen, um das innere Fünklein, von dem Meister Eckhart spricht, flackern zu spüren. Bis dein Tag X der Gnade anbricht, wo der Herr sich als das finale A und O zu erkennen gibt. Die Psalmen können Proviant sein durch das dunkle Tal und durch das ausgetrocknete Flussbett hindurch. Auf dem Heimweg und heraus aus allen möglichen Babylons, Ägyptens und Waterloos. Bis der Geist das ewige Wort in deiner Seele sprechen mag und dich beim Namen ruft.

Das geknickte Rohr zerbricht er nicht und den glimmenden Docht löscht er nicht aus; ja, er bringt wirklich das Recht.
Jes 42,3

Jeder einzelne von euch, jede einzelne Seele aus eurer Gesamtheit, ist ein großer und bedeutender Funken aus der Fackel des Weltlichtes, der mir das Lebenslicht gibt. (...) Durch das Rohr eures Daseins spüre ich Alles, liebe ich Alles
~~~ Abraham Isaak HaCohen Kook ~~~

Anhang

[1] die Teilnehmer sind durchwegs österreichische Blätter – ein offener Boarischer also

[2] spitzenbesetzte Dirndlblusen, betonte Taillen und durchbrochene Garnstrümpfe kombiniert mit Haaren, die nach Sommer duften, flashen den Lobisser turnusmäßig

[3] Pirmin ist nicht informiert. Beim Mandala handelt es sich um eine Himmelsvision der Hl. Hildegard von Bingen und das ganz ähnlich aussehende *Häkelmuster* ist die Pjojektion eines vierdimensionalen Objekts – bestehend aus 120 3D- Körpern – auf eine Ebene

[4] österr. Ausdruck für die bayr. *Wolpertinger*, die sächsischen *Rasselböcke* und pfälzischen *Elwetritsche*

[5] Ukraine, die *Molotschna* bzw. *Molotschnaja*, das »Milchflüsschen« gab den dortigen mennonitischen Siedlungen den Namen

[6] Zarin Katharina II. holte ab 1763 tausende deutsche Bauern ins Land, die sich in den Ebenen beiderseits der Wolga ansiedelten

[7] ... abgekrendelt wie Teigränder bei Kärntner Nudeln, zusammengenäht wie notarielle Beglaubigungen, gepearlt wie Deckel auf Bierdosen, verbunden wie kommunizierende Gefäße, verschnitten wie rote und weiße Trauben im Rotling oder wie Bluetooth

[8] Wienerisch: *Matthi(a)sl* = der Letzte, Geringste, weil Matthias als letzter Apostel anstelle von Judas Iskariot durch das Los gewählt wurde

[9] Radmer ist ein kleines Dorf in der nördlichen Steiermark, am Rand des Nationalparks Gesäuse. Glaubt man dem gerade erst im Berliner Gestalten Verlag erschienenen »Monocle Guide to Better Living«, dann ist der Ort Radmer eines von 29 Dingen, die einen glücklich machen können. http://www.format.at/articles/1346/529/369242/10-schritte-leben 12.11.201312:24

[10] inspired by *Segafredo Leoben* –Hauptplatz 12, my amiable neighbours

[11] Satz auf der Website eines Bestattungsunternehmens – es gibt offenbar genug Leute, (auch in kirchennahen Bereichen), denen die Auferstehung völlig entgangen ist

Mein ganz besonderer Dank gilt

- Christian Stangl und meinen Kindern Lukas und Xenia für die vielen Zitate aus ihren Lieblings-Songtexten
- Richard Görgl, meiner Freundin Elke Kastl und meiner Mutter fürs Erstlesen
- Meiner +Schulkollegin Hannelore Puchner – von der zerbrechlichen Schönheit einer Eisenblüte war sie, wunderschön und für diese raue Welt sehr zart besaitet. Kunst und Mode waren ihre Welt – alle Farben, Farbtöne und Stellen betr. Bekleidung sind ihr gewidmet.
- Aron, Elaine N.: *The Highly Sensitive Person. How to Thrive When the World Overwhelms You.* New York, Paperback bei Broadway Books, New York 1997. Erstausgabe: Birch Lane Press/Carrol, Secaucus, 1996
- Georg Parlow: *Zart besaitet: Selbstverständnis, Selbstachtung und Selbsthilfe für hochempfindliche Menschen*, Festland-Verlag
- Die Zitate von Adolph Franz Friederich Ludwig Freiherr von Knigge stammen aus dem Buch *Knigge für jedermann. Vom Umgang mit Menschen.* 1996 hrsg. v. Jörg-Dieter Kogel, Insel Verlag
- von den *KINDER- UND HAUSMÄRCHEN* der Brüder Grimm werden das 11., 12., 19., 21., 24., 26., 50., 53., 55., 187. und das allererste Märchen (Der Froschkönig oder der eiserne Heinrich) zitiert.
- Der interfamiliären Neigungsgruppe *Political Correctness* (bestehend aus einer Person), die mir erklärte, dass Vokabeln wie Sippschaft, Abendland, Überfremdung etc. ebenso bedenklich seien wie Abkürzungen und technische Begriffe in sachfremden Zusammenhängen (= Nazi-Sprache). Den Turan überhaupt zu erwähnen oder zwischen biologischem und sozialem Geschlecht (Gender) nicht unterscheiden zu können/wollen, sei ebenfalls ein absolutes No-Go. Dank da jedenfalls!
- Ich bedanke mich explizit nicht für abgekupfertes Material aus Predigten, da ja der Priester ein Medium des Geistes ist und wie ein

Wasserwerk alles aufbereitet, niemals jedoch seinen eigenen Senf erzählt.

- Bei der Vorsitzenden unserer Neigungsgruppe Frauenthemen, –sprache etc. entschuldige ich mich, da hier (schon wieder!) Männer den Frauen und Kindern die Welt erklären – shame on me! Den kompletten Großvater- oder Grünbaumteil auszutauschen/umzubauen war mir aber zu kompliziert – ich habe daher nur Herrn Rudi Szabo, die weise alte Transfrau aus dem Erdgeschoß, zu einer Mitzi gemacht. Leider ist seine Kombinege (Kapitel 10, Teil II) dadurch zu etwas ganz Alltäglichem geworden. Mitzi ist als Erinnerung an Jakob Huber, Kriegskamerad WWI meines Großvaters väterlicherseits hier, der als Transfrau Cäcilia (mit wunderschöner Gretlfrisur) Sennerin auf der Neuburg-Alm war.
- Marken® und Firmen®, die in diesem Buch vorkommen, können das hier gerne als Werbefläche verstehen und dem *Caritas Baby Hospital Bethlehem* eine Spende für diese Art der Werbung zukommen lassen:

Kto. Nr. PSK 7,925.700, BLZ 60.000 Kennwort:

»Kinderspital Bethlehem«

DANKE!

PS I: (der) Johannes hat *Was (Not Was) – (Return To The Valley Of) Out Come The Freaks* als Kopffilmmusik für das Buch empfohlen und ich empfehle *Accordo Viola* von *L'Erbolario*® als Lesebegleitparfüm – es lesen: Ehrentraud Lebenbauer & Johannes Silberschneider:

https://m.youtube.com/watch?fbclid=IwAR2fYvqidCJ4N-rHUHAqY9nCTDTP4DDfNZQlNPmi5_m3XU7S6-Dba-Brj0C5U&v=dEhHCHgm7oI

PS II: In diesem Werk wird aus künstlerischen Gründen geraucht, sowie GÖSSER®Bier, Wein, Schnaps, Schnapstee, Eierlikör und Absinth getrunken.